金色的年华

穆建欣——著

花山文艺出版社
河北·石家庄

图书在版编目（CIP）数据

金色的年华 / 穆建欣著. —石家庄 ：花山文艺出版社，2019.5 （2023.8 重印）

ISBN 978-7-5511-4595-4

Ⅰ. ①金… Ⅱ. ①穆… Ⅲ. ①长篇小说－中国－当代 Ⅳ. ①I247.5

中国版本图书馆CIP数据核字(2019)第070952号

书　　名：金色的年华
著　　者：穆建欣

封面题签：庚超然
责任编辑：刘燕军
责任校对：李　伟
美术编辑：王爱芹
出版发行：花山文艺出版社（邮政编码：050061）
（河北省石家庄市友谊北大街330号）
销售热线：0311-88643299/96/17
印　　刷：北京一鑫印务有限责任公司
经　　销：新华书店
开　　本：700毫米×1000毫米　1/16
印　　张：19
字　　数：310千字
版　　次：2019年7月第1版
2023年8月第2次印刷
书　　号：ISBN 978-7-5511-4595-4
定　　价：59.80元

目　录

一　神秘的“山流水”……………………………001

二　关怀的温度……………………………………005

三　古老的中人城…………………………………008

四　老饕馆的苏东坡红烧肘子…………………013

五　红眼病…………………………………………017

六　初识在苏东坡双槐下………………………019

七　恼人的心绪……………………………………025

八　一“吸”救两命………………………………029

九　屋漏偏逢连夜雨………………………………033

十　春加黍谷的日子………………………………037

十一　岁月静好……………………………………041

十二　真正的力量…………………………………045

十三　担当…………………………………………049

十四　绽放的年华…………………………………053

十五　挫出锐气……………………………………057

十六　心中有丘壑…………………………………061

十　七　一分辛苦一分才……………………064
十　八　西溪玩月……………………………067
十　九　萍水逢里的对话……………………071
二　十　“偷”来的大眼睛姑娘………………074
二十一　幸福不期而至………………………078
二十二　粽子里的家国情怀…………………081
二十三　桃花灼灼的家室……………………086
二十四　内化于心的价值观…………………090
二十五　铲除丁字坝…………………………094
二十六　尊严不可侵犯………………………097
二十七　呦呦鹿鸣……………………………100
二十八　国忧民愿……………………………104
二十九　一波未平一波又起…………………109
三　十　洗心亭里洗心灵……………………113
三十一　把话风物长…………………………117
三十二　诚如是，情可悲……………………121
三十三　楼市…………………………………123
三十四　暗算…………………………………126
三十五　大风起兮云飞扬……………………130
三十六　扶贫…………………………………134
三十七　妖童媛女……………………………138

三十八　杀出一条血路…………………………143
三十九　长桥巧遇……………………………148
四　十　医国医民……………………………151
四十一　为了职业的圣洁……………………155
四十二　往昔峥嵘岁月………………………158
四十三　持身以正……………………………162
四十四　往来有古今…………………………167
四十五　古中山国的面纱……………………170
四十六　山高水长……………………………174
四十七　支柱擎落……………………………177
四十八　撑起理想的风帆……………………180
四十九　绝不放过……………………………184
五　十　一颗金子般的心……………………188
五十一　揪心的房价…………………………192
五十二　义理…………………………………196
五十三　心中有正义…………………………198
五十四　恼人的秋风…………………………202
五十五　探知…………………………………208
五十六　浮躁…………………………………212
五十七　爱心…………………………………215
五十八　世事纷扰……………………………219

五十九　冤断魂肠……………………………225
六　十　“化”“文”之人…………………………229
六十一　司法应该公正…………………………234
六十二　给崔护腾书房…………………………238
六十三　骨气……………………………………242
六十四　花褪残红………………………………248
六十五　梦里乡愁………………………………253
六十六　矢志扶贫………………………………256
六十七　如火如荼………………………………260
六十八　民生……………………………………264
六十九　有贵千金………………………………268
七　十　理想和抱负……………………………272
七十一　梦幻成真………………………………276
七十二　世道人心………………………………280
七十三　一颗圣洁的心…………………………284
七十四　优秀女儿………………………………288
七十五　好时代…………………………………291
七十六　揭开“山流水”的秘密………………294

一　神秘的“山流水”

长风浩瀚。狄清歌看着手里的“山流水”，一脸的懵懂。

那是狄长生去小山丘上看狄清歌的娘捡的一块石头。

太母山中，颍水滔滔，被冲刷得光溜溜的“山流水”俯拾皆是。在小山丘上捡到一块“山流水”，本不足奇，也不会让狄清歌懵懂。只是，光溜溜的“山流水”上刻有几个字，狄清歌左瞧瞧右看看，认不出来，渗出了一脑门的汗。

“‘读书长知。’亏你天明伯还对你谆谆教导，亏你还读了大学，连我在小山丘上捡的一块石头都看不懂。”狄清歌被狄长生骂了几句。

狄长生骂过狄清歌，但心里终究是疼爱这唯一的儿子，又安慰道：“哦，你天明伯也不认识。”

隗天明是村里学问最大的人，又因为是烈属，最受全村人尊重，连村支书赵玉成对他都谦让几分。而让赵玉成都谦让的隗天明，却和温厚、善良的狄长生最合得来。狄清歌除了敬畏狄长生，再就是隗天明了。

狄长生的话，虽然令狄清歌心里有些宽慰，但还是羞愧得脸都红了。毕竟，狄清歌是上过大学的，学的还是中文专业，连“山流水”上的字也认不出来，的确有些难堪。

狄清歌红着脸对狄长生说：“爹！我去找项于飞，一定搞清楚。”

沿着汤汤的颍水，狄清歌一路到了顾城。

顾，乃管仲所筑之城。《水经注》云："周襄王郑四年，戎、狄合谋伐周，齐桓公遣管仲平戎于周，管仲筑城以固之。"

迎泰门高约二十丈，阔三丈余，巍峨耸立。

顾城，如此气势，又因做过中山国的国都。管仲筑了顾城，古中山国从中人城东迁来，做了国都。《史记·赵世家》载："中山武公居顾。"

狄清歌仰望有顷，走进迎泰门，踏上宝塔街。

宝塔街，因一座砖塔而命名。仰头望去，宝塔高耸入云，雄浑壮伟。宝塔前有一碑记，上写："宋太宗时，开元寺僧人慧能奉旨西竺取经，得舍利子归。宋真宗于咸平四年（1001年）诏慧能建塔，以珍藏舍利和经卷。历时五十五年，于1055年方得建成。塔高八十三点七米，为十一层楼阁式。登临塔顶，可'东观碧海连天，西看太母虎踞，北视滱河龙盘，南眺原野茫茫'。杨六郎镇守边关，常登上塔瞭敌，因此又称'瞭敌塔'。"

狄清歌看着瞭敌塔，眼前浮现出一幕幕战马嘶鸣、将士厮杀的沙场景象。

宝塔街上，店铺林立，人头攒动，挤着推着，狄清歌才走出去。出宝塔街，是中山大道，既长又宽阔。狄清歌一边走一边四处观望，逡逡巡巡地跨过架在颍水上的一道桥，看到一座大楼的顶上矗立着一个牌子，上书："发展才是硬道理。"到市政府了。狄清歌走进去，找到项于飞。

项于飞和狄清歌高中、大学都是同学，文才高，一毕业即给市长当了秘书。

项于飞拿着"山流水"琢磨了一会儿，说："我带你去找苏主席。苏主席诗学李杜白，书临颜柳欧，画摹吴齐张，博学广识，号称苏大文人。"说完，他和狄清歌去了市文联。

"苏大文人，被人这样称呼，那自然是才华横溢，相当了得。"狄清歌刚想了想，已经到了市文联。市文联偏安于市委大院的一栋小楼里，走不了几步。

狄清歌跟在项于飞身后径直上了二楼。在一个贴着"副主席"的门前，项于飞敲了敲，听到里面的人说了声"请进"，才推门进去。狄清歌跟着走进去，只见一个人正伏在案台上挥毫作画。项于飞对着作画的人恭维道："哟！苏主席，又在潜心创作。"

伏案作画的人抬头看了看，说："小项！什么风把你吹来了？"说着，把手里的画笔撂在七彩水粉盘子上。

项于飞笑道："是您的墨香把我招引来的，就像花儿引蝶。"随后向狄清歌介绍说："这就是苏主席，顾城赫赫有名的苏大文人。"苏主席哈哈地笑了几声，说："不敢当！是大家抬举我！"说着，向狄清歌伸出手来，自我介绍说："苏可乔，爱好诗画。"

狄清歌看看苏可乔，苏可乔细眉长目，很有些气宇，忙伸出双手握过去，说："苏主席，您好！"项于飞向苏可乔介绍说："这是我的同学狄清歌，在第五中学当老师。"苏可乔紧紧地握着狄清歌的手，笑道："狄老师好！"狄清歌又连忙谦虚地说道："不敢！苏主席，您叫我小狄吧。"苏可乔说："好，小狄！这样的称呼，亲切。称呼你老师，太职业化了。于飞，我就叫他小项。请坐！"

项于飞和狄清歌在椅子上坐下来。苏可乔对项于飞说："小狄和你同学，你和肖子灵是同学，你们都是同学吧。"项于飞说："是，我们在大学时是一个班的。清歌和我，高中就在一个班，感情交好多少年了。"苏可乔说："同学共勉，一起上进。小项在市政府，肖子灵在市委，小狄在学校。嗯，都有作为。"又对着狄清歌说："当老师好，为人师表，受人尊重。你们俩都看看我的画，提提意见。"

项于飞看着画说："远山含黛，意境旷远。"狄清歌看过，也跟着称赞道："墨法传统，韵味十足。"苏可乔笑道："年纪轻轻，就会拣我爱听的话说。你们找我，不会是为了恭维我而来吧？"项于飞把"山流水"放在桌子上，说："苏主席，您才学高，广闻博识，给看看，这是块什么石头？"苏可乔说："又奉承我。好，我看看。"

苏可乔拿起"山流水"，一边看一边琢磨道："这是画？线描画？曲直、长短、粗细倒是有。还是字呢？仓颉造字，始作书契。然而，这字不像野兽的脚印。籀文？总共两百个字。刻在石篚、石鼓上的是石鼓文。殷商的甲骨文细劲挺直，而这字，直笔挺劲，曲笔迤逦。"看了一会儿，沉吟着说，"这个地方还磨损了，看不明白。这块'山流水'，真有些奇。或许……"迟疑了一会儿，才道，"里面隐藏着秘密。"

苏可乔提起笔，照着"山流水"上的字样在纸上绘了，说再好好琢磨琢磨。项于飞也没再闲聊，向苏可乔告辞后，和狄清歌走了出来。

回到办公室，项于飞拿出两瓶中山松醪酒，对狄清歌说："我帮不上你的忙。要不是还有项工作很着急，把肖子灵也叫上，到我家去，让千色炒俩菜，聚一聚。这两瓶酒你拿回去喝吧。”

拿着“山流水”和两瓶中山松醪酒，狄清歌沮丧地回到了学校。

顾城市第五中学，虽然坐落于乡下，一排排尖顶红瓦的教室掩映在白杨树下，却很俨然。

狄清歌沿着甬路刚走进宿舍，柳老师就迈着方步跟进来。柳老师和狄清歌同是教语文课的。

狄清歌看到柳老师，举起两瓶中山松醪酒，高兴地说：“柳老师，有两瓶好酒，我请您喝了。”柳老师看了看中山松醪酒，说：“这么好的酒，让我喝了，岂不浪费。”狄清歌说：“您不厌其烦地指导我，传授怎么上好课，怎么巩固练习，怎么让学生掌握知识，早应该请你。”柳老师笑道：“传帮带，应该。你肚子里有学问，还需要熟化于课堂。这两瓶酒，省着吧！”狄清歌看着柳老师，说：“我心里过意不去。”柳老师摆了摆手，说：“年纪轻轻的，心事那么重。不好。”说完，他看着狄清歌的眼神，又说道，“有些事，说不清。对你，我愿意帮助你，因为我从心里喜欢你。”狄清歌愣了愣，说：“我笨嘴拙舌的，您怎么会喜欢我？柳老师，您是哄我吧。”柳老师摇摇头，笑道：“怎么能哄你。你不是笨拙，是实在。我喜欢——”他瞧着狄清歌的眼睛，说，“你的眼里有一股难言的情感。”

狄清歌的眼神散发着一种忧伤。

上大学时，一位叫焉熙的女同学就喜欢看狄清歌眼神里的忧伤，并称之为“忧伤眼”。因为喜欢看这双“忧伤眼”，焉熙约狄清歌一起到图书馆看书，一起去湖边看娉娉婷婷的荷。风软柳绿，黄鹂百啭，垂柳扬绦，两只蜻蜓飞来，落在一片才从水中露出的小荷上。焉熙看着两只蜻蜓，问狄清歌：“你在想什么？”狄清歌则看着随风摇曳的柳绦，说：“眼前是柳，自然想柳。”焉熙又问道：“柳里有故事？拨动了你的心弦。”狄清歌说：“只是一点思念。”焉熙说：“触景生情。你不看荷，而想柳，必有因由。”狄清歌的眼前浮现出颍峰、颍潭、小山丘和小山丘上那棵顶天立地的柳树，说：“只是中人城的风景，年少的情愫。”焉熙盈盈地笑了，说：“心醉家乡，思念亲人。我家门前有方水塘，我最爱塘里的荷，爱她出水时的亭亭玉立，爱她盛开时的袅娜；花凋了，爱她翠叶田田；叶枯了，爱听雨点打在荷叶上的声音。”

狄清歌听得如痴如醉，想起了洛夫的诗：

众荷喧哗
而你是挨我最近
最静，最最温婉的一朵
…………

正想着，焉熙则朗诵道：

夕阳
蝉鸣依旧
依旧如你独立众荷中时的寂
…………

沿着汤汤的颍水，焉熙跟着狄清歌去了中人城。

看到焉熙，狄长生乐得合不上嘴，直夸狄清歌有眼力。隗天明也颔首笑道：“蒹葭伊人，才女！”翟常乐的娘高兴得包起饺子，狄三儿还拿着卦书煞有其事地算了一个时辰，说：“合。”

然而，登过小山丘，焉熙再也不喜欢看狄清歌那双“忧伤眼”了。狄长生瞪起眼，问狄清歌：“为什么？一个好女子，失去了你会后悔的。”隗天明默然不语，翟常乐的娘则骂起了狄三儿：“你怎么不把他们俩算在一起？”

二　关怀的温度

转眼间，已是数九寒冬，拿粉笔写字都手僵，教室里烧起了土煤灶。

学校给老师们谋福利，分了煤，二十九块五毛钱的取暖费还照发。教师宿舍里也是用砖砌的土煤灶，狄清歌把火生着了，填上煤泥，把火憋死了。

柳老师说：“封火，还要扎个眼儿。不然，怎么通风？算了，我替你看火。”狄清歌难为情地说：“怎么能麻烦您呢！”柳老师问：“你会？还跟我客气。”把煤炉子掏干净，又点火又吹气地生着了火。

“和煤泥、生火、填煤泥、捅火、封火，一套活儿。人有多勤快，火就有多旺。可惜！不是红泥小火炉。要不然，就是白居易大诗人陪你了。”柳老师说着，挥起双手掸去落在身上的煤灰。

土煤灶烧得火红火红的。狄清歌说：“‘绿蚁新醅酒，红泥小火炉。’也应此景。还拿酒，喝两口，也把诗说全了。‘晚来天欲雪，更饮一杯无。’”柳老师连忙说：“没必要。”随后，又故意曲解道，“‘无，不有也？’我是有感而发。”

宿舍里烧得暖暖的。要熄灯睡觉了，柳老师给土煤灶填好煤，再拿火镩扎个透气的眼儿，封好火才走。

天蒙蒙亮，狄清歌刚起床，柳老师就来了。拿火镩把火捅开，落下煤灰，炉膛里的火苗蹿起来，宿舍里又暖和起来。

狄清歌拿起簸箕要撮煤灰，柳老师一把夺过去，说：“我来！年轻人爱干净，我一个老头子要什么形象。”

煤炉里的烟灰飞起来，扑啦啦地落在了柳老师梳得整整齐齐的头发上、干干净净的衣服上。狄清歌心里发热，眼里噙着泪花，为柳老师掸去身上的煤灰，说：“你不是不要形象。”柳老师用手掸了掸头发，又甩了甩，看着狄清歌笑道：“忧伤眼成泪花眼了？好了好了，不是小孩了。”狄清歌被逗笑了，泪珠也扑簌簌地掉在煤灰上。柳老师忙抬起手，一边抹去狄清歌脸上的泪珠，一边说道：“让人看见，笑话。”

柳老师每天来照看煤炉子，和狄清歌说说话。一日，柳老师问：“小狄老师，有女朋友吗？”狄清歌的脸唰地一下红了。柳老师笑了，又问道：“脸皮薄，是有了？”狄清歌的脸更红了。柳老师猜测道：“是没有。”狄清歌红着脸没说话，只是嘿嘿地笑。柳老师追问道：“到底有没有？”狄清歌说：“没有。”柳老师笑了，说：“我看着也是。男要娶，女要嫁，有什么不好意思的。给你介绍一个？看上算，看不上，算我没说。”狄清歌说：“看缘分吧。”柳老师又笑道：“千里姻缘一线牵。姻缘姻缘，就看有缘无缘，你说得倒对。说说，什么样的标准啊？”狄清歌想了想，想不出个所以然来，只好说道：“凭感觉吧。”柳老师狡黠地笑了几笑，说：“医学院毕业，在市人民医院当医生的，怎样？”

狄清歌不知道柳老师的笑为什么那么狡黠，对于那位当医生的姑娘憧憬了一下。然而，却想象不出那位医生的样貌，眼前只有个白大褂。素昧平生，也未曾谋面，更没有丝毫的情感。

狄清歌只管埋头备课、上课、批改作业、辅导学生。

过了两天，柳老师找到宿舍里来，说："没课了？走！跟我到家去。老妻想见见你。"

柳老师的老妻是教音乐的杨老师，天天都能听到杨老师边弹奏边歌唱，用悠扬的歌声赞美着生活，用高尚的艺术陶冶着学生们的心灵。狄清歌诧异地问道："见我？杨老师怎么还要见我？"柳老师说："不愿意见？"狄清歌嘿嘿地笑了，说："杨老师温良恭俭，满身的艺术，学生都愿意和她亲近。"柳老师眨了眨眼，又诡异地笑了笑，说："老妻若是看上了你，那位医生大概也就同意了。"狄清歌没听明白，一双忧伤眼直愣愣地看着柳老师。柳老师笑道："你真是个老实疙瘩。嗨！直接跟你说吧，那位女医生，跟我那老妻啊，长得一模一样。而且天生爱唱歌，尔雅有方，品性随母。只是姓柳，叫疏影。'古槐疏影薄，仙桂动秋声。'名字，是我给起的。"

狄清歌明白了，脸也一下子臊得通红。

柳老师笑着说："我都不封建，你还是年轻人呢。"

有这份情意，狄清歌对柳老师又多了一番敬重，说："谢谢您这么看重我。我请您喝酒。"

然而，一个月前，娄校长到狄清歌的宿舍，看见了中山松醪酒，说："你怎会有这么好的酒？我研究研究苏东坡。"

中山松醪酒，酿制之人，乃宋代大学士苏东坡。

苏东坡谪贬顾城，喝过本地产的米酒，香甜醇美，非常喜爱。一日，读过《神农本草经》《列仙传》，他感于书中关于松树的记载和毛女食松针松果而长生不老的故事，游嘉山采松针、松果而归，放在江米里，拌上酒曲一起发酵；酿出的酒香、甜、酸、苦、清、醇，"五味"俱全，遂欣然提笔，写下了《中山松醪赋》：

始余宵济于衡漳，车徒涉而夜号。燧松明而识浅，散星宿于亭皋。郁风中之香雾，若诉予以不遭。岂千岁之妙质，而死斤斧于鸿毛。效区区之寸明，曾何异于束蒿。烂文章之纠缠，惊节解而流膏。嗟构厦其已远，尚药石之可曹。收薄用于桑榆，制中山之松醪。救尔灰烬之中，免尔萤爝之劳。取通明于盘错，出肪泽于烹熬。与黍麦而皆熟，沸春声之嘈嘈。味甘余而小苦，叹幽姿之独高。知甘酸之易坏，笑凉州之蒲萄。似玉池之生肥，非内府之蒸羔。酌以瘿藤之纹樽，荐以石蟹之霜螯。曾日饮之几何，觉天刑之可逃。投拄杖而起行，罢儿童之抑搔。望西山之咫尺，欲褰裳以游遨。跨超峰之奔鹿，接挂壁之飞猱。遂从此而入海，渺翻天之云涛。使夫嵇、阮之伦，与八仙之群豪。或骑麟而翳风，争榼挈而瓢操。颠倒白纶巾，淋漓宫锦袍。追东坡而不可及，归哺歠其醨糟。漱松风于齿牙，犹足以赋《远游》而续《离骚》也。

中山松醪酒经元、明、清三代承传至中华民国，在巴拿马万国博览会上摘得酒类金奖。

热情奔放的《中山松醪赋》，摘得国际金奖的中山松醪酒，都饱含着璀璨的苏东坡文化。

娄校长拿走了中山松醪酒，说研究研究。研究中山松醪酒，自然是研究蕴含其中的苏东坡文化。

狄清歌想请柳老师喝酒，品鉴苏东坡文化，去向娄校长要那两瓶中山松醪酒。走进娄校长的办公室，却见娄校长正对一名女学生动手动脚。狄清歌怒上心头，抡圆了胳膊，扇了娄校长一巴掌，骂道：“衣冠禽兽！怎么配当校长。”拉起女学生走出了娄校长的办公室。

三　古老的中人城

颍峰高耸，气势恢宏。

郁郁葱葱的灌木林中覆盖着一座小山丘。小山丘上，一棵柳树顶天立地，在暖风中招展着一条条绿绦。

狄清歌坐在娘的坟前，忧伤地看着“山流水”。

娄校长把狄清歌告到了市教育局。

狄清歌被市教育局勒令回家反省了。

狄长生问狄清歌为什么打校长，狄清歌一声不吭。隗天明看看狄清歌，对狄长生说："我看，原因有，但不像是无理的。"

狄清歌用手指在"山流水"上顺着沟纹勾着画着。

"清歌——"从小山丘下传来一声喊。狄清歌听到了，是翟常乐的声音，忙回道："常乐，我在这儿。"把"山流水"放进裤兜里，从磊磊的峰石上站起身来。

小山丘下，赵大同正往上爬，后面站着气喘吁吁的翟常乐。翟常乐看见了狄清歌，说："就知道你在这儿。赶紧下来，柳老师来找你了。大同，别爬了。"

赵大同、翟常乐都是狄清歌从小在一起玩的伙伴。赵大同虽然是村支书赵玉成的儿子，长得也粗壮，但不是"头儿"。"头儿"是年长两岁的隗志远，隗天明的儿子。生下隗志远那天，隗天明看着在颍峰上随风高飞的大鹏，说："大鹏一日同风起，扶摇直上九万里。我儿要像大鹏，志存高远，名字就叫志远。"

隗志远当"头儿"，除了年龄大两岁，还在于他能找到野蜂蜜。

在一朵花上，隗志远逮住一只正采集花粉的野蜜蜂，然后把一片轻飘飘的羽毛系在野蜜蜂腿上。野蜜蜂嗡嗡飞去，隗志远一路追着，寻到野蜂巢。点起一把火，野蜂被烟熏得纷纷逃离了巢穴。隗志远取出里面满满的蜂蜜，狄清歌、赵大同、翟常乐就可以一起分享了。

小山丘上，是隗志远、狄清歌、赵大同和翟常乐最爱玩耍的地方。柳树虽顶天立地，像牛犊子一样壮实的赵大同两腿一蹬，就爬上去了，逮知了、织鸟笼，手也格外巧。隗志远一声令下，开始捉迷藏，大嘴蛤蟆眼的翟常乐鬼心眼儿多，总也逮不住他。而狄清歌躲在树丛中拿着本书读，常常被赵大同捉住。

狄清歌、赵大同、翟常乐都爱往隗志远家里跑，不只因为隗志远是"头儿"，更要紧的是隗天明会给蜂蜜吃。

隗天明养着两箱诱捕来的野蜜蜂。

去年，隗天明在小山丘上，放了一只诱捕箱。一只侦察蜂飞飞停停，嗅到了涂抹在诱捕箱巢口的蜂蜜，停在了上面，饱食之后飞去了。不一会儿，一大群野蜜蜂飞了来，钻进了诱捕箱。

一年之后，蜜蜂多了，隗天明分成了两箱。

有一天傍晚，狄清歌、赵大同、翟常乐拧过柳笛，哇呜哇呜地吹着去找隗志远。隗天明走过来，问：“吹的什么？谁说出来，我给谁蜂蜜吃。”几个人谁也回答不出来，只是眼巴巴地看着隗天明手里拿的罐子。隗天明笑道：“草满池塘水满陂，山衔落日浸寒漪。牧童归去横牛背，短笛无腔信口吹。你们，要玩，也要学。百花蜜，你们想不想吃？”狄清歌、赵大同、翟常乐都瞪起双眼直勾勾地看着隗天明手里的罐子，咽着口水说：“想！”隗天明说：“想吃蜂蜜啊，给我唱支歌。”狄清歌、赵大同、翟常乐忙不迭地一起唱道：“小蜜蜂，整天忙，采花蜜，酿蜜糖……”

隗天明笑了，说：“要吃蜂蜜，就要像蜜蜂那样，勤奋学习。张嘴！”说着，拿起勺子舀了蜂蜜，依次抹到狄清歌、赵大同、翟常乐的嘴里。”

狄清歌、赵大同、翟常乐追着隗志远进了屋，追着闹着把堂屋里的屏风碰倒了，吓得脸煞白。隗天明扶起屏风，问：“你们看得懂这上面的画吗？这个是‘读’，头悬梁，锥刺股。读书要励志，学习要刻苦。”隗志远和狄清歌、赵大同、翟常乐似懂非懂地点点头，说：“我们背诗。”隗天明拿着一罐子百花蜜，说：“一个个的背给我听。”

隗志远和狄清歌、赵大同、翟常乐挨个背起诗：“篱落疏疏一径深，树头花落未成荫。儿童急走追黄蝶，飞入菜花无处寻。”“草长莺飞二月天，拂堤杨柳醉春烟。儿童散学归来早，忙趁东风放纸鸢。”“牧童骑黄牛，歌声振林樾。意欲捕鸣蝉，忽然闭口立。”……

隗天明高兴地笑了，趁机教导说：“大凡为学，尤须立志。你们读书学习，有没有理想？有没有抱负？”不知是真懂，还是馋那罐子百花蜜，狄清歌、赵大同、翟常乐和隗志远齐声答道：“有！”

如杨朔一般写出许多优美的散文，像陈景润一样研究哥德巴赫猜想，学邱少云虽烈火烧身也意志如钢、董存瑞舍身炸碉堡，上九天揽月、下五洋捉鳖，要有志气……怀着童年的梦想、少年的壮志、青年的情怀，隗志远、狄清歌、赵大同、翟常乐一起努力地读书。然而，翟常乐初二没上完，就挑着个担子走街串巷地卖起了豆腐；赵大同读完初中，就跟着叔叔赵双成去工地干起了泥瓦工；隗志远则参军去南疆戍边卫国了。

狄清歌赶紧走下小山丘。

小山丘下，是汪汪一碧的颍潭。颍潭由颍峰上的水冲泻而成，距小山丘有三丈之高。当初，翟常乐并不服隗志远当头儿，也想指手画脚的。隗志远说：“你敢跳下去吗？”翟常乐看了看，潭水深深，头晕目眩。隗志远鄙夷地说：“就你？我可是进过风猴洞的。”话音落下，人也一跃而下，没入深深的潭水中。翟常乐“呀”的一声惊呆了，只管摸着半块耳朵。

颍峰下有个洞，洞内常年居住着像风一样来去无踪的猴子，村里人称之为“风猴”，也就管那洞叫风猴洞。隗志远还满地爬的时候，被一只风猴抓起来就跑。树枝丫上的山乌“哇——哇”地大叫起来，隗天明、赵玉成、狄长生、赵彦生拿着铁锨、镐头一直追进颍峰深处的风猴洞，才把隗志远抱回来。

而翟常乐没了的那一半耳朵，是在三岁那年被一只晚上出来偷食的老鼠咬去的。

炎炎夏日，隗志远带着狄清歌、赵大同、翟常乐从小山丘上一次次跃入潭中。隗天明看到了，非但没有制止，还讲了一个“练胆石”的故事：明朝时，有个俞大猷，从小就胸怀大志。在清源山读书时，经常从一块丈高的崖石上纵身跃下，练得浑身是胆。及至长成，又忠心许国，抵御外辱，成为与戚继光齐名的抗倭名将。讲过俞大猷练胆，他谆谆告诫道：“男儿铁石志，总是报国心。你们也七八岁了，正是立志的年龄。要学英雄，立壮志，长本领，将来报效国家。”

在云南边境作战中，隗志远牺牲了。

狄清歌、赵大同、翟常乐都难过地流下了眼泪。隗天明仰天长啸一声，说：“诚既勇兮又以武，终刚强兮不可凌。身既死兮神以灵，魂魄毅兮为鬼雄。志远，为国英勇牺牲，无比光荣！有一个英雄的儿子，我骄傲！”

潭水激越奔流，冲出一条波浪翻滚的颍水河。

颍水，依山傍势向着顾城奔腾而去。

赵大同一边向小山丘下走着，一边和翟常乐斗嘴：“走不动了？整天吃豆腐的该有劲儿，你怎么‘草鸡’了？”翟常乐说：“我天天翻山越岭，鞋底儿都磨破了。”他抬起脚亮了亮鞋底的洞。赵大同说：“光赚钱，也不请我们吃块儿豆腐？”翟常乐说：“唉！一模子豆腐，赚不了三块两块的。”赵大同说："跟我们哭穷，真抠。"翟常乐禁不住磕打，张大了嘴巴说："好！下山我就请你俩吃豆腐。我的口号是'为人民服务，常乐卖豆腐'。"

狄清歌听着赵大同、翟常乐说笑，回到了中人城。

一个小山村，何以称城？尧封于唐，在唐建城，于是有了唐城这个地名，唐城也因尧所建而著称于世。而中人城，人虽只有数百余口，其出也有名。《史记·赵世家》记载："公元前406年，中山文公在中人城建国。"《左传·定公四年》中云："因城中有山，故曰中山。"

顾城，中人城，均曾作为中山国的都城。

石房，石院，石桌，石凳，石磨，石碾，石街，石巷，石桥，石栏，村中路也是古老的石头铺就，岁月的摩擦使石头棱角圆润光亮。狄清歌和赵大同、翟常乐走在石路上，脚下发出"咚咚"的声响，惊扰了一只芦花母鸡。

小阳春天气，芦花母鸡憋了一冬，刚下出第一个蛋，涨红着脸号叫起来："咯咯嗒——咯咯咯嗒——"一只公鸡撅起尾巴，也趁机奓起翅膀伸直了脖子大声叫道："喔喔喔——"

村支书赵玉成带着村里的人们养起了鸡，中人城也成了远近闻名的养鸡专业村。鸡有成千上万，听到公鸡喊、母鸡叫，都随声附和。公鸡、母鸡的叫声又混合了，一起向着颍峰飘忽而去。

村里最高处，矗立着一座石砌的庙，传说庙里有神。

虽然狄清歌、赵大同、翟常乐都从高高的小山丘上跳进过深深的颍潭，学俞大猷练过胆，但从未敢踏进庙中，只听说庙里供奉着一只双翼神，嘴巴长可盈尺，利爪带钩；只知道逢年过节的时候狄三儿都会去庙里烧几炷香，庙里的双翼神也会于香气缭绕中怒目欲飞。

狄清歌、赵大同、翟常乐都支棱着头发，侧着身子紧趋几步过了神庙。

踏过三级青石台阶，赵大同和翟常乐跟着狄清歌回到家里，狄长生正和隗天明陪着柳老师坐在院里的石凳上说话。狄清歌忙招呼道："柳老师！您怎么来了？"柳老师说："给你送通知来的。让你去市教育局，苛局长找你谈话。"狄清歌说："大不了去海南，那里正开发热呢。海角天涯，四季花开。"赵大同说："我跟着你去。"翟常乐说："我也去。"狄长生把眼一瞪，说："清歌的书不白读了？还要工作，要好好地工作。"隗天明也告诫道："大同、常乐，你俩也都有儿有女了，不能再由着性子来。有根基，才能做好人；扎实，才能做好事。”

在狄清歌上高中的那年，翟常乐就娶了绿翠儿做媳妇，并于当年生下了儿子英豪。英豪还没有断奶，绿翠儿又生下个女儿福妹。赵大同虽然比翟常乐晚两年结婚，但也有了文景和修景两个儿子。

柳老师也趁机开导狄清歌，说：“去海南干什么？苻局长找你谈话，或许是安排工作呢。年轻人，需要磨炼，意志的、身体的、见识的……”

叙过一些话，柳老师要回学校了。狄长生拿出一坛子酒说：“我自己酿的，你拿上。”柳老师说：“不行不行，不能要你的酒。”推辞不受。

隗天明笑道：“柳老师！你可听说过‘千日醉’？”

柳老师说：“狄希所酿。”

隗天明点头道：“长生酿的酒，方圆百里无人及。能喝上他酒的人，也是方圆百里无有人。”

柳老师连忙把酒坛子接过去，说：“当初，刘玄石喝过狄希的酒醉了千日，这酒就是传说中的‘千日醉’？”

隗天明说：“长生酿的这酒，就是按照祖上传下来的秘方酿造的。”

柳老师连声说道：“‘千日醉’，我差点错失了美酒。”

隗天明也把一罐子蜂蜜放在柳老师手上，说：“你拿回去尝尝。”柳老师笑道：“这——”隗天明说：“我自己养的蜂，采的‘百花蜜’。”柳老师把罐子接过去，说：“百花蜜，可谓蜜中极品。我也不客气了。”

柳老师临走，对狄清歌叮咛道：“要把工作做好。抽时间去看看我女儿。”

四　老饕馆的苏东坡红烧肘子

狄清歌要去顾城，翟常乐刚说了个“我也去”，即被穿着一身劳动服的赵大同斥责道：“你一个卖豆腐的，去什么！我和清歌去，也能壮个胆儿。”

东风解冻，丽日舒和。沿着汤汤的颍水，赵大同跟着狄清歌到了顾城。

仰望过迎泰门，赵大同感叹着和狄清歌走上宝塔街。在熙熙攘攘的人流中，赵大同驻足宝塔前。狄清歌对赵大同讲了杨六郎戍守边关、登顶宝塔的故事。

顾城，有史以来就是一片古战场。

沿着宽阔的中山大道，跨过颍水上的长桥，狄清歌和赵大同东张西望地到了市政府。

狄清歌向项于飞介绍了赵大同，说："和我一块儿光着屁股长大的。"项于飞握着赵大同的手说："敢情好！清歌的好伙伴，也是我的好哥们儿。"赵大同笑着说："那当然。家里有砌砖抹灰的活儿，你叫我。"

项于飞问过狄清歌原委，说："你打娄校长，固然不对，但怪他没有师德。先去吃点特色菜，再去见苻局长。"

项于飞前头带路，和狄清歌、赵大同到了老饕馆。

老饕，是苏东坡自称的雅号。贪吃者为饕，苏东坡是会吃。项于飞做了解释。

赵大同点点头，说："我知道了。老饕，是太会吃了。"

"哈哈。"赵大同的说法，把项于飞和狄清歌逗笑了。

跨进门去，迎面悬挂着一幅苏东坡写的《老饕赋》：

庖丁鼓刀，易牙烹熬。水欲新而釜欲洁，火恶陈而薪恶劳。九蒸暴而日燥，百上下而汤鏖。尝项上之一脔，嚼霜前之两螯。烂樱珠之煎蜜，滃杏酪之蒸羔。蛤半熟而含酒，蟹微生而带糟。盖聚物之夭美，以养吾之老饕。婉彼姬姜，颜如李桃。弹湘妃之玉瑟，鼓帝子之云璈。命仙人之萼绿华，舞古曲之郁轮袍。引南海之玻黎，酌凉州之蒲萄。愿先生之耆寿，分余沥于两髦。候红潮于玉颊，惊暖响于檀槽。忽累珠之妙唱，抽独茧之长缲。闵手倦而少休，疑吻燥而当膏。倒一缸之雪乳，列百柂之琼艘。各眼滟于秋水，咸骨醉于春醪。美人告去已而云散，先生方兀然而禅逃。响松风于蟹眼，浮雪花于兔毫。先生一笑而起，渺海阔而天高。

狄清歌看过，不由得赞叹道："玉筋的笔致好遒健！"再看看字匾落款处，说："苏可乔，就是市文联的苏主席吗？"项于飞点头说道："是，苏主席还是市书画协会理事长、诗词协会理事长。诗、书、画，样样精绝。"狄清歌对苏可乔佩服得简直五体投地，夸赞说："泼墨为画卷，提笔是书法，出口成诗词，果真是个大文人。"

老饕馆食客众多，熙熙攘攘。项于飞和狄清歌、赵大同刚找个地方坐下，服务员已经笑呵呵地走过来。项于飞问服务员：“小李子，苏主席在吗？”小李子说：“和几个文友走了，说去写生。去哪里，不知道；几时回，不知道。老规矩？”项于飞点了点头。

“一份苏东坡红烧肘子，一瓶中山松醪酒，还有一份小菠菜——”小李子扯起嗓子喊过，又去照顾别的食客去了。

狄清歌听了项于飞和小李子的对话，有些不明白，问：“苏主席为老饕馆书写的匾额，你又问苏主席在吗？苏主席经常在这里，还是小李子和苏主席有什么关系？”项于飞说：“苏主席退休了，从父辈手里接过这老饕馆。”狄清歌问：“不画画了？哦，写生去了。”项于飞说：“还画几笔。”

狄清歌听项于飞说苏可乔已经退休了，心里不免有点儿遗憾。

说话间，小李子端来了苏东坡红烧肘子，放在桌上说：“刚烧好的，吃着香软可口。”

饮过一杯酒，项于飞拿起筷子说：“快尝尝，这可是老饕馆的招牌菜。当初，苏东坡谪贬顾城，以猪肘子为食材，加二十多味中草药熬制，成为香软可口的美食。苏主席接这个店，也是为了把苏东坡红烧肘子的做法传承下来。这肉，名为苏东坡红烧肘子；这酒，用的也是苏东坡的酿造方法。美酒，美味，快吃！”

狄清歌和赵大同拿起筷子各自夹起一块苏东坡红烧肘子啃着，项于飞也不时地端起酒杯，和狄清歌、赵大同碰一碰，喝口酒。

中山松醪酒喝干了，苏东坡红烧肘子吃完了，下午上班的时间也到了。项于飞带着狄清歌和赵大同去了市教育局，找到管人事的副局长苻岑葑。

苻岑葑长得白白净净，戴着一副白边眼镜，看见项于飞，伸出手来热情地握了。寒暄过两句，苻岑葑问项于飞：“项秘书来，是有事吧？”项于飞指着狄清歌，对苻岑葑说：“他就是狄清歌，第五中学的那个教师，和我是同学。这不，接到通知就来了。”苻岑葑对项于飞说：“同学好啊，亲密。”然后看看狄清歌，告诫道：“噢！书生意气。但是，你有错误，校长批评你，管教你，是职责。你不接受批评，还动手打校长，也太出格了。”狄清歌听了苻岑葑说的话，觉得不对头，开口要解释，苻岑葑已然说道，“批评，是教育，也是帮助。对待批评，今后一定要虚心，接受校长的批评，服从校长的领导。”

对狄清歌说过，苻岑蒟又对项于飞说道：“年轻，需要像颍水里的石头，在河床里不断地翻滚磨打，直到无棱没角了，也就成了一块‘山流水’。”项于飞说：“苻局长多教导。你看，清歌反省一段时间了，刚刚又接受了你的批评，自己也有了认识，也端正了思想，是不是让他上班？学校的老师也是一个萝卜一个坑，不能总是缺着课吧。”苻岑蒟点点头，说：“回学校上课吧。”狄清歌倔强地说：“我再也不愿意看见娄校长。”苻岑蒟看了看狄清歌，说：“还挺倔，还没有端正认识。”项于飞连忙说：“苻局长，你看——”苻岑蒟想了想，说：“你再回第五中学，娄校长的工作也没法做了。这样吧，先到教育产业办公室上班吧，是借调。”项于飞笑道：“谢谢苻局长。”又伸出手去，拽了拽狄清歌。狄清歌说：“苻局长——谢谢您！”苻岑蒟笑道：“这不挺灵活的，明天就来上班。”

从市教育局出来，赵大同问项于飞：“苻局长的话里，是说清歌不对。那娄校长——”项于飞说：“先上班，别的事情以后再说。”不会再见到娄校长，狄清歌的心里多少有些敞亮了，也不再说什么，问项于飞：“苻局长才比我们长几岁，就当市教育局的副局长了？”项于飞说：“三十二岁，大学本科，党员，教育管理专业毕业。年轻化、知识化、革命化、专业化，‘四化’领导干部。”

为摆脱经费捉襟见肘的窘境，开拓教育发展的新领域，市教育局设立了产业办公室。

捐资助学费、校中校、特长班、资料费、学习用具费……忙着忙着，狄清歌发现，教育产业办公室要求各学校统一订的学生作业本比小卖店的价格高。

一个作业本，就赚三毛钱。仪器站的幻灯机、投影仪、照相机，这些大家伙的利润又不是作业本能比的。

“普九”，各学校非买不可，但又没钱买。市教育局决定向老师集资，利息略高于银行；向学生收取上机费、杂费、助学费、特长班费、资料费用以付息。

教育产业办公室忙着给各学校送仪器，送资料，送作业本。

冬日里，中山大道上有人烤起了红山药。嗅着空气中飘荡的香气，狄清歌馋涎欲滴，苻岑菿问："吃不吃红山药？"

听到红山药，狄清歌的口水差点儿流出来，忙不迭地说："又甜又香，我从小就爱吃。"苻岑菿看着狄清歌的馋样儿，笑道："这东西着实馋人。走！上我家吃去，老家的人给的。"

五　红眼病

红山药个大、瓤红，又香又甜，曾作为顾城市"大跃进"结出的丰硕成果送进中南海报喜。

苻岑菿时不时地要狄清歌去家里吃红山药，两个人的感情越来越密切。

年终，娄校长到市教育局开总结会，看到了狄清歌，笑着说："狄老师！咱们又见面了。"

看到娄校长，狄清歌很是反感，脸不是脸、鼻子不是鼻子地说："你对女学生动手动脚不说，反倒恶人先告状，还诬陷我。"

娄校长红了脸，急速地阻止道："别说了。对不起，对不起。今后，你我就是弟兄，互亲互敬。啊！"狄清歌把手一摆，说道："谁和你这样的人是兄弟！"娄校长赔着笑说："多包涵。我向你道歉，请你喝酒。"狄清歌说："你研究我的酒，却被你喝了。你喝我的酒，我却不喝你的酒。"娄校长尴尬地笑了笑，说："以前的事，不计较。我把我外甥女介绍给你认识。"狄清歌问："你外甥女是谁？"娄校长说："姚窕。"狄清歌说："不认识，不想认识。"娄校长说："不是让你和我外甥女交朋友。你认识了我外甥女，就能和胡市长拉上关系。"狄清歌说："我不想让你帮忙，也不想和胡市长拉关系。"扭头走了。

新年欢欢喜喜地过完了。国家全面取消价格管制，小商品以及日常生活必需品的价格暴涨，柴、米、油、盐、酱、醋、茶，是个东西都被一抢而光。

苏东坡双槐刚孕育出饱满的花蕾，"红眼病"爆发了。

市教育局的人今天一个眼睛红了，另一个眼睛便发痒，两三天的时间，十几个人的眼睛红了。即使这样，上班还偷偷地往一块儿凑，像群红眼兔子商量倒腾些东西，发点财。

"红眼病"暴发，苻岑莉也感染了结膜炎，眼睛通红通红的，滴着眼药水对狄清歌说："农村改革成功之外，其他各方面的经济改革都要进行尝试，党政机关干部可以'下海'经商。前些年，那些'倒爷'倒彩电、冰箱、摩托车，倒钢筋、水泥、木材，倒矿石、铁粉，倒什么都发财，谁倒谁发财。整顿过后，现在要'抢抓机遇，加快发展'。林书记也讲话了，讲得人热血沸腾。全市经济要腾飞，在局里憋着都难受。"

"发展才是硬道理"，推动着中国经济改革与社会进步。

前几天，市委书记林春阳穿着笔挺的银灰色西装、系着鲜红的领带，在领导干部大会上讲道："早在两千多年前，管仲即提出'以商兴国'，发展工商经济，强大国力，实现富强。然而，封建社会历朝历代的统治者普遍坚持'重农抑商'的错误思想，限制工商业的发展。现在，改革开放，以工商经济强国，我们要转变观念换脑筋，经济发展要腾飞。为此，我们的干部要一律着西服，学跳舞。旗袍都可以不穿，为什么死穿着中山装不脱呢？'洋装穿在身，我心依然是中国心。'能歌善舞是一种风度，潇洒地展示我们的开放精神。顾城经济发展，来到了腾飞的历史关头，每个干部都要为这个时刻的到来而自豪，为经济腾飞献力量。经济大潮已经到来，要学会在大海里游泳，当弄潮儿，去搏击。要敢于下海，经商办企业……"

狄清歌不知道经济怎样腾飞，只知道两个月的工资直接被市财政局扣发，买了"腾飞"债券，期限十年。

市教育局的干部们热血沸腾："在机关工作，憋得难受，胳膊腿都伸展不开。""在唐钢，我有个亲戚。托他的关系，也倒腾点钢材，发一鼻子财。""钢材紧俏。我认识武钢的，也联系联系。""那不过是一锤子买卖，倒腾一次就完了。现在国际市场上硫酸铜最紧俏，建个工厂生产，年利润可达上百万。""市经贸局也极力推荐这个项目，建一个！咱也当当老板，阔一阔。"……

狄清歌和项于飞商量经商"下海"的事，项于飞说："你不适合做生意，太直太善良太实在。"狄清歌说："自古以来虽然都说无商不奸，但经商最讲的还是一个'信'字。"项于飞摇着头说："南方有钱人是瘦的，猴精猴精的才能发财；北方人都是胖的做生意。你双耳无垂，两腮无肉，一副穷样。"狄清歌说："要是有了钱，也能吃成肥头大耳，一副猪相。"项于飞说：“书卷气。安心工作，先把婚姻大事解决了。来喝酒啊！”

花千色给项于飞生了一个儿子，还取名振鹭。

儿子神气，闺女福气。项于飞的精神头格外足，走路都一抖一抖的，连花千色都格外飒爽。

星期日，狄清歌早早地去了项于飞家，帮着准备酒菜。不一会儿，肖子灵、高小禾也翩然而至。

项于飞对狄清歌说：“看看肖子灵和高小禾，赶紧找个情投意合的。”

大学一毕业，肖子灵即去了市建委，找到表哥顾建东，想分配到一个好单位。但是，顾建东只是个建管科的科长。顾建东想了想，说市委组织部高副部长的女儿高小禾正是婚配年龄，在文化馆工作，要是愿意，牵个线介绍一下。肖子灵听了，当即表示愿意见一面。顾建东看肖子灵愿意，又进一步说高小禾是工人身份。见肖子灵还是愿意，顾建东又说道：“你先看看高小禾。”

顾建东带着肖子灵去了文化馆。高小禾正一手操琴，一手弹拨，琴弦振动，琴音悠扬。也是姻缘注定，肖子灵听着，竟然跟着节律哼唱起来。随后，和高小禾谈了几句。谈过，顾建东把肖子灵介绍给了高副部长。高副部长看了看肖子灵，说：“只要小禾愿意，当老人的没意见。”

肖子灵和高小禾两情相悦，去民政局领了结婚证。

肖子灵分到了市委办公室。

婚后，肖子灵和高小禾出入相随，形影不离，众人都说他们夫妻恩爱，琴瑟调和，素有“金童玉女”之称。

肖子灵则对狄清歌说：“你是后来者，看看千色的屁股有多大。‘屁股大，生小子。’娶个和千色一样的。”

同学们三三两两地到了，焉熙没到。项于飞说焉熙正跟着中科院商周研究所在殷墟大墓考古，寄来了一张小笺：“远隔邮送，未遑趋贺，切谢。”

相聚甚欢，直到月落乌啼。

六　初识在苏东坡双槐下

槐花香飘满了顾城。

项于飞和花千色伉俪情深，肖子灵和高小禾琴瑟调和，同学们都或娶或嫁，并生儿育女了，狄清歌未免心生惆怅。

男大当婚，女大当嫁。狄长生多次催促道：“年龄不小了。”隗天明也屡屡劝说：“赶紧找个情投意合的，让你爹了了心愿。”

“有时间去看看我女儿。”狄清歌想起了柳老师的嘱咐。

阳光和煦，照得人暖暖的。狄清歌提着半网兜橘子，走在去市人民医院的路上，嘴角挂着笑，看着过往行人都觉得亲切。

狄清歌没有见过柳疏影，也没来得及按柳老师的要求去看过杨老师就离开第五中学，只能想着柳老师的尔雅和歌声到了市人民医院。一打听，柳疏影在妇产科。

妇产科诊疗区，大肚子的女人们进进出出，偶有“哎哟哎哟”的撕心裂肺声飘出来。

女人们育出生命的天地。狄清歌脸红红的，东看看，西望望，正探头探脑地找寻，忽听背后有人说：“看什么看，没见过女人生孩子，还没见过你妈是怎样生你的？”

狄清歌听了，感觉是在骂自己，忙回头看了看。果然，一个裹着小脚的老太太颤巍巍地盯着自己骂。

狄清歌不敢还嘴，红着脸溜到一边又伸着脖子东瞅西看。正看间，忽然觉得脊背有些发凉，忙拧了脖子回头看。

身后，站着个穿白大褂的。

狄清歌龇了龇牙，又咧了咧嘴，一副难堪的样子。

白大褂脸上，有一双翠眉。狄清歌看了，觉得是个女的，但白衣笼身，辨不出男女，只好尴尬地笑着。白大褂眼含秋波，对着狄清歌一忽闪，似是在问：“你在干什么？”狄清歌搭讪道：“嘿嘿，你好！我——”

看着狄清歌忧伤的双眼，白大褂眉梢一挑，细声细气地问：“你是病人家属？看你的眼神，好像有为难之事。”狄清歌回答说：“不是。”白大褂说：“没事你到这里来？”狄清歌讪讪地笑着，说：“嘿嘿，我叫狄清歌，找——”

白大褂摘下口罩，露出了一张樱桃小嘴，莞尔笑道：“找我的？”

原来是柳疏影。

狄清歌的脸更红了。

柳疏影把狄清歌引到医生办公室，忽闪着大眼睛，笑盈盈地说："巧了。有人控告说有衣冠之徒在这里东看西窥，主任要我来看看是不是个流氓，哪知道是你。"

狄清歌忙解释说："柳老师对我很好，一直记在心里。想请他吃顿饭，但是他不在眼前，所以——哦，柳老师说过，让我来看看你。"

柳疏影又是盈盈一笑，说："是吗？"狄清歌连连点着头说："是，真是那么说的。不信，你问问柳老师。"柳疏影笑道："谢谢你来看我。看到我了，你——"狄清歌觍着脸说："还——请你吃饭。"柳疏影推辞说："请我？免了，一个月才挣几个钱。"狄清歌又忙表白说："吃饭不成问题。"柳疏影笑着应道："那好，约个地方。"狄清歌闪闪忧伤的眼睛，问："在苏东坡双槐下见？"柳疏影又笑了，应道："你想好了地方，我去就是。不见不散。"

狄清歌忙从医院跑出来，乐滋滋地沿着中山大道往苏东坡双槐走去。

太阳当头，照得人睁不开眼。狄清歌一路行来，中山大道两旁是卖眼镜的，个个干巴瘦，显得非常伶仃——据说是温州人。走到一个货摊前，摊主龇着牙操着南方口音说："踢锅和（买吗）？"狄清歌说："踢锅？那还吃饭不？我买眼镜。"摊主说："哦，词挖了（好啦）。"狄清歌说："不挖刺儿，买眼镜。"狄清歌挑了副茶色的戴上试了试，问："多少钱？"摊主说："七块啦——"狄清歌讨价还价说："三块。"摊主说："不还价啦——"狄清歌说："不便宜不买。"转身要走，摊主说："赔本，五块啦——"狄清歌说："拉，拉，拉稀吧你。三块，不卖拉倒。"摊主把眼镜递给狄清歌，说："和啦，卖你啦——"

狄清歌付了钱，戴上眼镜望望，感觉太阳没有先前那么毒辣了。走了没几步，便觉得太阳镜往下滑。扶了扶，又往前走。太阳镜又往下滑，又去扶，眼镜框扶住了，镜片却从镜框里掉到地上，"啪"的一声碎了。

"踢锅，没踢着锅，眼镜碎了。净骗人，难怪瘦得像个猴。"狄清歌懊恼地骂过，悻悻地向苏东坡文化园走去。

槐柳阴初密，帘栊暑尚微。立夏时节，苏东坡双槐为人们营造了一方阴凉的小天地。站在槐荫下，狄清歌看着古老沧桑的苏东坡双槐，不由得想起柳老师说的那句诗：古槐疏影薄，仙桂动秋声。

疏影是硬朗的影子，柳老师给女儿取“疏影”为名，寓意美好。还有一句“疏影横斜水清浅，暗香浮动月黄昏”，虽是咏梅，但还是描景。情由景生，是柳老师太爱女儿了。狄清歌正琢磨，柳疏影气喘吁吁地跑来了，说：“对不起！刚要下班，急诊室转来一个高危中央型前置胎盘妊娠患者，各科联手急救。”

狄清歌看了看，苏东坡双槐的影子已东斜了，说：“维护职业的圣洁，是每一位医务工作者的神圣职责。”柳疏影嫣然一笑道：“谢谢！这是我们医护人员的誓言。有个寓言故事，最能形容医生的工作。在一个原始部落里，有一位非常睿智的老酋长，部落里的人都说老酋长从来没有做出过错误的判断。一个年轻人不服气，很想让老酋长说错一件事，把一只刚刚孵出来的小鸟握在手心，问老酋长：‘小鸟是死是活？’老酋长回答说：‘生命就在你的手中。’”狄清歌听了，想了想，说：“手一松，小鸟飞走了。救死扶伤，是天下最崇高的工作。”柳疏影说：“生命在手，责任重大。走，我们进去吧。”

踏步迈过棂星门，走进苏东坡文化园内，迎面是苏东坡双槐，一棵葱郁如舞风，一棵杈丫竦拔似神龙。两棵槐树相依相偎，耳鬓厮磨。

《顾城志》载，两棵槐树乃苏东坡亲手所栽。宋哲宗元祐八年八月一日，苏东坡的妻子王闰之病逝。十月，他被贬知边关重镇顾城府。在一连串的打击下，苏东坡无从招架，心情郁闷至极，漫步而走，见这一块风水宝地极具灵气，便信手栽下了这两棵槐树，以寄托对亡妻的哀思之情。而这两棵槐树犹有神助，长势飞速，而且越长越奇。

仰头看着苏东坡双槐，柳疏影说：“相依相偎，境由心生。”狄清歌说：“表达了人们对爱情的美好向往。”柳疏影摇了摇头，道：“这是情感认知问题。人的学识、修为、境遇、心理不同，见解有别。”狄清歌点点头，说：“同意。葱郁如舞风，自然奇绝秀美。这犹如曼妙的女子，热恋她的人，以为其绝伦。”柳疏影又说道：“竦拔似神龙，是树中伟丈夫；曼妙女子自是爱他昂扬向上无比。龙凤双槐、世上男女都是自然存在，是恋人的情感生发。一个客观，一个主观，相互作用，共同创造。”狄清歌说：“客观是源泉。美学家朱光潜阐述过一个原理：情感的产生，是把内在的自我外投到客观事物上。垂柳的婆娑，引发人内心的飘逸潇洒，人的感受又回到垂柳，刹那间，人的情感和垂柳的婆娑感应在一起，交融在一起，不分人柳，合二为一在同一个境界里。就像苏东坡双槐，因为相依相偎，耳鬓厮磨，拨动了人心底的琴弦。”狄清歌回想起了小山丘上那棵顶天立地的垂柳，又扭头看着苏东坡双槐。柳疏影则惆怅地说道：“一片枫叶，在游目骋怀的杜牧看来，是‘停车坐爱枫林晚，霜叶红于二月花’；在长亭送别的崔莺莺看来，却是‘晓来谁染霜林醉，总是离人泪’。”狄清歌低头看看甬路边，说：“一瓣菊花，对于坚贞不屈的郑所南，是‘宁可枝头抱香死，何曾吹落北风中’；对于利禄熏心的陈叔达，却是‘但令逢采摘，宁辞独晚荣’。”柳疏影沉吟片刻，说：“良辰美景，赏心乐事，一般人的感受是春光如画，明媚无比，好不荡气回肠。但是，要让杜丽娘感受呢，一定是无可奈何，那颗伤感的心在起作用。”狄清歌也凝起忧伤的眼神说：“依照对客观的感受，心中创造出一个事物。有一个客观的枫叶，即有一个主观的枫叶；有一个客观的菊花，即有一个主观的菊花。客观的只有那一个，主观则因人而异了。”

小路弯弯折折，柳疏影悠悠踟蹰地走到“雪浪亭”前，站住脚又问道：“苏东坡知顾城，书上鲜有提及。这是为什么？”

“一是因为时间短，从十月到任，至翌年四月离职，仅半年；二是因为在近现代史上，顾城的重要性远不如杭州、徐州、常州。”狄清歌看着黝黑的石头上的缕缕白浪仿佛浪涌雪沫，答道：“据考，苏轼颠沛流离、曾经任职的杭州等地都收藏着雪浪石，其实非原石。真石在此。是千古奇石，名扬遐迩。”

柳疏影问：“根据是什么？”

狄清歌指着石盆上的铭文说：“苏轼的《雪浪石铭》：‘尽水之变蜀两孙，与不传者归九原。异哉驳石雪浪翻，石中乃有此理存。玉井芙蓉丈八盆，伏流飞空漱其根。东坡作铭岂多言，四月辛酉绍圣元。’”

柳疏影略作思忖，道：“顾名思义，雪，白色，是说石头里白色的纹理；尽水之变，是说白色的纹理宛若水纹蕴涵在石头上。丈八，是说体积，石头放在盆中，应该不甚巨大。”狄清歌看着柳疏影，不禁称赞道：“太聪明了，是这两个特征。”柳疏影面颊上飞起两朵红霞，嗔怪说：“你是夸我还是损我？小时候，数九寒天的都捧着课本刻苦读书，不敢有丝毫懈怠，只不过是积累了一点文字功底。”狄清歌说：“除了你天资聪颖，还应该与柳老师和杨老师从小对你的文化富养有关。”

柳疏影唏嘘了几声，点点头问：“我爸妈对我是严管厚爱。我想知道，苏东坡和王闰之，天造地设的一对情侣竟阴阳两别，天各一方。‘十年生死两茫茫，不思量，自难忘。’是悲也？是摧也？无语诉衷肠。敏才文豪，却命运多舛，是不是因为天赋太高了？”

狄清歌眼睛放出忧伤的光芒，说：“天妒英才？小人阿谀谄媚，奸臣陷害忠良，皆是政治不清。苏东坡，名轼，轼的本义是设在车厢前面供人凭倚的横木。其父苏洵，即《三字经》里‘二十七，始发愤’的苏老泉，取其可有可无、微乎其微之意，意在使其低调做人。苏东坡这样做了，但天难掩其才，日难遮其芒，忧国忧民的情怀触及权奸的利益，自然令权奸生恨。悲哀！年未及冠即‘学通经史，属文日数千言’‘应中制科考试入第三等’，为‘百年第一’。倘若——”

柳疏影拉了狄清歌一把，说：“别为苏大学士叹息了，去哪里吃饭？”狄清歌张口即道：“老饕馆。”

过了吃中午饭的时间，老饕馆里已没了食客。见狄清歌来了，小李子招呼道：“您来了！还有位女客，请坐。”一边拿起茶壶，倒上水沏了，才问：“吃点什么？招牌菜？”狄清歌看看柳疏影，柳疏影说：“那菜分量太大了。一份小菠菜，两碗鸡蛋汤，三个火烧。”点完菜，对狄清歌说：“你吃两个。”狄清歌说：“太简单了。”柳疏影说：“简单点，饱腹即可。”

狄清歌在老饕馆里张望了一眼，问小李子：“苏主席不在吗？”小李子回答说：“刚写生回来，累了，在休息。要不要叫一声？”狄清歌说：“在休息，就不打扰了。只需对苏主席说，我来过了，问他好。”小李子说声“好”，备饭菜去了。

柳疏影问：“你和苏主席熟悉吗？”狄清歌说：“于飞带着我见过一面。”柳疏影又问道：“你很想见他。”狄清歌点头说：“是，我很崇拜他。”这时，小李子已把饭菜端上来，放在了桌子上。柳疏影说：“饭菜来了，赶紧吃。”

吃过饭，柳疏影急急忙忙地回医院去了，狄清歌也赶着去上班。

七　恼人的心绪

狄清歌又去了老饕馆，和柳疏影才吃过不几日。

项于飞要去清溪县挂职锻炼，任体制改革副县长，约狄清歌吃饭，还说："到老饕馆，肖子灵也去。他给林书记当秘书了。"

狄清歌欣欣然地去了老饕馆。项于飞要去任副县长，自然要庆贺；肖子灵给林书记当了秘书，也是好事；再有，很想见到苏可乔，借机再向其探讨一下"山流水"。

然而，苏可乔没在老饕馆里，只是小李子照应。

喝过中山松醪酒，吃过苏东坡红烧肘子，项于飞去清溪挂职锻炼了。

第二天，狄清歌一上班，看到了娄校长。

在领导干部调整中，娄校长调到市教育局当副局长了。

人们惊愕之余，有人打探到底细——娄副局长的外甥女姚窕在胡副市长面前说了话。

姚窕可是萍水逢物贸公司的总经理，响当当的名声。

说来，姚窕也是闯荡过一番才有了一方天地。

姚窕原本是一家国营照相馆的营业员，年方十六岁即接了父亲的班。改革春风刮起来，企业实行承包制，姚窕凭着青春的朝气把照相馆承包了。

照相馆虽小，但各行各业的人都需要，上学、参军、结婚、生日都要照，还有小孩百天纪念照、同学毕业留念照……每天来照相的人你去我来，络绎不绝，生意出奇的好。

也有不少人——年少懵懂的，一脸青春痘的，有事没事就去照张相。

是姚窕的照相技术好？不全是，更多的是为了看看姚窕。

姚窕长着一副瓜子脸，一双秀眼，鼻梁小巧，抹得艳红的嘴唇，葫芦沙漏形的身材上，秀发随意地披在肩上，散发出迷人的芳香，比街上大众化的女人们，别有一些韵味。然而，那些年少懵懂的，长着一脸青春痘的，看过样貌，嗅过芳香，眼睛像根钉子，把眼光钉在了姚窕超短裙下那双白光光的大腿上。

有一天，胡副市长因为出国参观考察到照相馆照了张相。照完相，瞄了瞄姚窕超短裙下那双白光光的大腿，走了。一周过去，胡副市长到照相馆来取照片，和姚窕聊了一会儿。一个月后，胡副市长从国外参观考察归来，又到了照相馆，姚窕跟着胡副市长去了市政府招待处。后来，姚窕应胡副市长之邀，又去市政府招待处吃了顿饭。

两个月后，那几个长着一脸青春痘的来照相馆，却看不见姚窕的大白腿了。

姚窕宛如蛾般飞了？

几个长着一脸青春痘的正在胡思乱想的时候，一个名为“萍水逢”的物贸公司在噼噼啪啪的鞭炮声中隆重开业了。

在开业典礼上，人们看到了萍水逢物贸公司总经理，是姚窕。胡副市长热情洋溢地致辞并和姚窕一起微笑着剪彩。

剪过彩，物贸公司即刻间就热闹起来。腋下夹着皮包的经理，手里提着兜子的包工头，都是冲着盘条、螺纹钢而来。淡妆、披肩发的姚窕端坐在“陶朱事业，端木生涯”匾额八个字下，金灿灿的耳坠随之摇曳，含笑顾盼，左右斡旋着说：“嘎嘎！张总、王总，你们都是我的亲哥哥。给谁不给谁，不是为难妹妹吗？”瘦了吧唧的张总咳了一声，说：“早好几天我就付了定金。”王总咧开了大嘴说：“我好几十口子人在工地上耗着呢，白吃不干活，等不起啊。”王总和张总争吵着。姚窕劝解说：“现在货紧，不好搞，你们俩也相互让一让。嘎嘎！等我再找领导批个条，都有都有。不过，领导那里，不知道什么时间才能批下来。”王总把眼一瞪，说：“工地上停工待料，等不得。我加二十块。”张总咳了两声，说：“我也急得跟崩豆似的，我也加二十块。”王总说：“我加三十块！”

张总咳嗽着，说：“你——唉！让给你吧，哥们儿。”

姚窕摇了摇头，一脸无奈地说：“张总有风格。也希望王总明白我的难处，搞点东西不容易，钢材太紧俏。听说，出厂价一吨又要涨二百。嘎嘎！王总，买值了，赶紧交钱、开票、提货。东西缺，隔天又是一个价，可能还买不到了。因为，有钱难买没有。”

王总乐滋滋地走了，张总喜滋滋地转过身，咳嗽了两声，冲着姚窕挤了挤眼，说：“咳咳！咋样？窕姐。”姚窕扭了扭腰，又嘎嘎地笑了两声，说：“张达发，戏演得不错，请你吃大餐……”

萍水逢物贸公司车进车出，姚窕的生意红遍了顾城。

娄副局长长得一副鼠样，怎么会有姚窕这样一个妩媚的外甥女？虽然看似不可思议，却非咄咄怪事。俗话说：“好汉没好妻，赖汉娶花枝。”想必娄副局长的父亲也是一副鼠样，却娶了个貌美的女子为妻，生了个儿子似父亲，产下个女儿赛天仙。而赛天仙的女儿生了个如花似玉的姚窕。

娄副局长看到狄清歌，说：“兄弟，你我有交集，比别人近，我照顾你，你也不要有话就说。”狄清歌说：“娄局长，你有工作尽管吩咐，我照做就是。”娄副局长说：“好！有你这句话，我就放心了。记住，不该说的别说。”

娄副局长不愿意看到狄清歌，每次看到，表情就不自然。狄清歌也不愿意看到娄副局长，好在娄副局长分管幼教，工作上不接触，只是偶尔会碰到。但是，就在偶遇的一刹那，狄清歌能从娄副局长的眼神里看到一种怨毒。

狄清歌想回学校工作，找到了苻岑葑。

未等狄清歌开口，苻岑葑已然开口说道：“走！有红山药吃了。”狄清歌跟着苻岑葑到了家。

吃过一块儿红山药，狄清歌说想回学校了。苻岑葑不解地问：“回学校？学校好还是市教育局好？你是不是因为和娄局长有过节？当初，也是你不对，还动手打了他。他没有记恨你，你还倒有顾虑了。”狄清歌闷着头说：“我还是想回学校。”苻岑葑说：“你先给我办件事。能搞台彩电吗？如今，反官倒，组织上查得严，我不便出面。家里还看黑白的，搞一台。”

人们手里刚刚有了点钱，最大的心愿就是弄台彩电看。彩电，是紧俏货，没有一定的地位，一定的社会关系，再想省点钱，比登天还难。想彩电，看彩电，眼里都能冒出光来。倒爷，岂止倒爷，有点关系的人都知道搞彩电发财，都想倒点，但能搞到的，是那些手眼通天的。搞几台黑白的，也称得上有本事了。

苻局长都搞不到，我算老几？狄清歌正犯愁，项于飞从清溪回来了。

项于飞是到市政府开体制改革会议的。

狄清歌说：“体制改革一板斧接着一板斧，够你忙的。”项于飞苦笑道：“县里大多是小规模的企业，锤子榔头敲敲打打，不进行体制改革，企业就没市场没出路。优胜劣汰，市场是非常残酷的。”狄清歌不懂体制改革，只是听着项于飞说。

项于飞说了一会儿，看着狄清歌的眼睛问道："你眼里的忧伤更重了。是不是有什么困难？"狄清歌也不隐瞒说："我想回学校。"项于飞看着狄清歌，诧异地问道："为什么？"狄清歌说："我不想看到娄副局长。"项于飞"嗯"了一声，说："这倒是。不过，井水不犯河水，他又不分管你们的工作。"狄清歌说："在这样的环境里工作，我心里非常难受。"项于飞默然片刻，说："或许，你回学校是最好的选择。但是，柳疏影呢？你怎么对她说？莫不成，你要背离了她？"

是啊，怎么对柳疏影说呢？回到市第五中学，见了柳老师、杨老师，又怎么说？狄清歌纠结过，闪烁着忧伤的眼睛，说："那，以后再说吧。"项于飞说："事情考虑好了，再做决定，不能急于一时。"狄清歌嗯了一声，说："还有件事，苻局长要我想办法给他弄台彩电。"项于飞说："怎么会让你想办法，你有办法？"狄清歌苦笑道："我？我有什么办法。"项于飞想了想，说："走！去张达发那里看看。"

项于飞和狄清歌沿着中山大道边说边走，进了一个电器门店。店里的人看见项于飞，忙迎过来，咳嗽过一声，说："项县长，您来了。快屋里请！"项于飞笑着对那人说："恭喜发财啊，张老板。这位，是我的同学狄清歌。"向张老板介绍过狄清歌，又对狄清歌介绍说："清歌，这是张达发老板。"狄清歌忙着说道："张老板好！"张达发笑道："咳咳！没外人。项县长在市政府的时候我就认识。我家是清溪的，有事还要麻烦项县长。咳咳！"

项于飞和张达发说着话，看了看店里摆着的几台冰箱、电风扇和黑白电视，问："生意好吗？"张达发咳嗽过后，说："原来吧，我在萍水逢看着做生意挺挣钱，一咬牙一跺脚就出来自己单干了。哪知道，东西不好搞到。咳咳！也不想想，姚窕是谁啊，有靠山。"项于飞看着几台黑白电视问："只卖黑白的？"张达发说："就这黑白的，咳！也难弄到。"项于飞又问道："有彩电吗？"张达发说："彩电，太紧张。不过，项县长要是看，咳咳！倒是有。"项于飞说："我想也是。一台彩电，对于你，不过是小菜一碟。张老板还是有本事的。"张达发龇牙一笑，道："我这叫什么！弄点东西卖卖，就是个摆摊卖货的。咳！虽然说东西没好的，但弄到这点东西也不容易。咳咳！到我这儿，都倒六手了。"项于飞说："不说那些。清歌要一台，也是不得已的事，你给台吧。"张达发从柜台下搬出一个箱子，咳嗽着说："好不容易才弄到的，还是台熊猫的，牌子硬。本来，我是给朋友留着的，项县长开了口，不能不给面子，咳咳！价钱——"项于飞说："'穷大方，富小气。'张老板不会小气吧。"狄清歌也赶忙说："多少钱？总得照顾点，我也好给苻局长个交代。"张达发不以为然地说："当局长的，还差这么俩钱儿。看在项县长的面子上，咳咳！原价，两千三。"

项于飞看过花千色和振鹭，去清溪上班了，狄清歌把彩电送到了苻岑莇家。

苻岑莇满意地说："你很有办法嘛，我看看。"说着话，把彩电小心翼翼地放在桌上，接上电源，插上天线，摁下开关。

"七彩的画面，比黑白的就是好。"苻岑莇看着彩色画面咧着嘴一个劲儿地笑。"多少钱？"没等狄清歌开口，苻岑莇说，"给你两千。多个百儿八十的，也不白辛苦你。"狄清歌张起嘴要说多少钱买的："是——"苻岑莇截住说："是什么是。就这样了，别婆婆妈妈的。从价钱上看，你这途径还不对，肯定是倒来倒去好几倒了。要是走对了路子，还会更便宜。"

狄清歌心里想了想："就我这样的，哪能认识那些有能耐的人。这还多亏项于飞帮忙，要不然，便宜的？贵的也买不到。"想过，刚要开口说，苻岑莇已然说道："你去吧，我还有事。"

给苻岑莇买台彩电，搭了三百块，还弄得没趣，狄清歌走了。

月工资一百二十块钱，三个月里，狄清歌吃着馒头就咸菜。

狄清歌躲着闪着，又碰到了娄副局长。而娄副局长挺着胸，腆着肚，连看都不看狄清歌。

狄清歌再次想回学校了。思来想去，就去找柳疏影。

八　一"吸"救两命

然而，柳疏影的工作也太忙，狄清歌想和柳疏影倾心相谈，但还没见到，苻岑莇心急火燎地找来了，说："到我办公室来。"

狄清歌不知道发生了什么事，急忙跟着苻岑莇去了。到了办公室，苻岑莇把门关上，又插上锁，才指着一个女子对狄清歌说："这是我侄女，叫小芳。村里计划生育抓得紧，拆墙扒房又掏窝抓人。小芳怀孕了，非要生个儿子传宗接代，但村干部逼着做流产。”狄清歌听到一个“逼”字，心里发了慌，忙问道：“那怎么办？”苻岑葑说：“看我的面子，村干部给出了个主意，说要是有医院开的证明，不能做手术，就推搪过去了。你去找柳疏影，开个证明吧。”

办这事，怎能找柳疏影呢？狄清歌心里正犹豫，苻岑葑已经叮嘱道：“这事要偷着办。你老实可靠，所以才找你，要你去办。没有第二个人知道，也不能再找第二个人，弄出事儿来非同小可。”

狄清歌心里一揪，问：“这样的事能办？”苻岑葑说：“别人不能办，你去就能办，必须办、马上办。”狄清歌吃了苻岑葑那么多红山药，说不出个“不”字，只能答应道：“我去问问。”苻岑葑笑道：“问问就是办，一定办好。事比较急，快去吧。今天开不出证明，明天就要做手术打胎。我和小芳在办公室等着你拿回证明来。”

狄清歌满腔心事地到了市人民医院。

柳疏影看见狄清歌，颦着蛾眉笑道：“好几天看不见你了，怎么，还要请我吃饭啊？”狄清歌正没钱，又不能说不吃，硬着头皮说：“吃饭就吃饭。”又转了个弯说，“今天——”柳疏影笑着说：“还要去哪里玩啊，西溪？”“不是，是——”狄清歌有话说不出来，仿佛那只下蛋的芦花母鸡，把脸憋得通红。

柳疏影想了想，说：“你今天说话不爽快，是不是有事？”狄清歌忙否认道：“没有没有，来看看你，说说话。”柳疏影说：“看就看，说就说，有什么藏着掖着的？”狄清歌词不达意地说：“没有，没有。”柳疏影笑盈盈地说：“看你，吃饭就吃饭，去西溪就去西溪，我去便是。”“我等你。”狄清歌说了，急忙走出来。

要柳疏影办这样的事，不对头。但是，办不了，怎么向苻局长交代呢？还得说。狄清歌思忖过，定了定心，又去敲门。柳疏影见狄清歌又回来了，不禁莞尔一笑，问：“等不及了？”狄清歌吞吞吐吐地说；“是有事。”柳疏影说：“我看你就是有事，坐下说。”狄清歌在椅子上坐下，说：“是苻局长的事。”柳疏影笑道：“是有什么为难的事吧？乐意帮忙。”狄清歌说：“是苻局长要我找你的。他侄女——”柳疏影说：“苻局长还办不了侄女的事吗？”狄清歌通红着脸说：“是苻局长的侄女——”柳疏影笑着说：

"女人的事。"狄清歌低下了头。

"开不了口，难怪。来吧，随时都行。"柳疏影落落大方地说了，又莞尔笑道，"我们妇产科，有好几个男医生。"狄清歌解释说："不是那个，是苻局长的侄女计划外怀孕，村里逼着做流产。苻局长要你开个证明，证明不能做手术。"柳疏影听了，不再笑了，沉下脸说："政策这么严，这样的证明，能随意开吗？"狄清歌低着头说："是，责任负不起。"柳疏影杏眼圆睁，瞪着狄清歌说："知道，还找我办这样的事？"狄清歌不言语了，把脑袋扎到了腿裆里。

柳疏影沉默了片刻，说："这样，让苻局长的侄女来查体，要看实际情况。"狄清歌赶紧溜出来，跑回了市教育局。

苻岑葑带着小芳赶紧到了市人民医院。柳疏影问了问，小芳已经怀孕三十二周，而且肚子疼一天了。柳疏影急忙说："怕是受了惊吓，要早产。"话音未落，一股鲜血已然从苻岑葑的侄女体内涌出，顺着大腿流下来。

柳疏影的脸唰地变了颜色，说："产前大出血。快！快躺到车上。"伸出双手，把小芳搀扶到手术车上，又拿起医用枕垫在其臀部，推起来就向产房跑去。

一场抢救开始了。

柳疏影一次次地按摩着小芳的子宫。使用宫缩剂，没有见到效果。小芳的血压急剧下降，呼吸出现困难，心脏功能也发生了异常。启动呼吸机、输血，又迫不得已实施子宫包扎术，小芳才脱离了危险。

早产儿由于胎盘早剥呼吸不畅，阿氏评分仅为三分，生命极度危险。虽然争分夺秒地抢救，但早产儿的呼吸依旧相当微弱。通过气管观察发现，早产儿胃里有胎粪，形成胎粪污染，并且早产儿误吸了大量的血性羊水。用吸引器吸，但污物浓度太大，吸不出来。在此生命攸关之际，柳疏影用嘴将早产儿胃中的污物吸了出来。

柳疏影的"一吸"，保住了刚刚来到这个世界的小生命。

苏东坡双槐的槐荚半成熟了。

市教育局也想集中建一个教师宿舍区，跑了几趟土地局却办不下手续来。到后来，几个局长干脆来了个瞎子拉胡琴——吱咕吱（自顾自），凭身份地位在市教研室、市一中要了自己的房。

苻岑莉把土地局袁局长的儿媳从学校调到了招生办，也从袁局长那里批了二分五的宅基地。

有了宅基地，苻岑莉要盖房。从砖窑买了砖，物资局又按批发价给了木料，但水泥、钢筋太紧张，只有议价的。一星期过去了，苻岑莉一筹莫展，问狄清歌："通过路子，能不能搞点水泥？"

狄清歌去了省城，找人批了四十吨平价水泥。

水泥有了，苻岑莉又对狄清歌说："议价的钢筋太贵了，搞点平价的。"

狄清歌又去了趟省城，但没搞到钢材，心里觉得有愧，买了两瓶中山松醪酒去苻岑莉家道歉。

苻岑莉见狄清歌没弄到钢材，埋怨道："你看看，事办不了，也耽误了我盖房子。唉！办事真没准儿。做人啊，千万不能这样。"

苻岑莉数落着，狄清歌的脸一会儿红一会儿白，只能"嗯""啊"地乱应答。

苻岑莉还在说为人做事的话。狄清歌想来想去想不起说什么，忽然想起大学毕业时廖教授谆谆告诫的一句话，脱口说道："堂堂正正做人，清清白白做事。"苻岑莉听了，脸阴沉下来，说："好！好！没事了。"

狄清歌明白这话是要自己走，遂识趣地站起身，说："苻局长，您休息。"苻岑莉指着两瓶中山松醪酒，说："拿走。"狄清歌说："是给您的。"苻岑莉冷冷一笑，道："哼哼！清清白白，你刚才说过了。"

狄清歌提着两瓶中山松醪酒从苻岑莉家沮丧地走出去，一边走一边想："廖教授的告诫之言，错了？"

因为经济犯罪问题，胡副市长被省检察院批准逮捕了。

市政府要补一位副市长，苻岑莉纳入考察名单。

然而，苻岑莉因为有作风问题，被排除在外了。

原来，小芳并非是苻岑莉的侄女。苻岑莉婚后无子，想着传宗接代，外遇小芳，并孕育一儿。有了儿子的苻岑莉本来高兴异常，却在组织选拔时出了问题。

苻岑莉无比愤恨，暗自猜测举报的人，并做了一个排查……

连"侄女"早产大出血的事都一清二楚，苻岑莉想来想去想到了狄清歌……

九 屋漏偏逢连夜雨

苻岑葑把狄清歌叫到了办公室，问道："我的事，组织上是怎么知道的？"狄清歌回答说："我不知道。"苻岑葑又问道："是有人举报的？"狄清歌说："我不知道。"苻岑葑接着追问道："你认为是谁举报的？"狄清歌又答道："不知道。"苻岑葑顿了顿，说："你是一问三不知啊。"狄清歌说："我真不知道。"沉默了片刻，苻岑葑问："直接说吧，是不是你举报的？"狄清歌一听，急了，瞪起忧伤的眼睛说："不是我，我没做那样的事。"苻岑葑声色俱厉地说："我看就是你。"狄清歌把眼瞪得更大了，反问道："你凭什么说是我？"苻岑葑说："你最清楚。"狄清歌说："我知道你要柳疏影帮你开证明，还知道柳疏影救了你侄女的命，还知道柳疏影救了你侄女生的那个孩子的命。"苻岑葑没出声，停了停，问道："你写举报信了？"狄清歌说："对笔迹，看是不是我写的。"苻岑葑又问道："你要是打电话呢？"狄清歌说："去电信局查，看是不是我打电话了。"苻岑葑又追问道："你要是当面向林书记举报呢？"狄清歌说："你带我去见林书记，看林书记认识我不？"

苻岑葑见问不出个所以然来，未免有些丧气，但还是没有放过狄清歌，说："今天，先谈到这儿。明天，还到我办公室，把事向我说清楚。"狄清歌说："不是我。我也不会到你办公室来。"转过身去刚要走，听得苻岑葑又说了一句："不是你，那就是柳疏影举报的。"狄清歌一下子恼了脸，返回身吼道："柳疏影一吸，救了你家两条命。你不感激她，反倒怀疑她，玷污她的圣洁。没良心的东西！"抓起桌上的墨水瓶，手一扬，一瓶子墨水全泼在苻岑葑脸上。

第二天，市教育局下达了通知：狄清歌回学校工作。

狄清歌给项于飞打了电话，说要离开顾城了。项于飞问了问情况，说："不能不明不白的。你去找肖子灵，把事情说清楚。我也给他打个电话。"

肖子灵不仅仅是林春阳的秘书了，还提了职，当上了市委办公室副主任。

狄清歌找到肖子灵，把情况述说了一遍。肖子灵想了想，说："捕风捉影的事或许有，但是，仅仅因为你和柳疏影知道，就怀疑你们俩？"

狄清歌被问得不知道怎么说了。

肖子灵说："世上最可恨的就是诬告陷害他人。"说完，低下头看起了文件。狄清歌说："我没有诬告他人，更没有陷害他人。"肖子灵低头看着一份文件说："你有没有诬告陷害他人，我不知道。林书记交办的工作很多，我在急着处理，不送！"

狄清歌走了出去。

世上最可恨的是诬告陷害他人，而被无端怀疑的人又该恨谁呢？

狄清歌想了想，坐上车去清溪找项于飞。

项于飞写了封信，对狄清歌说："我把你的情况写了写，拿着回去找林书记。"

狄清歌返回顾城，去了市委。

肖子灵正静静地在办公室里坐着，见狄清歌进来，冷冷地说："我已经说过了，帮不上忙。"

狄清歌拿出项于飞写的信，说："我要找林书记。"肖子灵把信拿过去，问："这是谁写的？反映什么事？"狄清歌说："项于飞写给林书记的。在信中，说我是被冤枉的，没有诬告陷害他人。"肖子灵说："信，放下吧。"狄清歌说："我想当面交给林书记。"肖子灵说："中午林书记接待客人，累了，正休息，一会儿我转交就是了。我这儿还有一大堆事。"他收拾起桌上的文件，不再理狄清歌。

信放下了，狄清歌的心也放下了，也就不再多坐，走了出去。

从肖子灵那里出来，狄清歌刚要走出市委大门，想了想，觉得还有什么话要说，转身又去找肖子灵。

未等狄清歌开口，肖子灵连头也没抬，就说道："信已经给林书记了，你去吧。"

狄清歌只好悻悻地离开了。

过了两天，狄清歌又去找肖子灵，看看林春阳有没有什么说法。

肖子灵只是冷冷地对狄清歌说没有，只管低下头看文件了。

狄清歌心里着急，冒昧地给林春阳打了电话。

恰好，林春阳在，狄清歌说了信的事。林春阳说："没有收到项于飞的信，你问问肖子灵，把信放哪儿了，交给我。”

狄清歌又打电话给肖子灵，问信的事。肖子灵说：“已经交给了林书记。”狄清歌说：“林书记说没有收到。”肖子灵不屑地说：“林书记说什么，你怎么会知道？”狄清歌说：“是林书记说的，要我问你。”肖子灵冷笑道：“林书记会和你说话？可笑。”狄清歌说：“我打电话给林书记了。”肖子灵问：“你是怎么知道林书记电话的？”狄清歌说：“一查就知道了。”肖子灵说：“哦，啊，下来再说这事。我要跟林书记下乡，马上就走。”他吭吭哧哧地说完，把电话挂断了。

下乡，也得回来。狄清歌想了想，心里又急躁，放下电话去市委等肖子灵。不想，肖子灵就在办公室里坐着。狄清歌问：“没有下乡？”肖子灵看见狄清歌，问：“你怎么来了？”狄清歌说：“你不是下乡了？”肖子灵红了脸，讪讪地说：“临时取消了。”狄清歌说：“我要见林书记。”肖子灵说：“林书记有重要客人，正在谈招商引资的事。”

狄清歌只好问道：“信呢？”肖子灵近乎喃喃自语地说：“我忘记放哪儿了。”狄清歌追问道：“那天下午，我把信给了你，然后走了。没一会儿，我又来了，你说已经交林书记了。”肖子灵说：“我一天多少事啊，记着你干什么事了？让于飞再写封信，我一定呈送给林书记。”狄清歌又问道：“信呢？”肖子灵“吭哧”了几声，耷拉下眼皮，说：“扔了。”

狄清歌不相信肖子灵会把信扔了，追问道：“扔了？”肖子灵没有抬起眼皮，只是低着头说：“再写一封吧，我一定交给林书记。”

肖子灵真把项于飞写给林春阳的信扔了！

“悠悠苍天，此何人哉？”狄清歌再也不想看见肖子灵，紧紧地抿着嘴唇，转身而去，上班了。

招商引资大会后，林春阳带着一批干部到苏南、张家港等地参观考察。考察归来，《顾城日报》刊发了林春阳的讲话：“必须放开眼界看世界。苏南，家家是工厂；张家港，处处是企业。为什么我们刚搞经济发展，刚有点气象便有人担忧呢？表面看，是发展的步子、开放的程度问题，实际是思想问题。‘解放思想，步子要大一点。’和中央领导的要求相比，我们的思想还不够解放，被一些传统观念束缚着；我们还像裹脚走路的小脚女人，步履蹒跚。这个样子，经济怎么能发展，人民怎么能富裕？当前，改革开放的势头很好，加快发展带来了新的机遇，外商来了，资金来了，商业街上店铺林立，工业园内厂房高耸，但财政收入还不充盈，许多建设资金还有缺口，群众的收入、干部职工的待遇还不够高。这说明，不是过热，而是热度还不够，要继续采取扩张性的政策。看看人家，‘沪市’一出现，上海就产生了‘杨百万’；‘深市’火热，新股认购表遭到疯狂抢购，两千多万张身份证被一麻袋一麻袋地寄去，诞生了‘大款’。而我们，还在这里放不开。穷，怨谁？怨我们思想不够解放……”

林春阳为解放思想、招商引资，真的很忙。

天霸贸易公司要在顾城投资建大型商场。建商场，要地皮，林春阳答复说：“看上哪块拆哪块。”

顾城衙署，坐北朝南，俯瞰全城。据史料记载，衙署自管仲筑城而有，是严格按照《周礼·考工记》左祖右社、中轴对称、居中而治的规制建造的。中山国时为宫城，至宋代大建，苏东坡任知府时即在其内打理事务。以后元、明、清历代均有修葺，史上即以衙署相称。衙署内有房屋五十余幢、六百余间，分东、中、西三路而建，占地面积四万多平方米。中华人民共和国成立后，顾城市领导机关也在里面办公。大门与钟鼓二楼平行排列，台基高峙，主从有别，错落有致。大门面宽三间，进深四椽，明间辟门，两次间青砖砌筑扇面墙，单檐悬山顶。钟鼓二楼青砖砌筑城垛、券洞、踏道，上筑阁楼，广深三间，重檐歇山顶。东侧钟楼，曰“风驰”；西侧鼓楼，曰“云动”，以示高耸入云之意。钟鼓楼斗拱密致，脊兽华丽，与门庭高低错落，交相辉映。

“文革”时，因革委会要“去衙门习气”，另选地址，搬出衙署。此后，衙署成为阿猫阿狗的游荡之地、鼠蛇蝎虫的存身之所，偶有流浪、乞讨者栖息一时，亦不敢久留。

衙署，大门已失，仪门已无，照壁崩颓，大堂、二堂、三堂摇摇欲倾，一副破败、荒芜的景象。

天霸贸易公司选中了衙署，地价按一千万谈妥了。

衙署被拆掉，天霸商场正建得热火朝天。

十　春加黍谷的日子

省委书记就贯彻落实十四大会议精神，建立社会主义市场经济体制，加快农业农村经济发展到顾城调研。

调研前，先宣布了对齐麟童的任命。

齐麟童任顾城市市长。

麻雀虽小，五脏俱全。顾城市，除市区外，还管有两县。县，以农业为主。省里选择在顾城市调研，是要结合国际经验和未来改革的方向，探讨城市对农村的领导。

春加黍谷，暖恰花间。

走过田间地头，看过农民们忙着耕种，省委书记发表了讲话："顾城市的农村改革取得了阶段性成果，农业经济取得了长足发展，农民收入也有了增加，但是，也出现了一些新情况、新问题。一是农民一家一户分散经营，与大市场的矛盾日益突出。农业生产多了砍、少了赶，一哄而上、一哄而下，大贵大贱、大起大落的情况反复出现，农民生产规模小，农产品批量小、质量差，很难进入大市场、大流通；二是农民的生产积极性不高，投入严重不足，收入增长缓慢，农业持续发展面临着严峻挑战；三是农村经济运行机制与市场经济发展要求不相适应的矛盾日趋明显。随着市场行情的变化，农产品加工经营者或者抢收抢购，或者拒收拒购，农民或者待价而沽，或者农产品卖不出去，各方之间缺少利益连接机制，经济行为随意性很大，影响着农业稳定发展。这些说明，农业这个国民经济的基础产业还比较脆弱，缺少自我积累和自我发展的能力，原有的农业运行机制和生产经营方式显然已经不适应现代农业高速发展的要求。只有探索一种更加适应生产力水平的运行机制和经营方式，才能解决这些矛盾和问题。"

讲过话，省委书记问林春阳和齐麟童："党的十四大做出了建立社会主义市场经济体制的历史性决策，为农业和农村经济发展带来了前所未有的机遇。作为农业大市、工业大市、区域商贸中心，顾城市要按照建立社会主义市场经济体制的要求，为全省探索出一套新的更高层次的农业发展机制。你们敢不敢立下军令状，在全省起个好头，树立榜样？"

林春阳和齐麟童保证道："我们一定不辜负省委、省政府的期望，为全省农业经济发展闯出一条农业发展的新路子！"

任务艰巨。林春阳决定任用一批有知识有才华的年轻人。

学历，是个硬杠杠。

一批人也走上了领导岗位，项于飞调任颍水县常务副县长。

市政府办公室人手不够，也要选调几个年轻人。

项于飞向齐麟童推荐了狄清歌。

齐麟童说："仅仅是好同学可不行，要通过考试看才能。"项于飞说："您先看看他的文笔。"他拿出一本《小说季刊》，翻开一篇《词话姻缘》呈给齐麟童。齐麟童拿过去看起来：

一场春雨过后，钱塘两岸的枫芽显得格外嫩绿。

浣花溪上，游人如织。徐相林夹在其中，一面欣赏美景，一面轻歌荡桨。忽然"咚"的一声响，小舟撞到一艘彩舫上。彩舫上，一位穿着笔挺洋装，口含雪茄的男人对着徐相林耸了耸肩。徐相林连忙说道："抱歉！"

那位男人吐了一个烟圈，上下打量着徐相林：戴金丝眼镜，穿蓝布大褂，礼服呢千层底鞋。然后问道："仁兄，可是从西欧回来的？"

徐相林自我介绍说："西湖徐相林。从英国康桥皇家学院读书回来。每天在钱塘大学有几个钟头的课，讲唐诗宋词。"

"哈哈哈。"那人大笑了几声，"仁兄认识徐志摩否？"

"正是学兄。其才华超然我辈。"徐相林赞许道。

"是的。对志摩兄的诗名，不才也十分敬仰。对他的一首《再别康桥》，也是倒背如流。"说着，便随口诵道：

轻轻地我走了
正如我轻轻地来
我轻轻地招手
作别西天的云彩

…………

“学兄做的诗好，仁兄诵得也好。”徐相林又夸奖了一句。

那人从皮夹里取出一张名片，递给徐相林：“无锡王然，德国慕尼黑军事学院留学归来，现在军界任职。”又指着身旁穿红纱衣的杏眼女子，“爱妻，陆婉玉，对词有偏好。今后，要烦请徐兄指教了。”

“惭愧！只管问便是。”徐相林对着陆婉玉笑了一笑。

陆婉玉冲着徐相林顾盼一笑，作揖道：“多谢徐先生了。”

“想请徐兄到老泰山府上小啜一杯，如何？”王然邀请徐相林说。原来王然是跟着陆婉玉来省亲的。

“家父曾是驻英大使馆的文化参赞。”陆婉玉从旁附和道。

“那是前辈，能够拜访是我的荣幸。造次了。”徐相林谦虚道。

陆家本是钱塘望族，世代书香。来到陆家，只见重门洞开，画戟耸列，厅堂一应陈设，也俱是一木一器。陆婉玉的父亲陆如圭忆及出使英国的往事，不免感慨了一番。当得知徐相林和英国大诗人坦格交好时，更兴奋不已：“和坦格先生，我们也相交甚深。你我也算有缘。”说了些坦格的风流韵事，陆如圭对徐相林的喜爱，由此又增加了一分。

此后，陆如圭与陆婉玉夫妇每隔三两日便邀徐相林来府上叙话。过了些时日，王然回了任上。陆婉玉嫌随军征战不定，留在了娘家。

陆婉玉家学深厚，自小习琴棋书画，及笄进女校学习三年，有才有貌，本就名动钱塘，又得徐相林一日三教，词作上天天长进，日臻完美，对徐相林的敬重一日胜过一日。

春来，昼长夜短，永日无事，陆婉玉画了蛾眉，迈着轻盈的步子走出房来。院子里葡萄架上的青藤任意摇曳着，生姿秀逸；回廊上的群鸟欢欣跳跃着，争相逐斗；煦日照在陆婉玉的钗裙上，明光闪烁，仿佛要滑下来。望着这一切，陆婉玉的脸上泛起红晕，万种风情，涌上心头：往日此时，该是和王然依偎着赏景悦心的时候。

无奈之极，吟了几句："春里来、惨绿愁红，芳心是事惆怅。日上桑巅，莺穿其间，犹觉今日长。神志颓、意气消，终日厌厌倦梳裹。无那！恨薄情郎一去，音书无个！"

吟罢，陆婉玉不禁双眼泪流，再无心情。忽然一展眉头，对了，还有一首新作之词要烦徐先生评点呢。于是，叫了家人来："去请徐先生，说家父有事相烦。"

徐相林来到了陆家。家人迎进厅堂，说陆如圭刚好出去，陆婉玉有请。徐相林迈进陆婉玉的屋门，绕过一片淡烟流水的画屏，看见陆婉玉斜偎着鹅绒被，托着腮发呆。徐相林轻咳一声，将陆婉玉唤回神来。陆婉玉看到徐相林，浅浅地笑了，起身道："徐先生，又烦你了。很忙吗？"

陆婉玉一边说着话一边把徐相林引到茶案边，请徐相林坐了，自己则在对面款款而坐。

徐相林问："王然兄可有书信？"

"他吗？才不会想起我。"陆婉玉含着幽怨嗔怪了一句。

徐相林为王然开脱说："军务太忙了。可是填了新词？"

陆婉玉脸上漾起春意："又要烦先生了。"

"哪里。你是日见精进，深谙词韵了。我都要思寻一番的。"徐相林谦逊地说。

陆婉玉说："是真的吗？先生是在勉励我。"纤手拿了张纸，呈给徐相林。

徐相林接过去，双手展开看了，啧啧作声道："这一手小楷，就很漂亮的。"再细细地看了，是一首《双双飞》：蝴蝶儿，春日飞。奴家素着薄纱衣，倚窗学画伊。还似花间见，双双对对舞。无端落泪胭脂湿，把个双翅垂。

看罢，徐相林瞪大眼睛，盯在陆婉玉脸上。陆婉玉被盯得心慌，忙问道："徐先生，填得还合辙吗？"

徐相林赞道："刹那间的思绪、情感、神韵毕现。不过——"

"什么？"陆婉玉连忙问道。

徐相林说："把'湿'字移到'胭脂'前面，以动写静，岂不更妙？”

陆婉玉拍手称道：“落泪湿胭脂。好啊！改一字而境界全出。先生不负才俊之名。”

徐相林谦虚地说：“还是你的词好，正所谓‘有境界则自成高格’。”

“先生多的是鼓励。”陆婉玉谦虚过后，说“先生又有了新作吗？”

徐相林说：“惭愧！这几日作比‘卒章显其志’与‘篇终接混茫’，觉后者更含蓄，也更有难度，试作了一首《燕归来》。”

“快快吟来。”陆婉玉迫不及待地催促说。

徐相林抿口茶，用《瑞龙吟》的曲调唱道：

浣花溪，还见褪粉桑梢。归来燕子，定巢旧处。
黯凝伫，妄念自己痴小。如痴如醉，春风满袖。
孤鸿去，捎寄锦书一封。探问亲眷，安泰如昔。
归夜晚，浩浩池塘飞雨。断肠小屋，一帘风絮。

唱完了，听完了，两个人都默不作声。还是陆婉玉打破了寂静：“哀愁如絮，连绵无际。这一结，含无尽之意。”

…………

齐麟童看了两页，说：“一对才子佳人，有情有义。”项于飞听了，洋洋得意地说：“人也有境界。”齐麟童笑道：“让他参加选拔考试。”

十一　岁月静好

狄清歌去学校上班，当然不再是市第五中学，而是到了颍水县中人城镇中人城村小学。

按规定，狄清歌不能回本村任教。但是，中人城地处偏远的山中，没有教师愿意到这所村小学来上班。

看着狄清歌沮丧地回来了，狄长生对隗天明说："我供他上大学，供回村里来了。"隗天明说："先问清楚再说。"

隗天明和狄长生一起问是怎么回事，狄清歌把事情的经过叙说了一遍。狄长生听了，心里像被点燃了一样，火苗子一下子冒到了嘴上，冲着狄清歌喊道："你帮这样的人干什么！看不出他是什么人吗，眼珠子长后脑勺上去了？"隗天明也很生气，说："知恩不报，还反过来侮辱人，非正人君子所为。"

狄清歌喃喃地说："我也想不到，人心那么卑劣。"隗天明劝慰说："不经一事，不谙一事。只要正直善良，世界就不会亏待好人。既然回村里来了，就安心在村小学工作，你看——"

隗天明看看颍峰，望望大鹏，指着身旁一棵小草上的露珠，说："巍峨的颍峰，起始于磊土；翱翔的大鹏，展翅于尺寸。小小的露珠，也很晶莹。"

狄长生缓过一口气，也安慰说："好好想想你伯说的话。村小学再小，也是教书育人的大事，要干好。"

狄长生和隗天明都鼓励着狄清歌。狄清歌的悲哀情绪也被抚平了，又升腾起心气。

村小学有三个教室，三个年级，三个班。教一年级课的是个女的，代课，姓蒋；一个民办的许老师，男的，算管事的，让狄清歌教三年级；还有个幼儿园的李阿姨。一间办公室，有门无窗户，没办公桌。狄清歌和许老师、李阿姨、蒋老师一起挤在里面备课、批改作业。

小时候，狄清歌天天提着个小板凳去上学，趴在双腿上写字。晚上上夜校，带着自制的墨水瓶灯。煤油贵，点柴油，鼻孔里熏得黢黑。而如今，学校有了电灯，也有了课桌、凳子。狄清歌顾不得感慨，跟着许老师忙着"普九"验收，准备教学仪器。

买教学仪器，没钱，许老师找赵玉成解决。赵玉成说："上课用的粉笔，还是各家各户卖鸡蛋的钱赞助的。"

向邻村的学校借，但邻村的学校也同样要验收，借不出来。

许老师苦笑着说："有的学校是学生集资，小学生每人集资两百元，初中生每人四百元。我们也往学生头上想办法？总共三十来个孩子，非要学生集资，学生不来了，家长会饶了我们？"

有个村小学把几个交不起集资款的学生挡在教室外，不让上课，家长们动手把老师打了。

镇政府管镇长东挤西挪地筹了两千元，但是，全镇十几个村子十几所小学，两千元，要是平分给十几所村小学，一个学校分不到一百元，何况还有镇初中要占大头。

管镇长想出了一个办法：两千元买教学仪器，集中在初中使用，抽查哪所学校，就把教学仪器拉到哪所学校应付。

“普九”验收，重点是初中。教室差，教学仪器少。要盖教室，要买教学仪器，镇政府没钱，学校自筹，向每位教师借款六千元。

教师的月工资不过一两百元，而且三个月没发了，向能借的亲戚朋友都借了，才凑够交上。

等来等去，中人城村小学因为条件最差，没抽到，也在意料之中。

应付“普九”检查的焦躁刚去，中人城镇成立了农村合作基金会。

管镇长亲任会长，并和镇党委书记带头在农村基金会存款两万元。镇里的副书记、副镇长、宣传委员、组织委员、武装部长都存了一万元，一般干部存五千元。

镇里完成后，到全镇各学校的各个教师，每人存款一千元。

许老师、李阿姨、蒋老师每月工资都不过几十元，有心存，挣高息，但都拿不出一千块。狄清歌工资最高，但月工资也就是一百二十元。管镇长发了话：“中人城村小学不能白点。国办教师不存不行。”

狄清歌没存。

管镇长坐车到了中人城村小学，责问为什么不在基金会存款。狄清歌说：“我没钱。好几个月的工资没发了。能不能把欠发我的工资抵作存款？”管镇长很强硬地说：“不行！两者不是同一个问题。”狄清歌问道：“设置金融机构有法律规定，《银行法》没有基金会这个机构，存款是要得到法律许可的。”管镇长听了，立马变了脸，对狄清歌喝道：“你一个小学老师，说这样的话，哪儿来的这个胆子？”

狄清歌也气粗起来，对着管镇长说道：“我一个小学老师怎么了？我的钱，你让存就存？信用社门口都写着‘存取自由’。你设立基金会，我就得存钱，哪门子道理？”管镇长气得嘴唇打着哆嗦说过“我停你的课，停发你的工资”之后，走了。

许老师把李阿姨、蒋老师召集起来，三个人在凑那一千，狄清歌则去了顾城。

二月天里，中人城小山丘上的柳树已扬起千绦，顾城的苏东坡双槐还未吐出嫩芽。

周日，项于飞在家等着狄清歌，花千色则一边教儿子振鹭看图画一边说道：“好长时间不见清歌了。你们俩，同学不同命。”项于飞想了想，答道：“造化弄人吧，我也不好说清这样的事。”花千色说：“能帮清歌忙的，一定帮他一把。”项于飞说：“那当然。”项于飞、花千色正说着话，狄清歌提着一袋子红山药来了。

这个季节，红山药可是稀罕物。”花千色接过来说，然后去厨房烧水。项于飞翻箱倒柜地找茶叶，狄清歌则趋到振鹭身旁看他看图识字。振鹭一只手指着图画，分辨道：“小鸡，小鸭，小狗，小马——”狄清歌指着一幅图画，问道：“这是什么？”振鹭把两个手指竖在脑袋上，说：“小白兔。”狄清歌又问道：“小白兔最爱吃什么？”振鹭回答说：“爱吃萝卜爱吃菜。”狄清歌问振鹭：“你爱吃吗？”振鹭反问道：“你爱吃吗？”狄清歌笑了，说：“爱吃，要像小白兔一样爱吃菜、蹦蹦跳跳长身体。”振鹭跳了几跳，问：“小白兔吃饱了，还做什么？”狄清歌说：“去劳动，到田野里采蘑菇。”振鹭说：“小白兔真勤快。小白兔是怎样采蘑菇的？”狄清歌说：“清晨，小白兔提着篮子去采蘑菇，蹦蹦跳跳地到了一片森林里。森林里长着好多蘑菇，又大又新鲜。小白兔高兴地采啊采，不一会儿就采了满满的一篮子。小白兔拎起篮子往家走，却找不到回家的路了。小白兔走啊走啊，走得口渴了，到小溪边去喝水。小溪边上，一只在散步的狐狸看见了小白兔，顿时馋得嘴角流出了口水，心想：‘我要美餐一顿了。’于是，狐狸悄悄地向小白兔走去。正要喝水的小白兔发现了狐狸，赶紧蹚过小溪，钻进一座房子里。房子里住着山羊，山羊连忙把小白兔拉进屋，把门关上了。狐狸追到门前，山羊说：‘你的尾巴最美丽，把尾巴伸进来，我给你打扮得更漂亮一些……’狐狸听了，就把尾巴伸进去。山羊拿起鞭炮，绑在狐狸的尾巴上。小白兔用火柴点着了火，鞭炮‘噼里啪啦’地响起来。狐狸吓得拖着尾巴逃跑了。”

“噼里啪啦，噼里啪啦。”振鹭笑着，在屋子里跑起来。

花千色沏好茶，项于飞给狄清歌倒上了，说：“你那块‘山流水’，唉！可叹我们的学问不精。哦！”一拍脑门，又道，“糊涂了，怎么不找焉熙呢？”

大学毕业后，狄清歌一直没见过焉熙。

花千色说：“是啊，焉熙是考古的，让焉熙看肯定能看出个究竟来。清歌！快喝茶。走了很远的路，早就口渴了。”狄清歌端起茶杯，一饮而尽。花千色又倒上茶，说：“别呛着。你和于飞先说话，我去厨房炒几个菜，你们喝两杯。”狄清歌说：“于飞给过我两瓶中山松醪酒。那两瓶酒——”项于飞说：“不在家喝，我和清歌去老饕馆吃，还有事问苏主席。”花千色从衣兜里掏出五百元，对狄清歌说：“你拿着，先把集资款交了。”项于飞也说道：“先交了，其他的事以后再说。”狄清歌接过去，说：“我来，又给你们添麻烦。”花千色说：“多年的同学了，还客气什么！你们俩去吧。”

项于飞和狄清歌从屋子里走出来，向老饕馆走去。

中山大道上行人熙熙攘攘，苏东坡双槐恣意地伸展着枝条。项于飞说：“基金会，有的省搞得硬，我们这里还不是太坚决，乡镇要搞，要发展经济，就需要资金支持。因为不成熟，还在试，这项政策也没转变成法律。”狄清歌说：“试，钱没了，找谁要去？”项于飞说：“先不探讨这个问题了。你说去上班就回了中人城，也不跟柳疏影说一声。去看看吧。”狄清歌说：“事情是因我而起的，愧于见她。还是不去了。”项于飞惋惜地说：“你是自制离愁。”

在老饕馆吃过苏东坡红烧肘子，喝过中山松醪酒，狄清歌回了中人城。

十二　真正的力量

日复一日地上课，转眼间一年过去了。

天干物燥，麦子熟了，又到了夏收季节。抢收、抢种，“双抢”过后，赵玉成在大喇叭里喊起来：“今天，交定购粮。交售国家定购粮作为农民应尽义务，必须保证完成。国家拨转款按保护价统统收购，一分不欠，上交的麦子也一斤一两都不能缺，还要保证干净、无水分、无杂质。一天内，务必把定购粮交齐。从明天，最晚后天开始，学生们要拿着交定购粮的收据上学。没有交定购粮的收据，学校门儿都不让进。”

狄清歌和狄长生把麦子装进编织袋，隗千明也已经上秤称好，狄清歌拉起来去了镇上的粮站。

山路曲曲弯弯，起起伏伏，狄清歌走了一个多小时才到了粮站，交粮的队伍已经排成了长龙。等啊等，等得日照当头，汗水湿透了衣衫，嗓子渴得冒烟了才轮到狄清歌。一个“粮官”拿着“铁探子”说：“先查查。”

狄清歌看了看，还是那个“粮官”。

上大学那年，狄清歌要换一个月的粮单。在家称好三十斤玉米，到了粮站，一个满脸横肉的粮站管理员用磅秤称了，说：“二十九斤半。”又抓了一把玉米，说，“再扣潮半斤。”

狄清歌不得不回家又拿了一斤来，才交够开了粮单。

狄清歌没说话，合格不合格任凭“粮官”了。

“粮官”看了看狄清歌，说：“咦！见过。噢，你不是上大学了？”狄清歌说：“我当老师了。”“粮官”停了停，说：“想起来了。你是在市第五中学当老师，后来去了市教育局。不错，下来，有学生上学找你帮忙啊。不查了，上磅！”狄清歌把麦子搬到磅秤上，说：“我回村里当老师了。”“粮官”说：“呃，小学老师。怎么混成这个样子了？还抬举你呢。唉！好歹都吃公家饭，饶了你吧！”“粮官”称好了，开了票，说：“倒仓库去吧。”

顺利地交了公粮，狄长生对狄清歌欣慰地说：“你可以替我们一替了。”隗天明也笑道：“人总是会有作为的，只要能吃苦。”

暑期过去，秋季的定购粮改成了交纳代金。狄清歌想替狄长生交了，但学校四个月发不出工资了。

村里人的收入靠种地和打零工。狄长生没打零工，粮贩子也没来收购玉米和红山药，去隗天明那儿借了三十多块钱，才交上。

大吉、小利、灵灵两天没来上学了。狄三儿、赵邦彦没交够纳代金，赵玉成不让上课。直到第三天，大吉、小利和灵灵才拿着村委会的证明回到了课堂。

天气转眼进入了严冬。村小学没有煤，教室和办公室都没有生火取暖。

太冷了，手冻得都伸不开，狄清歌喊声：“起立！跺脚！”只能用这种最原始的方法取暖了。

年终了，一下子发了三个月的工资。狄清歌因为是国办教师，不仅发了工资，还发了取暖费，比去年长了一块钱，煤一吨三十块零五毛了。许老师、李阿姨、蒋老师都羡慕极了。

过完春节，又开学了，颍峰又披上绿装。

狄清歌在工作之余，帮着狄长生拔过田里的草，又帮着隗天明照看蜜蜂。

赵大同外出打工去了，翟常乐又忙着卖起豆腐。

去年，狄清歌对翟常乐说做豆腐虽然是祖传的手艺，但起早贪黑的，挣不了几个钱，就是多喝了几碗汤。翟常乐琢磨琢磨，山里山外地倒腾起破铜烂铁，还挺来劲儿，兴许比做豆腐生意发财，白天看不见他身影，晚上又钻到光棍儿赵双成屋里去赌了。

赵双成四十几岁了，又馋又懒，没娶到媳妇，光棍一个，又仗着是赵玉成的弟弟，整天聚了一帮人肆意赌博。

狄清歌去赵双成家找过翟常乐。赵双成屋子里有两伙儿，一伙儿在打麻将，翟常乐在推牌九的那伙人里。狄清歌拉了拉翟常乐，翟常乐扭着脑袋看了一眼，说了句“你看会儿”，又扭过头去忙着码牌。屋子里乌烟瘴气的，呛得狄清歌赶紧走出屋，再也没去过。

日暮下的小山丘在斜阳的余晖里更加沉寂。

狄清歌更多的时候是登上小山丘，陪着娘，看那块令他懵懂的“山流水”。

狄清歌没了娘，是在三岁时。

那年麦收时节，娘正捡掉在路上的麦穗，被赵双成等几个民兵连人带麦穗送到了村大队部。当时，还是村治保主任的赵玉成一声令下：“游街！”娘脖子上挂着个写有“偷麦贼”的牌子，一手搂着麦穗，一手拉着三岁的狄清歌，在“咚咚”的鼓声中游完了村里的一街一巷。

游完街，娘回到家大哭了一场。然后，走到小山丘上，在顶天立地的柳树上拴根绳子，上了吊。

那年，就在这小山丘上，焉熙听狄清歌讲过娘的事情，离去了。

狄清歌坐在小山丘上，看着娘的坟，心里就愤懑；对赵玉成，也就耿耿于怀。有一天，他终于去找赵玉成，说：“我娘是在路上捡的麦穗。”赵玉成说："路上的也要交公。"狄清歌说："掉在路上，踩烂了没事儿，捡起来怎么成偷了？"赵玉成说："路不拾遗。"狄清歌说："那是被酷吏来俊臣吓的。我娘爱惜粮食，你却污蔑我娘是贼。"赵玉成一下子恼了脸，破口骂道："你当个小学老师，不就是个孩子王嘛，还以为是阎王爷了？"

狄清歌问狄长生："那时候，您在哪儿？"狄长生神情黯然地说："那时，我和你天明伯到白洋淀挖河去了，没在家。"

村里给各家各户挂"五好家庭"的光荣牌，赵双成的家门口都钉上了。

在上学的路上，文景、修景、灵灵、大吉、小利、金芝、玉平、小凤……一家一家地指点着"五好家庭"光荣牌，狄长生家门口没有。到了学校，他们都用别样的眼神看着狄清歌，还不听狄清歌讲课了。大吉、小利甚至偷偷地说笑道："五好五好，一样不好。"

宝塔的雄伟，是男儿粗暴的野气；苏东坡双槐的相依相偎，出于市民的风骚；都市的繁华，多么恼人的喧嚣。

颍峰，傲然天地间。蛰居在颍峰下的中人城，清静悠然。颍水潺潺，自由自在地浅唱低吟。耕田、犁地、下种、收割，冬去春至，寒来暑往，依时而动，因节而变。一切都是自然的，狄清歌的工作和生活是惬意的。

学高为人师，身正为人范。学生们的耻笑，让狄清歌又羞又恼。"投我以木瓜，报之以琼琚"，救了两个人性命的柳疏影，苻岑葑不但不感谢，反倒心怀蛇毒。回村当了小学老师，狄清歌不但被赵玉成蔑视，还羞辱自己和父亲。狄清歌心中恶气横生，和赵玉成干了一仗。

赵大同兀自给赵玉成拿药治伤去了。

隗天明把狄清歌叫到自己家，语重心长地讲了一番话："颍峰岿然于天地间，潭水深澈不可探底，颍水激越奔流万里，有长度有宽度，有厚度还有深度，中人城才千年生生不息。你对娘不能忘记，不完全是你娘对你的生养之恩，更是因为你娘的美德，是美德的力量让你铭记在心。美德，才是真正的力量；人具有了美德，才会真正有力量。"

狄清歌走上讲台，对着包括文景、修景、灵灵、大吉、小利、金芝、玉平、小凤在内的所有学生说："跟着我，一起念：两个黄鹂鸣翠柳，一行白鹭上青天。窗含西岭千秋雪，门泊东吴万里船。"

十三　担当

这天，翟常乐和媳妇绿翠儿找到村小学。

翟常乐的儿子英豪、赵玉田家的女儿灵灵、狄三儿的两个双胞胎女儿大吉和小利、狄魁生的孙女金芝、赵邦彦的孙女小凤，赵大同的儿子文景，还有隗天明的外甥女惠兰，都在狄清歌的班上。

翟常乐和绿翠儿是为儿子英豪的作文而来。

英豪上墙爬树掏鸟窝，调皮捣蛋数第一，学习成绩总是排最后，这次写作文也出了奇。

掏鸟蛋！掏鸟蛋！狄清歌受到启发，要求学生以“春天”为题，写篇两百字的作文。灵灵、大吉、小利、金芝、小凤、惠兰都写春天好，颍峰绿了，小山丘上的花儿开了，隗天明爷爷的蜜蜂嗡嗡地叫着忙采蜜。而英豪写的是：“颍水解冻不能溜冰了，虫儿也爬出来了，又能掏鸟蛋了……”

绿翠儿说：“清歌，英豪写的是什么，你怎么也不批评他？”翟常乐也说：“没这么写的。光说英豪学习差，动错了脑筋。气得我光想揍他。”狄清歌说：“我布置的题目是‘春天’。春天，可以是风和日丽，也可以有乌云遮月，这都是自然现象。”绿翠儿听了，不再说话。翟常乐则问道：“怎么才能让英豪学习好呢？”狄清歌说：“读书有三到，谓心到、眼到、手到。”翟常乐说：“整天像只没臀的疯猴子，见他坐下过？一到也不到。你是老师，听你的话，多管管。”绿翠儿对着翟常乐埋怨道：“都怨你。你怎么不让你儿子叫大王呢！”

狄清歌听了，觉得绿翠儿倒是个有见识的，也就说道：“应该让英豪有大志。刚才，常乐有句话说到点子上了。先找到英豪学习成绩不好的原因。心中缺少静气，总是浮躁，这样学东西很不扎实，时间长了知识体系自然有了漏洞。”翟常乐说：“我天天吓唬英豪，要他好好学呢。”绿翠儿对狄清歌说：“你多费心。什么爹什么儿，英豪就不爱读书。”翟常乐说：“我吧，也不爱读书。嗨！英豪年龄小，上几年学，大点了子承父业。”绿翠儿说：“跟你一样卖豆腐？”翟常乐说：“上过大学又怎样？像清歌，还不是回到村里当了孩子王。不愿意让英豪像我一样子承父业，将来不卖豆腐干别的。我不是倒腾废铜烂铁吗？不少挣钱。”

狄清歌想了想，一时间竟然不知道如何应答，只能尴尬地笑了笑，对翟常乐说：“你给儿子起的这个名字，是寄托了希望的。”

生下英豪时，绿翠儿要翟常乐起个好名字。翟常乐摸着半块耳朵琢磨了几天，说：“英豪。‘山中无老虎，猴子称英豪。’就叫英豪。”

绿翠说：“清歌，别听常乐胡说。你读过大学，明白大事理。要教英豪有点成就，不能像我们，一辈子就是吃、就是睡。”狄清歌说：“我懂得也不多。不过，读书很重要。学习是基础，不能没文化。”翟常乐说：“我天天问他功课做了没有，他还装模作样地坐下来，拿本书看。谁知道，我一眨眼儿，他就像山上的风猴，跑得无影无踪了。”狄清歌又诚心地说：“要重视学习品质的培养，品质在很大程度上决定着一个人的成败。要培养英豪诚信、正直、勤奋、自尊、积极向上的品质，这是他一生的基础。常乐，也要注意言传身教。”绿翠儿对着翟常乐埋怨道：“清歌说得对，你就知道赌。大小时间就去赌，不影响英豪？勤人忙挣钱，闲人忙赌钱。今后，俩孩子，你管儿子英豪，我管女儿福妹。”翟常乐瞪起蛤蟆眼对绿翠说：“去！去！我山里山外地卖一天豆腐，累得要死；长夜漫漫，不能玩会儿？我赌也不纯粹是消遣，是为了挣钱。那天，不是给了你八十块吗？赢的。”绿翠儿说：“你输多少怎么不说？连买柴米油盐的钱都是我从娘家拿来的。现在，倒是自由，村里也不管了，镇上也懒得管了。”

狄清歌想了想，说：“我们小的时候，村里还有个宣传队、腰鼓队，还对好人好事有个表彰活动，现在，扫盲学习夜班就是走个过场。填张表，由镇里组织我们几个小学老师到各村问问而已。”翟常乐也深有感触地说：“过去，大喇叭里天天晚上讲怎么施肥、播种；现在，就是喊喊‘全体干部，到村委会开会’。为什么事开的会，谁知道？唉！连农业技术普及和推广活动都没了。”绿翠儿没好气地对翟常乐说：“连你儿子都管不好，还有心思管那些。清歌！你把英豪当自己的儿子管，严管。不是说严师出高徒吗？你有多严管多严。”狄清歌笑了笑，答应道：“英豪不再像风猴似的玩，能够坐下来，再勤学苦练，就一定会取得好成绩。”

英豪的学习有了很大进步，翟常乐和绿翠儿颇感欣慰，狄清歌还没分辨出哪个是大吉哪个是小利，市人事局的调令到了。

上周日，狄清歌接到市政府办公室的通知，去了顾城，而一去就进了考场。

一周刚过，狄清歌调市政府办公室工作。

赵大同和翟常乐高兴得要喝狄清歌的酒，隗天明也要狄长生拿出“千日醉”。赵玉成也来了，对狄清歌说：“要干出个样儿来。我为你高兴，是来喝你的酒的。”他又扭头对狄长生说：“该畅饮一回了。”

狄长生高兴地拿出一坛子“千日醉”，说：“破例，喝！全村人都来喝。”

赵玉成看见酒坛子，馋得流出了哈喇子，满满地倒了一碗，端起来一饮而尽。

喝着千日醉，翟常乐的爹啧啧赞许道：“清歌，你家祖坟冒青烟了。”翟常乐的娘说：“清歌就是有出息，还是念书好。”狄三儿自豪地说：“清歌是我狄家兄弟。”翟常乐的爹说：“谁说不是我翟家的？狄、翟、隗，自古以来就生活在一起，分不出你、我、他，一家人。”隗天明说：“都是百年不散的老乡亲，互敬互爱，相互照应。清歌，你说是不是？”狄清歌笑着说：“叔叔伯伯、婶子大娘，我自打小时候就得到你们照顾。你们要我做什么，我不能说不做。”赵玉田对着狄三儿笑道：“我这外姓人说句话。你能掐会算的，知道你清歌兄弟有这一天吗？”狄三儿骄傲地说：“那当然。我每天在庙里烧纸点香烛的干什么呢？神鸟显灵，一飞冲天了！天灵灵，地灵灵，都在保佑我兄弟——”狄魁生截住说：“得了！想当年，中山国在此建都，就是冲着这儿是风水宝地。”狄三儿说：“中山武公要不是在此励精图治，怎会复国称雄？”赵邦彦也嘟囔道：“在我们这小山村里当个臭老九忒没意思，现在，才像个样子。”赵连升紧跟着说道：“到了市政府，身价不一样了。”赵玉田说：“要努力当大官啊，当了大官才有权，才能办大事。为鸡毛蒜皮的事我可不找清歌。”

隗天明瞪过赵连升，又白了赵玉田一眼，对狄清歌谆谆告诫道：“本来，我想和你长谈一回，但看你工作忙忙碌碌的，尽心尽力地教孩子们读书，有心劲，有韧力，也就没找你。这一年，你在进步，我和你爹都看在眼里，甚感欣慰。此一去，走出中人城，到了市政府，工作重要，责任重大。务必做到心正身正，以公论事。有句话，你要牢牢地记住：‘知责任者，大丈夫之始也；行责任者，大丈夫之终也。’”

狄清歌听了，瞪大了忧郁的眼睛，惊讶地问道：“伯，考试题目是您出的？”隗天明笑了，说：“跟你伯开玩笑呢。”狄清歌很认真地说：“没有开玩笑，我考试的题目就是‘担当’。”

和许老师、李阿姨、蒋老师道过别，狄清歌去市政府上班。赵大同也要回工地，一起去顾城。

看着狄清歌和赵大同沿着颍水阔步走去，狄长生未免还是有些心忧，对隗天明说：“不知此去，又会是什么境地。”隗天明随手从颍水里捞出两块光溜溜的“山流水”，在手里掂了掂，说：“是圆的还是扁的，总会磨出个样儿来。”

颍水汤汤。狄清歌和赵大同顺流而行，到了顾城。

在市政府，狄清歌不知道找谁报到。正此时，一个人趔趔趄趄地走过来，对着狄清歌和赵大同喊了一声：“喝！”

狄清歌便冲着那人叫了一声：“同志！”

那人乜斜着眼，看了看狄清歌和赵大同，喷着酒气说：“我说喝，你叫我同志？去去去！打工的也跑到市政府来了，还没大没小的。”

狄清歌从那人的话里听出了一丝轻蔑，也就不客气地说：“打工的，怎么不能到市政府来？叫你一声同志，还贬低了你？你有多高多大？”

那人一听，说：“敢跟我这样说话。”他一个趔趄向着狄清歌冲过去。狄清歌一躲，那个人正绊在狄清歌的脚上，一下子扑倒在地上。

这时，一个花白头发的人走了过来，把倒在地上的那人扶起来，问狄清歌和赵大同：“你们是干什么的？”

狄清歌回答说：“是来报到的。”

花白头发的人听了，问道：“你叫什么？”

狄清歌报出了名字。

花白头发的人听了，指着那个人说：“哦，这是办公室副主任赵怀德。我是秘书一科科长老孙。赵主任怎么还倒在地上了？”

狄清歌对孙科长解释说：“是他自己摔倒的。”又对着赵怀德道歉说：“赵主任！对不起。”

赵大同对赵怀德惊喜地说：“赵主任，我也姓赵，咱俩是本家。”

赵怀德撇了撇嘴，鄙夷地看看赵大同，说：“谁和你是本家。我这个赵，是从赵简子传下来的。”又对狄清歌说了句“以后见”，趔趔趄趄地走了。

孙科长对狄清歌说：“好了，跟着我走，去报到吧。”

报过到，也把铺盖在宿舍放好了，赵大同也要去工地了。

狄清歌把赵大同从市政府送了出来。

临别时，赵大同担心地问：“那个赵主任，蹲屁股又擦脸的，不会对你怎么样吧？”狄清歌不经意地说：“放心吧，是他自己摔倒的。”赵大同又问道：“他那个赵，不是我这个赵，我是哪个赵？”狄清歌笑了笑，说：“你这个赵，是赵钱孙李、周吴郑王的赵，《百家姓》里第一姓。是赵匡胤的赵，皇族。”赵大同也笑了，问：“不是都称呼同志吗，他怎么不爱听呢？”狄清歌思索了一下儿，说：“王羲之为什么称呼王右军，是因为做过‘右军’的官；称呼杜甫为‘杜工部’，‘检校工部员外郎’是个官职。大同，你也想像阿Q一样，攀附赵本家？”赵大同连忙说道：“我是听说他也姓赵，觉得亲近。一时高兴，就那么说了。”狄清歌说：“赵主任是官，你是老百姓。”赵大同有些郁闷，戚戚然地问：“你也要当官了。以后，我和你也不能好了？”狄清歌赶忙开解说：“咱俩从小一块儿光着屁股长大的。”赵大同听了，哈哈地笑了，说：“我还以为你当了官，屁股眼儿就镶上金边，拉出屎来也像我爹喝的安化黑茶，开金花呢。”

十四　绽放的年华

狄清歌被安排在秘书二科。

一个科，两个人，科长是夏九天。

秘书二科的职责是编写简报、简讯、会议纪要。狄清歌初来乍到还写不了简报、简讯，只是扫地、打水、抹桌子，做些文字校对、印刷、文件分发的事务。在校对中，狄清歌时不时地发现夏九天编写的简讯、简报、会议纪要、会议摘要中词句、表达上有标点符号不规范、行文用语不顺畅甚至出现错字病句的问题。

“夏科长不会出这样的错吧？”狄清歌不自信了，查查字典，对照过，然后确信是错了。“一字入公文，九牛拉不回。”也是出于教学批改作业的习惯，他向夏九天提了出来。夏九天沉下脸说：“你才来几天，就横挑鼻子竖挑眼的。

我用你教？”

过了一段时间，狄清歌被安排参加会议，但仅仅是记录会议情况，写个简讯。

中央一号文件聚焦于农业。按照林春阳、齐麟童的要求，市委政策研究室主任李茂才对顾城市农业、农村、农民问题进行了调查研究，提交了报告，认为顾城市的农业生产规模虽大，但农产品质量差、效益低，辛苦一年，收益不高；农民不懂市场和传统农业生产的特点，大市场、大流通需要规模生产，规模效益实现大生产；农民仅仅靠种粮养家糊口，发家致富仅仅是个口号。而且，你种你的，我产我的，与市场需求脱节，农民还不会看市场，只会跟风。什么赚钱种什么，赔钱又不种了，一哄而上、一哄而下，农产品价格大贵大贱、大起大落。

要克服和解决顾城市农村改革与发展中的深层次矛盾，摆脱农业困境，也必须落实好中央一号文件精神，走农业产业化之路。

顾城大地掀起了农业产业化热潮。

苏东坡双槐招展着绿莹莹的叶子，农民在田间地头忙碌一年的生计。

林春阳、齐麟童分头去乡镇搞调研。

林春阳去了清溪县，齐麟童则去了颍水县。

颍水县有两项工作出了名。

一个是企业改制。项于飞到任后，对颍水县一百七十八家县属企业进行审计，一百五十家亏损，二十八家资不抵债。一家县属单位的仓库里，“文革”时的军帽一戳一个窟窿，但这堆废物仍挂在账面上。国企半死不活，而全县一万八千人吃财政饭，财政收入却不足八千万，入不敷出。财政收支平不起来，干部职工发不下工资。对此情况，项于飞选择总资产二百七十万元、职工二百七十七人的国有小型企业颍水县药厂搞变更产权试点，改制成了方圆药业公司。

在方圆药业公司成立大会上，项于飞说：“十年改革，改来改去企业还是躺在政府的怀抱里。从今天开始，政府和企业的关系变了，变成你注册我登记，你赚钱我收税，你违法我查处。”

药厂“卖给”内部职工，起了个新名字，也不再属于县里所有，成了职工的，影响大；项于飞的话语更惊人，方圆药业公司、项于飞一举出名了。

一个是霍志超，中人城镇农技站站长，成立了中山农产品公司，联合农户，按品种进行农业种植与经营，年销售额近百万元。

齐麟童要看看霍志超的公司加农户经营模式，更要看看项于飞的企业改革。

项于飞向齐麟童汇报了企业改制的基本情况后，着重说道："'时间就是金钱，效率就是生命。'当年有人说这句话，是冒险，也是担当。企业有效率，才有生命力。提高效率，就要进行企业改制。经过改制，企业的效率得到了很大提升。"

齐麟童问："下来，你走哪步棋？"

项于飞说："县属一百五十家独立核算的国有企业亏损，实际资不抵债，负债率在百分之八十以上，每年光支付利息即达一点五亿元。主要原因是企业产权关系不明晰，利益关系不直接。县委、县政府准备用一年时间撤销乡镇企业管理局、轻工业局、化工局、矿产资源管理局、外贸局五个企业主管局，合并成一个经贸委，从行政体制上为企业改制扫除障碍。具体到企业，按照'以明晰产权为突破口，以股份合作制为主要形式，多种形式推进企业改革'的思路，对五家企业进行试点改革。"

齐麟童说："十四大报告已经提及，国有小型企业，有些可以出租或出售给集体或个人经营。中央都做了决定，很多地方还在观望。首鼠两端，不符合中央要求。我认为，十四大报告是正确的，中央的决策是正确的，早改早好，先下手为强。方圆药业公司的情况怎样？"

项于飞说："灵活、主动，大输液、感冒胶囊、板蓝根冲剂产销两旺，工人工资增加了百分之三十，企业纳税全县第一大户。"

齐麟童愉快地说："要的就是这个效果，也说明改制是正确的。去看看！"

实地看过方圆药业公司，齐麟童又踏上田间小路，去看霍志超是如何进行农业结构调整的……

齐麟童考察归来，狄清歌的宣传稿子也写出来了，刊发在《顾城日报》上。

调整农业产业结构，中人城迎来大发展

编者按：深刻领会党的十四大精神，把握农业结构的变化规律，积极汲取改革开放以来我国农业结构调整的经验，大力调整优化农业产业结构，必须采取以下措施：一、加强农民专业合作，帮助农民了解市场；二、加大对龙头企业的扶持力度，大力推进农业产业化经营；三、加强农业基础设施和种植环境建设。中人城镇农技人员积极作为，走在了全市前列，经验值得汲取。

颍峰山下，颍水潺潺。田埂上，碧绿的叶片下，黄瓜顶花带刺儿，鲜嫩无比。

近日，市长齐麟童同志深入中人城镇就农业结构调整进行了调研。

如何让农民富起来？中人城镇农技站站长霍志超先行示范，种黄瓜，再由黄瓜发展辣椒、西红柿、胡萝卜等农作物的种植和经营，和农民签订的合同面积超过了两万亩。

对于中人城镇的群众来说，如今的变化是他们以前想都不敢想的。中人城镇地处偏远山区，全镇群众一直是面朝黄土背朝天，主要种植玉米、小麦，辛辛苦苦一年下来，只够填饱肚子，过年想给孩子们买件新衣，都是一种奢望。霍志超率先调整农业结构，实施公司加农户经营模式后，品种多了，产量上去了，收入也增加了，生活也有了很大变化。

党的十四大提出，要加快农业农村经济发展。中人城镇党委、镇政府按照省、市的有关安排部署，高度重视产业项目的选择、实施和推广，牢牢把握农业种植结构的“方向盘”，因地制宜，采取“公司+农户”模式，着力打造蔬菜种植基地。如今，基地重点种植黄瓜、西红柿、胡萝卜等十余种蔬菜，已与周边城市建立定销机制，年产销量达六千余吨，年产值一千万元，利润四百余万元。

公司、村集体、老百姓各占股多少呢？

基地产生效益了，老百姓一年能有多少收入呢？

依托基地，老百姓脱贫的情况如何？

…………

行走在乡间小路，齐麟童同志一边看、一边听、一边问。霍志超用这样一组数据作了解答：蔬菜基地由中山农产品公司投资750万元建设，公司占股百分之九十，村集体占股百分之五，入股农户除每年每亩四百元保底分成外，在收益分配中占股百分之五，目前已有三百一十二户贫困户、近千人脱贫。

齐麟童最后对霍志超勉励说："一定要把好产业结构调整的'方向盘'，抓订单，促农民增产增收；优化农业发展结构，降低农民种植风险；抓特色产业，鼓起农民的钱袋子，让农民富起来。"

十五　挫出锐气

项于飞从颍水回来了，拉着狄清歌去了家里。

花千色看见狄清歌来了，忙笑道："工作安排好了？你和于飞可以在一起工作了。我炒两个菜，你们俩喝点。一会儿，我也喝一杯，以示庆贺。"狄清歌把五百块钱还给花千色，说："还给你添麻烦。"花千色说："跟我们还客气，你喝茶。于飞，来搭把手。"

项于飞和花千色准备饭菜去了，狄清歌则辅导振鹭学起《登鹳雀楼》："白日依山尽，黄河入海流。欲穷千里目，更上一层楼。"

不一会儿，花千色就把菜炒好了，放在桌子上。项于飞也拿出一瓶中山松醪酒，在两个杯子里倒了，说："吃饭了！"

狄清歌拉起振鹭，走到桌前坐下，问："写主持稿，应把握住什么？"写过简讯，狄清歌开始写主持稿了。

项于飞笑道："'念到此处停一停，此处可能有掌声'，这句话，能从中看到两个问题。写主持稿的人唯恐不周密，进行特别加注；现实中也确实发生了，有领导真的就念了出去，以至于成了世人的笑话。"

狄清歌笑了笑，说："该说则说，不说废话，这是原则。"项于飞说："还有个领导开会'三要点'。"狄清歌不知道，问："这也有三点？'三点式'，你跟我开玩笑吧。"项于飞说："有啊。第一点，对下级讲话，要说'我强调几点'；第二点，平级讲话后，要说'我补充几点'；第三点，上级领导讲话之后，要说'我的体会有几点'。师傅领进门，修行在个人。慢慢体会吧。"

狄清歌想了想，又问道："林书记讲完，齐市长是不是适用'我补充几点'？"项于飞愣了愣神，说："你把我问住了。分场合，到什么山唱什么歌，在于灵性。”

灵性！狄清歌记住了，还要问什么，振鹭喊道：“吃饭！吃饭！我饿了。”花千色也说道：“工作上的事别在饭桌上说。清歌，不能忙着工作，忘了你的个人问题。你自己也寻摸着，我和于飞也留意着，看有没有合适的。”项于飞点头道：“都想着，赶快解决掉个人婚姻大事。你看振鹭，都这么大了。你不着急不解决不行啊。”

科技园区获省政府批准，要隆重地召开庆祝大会。

夏九天起草的讲话已经几易其稿，但齐麟童还是不满意。齐麟童对狄清歌说：“小狄，这个讲话，应该怎么写？说说你的意见。”狄清歌说：“讲话？更难。主持稿我还没学会怎么写呢。”齐麟童摇摇头说：“先说讲话。讲话的特别之处是领导的口吻，重点在于阐明意义、部署工作、提出要求。当然，也讲究起承转合，脱离了三段论、四段论，就不成体统。没什么不能说不能写的。”

狄清歌说：“起承转合，不一定是八股。有点明白。”齐麟童说：“你写写这个讲话。”狄清歌胆怯地说：“我懂的政策少，工作部署、领导的思路也不清楚。”齐麟童说：“就是做什么，怎么做，写写便知道能不能了。我看过你写的《词话姻缘》，很有笔法；以‘担当’为题目的考试答卷，也很讲立论。”赵怀德对着狄清歌一瞪眼，说：“好的，齐市长这么信任你，你还不去写！”

夏九天当了市政府办公室副主任，赵怀德升任办公室主任了。

齐麟童要讲什么？又怎么说？狄清歌不知道。

项于飞曾经告诉狄清歌说：“写讲话，要善于领会领导意图。”

狄清歌熬了三天三夜，揣摩着起草出讲话稿，忐忑不安地交给赵怀德。

赵怀德看过，说：“好的，我看可以，呈齐市长审定吧。”

齐麟童看着稿子，圈圈点点改了很多地方，然后说道：“按上面勾的划的，细细地改过吧。要对我修改的地方认真体会，想想为什么改，为什么这样改。”

狄清歌看着齐麟童改过的地方，先思考过“为什么改，为什么这样改”，再下笔改过，然后将二稿交给赵怀德。

赵怀德说：“好的，按齐市长的意见改好了？”呈送给齐麟童。

齐麟童仔细地看着，一边踱着步子一边思考道：“思路比较清晰，逻辑关系也严谨，但是——”赵怀德听了，急忙问道：“好的，齐市长，您有什么指示？”齐麟童说：“感觉还差一点，没把握住一个‘度’。要在‘度’上下下功夫，多用用笔。”

“度”，在工作实际中，是要把握的分寸。把握着“度”，狄清歌改了第三稿。齐麟童看过，敲着桌子思索道：“我还是觉得有些不妥当，是什么呢？”

赵怀德见齐麟童敲起桌子，把脸一沉，说：“好的好的，刚来三个月就给齐市长写讲话，开玩笑！换人，孙科长脑袋大、屁股疼，还是夏九天，要夏九天改。”

“我不写了。”狄清歌灰溜溜地转身要走。

“哎！哎！”齐麟童喊住狄清歌，对赵怀德说：“我是在思考问题。稿子嘛，基本不错。”又对狄清歌说道：“这就退缩了？懦夫！考试时，你在《担当》中有一段话，我记得是这样写的：‘担当就是责任，责任重于泰山，为了党的原则、改革开放伟大事业、人民利益，必须敢于担当，积极有为。’还引用鲁迅的话：‘我们自古以来，就有埋头苦干的人，有拼命苦干的人，有为民请命的人，有舍身求法的人……这就是中国的脊梁。’担当，不仅仅是一个词，不能只写在纸上，激扬文字，而要像战士上战场一样，奋勇地去冲，去杀，把敌人彻底消灭掉。面对大是大非，敢于坚决斗争；面对挫折，敢于吸取教训；面对困难，敢于取得胜利，这才是有担当。”

是啊，隗志远面对敌寇，勇敢向前，何曾退缩！狄清歌想过，深悔自己还不如西溪水中的芦苇坚韧有力。

齐麟童看着稿子，思索道：“有悟性。文字水平是有的，主要是刚入门，写得少。讲话嘛，是不是过于呆板，窠臼过多而缺少一点灵性？讲话也和人一样，严肃之外有活泼，忧伤之中有欢乐。‘困于心，衡于虑，而后作。’这篇致辞，要像大海，有汹涌的波涛；要像麻雀，有跳跃的节律，让人洋溢在喜庆祥和的氛围里。”

狄清歌仔细地聆听着。

最后，齐麟童又鼓励说：“俗话说‘文如其人’，文字里，有人性，有个性，也有灵性。那个《词话姻缘》，不是很有性格嘛。用你的真性情去写！”

狄清歌认真地想了想齐麟童说的话，眉头一展，眼睛一亮，回到办公室，趴到桌上提起笔疾速地写起来。

会议隆重召开了，齐麟童发表了热情洋溢的讲话。

尊敬的各位领导、各位来宾，女士们、先生们：

…………

浓浓的感情，深深的友谊。今天，说是开会，实是相会。因为你们，是我们的领导，是顾城的朋友。顾城经济的发展、社会的进步、政治的文明、文化的繁荣、科技的进步，都与你们的关心、支持和辛劳、奉献息息相关。去年的今日，我市科技园区开工典礼；昨日的今时，文化产业谷又获立项。出类拔萃的技术人员，摘取了时代最前列的硕果；机械制造设备的研发，增强了科技的核心竞争力。你们的功绩，犹如巍巍宝塔，高耸蔚蓝天空；你们的汗水，犹如汤汤的颍水，流淌顾城古地。

我们的信心以百倍计倍增，前进的步伐更加坚定有力了。

去年，我在科技园区奠基时说："过一年，一个新的经济制高点将会崛起。"在这一年里，我们不敢稍有松懈，坚持发展才是硬道理、迈出科教强市新征程，终于取得了骄人的成绩，也迎来文化产业繁荣的新开端。你们已经欣喜地看到：一个个新技术企业、一个个花园式厂区，员工忙前忙后，集装箱搬来运去，火热非凡。

顾城的发展，令人瞩目；顾城的未来，令人关注。我愿意借今天这个机会，谈谈我的思路。

顾城，充满了生机和活力。未来的顾城，将是一个经济发达、人民富裕的地区。集中精力发展经济，不断改善人民生活，始终是市委、市政府的第一要务。我们将按照中央和省委、省政府的要求，走快速、健康发展之路；依靠科技，加快培育和发展机械制造业，重点培育和发展信息产业，促进当前发展并为长期发展提供有力支撑。

我们很清醒地认识到，顾城支柱产业发展现状不容盲目乐观，问题依然存在。制造业基础还不够雄厚、规模以上工业企业数量不多、竞争力不强、综合实力不足。为此，我们要在经济领域、科技领域继续扩大对外开放，而且也要在文化建设、体制管理等领域积极探索，创造更加良好的投资环境，为科技发展创造良好的条件；要积极引进人才、尊重科学，依靠科技进步，加快发展。

明年的顾城，GDP增长将在12%以上，创全省先进；人均增长将在10%以上，率先走向富裕。

女士们、先生们，智者创造机会，强者把握机会，弱者等待机会。富于智慧和力量的顾城人民，一定会开拓进取、奋力拼搏，夺取经济社会发展的新胜利！

谢谢大家！

十六　心中有丘壑

三月的全国两会，代表委员们就餐不再缴粮票。至五月，粮票悄无声息地取消了，商品粮也没了。

经济发展日新月异，生活水平日见提高。

全国上下，大干快上，基建投资迅猛增加；社会总需求强力扩张，货币投放增发，高档进口家电一夜间上涨了千余元，国产洗衣机和其他家电价格也以百分之二十多的涨幅往上蹿。大米从一斤八毛钱上涨到一斤一块六毛钱，化肥、农药、猪肉随大米、面粉全面大涨……

市场上，一些人想趁国家改革浑水摸鱼。“黑心棉”、假酒、假烟、假化肥、假种子……假冒伪劣产品充斥市场，尽管商家挂上“无假冒商品”的牌子，也同样不可信。

国办中学教师的工资还能照常发，而乡镇中学、村小学大部分发不出，拖欠了几个月。学校无办公经费，教师上一节课领两支粉笔，笤帚簸箕都买不起。学校运转不灵，教师们有情绪……

为了弥补经费不足，保证教学工作能正常运转，有的学校招择校生，办补课班，卖学习资料；有的甚至巧立名目，向学生伸出黑手，收取建校费、危改费、工友费，连学生停放自行车、喝水都收费。

与此同时，有些行政部门也向学校乱收费，卫生费、安全管理费、年检费、质检费，要的钱比学校还多。

乱收费，富了一些部门，一些人也因此吃得满嘴流油，为人民群众广泛诟病。

为了遏制“三乱”歪风，各级政府进行“三大查”，之后又是“五大查”。但是，三查接五查，还是查不住。

问题不是查不住，而是营私舞弊。

为坚决刹住“三乱”歪风，顾城市委、市政府要专门召开一次工作会议。

齐麟童的讲话，交由狄清歌起草。

狄清歌干大材料，是在通材料后。

市人代会前，夏九天起草好市政府工作报告，提交市政府常务会议通过。

工作报告，是市政府最大最重要的材料。会前，在办公室组织人员通材料时，狄清歌发现有个地方不通顺，问孙科长是不是。孙科长看也不看，说：“不关我的事。”狄清歌向夏九天提出来，夏九天恼了脸道：“又挑我的毛病！”狄清歌改不动夏九天写的材料。

齐麟童问：“看了报告，有什么问题？工作报告要提交市委常委会和市人代会，必须慎之又慎，不能有纰漏有差错。都看看，提提意见，加以完善。如果没有意见，原则通过。”

“这儿有个标点错了。”狄清歌本不想说，但工作报告的重要性又迫使狄清歌不得不说。

齐麟童问：“哪里？”狄清歌说：“第三页第六行‘经济社会’后面，这个句号应该是逗号。”齐麟童看了看，说：“是个逗号，改正。发现得好。”狄清歌说：“是‘再次’而非‘在次’。”齐麟童说：“改正。还有吗？”狄清歌说：“‘惩前毙后’中的‘毙’、‘按步就班’中的‘步’、‘再接再励’的‘励’、‘警钟常鸣’中的‘常’，都是错别字。”

齐麟童说：“一一改正。”

夏九天红着脸说：“是。”

狄清歌说：“这个句子念不通……”

齐麟童说：“是，拗口。调整一下词语顺序就通顺了。还有哪里？”

狄清歌说：“‘经济社会稳步，各项事业发展’句子不完整。”

齐麟童说：“缺成分，少词语。改！还有吗？”

“通篇都有毛病。”狄清歌说。

夏九天的脸紫得像煮熟的猪肝。

齐麟童说："一个标点错了，看似微不足道，却关系政府的威信、报告的公信力；一个字错了，就像饭食里有一只苍蝇，虽然是美味佳肴，却令人作呕。起草人要字斟句酌，严谨细致，不出纰漏，这是最基本的工作水平。办公室把关不严，也有责任。九天！你念一段，清歌改一段。"

用词不当、语法错误、逻辑错误、前后搭配不当……基本功上的东西从上午九点改到了下午两点还没有改完。

齐麟童严厉批评了夏九天、赵怀德，把狄清歌从秘书二科调到了秘书一科。

孙科长五十挂零，年龄比赵怀德大，夏九天比他年轻，但不轻易动笔了。

孙科长不是说脑袋大，就是说屁股疼，让狄清歌跟着齐麟童出席会议、参加活动，以掌握情况。自然而然地，起草讲话的任务，也交给狄清歌了。

然而，狄清歌起草的讲话，在对"度"的把握上，受到了齐麟童的严厉批评。

齐麟童审阅过，问道："白瓜露子儿的提名字吗？"赵怀德说："好的，提名字还是不提名字——"齐麟童拿起笔，把讲话稿中的人的名字划掉了，说："名字用'某某某'代替。"狄清歌说："违法乱纪，'吃拿卡要'，群众对此深恶痛绝。自古就是大丈夫行不更名，坐不改姓。点出名字，一可令这些干部警醒、悔过，防微杜渐；二可以儆效尤，形成震慑，令所有干部清正廉洁地干事业。"

齐麟童道："杀鸡给猴看？都是同志。培养一个干部不容易，也要讲究一个度，多加以爱护，不能一棍子打死……"

一棍子打不死，但可能令人丧命。

齐麟童在科技大会上发表了热情洋溢的讲话，鼓舞了全市各界的士气，经济热度一日高过一日。顾城有了咖啡馆，有了舞厅，人们也在柔柔的轻音乐里陶醉，在暖暖的香风里颐养。

娄副局长也走进了舞厅，结识了一个香艳的杨小姐，并与之同床共枕。

那日，在公安机关开展的扫黄战役中，娄副局长被警察逮住了。姚窕四下里托人说情。但是，法不容情，娄副局长又被罚款又被行政拘留了。

林春阳勃然大怒，说："一个领导干部，本应当模范遵守法律，却不知廉耻。对于败坏党和政府的形象的人，市委绝不手软，坚决查处，让全市人民看到我们加强廉政建设、反对腐败的决心。”

市委组织部免去了娄副局长的职务，市纪委也印发了通报。娄副局长老脸难堪，吞了八包“毒鼠强”，在这个世界上消失了。

通缉犯，是真名实姓；罪犯，则是“某某”。通报，要讲究一个“度”。而“度”，是审度、掂量之意，还有权衡之虞，不能自黑，自己给自己挖坑。

关键时刻，如果齐麟童不给狄清歌机会，狄清歌写不出来，就被赵怀德一棍子打死了，哪儿还能到秘书一科？但这不是一个性质的问题。写不出来，是自己政治理论素质不高，才学、见识不到。狄清歌忖度着。

齐麟童又在“官僚作风”“形式主义”下面重重地划了几笔，说：“政府不是封建衙门，我们都是人民公仆，这些问题必须整治。”

赵怀德说：“好的好的，按齐市长的意见办。”

最后，齐麟童对狄清歌叮嘱道：“找个拐棍儿，多向孙科长请教。”

十七　一分辛苦一分才

孙科长写出来的讲话，在齐麟童那里都是一遍过，当然是大笔杆子。赵怀德见到孙科长，也只有连声说：“好的！好的！”夏九天自觉文工相差，看见孙科长连牙都不敢龇。

狄清歌向孙科长请教，孙科长拿起以往起草的一沓讲话材料，说：“我也是盲人骑瞎马，摸索着干出来的。给你这些拐棍儿，拄着走。”在狄清歌的再三央求下，孙科长才指点说：“文章，讲究义理、考据、辞章。讲话也不例外，只不过注意不要像文艺作品那样华丽，常用的是开门见山，在起承转合间有什么说什么。‘熟读唐诗三百首，不会作诗也会吟。’你写得少，写多了，自然就摸着门道了。”

狄清歌每天憋在办公室里看孙科长给的“拐棍儿”，琢磨着怎么写好大材料。孙科长问：“悟出点门道没有？”狄清歌摇摇头，说：“框架结构知道了，具体怎么写，还是不知道。”孙科长说：“向李主任学，他是高才生。这不，来了。”

李茂才身为市委政策研究室主任，当然是才高八斗。狄清歌巴不得能得到李茂才的指点。

李茂才经常来找孙科长，一是工作上的接触，二是狄清歌从孙科长和李茂才的谈话中得知，两个人是同学。同学归同学，最是性情相近，见解相同，文才相当。当然，也从两个人的谈话中感觉出有区别。李茂才健谈，多是先引发话题，语言犀利；孙科长是有问才有答，对答如流。

李茂才问："我来了，我经常来的。今天说这话，是为什么？"孙科长说："小狄跟我说材料呢。"狄清歌说："孙科长给了我许多'拐棍儿'，但是，我不知道怎么拄。李主任才高，教教我。"李茂才笑着问道："孙科长是怎么教你拄'拐棍'的方法的？"狄清歌回答说："拄拐棍儿，不是目的，是为了站住脚，迈步向前走。走与不走，是大脑支配的事。写材料，是用大脑，大脑里要有东西，才能写出材料。为此，一是要博学，学政治理论，学文件，掌握精神把握实质，向实践学真知求真理；二是要勤思，既要吃透上情，又要吃透下情，两头都吃透，才能下笔如有神；三是要有胆识，写讲话恰似在运筹帷幄，以决胜千里之外，一字一句都有方有寸，犹如实兵作战。"

李茂才也不客气，说："我告诉你一点，写材料，最重要的，是要善于领会领导意图。写一篇材料，要明白领导讲什么、怎么讲、讲给谁，解决什么问题、达到什么目的、收到什么效果，要紧紧围绕领导的意图写，不能写偏了，写歪了。"

狄清歌听了，在心里悟着李茂才说的一番话。

"写材料，是个苦差事。你看，我和老孙，都成病痨了。不过，'一分辛苦一分才'，下苦功夫吧。"李茂才勉励过，和孙科长拉起话来："吃点什么补补？""吃枸杞不少，效果不佳。""我都吃过羊宝、狗鞭，一样不济。""肾宝，吃不起。还是白薯，便宜又顶饭。""咦，什么都不行了，年龄不饶人。""唉！古人有云：'老而不能为人。'"

"小狄，你知道我们在说什么吗？"狄清歌正悟着，突然听到李茂才问自己，抬起头来想了想说："好像在哪里看到过这句话。"

李茂才笑了，说："不到年龄不开悟。"狄清歌说："我悟着呢，孙科长会尽心尽力地教我。"孙科长也笑了，说："男女之事，结婚之后，自然就悟出来了。老大不小的，你该找个对象结婚了。"

狄清歌听了，埋下了头。

狄清歌对于柳疏影，是“不思量，自难忘”。

从顾城回到中人城，狄清歌无一日不愧疚，愧疚于柳疏影。

狄清歌调到市政府办公室，虽然工作紧张，但很想去见柳疏影。然而，怎么面对？

苻岑莍已经被给予党内严重警告、行政降一级处分，并调离市教育局，到土地资源局任副调研员。

狄清歌的眼里闪着忧伤，心中暗道：“一切有时。”

文联近在咫尺，狄清歌想着“山流水”，原本打算去找苏可乔请教，但是，工作紧，又日夜学习积累，一直没能走几步过去。

分税制后，接着进行价格体制改革。钢材、水泥、木材的价格都在猛涨，各种工业原材料、燃料、动力等的购进价格也水涨船高。

物价涨幅，一波高过一波。

一年的时间里，工业经济宏观不好，微观也不好，顾城的农业产业化却在全省取得了很大成功。

省委一号文件向全省推广顾城农业产业化经验，并要求按照产业化组织农业生产。

农业产业化战略全面实施。

林春阳兴高采烈，齐麟童意气风发，去萍水逢大酒店出席私营企业家恳谈会。

在所有权与经营权“两权分离”下，姚窕拿到了市政府招待处的经营权，摘了“市政府招待处”的牌子。

姚窕站在大厅门口迎接了林春阳和齐麟童。

迎过林春阳，姚窕“嘎嘎”地笑着对齐麟童顾盼生情地娇嗔道：“市长呀，也不来萍水逢，是嫌我的茶苦呀还是饭不香、菜不合口呀？”齐麟童张嘴笑起来，说：“姚窕的茶香，饭菜也合口。”姚窕又娇声道：“市长呀，那为什么不来呢？要多多支持我们第三产业啊。”齐麟童答道：“一定支持。唉，工作太忙了。开会，开会，大家都等着呢。”说罢，走进会议室。

姚窕看看走过去的齐麟童，对狄清歌说：“小弟，多多关照窕姐哟。”狄清歌淡淡地回说道：“我一个写材料的，只能祝你生意兴隆，财源广进。”也走进会议室。

会议上，齐麟童听取了私营企业家们的发言，并就促进私营企业发展面临的问题广泛征求了意见。

私营企业家们集中反映了一个突出问题：资金周转不灵便，融资难，贷款难，需要对农村基金会的发展大力支持，以保障私营企业经营运转。

听了私营企业家们的发言和意见，齐麟童说：“中央在文件中提出了私营经济的方针，也明确承认私营经济的合法存在和发展，党和国家前所未有地鼓励和支持发展私营经济，宪法修正案又确定了私营经济的法律地位，把私营经济作为社会主义公有制经济的补充，市委市政府坚决支持。我市呢，去年底，私营企业实有户数、注册资本首次突破二十万户和五千亿元，空前壮大和发展。你们，还有款可贷，尽管很困难，但总能贷到啊。大部分中小乡镇企业告贷无门，哭爹喊娘。难，县、乡、村比你们还难。关于农村合作基金会，许多省的许多地方在政策支持下很快火起来，一些中小企业也获得了资金。虽然进行的企业改制取得了一些成效，但是优质企业毕竟少之又少，更多的是敲敲打打的小加工、小作坊，几间破厂房，用一堆破铁烂套子还？搞基金会，虽上有政策，下有众多参股者，然而我的意见是，后患不浅，不支持。”

齐麟童话音落下，全场一片哗然。

萌发于黑龙江、辽宁、江苏等地的农村基金会在中央“应允许试行”、中国农业银行指导下给予了鼓励、支持、试验及推广，正进入到高速扩张阶段。

林春阳赶忙讲道：“这个问题，下来再研究。散会！”

会后，林春阳对齐麟童进行了严厉的批评：“太敢讲话了！怎么从民营企业说起基金会了？政策自有为政者负责，你大可不必乱讲话、泼冷水。”齐麟童说：“不冒政治风险，全市经济社会发展即要冒风险。孰轻孰重，我看是经济发展与社会稳定。可以允许我冒昧，但不容许我冒失。”

齐麟童回答了，同时对林春阳的批评做出了理解。

十八　西溪玩月

八月十五月圆时，一批人走上了领导岗位。

项于飞从清溪县调到颍水县，任县长。

月夜，项于飞约狄清歌去了西溪。

路上行人如织，携酒竞相前往西溪。

月光下的西溪，水波滟滟。项于飞借景抒发道："西溪，从东晋被发现，其后经唐发展，再到宋全盛，都是文人的野趣。千年以来，溪水之上，都是皎月荡漾，从而有了'西溪玩月'这一胜景。月，人都说'赏'，赏月，而西溪之月，古人怎么用的是'玩'呢？"

狄清歌思索过，反问道："杭州西湖是'三潭印月'，何以用'印'？"

项于飞别有用心地说："玩，是赏的潇洒；印，是月的倒影。古人用字，常一字传神。"

狄清歌听出了项于飞话里有音，说："《书·洪范》有言：'月之从星，则以风雨。'"

项于飞说："花弄影，卷花影，你是心中无影。"

狄清歌叹息一声，回答道："'月移花影约重来'？一切有时。柳疏影，嫁人了，是体校的教练杨雪枫。"项于飞叹惋道："此情可待成追忆，只是当时已惘然。那么，祝福她吧。"狄清歌说："杨雪枫能保护她。"

项于飞顿了顿，说："世上真有可恶之人。你还记得《人性》这部电影吗？"

狄清歌说："上学时，我们一起看过。女主人公叫丽拉，因内分泌失常而变成了'毛孩'，是一个自然主义者。男主人公是内森，从小受到父母的严格管教，相信一切都可教化，试图将烦琐的餐桌礼仪教给一只老鼠。"

项于飞说："两个天壤之别的人，却成了爱人。为了爱，丽拉抛弃野外自由的生活，与内森过起夫唱妇随的日子。"

狄清歌说："然而，一个不速之客帕弗闯进了内森和丽拉的生活。帕弗的父亲认为自己是只'猴子'，把襁褓中的帕弗带到森林中，从此父子俩过起'人猿泰山'的生活。"

项于飞说："后来，丽拉和内森把帕弗带回了繁华的城市。内森雄心勃勃，要把帕弗训练成谦谦君子，却因为女助手与丽拉的感情出现了裂缝。"

狄清歌说："最终，丽拉'劫持'了帕弗，要恢复他原来在森林中自由生活的天性。"

项于飞说："影片用幽默的表现手法提出了'人性究竟是什么'的问题。"

西北飞来一片乌云，刹那间覆于西溪上空，雨点也劈头盖脸地砸下来。

水面上的月影，被砸得支离破碎，荡漾而去。

项于飞和狄清歌抹了抹头发上的雨珠，仓皇离去。

俗话说，新官上任三把火。

然而，项于飞上任，迎头一个上访案。

几年来，县政府机关吃了中人城村十吨鸡蛋，却分文未给。翟常乐的爹和娘、狄魁生、赵邦彦、赵连升老两口、狄三儿拿着账本来讨账了，唯独隗天明没去，还说："要相信政府，一定会给。"

中人城是古远的，有着悠久的文明；然而，中人城也是现代的，为着利益，上访、告状。

"想不到，第一把火烧在这鸡蛋账上。"项于飞暗自苦笑道。

鸡屁股是老百姓的银行，事关百姓生活大计。况且，造福百姓，也是政风问题。项于飞自然不敢小觑。

项于飞要在这鸡蛋上踢出头一脚，驱车去了中人城。

20世纪70年代末，中人城村的人们开始养鸡，发展到90年代，养鸡数量数千只，由此自发形成鸡蛋市场，远近闻名。

几年来，赵玉成只说县上要鸡蛋，钱以后兑付，打个白条就让人把鸡蛋拉走了。翟常乐的爹和娘、狄魁生、赵邦彦、赵连升老两口、狄三儿要来要去，说总会给的，一直拖到了现在。至于说谁吃了鸡蛋，赵玉成也不清楚，只说是管镇长调走后，镇党委李书记下派的任务，跑资金给县里送。但是，李书记调到县里当了教育局局长，说是为镇政府办事用的，钱由镇政府还。找镇里，现任镇书记说自己没有吃鸡蛋，谁吃了谁还，鸡蛋钱没个着落。

"鸡屁股不白折腾了？"翟常乐的爹和娘、狄魁生、赵邦彦、赵连升老两口、狄三儿都急了，到颍水县，还要去顾城市上访。

因为发生了上访问题，赵玉成被免职。赵玉成被免职，鸡蛋钱更没了着落。

情况基本清楚了。项于飞对翟常乐的爹和娘、狄魁生、赵邦彦、赵连升老两口、狄三儿等人明确表态说："我支持你们维护自己的利益，吃了不能白吃，鸡蛋钱一定给你们。"

项于飞做过保证，回到县政府，问审计局周局长："教育局李局长离任经济责任审计情况是怎样的？"周局长说："鸡蛋钱并没有在镇财政的账目上，李局长调任时也没有交代。”

项于飞把李局长找来问话。李局长汇报说：“鸡蛋，我是向村里要了，但我向组织保证：我个人没有吃，一个都没吃，都用来为镇里办事，送给县政府有关部门了……”

中人城村的“银行”补养了县干部的身子，既不属贪污，又不属铺张浪费等给集体造成损失的，还对工作有利。“但，鸡蛋确实是你向村里要的。”项于飞把李局长的鸡蛋问题交由组织、纪检等部门处理。

县纪委、县监察局做出最终决定：责令李局长如数退赔和赔偿，并依据有关规定，给予党内警告、行政记过处分。

李局长说：“凭什么我退赔，还被处分？”愤愤不平之下，放出风去：“别看我的笑话。当初，谁吃了鸡蛋，凭良心自觉拿出来。谁吃过鸡蛋，能瞒得了我，别不承认。要不然，孩子上初中、升高中的时候见。”

吃过鸡蛋的，暗暗地骂过“非君子，乃真小人”，私下里也多多少少地送去了钱。

鸡蛋问题解决了，项于飞苦笑道：“唉！乡土中国，人情大如天。这些，也是穷闹的。所以要改革，解放思想，解决意识问题；创新机制，提高效率；富裕起来，解决温饱问题。”

项于飞带领县直各部门领导、企业厂长到珠海、深圳进行了为期六天的考察学习。

全县二百七十多家乡镇以上的企业开始了全面改制。

干部的思想解放了，观念转变了，还要解放企业职工的思想，转变企业职工的观念。项于飞又大造声势：“干部要到企业宣讲企业改制的政策、意义和作用，有线广播台轮番播发企业改制的紧迫性、必要性。”

奠定了舆论基础，颍水县物资局、轻工业局、化工局、机电局、企业局五个工业主管局的牌子被摘了。另组建经委，全权负责管理县属所有企业。

有庙便有神，有神便有人烧香。“拆庙”，摘牌子，先赢得了企业的赞同。

体改委具体实施，对全县二百七十多家企业进行了股份制改革。

化学制药厂改制为方圆药业公司。改制后，适逢市场需求强劲，公司生产的“大输液”供不应求，从而一举扭亏为盈，纳税也超过千万。但是，由于股份过于分散，平均主义、大锅饭的现象严重，职工积极性不高。在市场需求旺盛之下，凭原始技术继续发展，对南方药企引进国外技术进行生产、包装并大力扩展广大市场所引起的危机视而不见，缺乏风险意识。

经过分析，项于飞引导企业“让经营者持大股”，推动所有权与经营权进一步分离。方圆药业公司对股权结构进行了调整，持股比例向董事会倾斜，董事长钱贵昌持有百分之四十九的股份，最终达到《公司法》对于股份有限公司的规范要求。

十九　萍水逢里的对话

细细槐花暖欲零。

萍水逢的生意天天爆满。

姚窕，体态略显丰盈了，身上的女人味也更浓了，再加上浑身散发出法兰西的香水味，迷幻着男人们到萍水逢销魂。

旖旎的灯光下，妖娆女人眼儿媚、唇儿红，一颦一笑，无不风情。

姚窕趴在吧台上查看经营情况。查看过登记簿，又从收银员那儿拿了一张百元大钞来看。正撅着屁股看钞票，不承想被人摸了一把。

敢摸姚窕屁股的，非富即贵。姚窕心里很明白，有钱不赚是傻蛋！不禁心花一放，回头去看。只见一个人手里拿着“大哥大”，挺着个圆圆的肚子，短粗的脖子上套着一条金光灿灿的链子，眼睛虽然被蛤蟆镜遮住了，但她还是看出来了，是张达发。

张达发的一左一右站着两个刺青的光头。

“小人乍富，腆胸叠肚。”姚窕“哎哟”一声，笑道：“嘎嘎！宝贝、心肝，怎么会是你？说不见就不见了，这些年你都跑哪儿去了？窕姐无日不惦记，无时不想念。”双臂一张，搂住张达发狠狠地亲了一口。

“阿嚏！阿嚏！”张达发连着打了两个喷嚏，又咳嗽了两声，说：“抹了什么粉儿？”

姚窕笑道：“嘎嘎！鼻涕都没有，法国原装进口的小黑裙儿。我说谁呢，敢摸我，吃了熊心豹子胆。这些年你跑哪儿发财了？”绕着张达发看了一圈，扯扯张达发的耳朵又说：“瞧瞧，这肥头大耳的。”再摸摸张达发的手说：“看看手指上这大金镏子，一戴就是两个。”再指着两个刺青的光头说："哈嘿，还带着两个虎气的兄弟。"

张达发咳嗽着把"大哥大"交给左边的刺青光头，然后将身上的皮衣往后一甩。右边那个刺青的光头接了，搭在左手手臂上。姚窕瞧了，"呀呵"一声，说："够有派儿的，不愧是大老板。快说说，你做的什么大生意？"

姚窕迫切地想知道张达发是如何"派儿"起来的，张达发偏要卖弄，叹道："咳咳！小孩没娘，说来话长。刚回来，还没歇脚，就来看望窕姐。"

张达发非比从前。姚窕久在生意场，最会看人下菜碟，忙嗔怪道："算你有良心。不到窕姐处歇脚还往哪里去？来！"

姚窕牵着张达发的手进了房间，两个刺青的光头一左一右把守在门外。

从叙话中，姚窕知道了张达发几年的来去。

听了"要挣钱，到海南；要发财，炒楼花"的歌谣，张达发拾掇了家电门店的摊子，去海口了。

流金岁月，财富攀升的速度一日千里。海南一家房地产开发有限公司在海口市中心龙华路投资兴建了二十五层的一栋大厦，刚建地基，即被争购一空。房地产价格日日飙升，仅仅只有一年的时间，每平方米一千多元的公寓楼卖到了每平方米两三千元，别墅也由每平方米两千多元涨到了五六千元，一些中心地段的商品房价格一度突破一万元。与此相呼应的是，土地使用权的出让价格也大幅提高，有的地方仅过一年竟由每亩十几万元涨到六百多万元。在海口和三亚等有限的区域内，房地产的价格打着滚儿往上翻，只要是持有与房地产沾边的文件，哪怕还没见着土地和图纸，不隔夜都可发财。

张达发以每亩六千元的价格买了十亩地。买下后，价格直线上蹿，仅半年时间就涨到了每亩三百多万元，翻了五十倍。

成了亿万富翁，张达发每天早晨醒来，先往裤兜里塞两沓现金，这边一万，那边一万。每天"咳咳"着炒房，从一楼签了房产买卖合同，到六楼加价又卖了。

哪知，"国十六条"出台了。宏观调控下，房地产一夜之间崩盘，价格从每平方米近万元跌至两三百元。

经济发展的泡沫陡散，春梦霎时了无痕。

在海口赔光了，张达发跟着一个螺纹钢厂的经理去了钢都，交杯换盏之后，做起供应铁粉的生意。没多长时间，腰包又吹气般地鼓起来了。其后，趁螺纹钢厂改制，他以一百万的价格买下来。起先，销路不是很畅，北京、上海、天津，业务员到处跑销售。这两年，随着房地产市场的再次兴起，螺纹钢成了皇帝的女儿，引得各地抢购，价格三小时上浮一次，每天调整数次，直线攀升。

张达发又赚了六千万。

这家伙，命好。姚窕在心里暗暗骂过，嘴上却笑道："嘎嘎！我说什么来着，老弟是吉人天相，日子跟芝麻开花似的，节节高，都不知道怎么过了。"

张达发哈哈地大笑了几声，咳嗽了两下，说："好过。买两碗豆浆，喝一碗，咳咳！倒一碗。"姚窕又嘎嘎地笑道："土鳖啊！有钱不会花。"张达发说："房子买两套，一套住，一套串门；汽车买两部，一部开，咳咳！一部出租，想打的就打的，想自驾就自驾。"

"王恺拿着御赐的珊瑚树对石崇显摆，却被石崇一棍子打碎了。石崇的大珊瑚树那才叫个大，还看一根，砸一根。王恺跟石崇显摆，真是！"姚窕自愧弗如，举个例子奉承道。

张达发咳嗽了两声，狞笑道："豆浆和珊瑚，不知差多少个等级。我跟某些有钱人比，资产净值相差几百倍。唉！人比人，气死人。有一百万的人，不懂有一千万的人的生活；有一千万的人，不懂有一个亿的人的生活。"

姚窕笑得眼眯成了一条缝，说："拿窕姐开涮。"眉飞色舞地给张达发倒了杯水，才卖乖道："看你咳咳的。当初，窕姐就知道你不是池中之物，所以没强留。"

张达发捧过水杯，喝了一口，润润嗓子说："运来被钱追着跑，跑都跑不掉。窕姐的产业，不是小数目。"

姚窕轻笑一声，道："嘎，看我憔悴不？来的都是爷，哪个不敬着。"张达发说："和气生财，商贾之道。"姚窕问："你冲着什么回来的？"张达发说："如今，各地房地产很火，搞开发的都赚大钱了。我回来搞个市场调查，准备搞房地产开发。"

一听到是房地产，姚窕惊问道："天啊！你最清楚海南楼市套了不少人，还要做？"张达发说："去年七月，国家宣布全面停止实物分房。今年元旦，货币化分房政策正式出台。房子成了商品，都要向市场买房子。"姚窕忧心地说："商品房市场真要发展起来了？冲着海南建省和经济特区，人们一哄而上，炒楼花发了财，又因房地产过热，多少人，包括你血本无归。惨状历历在目，还是悠着点。”张达发说：“胆小不得将军做。咳咳！这叫抢抓机遇。”

二十　“偷”来的大眼睛姑娘

写材料、印刷、发文，写了还得印，印完还要发，一套活儿把狄清歌忙得屁股脑袋不着地，风言风语却流传开来：“他看到市人民医院的女医生，眼睛都不眨了。”“直勾勾地看人家，连会议记录也忘记写了。”“赵主任喊他，都听不到。”“想勾搭有夫之妇？品质恶劣。”“敢吗？体校的教练，全身肌肉，一拳就会打得他好似开了个油酱铺，咸的、酸的、辣的、红的、黑的、紫的，像鲁智深拳打镇关西，一发都滚出来，绽将出来。”“那医生虽然是少妇了，姚窕比之，差在了内涵上。”

狄清歌看到了柳疏影。

但柳疏影不是来找狄清歌的，是参加妇幼卫生健康工作会议的。在会议上，还做了典型发言。

狄清歌看着柳疏影，眼睛一眨也不眨，连会议记录都忘记做了。散会后，他还凝望着柳疏影。

狄清歌是看着柳疏影，连动也不动，而且，还看着散会后走出去的柳疏影，很想说几句话。然而，柳疏影没看到自己，径自急匆匆地去了，连记者采访都顾不上。

会后，赵怀德向狄清歌要会议记录，狄清歌拿不出来。赵怀德说：“好的，看着女医生，魂都丢了，还追着人家看。什么行为？品质问题。市政府办公室绝不能容许。”狄清歌听了，未免心中长气，问：“我有什么品质问题？”赵怀德说：“好的，有品质问题还装得很正经，属于伪劣品质了。”狄清歌听了，肚子里的气又长了三分，粗犷了声音说：“你抓着了，还是逮住了？有品质问题的，不是我。”

“青青子衿，悠悠我心。纵我不往，子宁不嗣音？”狄清歌丢魂失魄，后悔当时没有追上去，向柳疏影表示歉意，看到齐麟童都怏怏不乐。

齐麟童向狄清歌问道：“听人说，你认识市人民医院的医生柳疏影？”

狄清歌回答说："是。"齐麟童又问道："怎么认识的？"狄清歌又回答说："我和她的父亲柳老师在一起当过老师。柳老师嘱咐我去看看她，我就去了。然后，就认识了。柳老师对我有照顾之义，铭记一生。"

齐麟童又问道："交往过？"狄清歌说："是，一段时间。"

齐麟童点了点头，说："重感情，有情义。不过，男女之间是否有真正的友情？这是一个在实际生活中常常遇到，也常常争论的问题。"

狄清歌说："我有愧于她。"齐麟童说："有愧疚之心，方能深刻地反思自己，从而更进一步，提高境界。但是，男女之情，毕竟不同。"

狄清歌说："莫洛亚饶有趣味地进行过探讨，在《人生五大问题》中列举出三种情形：一方单恋，另一方容忍；一方或双方过了恋爱年龄；旧日恋人而后的友人，既有爱也有友谊。"

齐麟童说："拜伦赞美过异性友谊：'性的神秘力量在其中也如同在血缘关系中占据着一种天真无邪的优越地位，把这和谐音调弄到一种更微妙的境界。如果能摆脱一切友谊所防止的那种热情，又充分明白自己的真实情感，世间就没有什么能比得上做女人的朋友了，如果你过去不曾做过情人，将来也不愿做了。'贝蒂娜与歌德、贝多芬，梅森葆夫人与瓦格纳、尼采、赫尔岑、罗曼·罗兰，梅克夫人与柴可夫斯基，这样的例子不少。然而，男女之间的友谊是困难的，过犹不及！"

"过"，是自然倾向；"不及"，是必然结果。一种排除情欲的纯正友谊是否可能呢？齐麟童的话是教诲还是告诫？狄清歌思索着，不由得想起了柳老师。柳老师说话，总是轻言细语的，让人在体会中懂得道理，"润物细无声"。由柳老师又想到天明伯，天明伯说话言简意赅，句句切中要旨，"直入肺腑"；父亲呢，从来话语少，多的是期许，"身教重于言传"；齐麟童，既善解人意，又洞彻心扉，"睿智"……

项于飞回来了，他是到市委汇报工作的。汇报完工作，他就找到狄清歌，说："久不相见，闻流言不信。"狄清歌回道："不偷不抢，有什么可怕的。我和大同、常乐从小就在小山丘上学俞大猷，练过胆。"项于飞讥讽道："你还要学俞大猷杀倭寇。"狄清歌反问道："俞大猷练胆，是虚妄的？"

项于飞缓了缓口气，说："只是，我劝你，还是要少言些，多干些。"狄清歌说："我一直在埋头，甚至连柳疏影都没去看，离苏主席那几步的距离，也没去。人不能没有是非曲直，更不能信口雌黄。我说的，我做的，对的还是错的？”项于飞愣了愣，笑道：“‘烈士多悲心，小人偷自闲。’人，是要做有价值有意义的事。只是，别人看的是表象，怎知你的衷心？你啊，天真未凿。”狄清歌说：“我就没凿出那么多心眼儿，只是凭着一份赤诚之心。”项于飞说：“多一朵鲜花，世界就会灿烂几分。《左传》云：‘和如羹焉，水、火、醯、醢、盐、梅，以烹鱼肉。’马克思也说‘社会是人与人的关系总和’。人和人，是在一个关系里。而这个关系里的人，为了利益，就可能失去情、义、真。你该结婚了，有了妻室，就没了闲言碎语。考虑考虑我说的那位姑娘。”

隗天明讲过蜜蜂的群间关系。

蜜蜂过着群体生活，蜂王产卵，雄蜂交配，工蜂采集花粉、酿蜜，“三型蜂”分工明确，各尽其责。而人与人之间的关系，在原始社会同于蜜蜂，也是分工合作……

狄清歌思齐、内省着，也想起了项于飞说的那位姑娘。

一个多月前，项于飞对狄清歌说：“省太母山矿冶厂来了个军队转业的姑娘。那姑娘的眼睛，跟焉熙的一样圆又亮。我给你们俩牵个线搭个桥。等着啊，我先忙个事。”

狄清歌等着项于飞，但等来等去，项于飞总在忙工作。狄清歌对项于飞有了情绪，认为是项于飞放了个屁，自己却当成了香饽饽。悻悻了几天，在心里埋怨道：“你没时间，交给千色啊。兴许，交给千色了。”这样想过，就给花千色打电话。电话通了，狄清歌却一句话也说不出来。花千色问：“给我打电话，又不说话。有事没事？没事？我挂了，工作还忙。”花千色压根儿没提大眼睛的姑娘。

花千色忙，项于飞汇报过工作，当了颍水县县长，工作更忙。

按照中央的要求，为促进企业经营机制的转换，齐麟童在紧张地进行政府职能转变，建立和完善社会劳动保障体系，培育和发展市场体系。

调研、体改、讲话、报告，办公室的工作多，狄清歌也不得片刻清闲。

狄清歌放下电话，骂了项于飞一句：“你娶了花千色，我呢？还说什么‘清宵独坐，邀月言愁’那样的风凉话，又让我考虑。”

“三十而立。”三十岁了，狄清歌家还没成，也没有个官职，属于立不起来的。

隗天明说："二十望妻，三十望子。"狄长生也催促说："都三十了。"

抽个空，狄清歌悄悄地去了省太母山矿冶厂。

省太母山矿冶厂工资高，福利好，又是省属企业，厂里的姑娘一个个高傲得像公主。

虽说是老青年，但毕竟处男脸皮薄，狄清歌红着脸溜进了省太母山矿冶厂。在行政楼里偷偷地看看这个女人，小眼儿，不像；看看那个，杨柳细腰的，眼睛却不大，不是；看见一个大眼睛的，满脸褶子了，更不是。看来看去，没有一个大眼睛的姑娘。

莫非，项于飞在哄我？狄清歌正失望间，忽然看到财务室里坐着个姑娘。

姑娘低着头，黑黝黝的头发遮挡住了面容。是那大眼睛的姑娘？狄清歌的心咕咚咕咚地跳起来，使劲瞅那姑娘。

然而，那姑娘低着头只管忙。看了一会儿，总也不见她抬头。狄清歌看不到那姑娘的眼睛，心里正着急，突然耳边有人严厉地问道："干什么的？"狄清歌被吓得跳了起来，忙扭了头去看，只见一个工人模样的人正瞪着自己。狄清歌忙不迭地回答说："师傅，我没干什么。"

工人模样的人上下左右地看看狄清歌，又问道："没干什么，这么专注？连我站在你身后都不知道。"狄清歌解释说："找人。"工人模样的人问："你是怎么进来的？我都没看见你进来。找谁？"

"师傅，我是从大门进来的，找焉熙。"急迫间，狄清歌对门卫说出了焉熙的名字。门卫说："这里没有叫焉熙的。你从大门进来的，我怎么没看见你进来。偷偷溜进来的？是偷东西吧。"狄清歌还没回答，门卫瞪着眼喝道，"看你文质彬彬的一个书生，不像。要不，我早报警了。走，赶紧走。"

狄清歌只好灰溜溜地往外走去。走着走着，又不甘心，回头向那姑娘望去。

姑娘正抬头看，或许是听到了门卫对着狄清歌严厉的问话声。

一双圆又亮的眼睛，是焉熙？狄清歌的心怦怦地跳起来。

项于飞说过，姑娘有一双跟焉熙一样圆又亮的眼睛。这双眼睛，宛如从颍峰下的潭水里掬出的两汪秋水，明亮又清澈。

美丽清纯的女子，是画在纸上的，写在水中的，藏在花蕊里的，唱在歌里的，飞在天空的，想在梦里的。然而，在现实中竟不期而遇了。

狄清歌看见了一双大眼睛，像焉熙的，却不是焉熙。

二十一　幸福不期而至

狄清歌正满怀惆怅，突然接了一个电话。

电话是焉熙打来的。

狄清歌只知道，焉熙大学毕业后又继续深造，考取了考古学研究生，毕业后又到了省考古研究所工作。然后是，在振鹭的百日宴上，她寄来了一个小笺，在殷墟大墓考古。

焉熙在电话里说："项于飞让我直接对你说件事。我表妹焉红刚从部队转业到顾城，人生地不熟的，你照应她一些。"狄清歌想了想，项于飞有职有权，比我能耐大，怎么是我照应？虽然有些不解，但他还是应道："应该的。"

春风吹开了苏东坡双槐的花蕾，香飘满城。

这天，一个女子敲开了狄清歌的门。

狄清歌看到女子，笑了。来的竟然是那位眼睛可以剪水的姑娘。

姑娘说："是焉熙姐让我来找你的，我叫焉红。"

寻到芳草，狄清歌结婚了。

狄清歌举行了小仪式。赵大同和翟常乐跑前忙后的。

项于飞和花千色抱着振鹭到了。高小禾到了，而肖子灵说是去省城开会了。

肖子灵恨透了狄清歌。

省报向林春阳要篇稿子，定的调子是新政见政绩。适逢林春阳去外地学习，组织稿子的事情就由齐麟童负责了。

齐麟童负责，由肖子灵执笔。

一个星期之后，肖子灵拿出了第一稿。齐麟童看过，勾画了几笔，说；"思路不清晰，观点不鲜明，重点不突出，成绩不亮眼。"

"四不"，基本否定。

肖子灵费尽心思地改出第二稿。齐麟童看过，说："空洞无物。我看这样，由怀德牵头，把'两办'的笔杆子召集到一起研究，广开言路才能妙笔生花，闭门造车是不行的。"但是，肖子灵不让他人染指，捂着盖着不让人看。

省报催稿了。

齐麟童问肖子灵："几时搞出来？"肖子灵狼狈地回答道："马上，马上。"齐麟童说："马上，马上，要你找'两办'的人一起研究，你执意不肯。殊不知'知不足者好学，耻下问者自满'？"说毕，给赵怀德打电话说："带着清歌，现在就到我办公室。"

"好的好的。"赵怀德答应着放下电话，赶紧去打印室里叫狄清歌。

狄清歌屁股撅得老高，正拿着油辊子一张一张地印文件。

赵怀德讥讽道："好的嘛，挺卖力，也很麻利，不错。"

狄清歌抬起头来，看着赵怀德，眼里闪着忧伤说："主任，这样的活儿，我在学校干得多了。不难，正如《卖油翁》里所说：'无他，唯手熟耳。'"

狄清歌没有叫同志，从心里愿意叫他主任。

看着狄清歌那双忧伤的眼睛，赵怀德感觉格外厌恶。但没办法，是齐麟童找狄清歌，说："好的，好的，唯手熟耳，你挺舒服的，重庆话叫'你好安逸啊'。"

狄清歌在心里想着赵怀德的话，刚要开口说话，赵怀德已经催促道："好的好的，跟我走，去齐市长办公室。"

狄清歌跟着赵怀德走进齐麟童的办公室，肖子灵正一脸麻木地站在办公桌前。

齐麟童坐在办公椅里，脸阴沉沉的。赵怀德小心翼翼地问："好的，齐市长，狄清歌犯什么事了？我处分他。"齐麟童瞪着赵怀德说："思维！他犯什么事了？是这个。"

齐麟童指着稿子说："弄几遍了，还不成样子。非要我亲自动手吗？"赵怀德急忙说道："好的好的，齐市长，我——"齐麟童对狄清歌说："你看看。"

狄清歌拿起稿子，翻了翻，放下了。齐麟童问："有什么看法？"狄清歌看了看肖子灵，没说话。

齐麟童说："你说你的。"狄清歌说："从工作上说，没有感觉。"赵怀德瞪着狄清歌，说："好的，会不会说话？""没让你说。"齐麟童斥责过赵怀德，对狄清歌说："你接着说。"

狄清歌略作沉思，说："和而不同。"

“同而不和也是今天了。”齐麟童直截了当地说。

狄清歌简单地说了自己的思路：“形式上，需要在三个‘度’上下功夫：一是角度上，二是气度上，三是力度上；内容上，需要突出三点：盯牢盯死GDP，靠优化环境吸引外资、加大基础设施建设力度；走项目立市、工业强市、农业富民之路；链接高端产品，争夺国家级、国际级项目，做到持久增长无极限。”

齐麟童听了，高兴地说：“猝然问焉而观其知。”然后，踱了几步，又沉吟片刻，又说道：“三个‘度’，三个‘点’。三个‘点’还不够，再加一点，文化。没有文化的城市，是没有品格的城市。顾城，有深厚的古中山国文化、苏东坡文化，要用苏东坡的勤勉、务实的精神激励干部群众干事创业，用古中山国的兴亡警醒干部群众时刻有危机感，用使命感和责任感加快发展，建设顾城。搞定这个材料，需要多长时间？”狄清歌略作思考，说：“我还要向李茂才主任和孙科长请教，成形要三天交稿。”齐麟童高兴地说：“正确，就是要集思广益。三天后，不必再拿给我看，直发省报。”

肖子灵把项于飞写给林春阳的信扔了，又是齐麟童把稿子交给了狄清歌。

《喜洋洋》在欢乐地奏唱着。柳疏影抱着女儿甜甜和柳老师、杨老师微笑着走了进来。

狄清歌好久不见柳老师和柳疏影了，千思万想也不会想到柳老师和柳疏影能来参加自己的婚礼，忙迎上前去说：“柳老师、杨老师，你们来了？疏影，你也来了。”柳疏影笑着点点头，而柳老师一开口就责备狄清歌道：“你结婚，这么大的喜事也不通知我。是不是我有哪个地方对不住你啊？”狄清歌赶忙否认道：“没有，没有。是我心里一直愧疚——”柳老师截住说：“心量不宽。过去的事情，本来也不是你做的。”他扭头问柳疏影：“是吧？疏影。”柳疏影笑道：“要是怨你，我不会来。”狄清歌听了，眼一热，泪水流了下来。柳老师赶忙说道：“快擦了，大喜的日子。”

这时，项于飞走过来，对着柳老师说：“是柳老师吧？快进来。”花千色则抱着振鹭走到柳疏影跟前，轻轻地叫道：“甜甜！”柳疏影则对着振鹭叫了声：“振鹭，又长个了。”振鹭看着柳疏影叫了声：“姑姑。”花千色笑着对柳疏影说：“你接生的，跟你自然亲。来，振鹭，跟甜甜拉拉手。”

振鹭伸出嫩嫩的小手去拉甜甜，甜甜似懂非懂地伸出胖乎乎的小手拉住了振鹭的手。

狄清歌和焉红逐个敬酒致谢。

柳疏影高兴得梨花带雨，拉着焉红的手说：“恭喜你。”焉红亲热地抱了抱柳疏影。

柳老师抱着甜甜正和隗天明拉呱，见狄清歌和焉红走到跟前，笑哈哈地说：“我放心了。”又扭头对狄长生说：“老哥，你也放心了。”狄长生连连点着头，对狄清歌说：“好好和焉红过日子。”

隗天明对狄清歌嘱咐道：“‘昏礼者，将合二姓之好，上以事宗庙，而下以继后世也。’自古‘礼始于谨夫妇’。要同心同德，互助精诚，才能宜室宜家。”狄清歌说：“您放心，我们既已执杯相对，当共饮一生岁月。”

焉红把甜甜抱过去，亲了亲，说：“甜甜，真甜。”

二十二　粽子里的家国情怀

自然，焉熙也来了，参加完婚礼，即回省城了。狄清歌也把“山流水”交给焉熙，又投入到紧张的工作中。

林春阳学习期满，调任省政府党组成员，齐麟童全面负责市委、市政府的工作。

林春阳对肖子灵的工作做了安排，任清溪县委常委、农工部部长。

颍水在汤汤地流淌着。

一切工作急剧转摆到“一个确保（国民经济增长8%）、三个到位（金融改革三年内到位、国企改革三年扭亏为盈、机构改革三年分流到位）、五项改革（粮食流通体制、投资融资体制、住房制度、医疗制度、财税制度的改革）”上。

经济增量，项于飞感到压力又深又重。

企业改制，方圆药业独树一帜，钱贵昌富甲一方；全员招商，成功引进了宏盛化工有限公司，董事长孙富鱼趾高气扬；中小型企业分列颍水两岸，厂房林立，阵势蔚然。谋发展增实力，推进第一要务成效显著。然而，这些经济实体在县域经济发展中又有“地域个性”。一个是在学“苏南模式”中走出了一条“三外齐上，以外养内”的路径：通过引进外资、发展外贸与国际经济合作等“三外”，改造了20世纪80年代到90年代初期形成的模式，建立了高度外向型的经济与产业。另一个是太母山的天然环境，给颍水县创造了良好的自然条件，旅游正成为新的经济增长点。这两点，正是颍水县产业转型升级的难点。江苏的昆山、张家港、常熟、江阴，浙江的萧山、诸暨、余姚，广东的中山、东莞，县改市后，变化巨大，经济、社会都飞速发展。湖北的革命老区，麻城撤县改市后，发展十分迅猛，招商引资远超同为革命老区的红安；而高速公路等交通设施，更远胜一筹，红安则依然贫穷、落后。突破难点，培育创新能力，已有的经验是：向上，讨要政策，爬杆子上树，为产业做大做强创造条件，需要由农业型县城转型为城市，进一步促进人口集聚、提升经济，扩大影响力。

颍水县向顾城市政府提交了《关于颍水县撤县设市的请示》。

忙忙碌碌又一年，又要过端午节了。狄清歌正想回家看看都不得闲暇，项于飞提着一包粽子和一兜子鸡蛋来了。狄清歌问：“你不是在忙撤县设市的工作吗？这不是我们村的鸡蛋吧？”项于飞苦笑一声，说：“你也不让我有片刻的休息，一开口就两个问题。撤县设市，是在请示，不是一日两日能够批准的事。鸡蛋、粽子，是伯父让我捎来的。兰儿呢？”

柳疏影给焉红接的生，大屁股的焉红给狄清歌生了个闺女，还要狄清歌给闺女起个名字。

结婚时，焉红选中了崔家胡同的两间旧房，并租了下来。两间房子虽然破旧，但焉红喜欢这里的桃花。

“桃之夭夭，灼灼其华。之子于归，宜其室家。”狄清歌看着桃树，虽是夭夭又灼灼，却不合心意。

狄清歌想了想，对焉红说：“我们这一生，仅育下这一个闺女。‘芝兰有秀，羔雁成行。’叫兰儿吧。”又拿起一本《古典诗词探幽》，看着襁褓中的闺女道，“兰儿，长大以后要多读书，学文化，成为一个优秀的人。”狄长生琢磨琢磨，点头说：“兰儿，兰儿好，叫着就亲昵。”焉红听了，也满心喜欢，对着闺女叫道：“宝！你有名字了，叫兰儿。你是最优秀的。”

狄清歌说：“焉红抱着买菜去了。走！去老饕馆喝两杯，为项县长洗尘。”项于飞说：“什么项县长，你这厚嘴唇儿，也会油嘴滑舌了。”狄清歌说："我总得学学张籍崇拜杜甫，将杜甫的诗作烧成灰之后拌上蜜膏，每天早上吃三勺，吃什么补什么。"项于飞说："补上了？我看没有，你这嘴唇还是厚的。在家吧，让焉红炒两个菜就行。"狄清歌说："焉立一会儿来。"

狄清歌拉着项于飞走出家门，却一头碰上焉红买菜回来了。焉红说："我炒两个菜，你俩喝两杯。"项于飞逗了逗兰儿，问："有冬瓜不？你做的菜也只有冬瓜炖猪肉粉条好吃。"焉红说："现在不是季节，没卖冬瓜的。你俩还是去老饕馆吃苏东坡红烧肘子吧。"

焉红抱着兰儿回家了，项于飞和狄清歌一边走一边问："焉立来了你就躲，你这个大舅子有些改正吗？"狄清歌叹口气说："唉！还是那样儿，游手好闲的。焉红是可怜侄子、侄女。"项于飞说："焉红可怜侄子、侄女，也是人之常情。"狄清歌说："焉立离婚了，两个孩子归他养。兄妹的事，随意怎么照顾，我看见了反倒不好。"

出了胡同，项于飞和狄清歌顺着中山大道边看边走，不一会儿就到了老饕馆。刚找个僻静的地方坐下，小李子就端上一盆苏东坡红烧肘子和一碟小菠菜。

狄清歌问："苏主席在吗？"小李子笑道："写生去了。"

项于飞看狄清歌有些怏怏不乐，问："你很想见苏主席？是想着那块'山流水'？"狄清歌说："毕竟，苏主席比我懂得多。"项于飞在杯子里斟上了中山松醪酒，说："好多日子过去了，兴许苏主席有了新认识。来！喝一个。"

喝过杯，又斟上，项于飞说："我去看伯父，伯父只对我说了一句话：美酒为毒。"狄清歌问："谁陪你去的？"项于飞说："赵玉成。他是村支书啊。"狄清歌说："我想，我爹不给你酒喝，是怕你贪杯误事。毕竟，你是县长。"项于飞点点头，说："狄希，能造千日酒，饮之千日醉。干宝在《搜神记》里不只是为记'千日酒'，更是为警示后人，莫沉醉于酒。曹操的'对酒当歌，人生几何'，就是劝人珍惜光阴莫沉醉的。伯父的用意很明确。我还去看望隗天明了。"狄清歌说："天明伯教诲我很多。"项于飞说："也欠他家的鸡蛋钱，但他没上访。真是个有胸襟、德高望重的人。"狄清歌点头称是，说："天明伯曾对我说：'为国为民，不是不可企及的大道理，一言一行都关乎国和家。'我时刻记在心上。"项于飞称赞说："境界太高了。他对我说：

‘隗志远是烈士，我不会给儿子抹一点黑。’一句话，让我感动了好几天。”狄清歌说：“要是天明伯陪你去，兴许我爹会让你喝‘千日醉’。”项于飞摇摇头，说：“我看未必。伯父给天明伯面子，但不会给这样的面子。”狄清歌笑着点点头，说：“我爹只大方过一次，就是我调市政府办公室工作的那天，让全村的人都喝了‘千日醉’。平时，能喝上的只有天明伯。再一个，给别人‘千日醉’的，只给过柳老师。”项于飞说：“伯父明事理，柳老师对你也恩重如山。”狄清歌低下头，不说话了。

项于飞安慰说：“也不是你的错。”狄清歌说：“我心里一直愧疚，对不住柳疏影。”项于飞说：“柳老师和柳疏影是多好的人啊！应该记住这么好的人。”狄清歌点头道：“我不会忘记的。”项于飞说：“好人流芳千古。就说这端午节吧，两千年了，人们都没有忘记屈原。”狄清歌说：“‘身既死兮神以灵，魂魄毅兮为鬼雄。’屈原的家国情怀，是中国文化的高度，是千百年来人们所不能忘记并永远发扬的。”

喝过三杯酒，狄清歌把话扯到了工作上，说：“哎，工作简报有你们的，力度挺大，是齐市长肯定后作为经验材料签批的。”

项于飞苦笑道：“电视台曝光小煤窑严重违法犯罪案件后，我们按照中央和省、市领导的要求进行了清查，发现了几个黑砖窑。工人每天劳动时间近二十个小时，吃的还都是烂菜叶子，昼夜有人看守着。黑砖窑的老板对工人扇耳光，用脚踹，甚至会用铁锨把子殴打。毁坏耕地，肆意虐待农民工，对这样的违法犯罪、践踏人权行为必须严厉打击，坚决取缔。那个大同家，还好吧？”

赵大同跟着叔叔赵双成一起去太母山那边的小矿窑下井，还没三天，矿窑坍塌，把赵双成砸死了。黑窑主赔了二十万，连夜把赵双成的尸体送回了中人城。

“还好吧，大同再也不下矿窑了。”狄清歌回答完，问，“最近，要选派一些领导干部去新加坡进修，你不考虑？”项于飞拿着酒杯，放在嘴唇上，想了想，说：“嗯，看组织需要。”

正说着，桌上突然伸过一个头来。

项于飞和狄清歌被吓得一愣怔，忙抬眼去看：一张长脸上，细眉之下，挤着一双长长的笑眼。

项于飞站起身来，说："是苏主席。"狄清歌也忙立身而起说："呦！苏主席，来过好几次，今日刚见着。您的字、画、诗都那么美好。"苏可乔笑着，说："小有所成，千万不要向我看齐。书临颜柳欧，画摹吴齐张，诗学李杜白。大家，才是学习和敬仰的风范。"项于飞说："苏主席不愧是大文人，一接近，我们就凭空添了几分雅气。"苏可乔笑道："哪里。你们说话意气风发的，可以过江东，像诸葛孔明一样舌战群儒了。"项于飞赶忙道："我们是喝酒闲聊。"狄清歌也说道："这中山松醪酒，不过三十五度，度数低。"苏可乔又笑道："'美酒香飘教人醉，纵情畅谈家国志。'你们在这里纵论屈原，我倾听有时了。"项于飞说："纵酒不好。'酒不醉人人自醉，人负邦家因酒覆，"苏可乔称赞说："小项说得好。有热血，有情怀，国家和中华民族需要你们这样的人。"

项于飞摆了摆手，问："我们差得很远，让你说得我有些惭愧。来几回都没见到你，发财了，卖了几幅字画？"苏可乔爽朗地笑了几声，道："五花马，千金裘，有钱无钱都沽酒。"和项于飞、狄清歌对饮了三杯，又说，"艺术的价值，在百年以后才能呈现。点秋香的唐伯虎，绘画艺术高超，晚年靠人救济而生活；著名画家凡·高，生前饥寒交迫。当然，今天很多大家，成名之后，进了钱窝里，也是特有的现象。'古来圣贤皆寂寞，唯有饮者留其名。'来！再干一杯。"

不消片刻，项于飞脸色微醺，狄清歌也甚觉头晕，苏可乔饮兴未减。项于飞睨着眼，说："文人最是豪放不羁，吟诗作画，颐养性情。"狄清歌瞧瞧苏可乔，也说道："苏主席在诗画中寻得了精气神，我和于飞不能比。"苏可乔怅然一笑，道："理所当然。书字涂墨，吟诗弄巧，要靠才思，靠灵感，还要靠情怀。一首《沁园春·雪》，主席胸怀博大，气势如虹，对祖国是多么热爱。傅抱石、关山月据以创作的《江山如此多娇》，如果心中没有对苍茫雄伟的山川之爱，没有收拾旧河山从头再来的激越胸怀，又怎能出奇意，创造出大美之画作，抒发出对祖国无限的热爱之情。"

诗、书、画，无一不是对祖国的热爱之情。

项于飞和狄清歌听了，心中激情澎湃。

项于飞抚了抚头发，说："身系责任，将不负党和人民重托。"苏可乔说："这是领导干部的政治品质和担当。"

狄清歌也说道："写材料，也须心中有家国情怀。"

苏可乔笑道："理当如此，非如此，不能激扬文字。倘若言之无物，情不真切，乃欺世。"

苏可乔和项于飞、狄清歌又饮过一杯，对狄清歌说过"那块'山流水'，我们一起探讨"，径自去了。

二十三　桃花灼灼的家室

"泽草所生，种之芒种。"回中人城和狄长生收过麦子，又帮着隗天明下过种，狄清歌赶着紧上班了。

颍水县撤县改市紧张而有序地进行着。

项于飞要去新加坡南洋理工大学，攻读经济学硕士。

项于飞和狄清歌去了老饕馆。

苏可乔笑着打过招呼，只管忙去了。

项于飞和狄清歌刚在老饕馆坐下，赵大同身上带着泥土找来了。

下煤窑回来后，赵大同又去建筑工地干起了瓦工。

赵大同站在项于飞、狄清歌面前不说话，让坐也不坐。狄清歌有些纳闷，问："大同，你今天怎么了？是不是有事？有事就说呗，还把自己当外人了，你也认识项县长。"项于飞说："是啊，有事就说，能帮忙的帮忙。"赵大同说："是我爹的事，项县长。"狄清歌说："你对项县长说。"

项于飞对狄清歌说："对着大同，就别县长、县长地称呼了。"又笑着对赵大同说："都认识好几年了，还是叫我的名字吧。"赵大同对项于飞说："村党支部要换届，镇里还记着鸡蛋的事，不让我爹参选。我爹送鸡蛋是为村里，也没贪污鸡蛋钱。"项于飞想了想，说："当年免你爹的职，是因为发生了上访。事情已经解决了，党籍在，有参选的资格。不过——"沉吟片刻，又对赵大同说，"发生鸡蛋事件后，你们村养鸡产业也衰落了。告诉你爹，要为乡亲们找到一条新的富裕之路。"赵大同点点头说："一定！"

"是啊，村里连打鸣的鸡叫声都很难听到了。"狄清歌正有所哀叹，项于飞已经问道："还是老规矩？"狄清歌说："我吃东坡肉，照旧做俗人。你吟东坡诗，可以做雅人。"项于飞回了句"雅还是俗，不管不顾了，去新加坡，想吃都吃不上了”，又向赵大同问了些村里的事和打工的事，方才散去。

项于飞去进修了，焉红说总租房住不是事，要买房。

狄清歌吃粮不管事，每月的工资如数交与焉红。焉红说买房，狄清歌只能听从的份儿。

一百元保值国债，三年后竟然以一百七十一点九九元兑付。焉红买的三千块钱国债，变成了五千多，连凑带借地买下了在崔家胡同租住的两间破旧的房子。

崔家胡同里，家家户户桃花盛开，散发着沁人心脾的芬芳。

买下两间房，日子骤然拮据起来。焉红说：“就知道花天酒地，大手大脚的。兰儿还要上学，长身体，省着点儿。”狄清歌说：“农村出来的，不怕粗茶淡饭。我就是和于飞吃点喝点。”

项于飞已是正处级，肖子灵也是副处级副主任，狄清歌还没有个职务。焉红不求狄清歌能有什么官职，只求平平安安过日子。偏是狄清歌总有那么一种无法泯灭的情怀，昨天赵大同来，说是有事，抬起腿就去了。焉红说：“你又不是官，怎么总爱管闲事呢？多关心兰儿的学习。”狄清歌说：“兰儿我培养出来了，还要我关心什么。”焉红问：“你培养什么了？”狄清歌看看兰儿，说：“那不正看书呢。我看书，她也跟着看书，是养成教育，是我熏陶的。”焉红撇着嘴道：“你这就叫关心了？”狄清歌对兰儿说：“闺女，把爹今天教你的诗背一首。”兰儿问：“爹！我今天学了两首。背哪首？”焉红说：“看看，非要让闺女叫爹，也不嫌土气。”狄清歌说：“这是乡土文化。叫阿爸就洋气了？那是城市人的文化。”焉红对兰儿说：“以后叫爸。听见了没？”兰儿说：“爹。”焉红又气又笑地说：“这孩子！跟你爹一样倔。快背吧。”

“天对地，雨对风，大陆对长空。山花对海树，赤日对苍穹。雷隐隐，雾蒙蒙，日下对天中。风高秋月白，雨霁晚霞红。”兰儿背的是《笠翁对韵》。

说笑了两句，狄清歌说：“大同找我，是信任我，能帮忙的且帮忙。”焉红嗔怪道：“且，且，能帮则帮，比如项于飞，哦，人家不用你帮忙；柳疏影，还有其他关系密切的，都应该。但是，办事都需要花钱。你要向我保证，不能贴钱给别人办事。你知道自己一个月挣几个钱。”狄清歌应道：“那肯定的。”焉红又说：“跟我耍嘴皮子，哼！你贴钱的事干了多少？事办完了，办事的人兴高采烈地走了，但事后请客还不是自己掏腰包。心太善，意太诚。别人是眼睛盯着领导，你是光往下看，不认识的也掏钱，怎么那么好心眼儿呢。”

那天，狄清歌正在小吃店吃包子，听到有人哭起来。循声望去，是一个初中生模样的小女孩在一个桌边掩面而哭，旁边有个服务员还在呵斥她。干吗吓唬孩子？还是个女孩。狄清歌走过去，问小女孩：“吃饭怎么还哭呢？”小女孩抬起袖子看看狄清歌，指着服务员，抽泣着说：“她把我的馄饨端了。”服务员没好脸地说：“什么呀！以为你吃饱走了，剩下的，我就给倒了。”小女孩瞪了一眼服务员，说：“我还没吃饱呢。”服务员冷冷地说：“那你干吗去了？”小女孩愣愣地说：“我去厕所了。”服务员看看狄清歌，说：“什么孩子！吃饭的时候上厕所，饭前不知道上厕所。”小女孩噘着嘴，说：“你管我呢。我愿意。”狄清歌嘿嘿地笑了，说：“不早不晚，偏偏吃饭的时候才拉屎，小孩子都这样。不值得，一碗馄饨嘛。”小女孩冲狄清歌说：“我还没吃饱呢。”狄清歌笑道：“是个诚实的孩子！”又对服务员说：“再给孩子一碗馄饨。”服务员说：“谁掏钱？”小女孩梗起脖子，说：“我不掏。”狄清歌笑道：“我掏。吃了，赶紧上学去。”

狄清歌对焉红说：“孩子就是孩子。”焉红摸了摸狄清歌的左脸，说：“这边的疤，还没下去。”狄清歌说：“你还是不忍心下手，那女的抓得才狠呢。”

狄清歌的脸上，左边一道疤，右边一道痕，一道是焉红挠的，抓得狠的那道是另一个女人挠的。

狄清歌去残联，看到一个女人在和工作人员纠缠，非要给自己十来岁的孩子做残疾人鉴定。孩子不残不缺，只是腿疼，那女人无非是心存歹念，想要补助。狄清歌劝道：“孩子还小，如果有病，还是去医院治疗。你非让这么小的孩子成为一个残疾人，孩子的心理会产生疾病。不要为了一点钱给孩子的心理造成伤害，或许是发育阶段的问题。”那女人说：“碍你什么事！”话音落下，伸手在狄清歌的脸上挠了一把，血都流了下来。

狄清歌捂着脸回到家里，焉红问：“你脸上怎么有个血道子？”狄清歌说：“被一个女人挠的。”焉红一听，也不问青红皂白，在狄清歌脸上挠了一把，恼怒地问：“那个女人为什么挠你？你调戏人家了？”狄清歌紧躲慢躲没躲过，只觉得脸上火辣辣的，急忙摸了一把。幸好，没挠破皮，要不然又是个满脸花，赶忙解释道：“是那个女人不懂我说的意思。”焉红怒气冲冲地说：“还要人家怎么懂？挠你？该！”抱起孩子去省城找焉熙了。

狄清歌摸着脸笑了笑，本想问焉红见了焉熙说没说那块“山流水”，但话到嘴边改了口，不以为然地说：“是让孩子体会到社会是有温度的。”焉红说：“那是你有社会责任感了。”狄清歌不置可否，说：“人与人之间，总不能像北冰洋，一年四季冷冰冰的。”焉红想了想，问道：“不是我跟孩子计较。大同厚道你帮也就帮吧，怎么还帮大同他爹？你忘了娘？你那么有钱？”

几天前，隗天明和赵玉成为村里和乡亲们的事找来，狄清歌没有打磕巴就帮忙办了，还去老饕馆吃了苏东坡红烧肘子，喝中山松醪酒。

狄清歌说：“我怎么能把娘忘了？看到赵玉成，我就会想起娘，心里就痛，就恨。”说着话，气往上走，火往上蹿，脸也有些红了。

焉红说：“是赵玉成拉着天明伯一起找你的？尽管心有千千结，但有天明伯，你不能不帮。喝口水，要不，你去院子里转转。”

狄清歌起身出去了。赵玉成又当上村支书，恰值粮棉统购统销政策取消。粮库、粮店都改制成了企业，国家对粮食订立了最低收购价政策，村里人尽心尽力地种责任田。然而，化肥、农药价格猛涨，增产不增收。

当初，项于飞特意嘱咐赵玉成：“当前，农民有了土地承包权，享有了最广泛的权益，但是，农田的小规模条块经营，农业生产的规模效应很难体现出来，收益越来越差。农产品供求关系也在发生变化，受资源和市场双重约束，农产品‘卖难’、价格下降，农民收入增长缓慢。要解决这一问题，根本方法是走农业产业化之路。作为村支书，你一定要吸取经验教训，执行好党的政策，落实好党的方针，千方百计增加农民收入，提高农业生产力水平，提高农村的建设水平，提高农民的生活质量，带领群众齐心合力奔小康。”赵玉成的耳边不时响起项于飞的话，有压力，做工作也主动积极。

土地承包延长十五年，在镇上组织去烟台栖霞参观回来后，赵玉成看准了种苹果，挨家挨户宣传、讲解。隗天明支持，狄长生认为可以，因为赵玉田、狄魁生、赵邦彦、赵连升的责任田连着片，又商量一起种。

赵玉成每天扛着锄头第一个爬到小山丘下开山辟地，又是联系种苗，又是请技术员。苹果树栽上了，人瘦得皮包着骨。

这几年，国家政策向农村倾斜，打机井、改电网、农田坡改平……事事都是赵玉成一手操劳。

桃花已凋，一颗颗绿珠正孕育而生。

二十四　内化于心的价值观

院子里的桃花盛开过，花瓣凋零了。兰儿看过桃花，还要看花儿。

趁着周日，焉红和狄清歌带着兰儿回了中人城。

山里自然形成一个小气候，风儿沙沙，花儿灼灼，蜜蜂飞来飞去的，在忙着采粉。

隗天明也把蜂箱搬进了苹果园。焉红追着兰儿拍照，兰儿则唱着“两只小蜜蜂啊，飞入花丛中”追赶蜜蜂。隗天明高兴地对兰儿说：“过几天，爷爷给你蜂王浆吃。”兰儿问：“蜂王浆是什么？是蜂王产的蜜吗？”隗天明说：“是这些蜜蜂从体内的‘王浆腺’排出的，供蜂王吃。”兰儿问：“为什么过几天？我现在就要吃。”隗天明哈哈地笑了，道：“要等蜜蜂酿出来。”兰儿说：“我现在就要蜜蜂酿。”隗天明说：“好，好，现在就让蜜蜂酿。看着啊！”

隗天明掀开蜂箱盖，一边说一边演示给兰儿看：“这叫‘王浆条’，把这些小虫子一个个地放在‘王浆条’上。哎！蜜蜂就会自动在‘王浆条’上投放‘王浆’。三天后，‘王浆条’里面就全是‘王台’了。把‘王台’取出来，取出来的就是蜂王浆。一年，也就这时候能喝上蜂王浆。”临走，隗天明把刚割的两罐子蜂蜜放在焉红手上，说：“小暑时你回来，给兰儿喝‘百花蜜’。”

狄清歌接过蜂蜜水，喝了一口，问：“好甜！你给兰儿喝了？”焉红没有喝，闻着水里散发出的香气，说：“当然，兰儿不喝，没你喝的。我给了疏影一罐子。”狄清歌说：“应该！你还不小气。”焉红说：“不是白吃蜂蜜还嫌不甜啊，疏影没舍得吃，给了柳老师，并特意说明是天明伯给的。柳老师尝过，说不是天明伯给的，天明伯给的蜜才甜呢。”狄清歌说：“柳老师吃过天明伯给的蜜，天明伯给柳老师的是‘百花蜜’。味道差得很多。”焉红说：“天明伯也说过‘百花蜜’。苹果花儿还抵不住山上的花儿香？到时候，我一定回去。”

西溪胜景随着秋日款款走来，柳老师到了。

在市一中参加完优质课评选，柳老师去市人民医院看柳疏影，而柳疏影正忙着做一台手术，遂找狄清歌来了。

狄清歌看见柳老师，欣喜地说："好久不见您了。"拉起柳老师就要去老饕馆。柳老师推辞说："我知道你的心意。钢材、水泥、木材、蔬菜、副食品都在猛涨价，连豆芽也快吃不起了。"狄清歌执着地说："我必须请您吃顿饭。"柳老师见狄清歌那副诚恳的样子，说："盛情难却，如若不去，倒是我惺惺作态了。也好！"

走进老饕馆，狄清歌四下看了一眼，问小李子："苏主席不在？"小李子说："去颍峰山中写生去了。"说话间，已经把菜端上来了。

狄清歌赞叹说："有山有水，正是好去处，可写景可抒情。苏主席有那么老辣的线条墨法了，还孜孜以求，真让人敬佩。"

柳老师看着苏东坡红烧肘子、中山松醪酒，问："吃这么好？怎么行？是公款？"狄清歌说："若是那样，我刚才说的话就应验了。'苟非我之所有，虽一毫而莫取。'"柳老师笑道："'且夫天地之间，物各有主，苟非吾之所有，虽一毫而莫取。惟江上之清风，与山间之明月。'我想，你也不会那么做。"狄清歌笑道："柳老师文采飞扬的，评优课一定取得了佳绩。"柳老师摆了摆手，摸着胸膛说："别笑话我了。我啊，一看到作课的题目，立刻蒙了，心也怦怦地乱跳起来，到现在还怦怦呢。"狄清歌听了，心脏也不免跳了几跳，忙问道："您也会蒙吗？"

柳老师反问道："我怎么不会蒙？人这一生，能说上懂的，也不过是些知识的皮毛。咦！你也蒙过，因为什么而蒙呢？"

狄清歌不好意思地笑了笑，说："我蒙得太多了。为一块山流水，我就蒙了，并因之挨了父亲的训斥。"

柳老师笑笑说："父亲训斥你，本没有什么奇怪。蒙了，才怪。"

柳老师把话转回到作课上，没有问狄清歌为何因一块山流水而蒙，接着说道："是随机选择，《河床》。"

"《河床》？"狄清歌闻所未闻，瞪着眼睛，又像是在自问，又像在问柳老师。柳老师说："《河床》是什么，我脑海中一片空白，不曾读过。查找过，才知道是首现代诗，作者昌耀，一切都是陌生的。”狄清歌紧接着又问道：“您还记得？”

柳老师笑了，说：“我读过，立刻被吸引住了，不仅心中生发出一种情感，还破天荒地看一眼就记住了前半段。”狄清歌急迫地想知道《河床》是怎样的一首诗，催促道：“我听听。”

柳老师咳嗽一声，清了清嗓子，朗诵道：

我从白头的巴颜喀拉走下。
白头的雪豹默默卧在鹰的城堡，目送我走向远方。
但我更是值得骄傲的一个。
我老远就听到了唐古特人的那些马车。
我轻轻地笑着，并不出声。
我让那些早早上路的马车，沿着我的堤坡，鱼贯而行。
那些马车响着刮木、像奏着迎神的喇叭，登上了我的胸脯。
轮子跳动在我鼓囊囊的肌块。
那些裹着冬装的唐古特车夫也伴着他们的辕马谨小慎微地举步，
随时准备拽紧握在他们手心的刹绳。
他们说我是巨人般躺倒的河床。
他们说我是巨人般屹立的河床。
是的，我从白头的巴颜喀拉走下。我是滋润的河床，
我是枯干的河床，我是浩荡的河床。
…………

“巨人般躺倒、巨人般屹立，‘我’，就是黄河源河床。”狄清歌听柳老师朗诵完，心里涌起一股气流，胸膛也在膨胀，感觉自己于一瞬间成了一个巨人，躺倒、屹立，都是那么伟大，不由得大声喊道。

“你们俩，激动什么呢？”柳疏影一走进老饕馆，就听到柳老师和狄清歌在高声大气地说话，笑道。

柳老师见柳疏影听到了，倒有点腼腆起来，笑道：“说诗呢。”柳疏影看看柳老师，再看看狄清歌，说：“清歌的脸也涨红了，‘巨人般躺倒，巨

人般屹立’，就激动成这样了？”

狄清歌嘿嘿地笑了，没回答。柳老师说：“‘诗言志，歌言情。’《河床》的情感是具象的，‘真力弥漫，万象在旁。’”狄清歌也激情未去，说道：“那是怎样的一种力量！浩荡着，咆哮着，奔流向前，向前！这不正是中华民族不屈不挠、顽强拼搏的精神吗？”

柳老师点点头，说：“语文教学，要培养学生的，就是这种情感。”

柳疏影被柳老师和狄清歌的话感染了，说：“一篇凝聚着情感、情趣和情操的文章，会影响一个人对世界的感受、思考及表达方式，并最终积淀成为人的精神世界中最深层、最基本的东西。这种东西，就是价值观和人生观。”

柳老师看了看手表，说：“老师要塑造学生爱国、博大、奉献的灵魂。快吃！都赶紧吃。”说完，他低下头赶紧地吃起来。

狄清歌让小李子又端了一份小菠菜。

柳疏影也拿起筷子夹小菠菜吃起来。

柳老师快速地吃完饭，把嘴一抹说：“我得回学校了，晚上我还要进行日考。”狄清歌问：“怎么还有日考？”柳老师说：“年考、月考、周考、日考，还有一课一练，练就是考。有人说，我们加剧了旧的教育观念。但是，以分数作为录取依据，不考行吗？‘考考考，教师的法宝。’”

颍水县撤县改市，在七月一日这天。这一日，香港回归，举国同庆。市四大班子主要领导出席揭牌仪式，李茂才出任颍水市第一任市委书记。

熏风乍拂，化日方长。隗天明要狄清歌于小暑时节回中人城，但由于工作太忙，至天气炎热了始得有空。狄清歌看过狄长生，又去看隗天明。

隗天明拿出一瓶蜂王浆和两罐子蜂蜜，说：“蜂王浆，是给兰儿的。这是两罐子‘百花蜜’，说好给焉红的，你拿上。”狄清歌迟疑了一下，说：“伯！还有不？我想再拿两罐子。”隗天明“哦”了一声，说：“你从来不开口要，是送人，送柳老师？”狄清歌问：“伯！您怎么一猜就猜对了？”隗天明笑道：“你是什么样的人，我心里明镜似的。你感情重，而让你牵挂在心的人，除了你爹和我，只有柳老师。对不？”狄清歌嘿嘿地笑了。

隗天明又拿出两罐子，说：“给柳老师吧。秋后，就喝不上了。”狄清歌说：“蜜蜂不采了？”隗天明说：“花儿凋了，只有甘露蜜，留着给蜜蜂越冬食用。”他解释说，所谓的甘露，是蚜虫吸取了植物的汁液经过消化系统的作用，吸取了其中的蛋白质和糖分，然后把多余的糖分和水分排泄出来洒在植物枝叶上；而甘露蜜就是蜜蜂从植物的叶或茎上采集这些代谢物所酿制的蜜。

二十五　铲除丁字坝

狄清歌将蜂蜜提回了家，嫣红说：“天明伯太大方了，你也好意思拿。”

狄清歌说：“天明伯实在，他给我不要——”焉红说：“笨嘴拙舌的，一定要记住天明伯的好。”

“人怎么能忘恩负义呢，从小到大天明伯对我都挺好。”狄清歌说，“你和千色多久没见了？”焉红说：“有一段日子了。你问这干什么？想千色？”狄清歌笑道：“哪能呢。我是想于飞了。”焉红说：“于飞去了新加坡，不是你想他就能回来的。”狄清歌说：“你多去看看千色，振鹭上初中了，学习累，你送一罐子蜂蜜过去，也帮着千色收拾一下家务。立秋了，甘露蜜不能采了。”焉红说：“好！”

焉红拿出一罐子蜂蜜，想了想，说：“还有，总不能我们都吃了。”狄清歌说：“还想送谁啊？你想送谁就送谁。”焉红问：“你不送人吗？”狄清歌假装想了想，说：“我送人？我送谁呢？于飞不在，你送给千色也就等于送给他了。哦，还有柳老师，好久没看见柳老师了。”焉红说：“想送给柳老师？好办，给了疏影就送到了。当然，不能只送给柳老师，缺了疏影的。”狄清歌笑道：“天明伯也给柳老师送了。”焉红说：“我早猜到了，还有疏影呢。”说完，她带着兰儿去看花千色了。

隔了两天，焉红说：“千色带着振鹭，我带着兰儿，疏影带着甜甜，要去老饕馆吃饭。今天去，是疏影定的，她时间太紧。”狄清歌说：“好事，去吧。别忘了蜂蜜。”焉红提起袋子，让狄清歌看了看，说：“不用你嘱咐，我早拿好呢。”

焉红带着兰儿去老饕馆了，狄清歌跟着齐麟童视察颍水。

热带太平洋区域的季风和洋流发生了逆转，大洋表层的热流转而向东走向美洲。在热带海洋和大气共同作用下，赤道太平洋东部和中部海面温度也持续异常偏冷。

厄尔尼诺和拉尼娜共同发起了淫威，把巨大灾害降临到这个世界上。

幅员辽阔的中国，迎来了一个不寻常的夏天。长江发生全流域性大洪水，嫩江、松花江发生超历史纪录的特大洪水，珠江流域的西江和福建闽江也一度发生大洪水。湖北、湖南、江西、安徽、江苏、黑龙江、吉林、内蒙古等省区沿江沿湖的众多城市和广大农村，经济社会发展和人民生命财产安全都受到洪水的严重威胁。

九江告急，荆州告急，武汉告急，大庆告急，哈尔滨告急。坚决战胜洪水，成为保护人民生命财产安全，保卫改革开放和现代化建设成果的重大斗争。

顾城市防汛抗旱指挥部成立了。

林春阳任政委，齐麟童任总指挥，并紧急视察颍水。

顾城的雨季，时间段在“七下八上”，即七月下旬至八月上旬间。八月的长江流域，军民正在奋战洪水，而雨季的顾城还没有形成有效降雨，即将干涸的颍水迫切地等待着雨水的滋补。白沙莽莽，在阳光逼射下泛着刺眼的光，河床里的地面温度达到四十五摄氏度。在高温烘烤下，每个人的胸腔都感到憋闷，随时可能窒息。

在地球自转引力的作用下，颍水北堤异常陡峭，而南岸河滩平坦，种着花生、玉米等农作物，郁郁葱葱。齐麟童沿着河堤巡视着，河道里的一条条丁字坝横亘在眼前，心中猛地一惊，说：“丁字坝，是会严重阻碍行洪的。”赵怀德点着头说：“好的！齐市长说得太对了。这个问题不解决，是要出问题的。根据《河道管理条例》，河道及沿岸滩涂都属于国家所有。因为几年没有大的降雨，太母山脉也储水不足，颍水没有行洪，沿岸村庄于是建起丁字坝，在河滩里种起了庄稼。据我掌握的情况，沿河许多村都私自建了丁字坝，整条河道大大小小、长长短短的丁字坝有很多。不是一个县、一个市，还有其他地市都有这个问题。”齐麟童皱着眉头说：“颍水要是出问题，一定出在这里。防洪，是关系群众生命财产安全、关系经济社会发展的大问题。现在不解决，一旦出现情况，后果不堪设想。”

九江大堤决口。

长江危急！

渡江战役以来，长江之上，再一次陈兵百万。

颍水流域是不是也会发生洪水？顾城能否安全度汛？人们的心头惶惶不安。

齐麟童召开了防汛工作紧急会议。

齐麟童说：“丁字坝问题一定要解决，这是经济社会发展的需要。但是，解决这个问题，事关方方面面，需要慎重，更要考虑周全。一是问题不仅出在我市，还涉及下游的汉单、望唐两市，我们力所能及的仅仅是颍水的一段，而仅仅解决了我市区域内的丁字坝问题，汉单、望唐两市甚至其他地方仍然会出问题。一个关系颍水全河道的问题，要彻底解决掉，需要省委、省政府的决心和力量。二是解决要依法，从法律上找出依据，这样解决起来才有力度。三是群众的工作要做好，处理慎重，绝不能酿出事端。”各有关部门，各有关单位按照齐麟童的要求连夜做起了各项工作。

两天时间内，在经过省委、省政府的批复，根据《防洪法》和《河道管理条例》的规定，又经过会议研究，拆除颍水河道丁字坝的工作方案制定出来了。

长江大堤上，军民昼夜拼搏。颍水河道里，推土机、铲车、人员就位待命。

阳光火辣辣地直射下来，地上的尘灰噗噗地往天上飞去。

齐麟童站在颍水大堤上，看了看丁字坝，表情严肃，向整齐排列的拆坝人员下达了命令：“开始！”

人们奔向一道道丁字坝。顷刻间，机器轰鸣之声震天响起，尘土成团地高高扬起，又呼啦啦地落下，遮住了人们的眼，盖住了人们的脸，在人们的脸上成了泥，被汗水冲下来，淌在沙土上，转瞬间没了踪迹。

太阳擎起一个奋力燃烧的火球，要把大地烤成焦土。人们张开嘴巴咕咚咕咚地把水喝了，又挥舞起铁锹……一条条丁字坝渐渐地矮下去，烈日、酷暑算个什么，每个人的心里只有一个念头：确保行洪安全。

看着，看着，齐麟童感动地说：“我们有一支好的干部队伍。”

举起高音喇叭，大声地喊道：“同志们！你们正在做的，是有益于全市人民的大事，全市人民也不会忘记你们所做出的贡献。我代表市委、市政府，代表全市人民感谢你们，感谢你们的坚韧意志，感谢你们的顽强精神，感谢你们的奋勇行为。市委、市政府要为你们庆功，为你们戴大红花、摆庆功宴。你们所做的，是在保护经济社会发展，是在保护群众生命财产安全。

我相信，你们一定会战胜烈日、顽强奋战，坚决铲除丁字坝！”

“顽强奋战，坚决铲除丁字坝！”“保卫家园，夺取胜利！”一片吼声响彻云霄。

奋战三个昼夜，境内颍水河道里的丁字坝被彻底、干净地铲除了。

暴雨从顾城的上空降了下来，三天三夜，连绵不断。

新闻报道称，顾城市三天降雨量达四百五十八毫米，是自有气象记录以来的最大值。

颍水汹涌翻腾，向东狂泻而去。

二十六　尊严不可侵犯

忙过拆除丁字坝，又起草过两个讲话，狄清歌好不容易歇个星期天，狄长生提着一袋子红山药和一袋子苹果到了顾城。

上一个周六，赵大同来，不在镇卫生院看病，要到顾城治。狄清歌听了，吓了一跳，急忙问赵大同：“我爹得了怎样的大病？”赵大同说，狄长生就是这段时间牙有些疼，阿莫西林、三黄片、牛黄解毒丸、牙痛安吃了不少，还是疼。狄清歌说：“镇卫生院应该能看啊。”赵大同说是狄长生嫌镇卫生院新建了一座影壁，上面贴的瓷砖上嵌有一副对联：上联是“生意兴隆通四海”，下联是“财源茂盛达三江”，横批是“生财有道”。治病救人的成了做生意的，因此，不愿意在镇卫生院看牙。狄清秋莫名其妙地笑了两声，告诉赵大同说：“让我爹来顾城看牙吧，也看看兰儿。把腾飞债券带来。”

腾飞债券到期，要兑付了。

苹果树第一年挂果，又红又亮又甘甜，只是个头小。

兰儿满地跑着，而且跑起来飞快。狄长生看着，乐得哈哈大笑，说：“比清歌小时候跑得还快。”然后拿刀削了一片苹果放进兰儿嘴里。兰儿嚼着，又咕咚咕咚地跑了。

焉红说：“清歌属马，兰儿也属马，大马老了，小马当然比大马跑得欢。”

狄长生一生勤劳，侍弄家里的几亩地，在狄清歌带他去市人民医院看过牙，就要回去了。

周日了，焉红还要加班。太母山矿业厂由全民所有制工业企业转换经营机制，要适应市场的要求，依法自主经营、自负盈亏、自我发展、自我约束。

狄清歌要狄长生看看这座城市，出了家门，走出崔家胡同，到了中山大道上。

狄长生头戴着白羊肚毛巾，走在街上是独一个。在行人异样的眼神下，狄长生把白羊肚头巾撸下来，掖在了裤腰里。

时行金令，凉风飕飕地吹在狄长生的光头上，狄长生“阿嚏——阿嚏——”接连打了几个喷嚏。

狄长生向四周张望着，难为情地说：“清歌，咱回家吧。”狄清歌梗着脖子说：“不！我们去宝塔广场上兜风，到苏东坡文化园赏槐，还要逛天霸商城。”

一个沧桑质朴，土里土气；一个西装革履，仪态非凡。狄清歌和狄长生驻足于广场，看行人穿梭；流连于天霸，挑三拣四，一件也不买。不是狄清歌舍不得给狄长生买东西，而是要那风骨。

到了苏东坡文化园，狄长生仰头望着苏东坡双槐，慨叹说：“难怪槐树被认为是‘灵星之精’，苍老到我都自愧不如。”狄清歌仰望着苏东坡双槐，也叹道：“这两棵槐树，一千岁了，苍劲的身躯依然有力地招展着枝丫，给大地增添靓丽，给人们奉献绿荫。盛开的花儿是璀璨的苏东坡文化，结出的果荚是勤政为民的苏东坡精神。”

中山大道上，车来人往。北风漫吹，父亲摸了摸头，蜷了蜷身子。狄清歌看着狄长生，不禁喟叹道：“爹老了。”忧伤的双眼竟然噙起了泪花儿。

蓝蓝的天，白白的云，都是那么美好，只有在这风的冷中，面对苍老的狄长生，狄清歌心头才会生出一种别样的滋味。也许，有一种情怀需要深化，有一种感情需要保重，有一些事需要牢记。

中午了，狄清歌引着狄长生走进萍水逢。

大堂经理把狄清歌迎进去，拦住狄长生说：“也不看看这是哪儿，是你来的地方吗？赶紧走。”狄长生缩身要走，狄清歌却横身上前，对大堂经理说：“怎么，你不让他进？”大堂经理说：“农民。”

狄长生穿着对襟棉袄，用白羊肚毛巾裹着头。狄清歌说：“怎么了？白羊肚毛巾裹头，代表的是农民；老棉袄的中缝，代表的是人道正直。正宗的汉服，流畅又潇洒。”

一旁几个妖冶的女子撇着嘴，鄙夷地说：“切！什么人都来这里，成什么了。”“也不看看自己的样儿，真是！”

狄清歌心中腾地燃起一把火，把脸烧得通红，指着几个女子恶狠狠地骂道：“世上最无耻的就是卖相，竟然瞧不起农民大爷。农民，始自衣冠，达于博远。”骂过几个女子，还嫌不解气，又冲大堂经理骂道：“狗眼看人低。他是我爹，你们叫的爸爸。”

狄清歌拽了狄长生便往里走。

“谁在这里骂人？”姚窕嚷嚷着走出来，看到是狄清歌，忙转而笑道：“嘎嘎！是小弟啊，我说谁呢，火气这么大。”转脸对大堂经理嚷道：“真不懂事，敢对我小弟这样。”又冲着刚才几个女子骂了句：“不长眼的东西。”

然后，姚窕对狄清歌亲热地招呼说：“快！小弟，进来。这儿，就是你的，你说咋着就咋着，你想吃什么喝什么尽情地点。”

狄清歌瞪着姚窕，拉着狄长生的胳膊，粗声大气地说：“我不想咋着，就是在这儿吃饭。这是我爹。”姚窕拍着手笑道：“嘎嘎！甭说吃饭了，喝酒都管够。今天，我请老爷子。老爷子能到我这儿，萍水逢都蓬荜生辉了。快请，老爷子。”狄清歌并不领情，傲然地说道：“吃饭掏钱。”姚窕挽住狄长生的胳膊，说：“走！老爷子，尝尝我们的菜，看可口不？”

正这时，齐麟童走过来，劈头盖脸地对狄清歌说：“会吵架？也不注意形象。”姚窕忙道：“是我们的错，换了我，一定撒泼骂不孝顺父母的，还要抓她们个满脸花。这位老爷子，是——”未等姚窕说出来，狄清歌早已直着脖子说：“我爹。”

齐麟童跨步上前攥住狄长生的手，说：“是老哥啊，什么时候来的？”狄长生不认识齐麟童，一脸茫然地看着狄清歌。狄清歌说：“这是齐市长。”狄长生看着齐麟童，“哦哦”地说不出话来，嘴只是颤抖着。齐麟童笑呵呵地说：“老哥，看到你，我就感到亲切。”狄长生问：“亲切？你亲切什么？”齐麟童说：“我父亲也是老实巴交的农民。”狄长生笑了，说：“农民啊，土气。这不，因为我是农民，一身土气，惹出了这档子事。”齐麟童笑道：“没有土气，还叫农民啊。记忆里，我父亲的形象是，头戴白羊肚毛巾，上穿裹襟老棉袄，下着缅腰老棉裤，足蹬纳底的老粗布鞋。”狄长生说：“农民的穿戴就是这样，给清歌丢脸呢。”齐麟童拉着狄长生说：

“我给你长脸，陪你吃饭。吃了饭，你再出去喊——‘齐麟童陪我吃饭啦，还敬酒。’”狄长生哈哈地笑了，笑得脸上盛开出一朵大菊花。

走进餐厅，在餐桌前坐下来，狄清歌问狄长生：“爹！你想吃什么？”齐麟童对狄长生说：“‘哀哀父母，生我劬劳。’老哥，你想吃什么就让清歌要什么。”狄长生讷讷着说不出来。齐麟童说：“我点几个菜，看老哥喜欢吃不。”

齐麟童点了清蒸甲鱼、深海鱼头、酱香驴肉、萝卜豆嘴，又要了一个菌汤，问狄长生：“老哥，够不够？”狄长生看着菜，说：“够了，够了。清歌让我吃苏东坡红烧肘子就花了二十多元，这么多菜，费多少钱？”狄清歌说：“不值一头牛。”

“一头牛！牛任劳任怨地犁地拉车，农民哪里舍得宰了牛吃肉。”狄长生拔腿要走。狄清歌劝告说：“我是打个比方。齐市长想得够周到了，还有个萝卜。”

齐麟童笑了笑，拦住说：“鲁迅写农妇想象皇后的奢华生活，一觉醒过来的时候，就叫‘太监，拿个萝卜’。这不叫奢华，就是填饱肚子。不让清歌花钱，我请你。”

姚窕吩咐后厨做菜去了，齐麟童向狄长生问起村里的情况，诸如基层政权的职权行使、管理手段、领导人的能力、为民服务情况。

不一会儿，四菜一汤上齐了。齐麟童举杯说道：“‘酒为欢伯，除忧来乐。’老哥！来，我敬你一杯。”狄长生道：“我只喝我自己酿的。”齐麟童笑道：“听说老哥自己酿的酒，喝起来比这中山松醪还美气。”狄长生把脸一沉，道：“美酒是穿肠的毒药。我自己酿的酒，清歌都没喝上几口，怕他沉迷。”齐麟童把酒杯放下，笑道：“兀然而醉，豁然而醒。静听不闻雷霆之声，熟视不睹太行之形。大禹恶酒，恐政有失，怪道：‘禹疏仪狄。’你这样教子，是对的。”

二十七　呦呦鹿鸣

晚上，狄清歌一边陪着狄长生说话，一边教兰儿背诗：

呦呦鹿鸣，食野之苹。

我有嘉宾，鼓瑟吹笙。

柳疏影带着甜甜来了。

兰儿看见甜甜，拉起来就跑了。

柳疏影第一次来，狄清歌和焉红忙去倒茶沏水。

柳疏影问候了狄长生几句，焉红已把水和杯子端过来。狄清歌一边给柳疏影倒水，一边问道："好久不见柳老师了，他和杨老师都好吧？"柳疏影回答道："我爸爸腿脚不麻利了，有点静脉曲张。我妈很好，就是头发白了许多。"狄清歌说："那还不让柳老师来市人民医院看看。"柳疏影说："你当过老师，知道学校比医院还紧张。一个萝卜一个坑。"

学生早上五点半起床，五分钟内到操场跑操。六点早读，七点半吃过早饭，八点开始上午的四节课。十二点吃午饭，十二点四十分必须回寝室，十三点进入睡觉状态。到十三点四十五分起床，过十分钟开始下午的课。十八点二十分吃晚饭，十九点开始两个晚自习。二十二点回宿舍，十分钟后睡觉。

学生的作息表，也是老师的作息时间。柳老师还当着班主任，从早上太阳还没升起来，一直跟到晚上熄灯、学生们睡了觉。

狄清歌想了想刚要说话，柳疏影已开口说道："就是担心他们冬天取暖。嗨！也是，老一辈的人都这样，苦日子过多了，吃点白面就噎着，烧个暖气就燥热。"狄清歌说："在学校时，都是柳老师帮我生炉子取暖掏煤灰的。"

"柳老师是个好人，我见过。"狄长生说着，摸了摸头说，"还真是，看我，毛巾都包不住头了，热！城里的生活也真享受不了。吃饭还讲究四菜一汤，也吃不惯、吃不饱，还不如白菜、豆腐、猪肉、粉条子那么一炖可口。"

焉红说："我也给您炖。"狄长生说："小锅小灶的，炖不出那个味儿。哎，疏影，我看了看牙，又没治，就收了我一块钱。"柳疏影说："那是挂号费。"狄长生说："要看病，要先掏一块钱。看过病，掏的钱更多。"

狄长生哪壶不开提哪壶，狄清歌怕柳疏影难堪，赶紧打岔说："医院药费贵，学校乱收费。学校和医院遇到的是同一个问题，都不是自身能够解决的。"狄长生问："谁解决？"狄清歌说："市场。"狄长生问："卖菜，买粮，上集贸市场；看病、上学也上市场？”柳疏影笑着说：“医院、学校都按市场经济规律办事。”

狄长生似乎明白了，说：“经济？那医生、老师都成了生意人。过去，老师靠教书维持生计，大夫靠看病卖药养家糊口，都是行当。”狄清歌说：“这些问题，是在解决管办不分、包办代替的问题中产生的，市场失灵了。”焉红接过话茬儿说：“一感冒就输液，一输就一两百，谁看得起？小病靠养、大病靠拖。谁失灵了？”狄长生说：“焉红说得是。我感冒了，连一毛钱都不花，都是从山里采来柴胡、防风，加上生姜、葱白熬汤喝，不发烧不咳痰了，嗓子也不肿不痛了。”狄清歌说：“爹，该吃药还要吃药。现在，病毒多了，不能总用过去的眼光看现在的事物。”狄长生问：“你说说，我怎么看现在的事物？”狄清歌说：“收入提高了，东西都贵了，物价都涨了，现在正改革，横着比。”狄长生问：“和谁横着比，螃蟹？”

“扑哧！”柳疏影和焉红不约而同地笑出了声。

狄清歌说：“是和国外比。”狄长生问：“你去外国了？”狄清歌说：“没有。”狄长生说：“去都没去过，瞎比画。我是旧社会过来的人，新旧有个比较。”

眼看着父子俩要吵吵起来，柳疏影赶忙说道：“其实，感冒是身体抵抗外毒侵入体内的防御反应，不必过度治疗，一个星期过后自然而然地就好了。吃的那些药，都是解表缓解的，中医西医都是这种治疗方法。”

狄长生说：“看病，还是贵。我看个牙吧，要一百多。我的牙有那么值钱？”柳疏影笑着解释说：“这归于清歌说的市场和体制。当初，医改是引进市场因素，调动积极性，解决看病难、手术难、住院难，虽说是绩效挂钩，但对于医生并没多大影响，根本不谈钱这个事。至于出现了看病贵问题，医院要发展，政府给政策不给钱，需自筹资金盖大楼、装空调、买设备，钱怎么来？医院谁来养？”

狄长生问：“没钱？医院养了那么多人呢。”狄清歌说：“一要吃饭，二要建设，吃饭是第一位的，要保基本。”狄长生说：“看病是基本不？都说人民生命健康重于泰山。”狄清歌说：“我坚信医生是治病救人的。”焉红说：“不是清歌当着疏影的面就说医生好，医生是真好。前段时间，兰儿病了——”

“兰儿病了？一下午还玩得好好的，怎么不告诉我？”狄长生对狄清歌瞪起了眼。焉红说：“是怕您担心。”

狄长生冲焉红也瞪起了眼，说：“现在好了？”又叫道：“兰儿——兰儿——”

兰儿从屋里跑出来问：“爷爷！叫我哪。”

狄长生慈爱地说：“来！让爷爷看看。”兰儿说：“不！和姐姐玩呢。”又进屋去了。

狄长生问焉红：“兰儿怎么了？”焉红说：“在北京儿童医院看过，是叶慧兰医生看的，已经好了。”狄长生问：“市里、省里的医院看不了，还到北京？”狄清歌说：“让疏影看过，只是发育当中出现的现象。但焉红还是带着去了北京儿童医院。”狄长生又问道：“是怎么回事？”狄清歌说：“叶医生做过检查，又查CT，当天到下午三点才出结果。而叶医生中午饭都没吃，一直在等结果。爹！您说叶医生是不是好医生？”焉红说：“叶医生给开了两瓶药，兰儿还没吃完就好了。和疏影诊断的结果一样，就是发育的问题。”狄长生点着头说：“好医生，疏影和叶医生都是好医生。”

狄长生夸赞过，还是不放心，盯着柳疏影问道：“兰儿真好了？”柳疏影肯定地说：“真好了，您放心吧。刚才，您也看到了，兰儿活蹦乱跳的。”

狄长生舒了一口气，说：“医生好，叶医生好。看病太贵了，去北京花了多少钱？”说着，他掏出一个手绢，“这点钱给你们。”狄清歌说：“爹！你收着吧。自己过好，不用接济我们。”焉红也说道：“是啊，爹！你自己把身体养好了，就是我们的福气。”狄长生说：“我身体好着呢，你们先用。等我用的时候，再向你们要。”说完他把钱放到狄清歌手里。

柳疏影叹息道：“可怜天下父母心。我爸我妈也总是怕我过得不好。”

东拉拉，西扯扯，狄长生忽然对狄清歌说：“我看到你三儿哥了，在宝塔下算卦呢。”

狄清歌说：“狄三儿？我见过。”狄长生说：“本来，我以为只有农村老太太才信命，哪里知道市里摆摊算卦的，整一条街。”焉红冲着狄清歌一努嘴，说：“他都买了《周易》看呢。”狄长生瞪起眼睛对狄清歌说：“这怎么行？”狄清歌笑了笑，说：“《周易》也是传统文化经典。”

狄清歌忽然想起了什么，问：“爹！村里的神庙，怎么是个鸟呢？又烧香摆供品的，还磕头祭拜。有敬地藏菩萨的，有拜财神童子的，有供药王孙思邈的，没见过供奉鸟的。神鸟，有什么传说？”

狄长生也不知道，说：“祖上传下来的规矩。鸟，反正是个神，要敬要拜，都是你三儿哥在烧香。”

狄清歌接着说道：“山上的庙，香火旺盛吧。里面有个人名气很大，好多人都去顶礼膜拜，磕着头送钱……”

狄长生说：“那还是狄三儿。十里八坡的人都知道，专哄外地人。”狄清歌说：“还真有那么多人顶礼膜拜。”狄长生惊诧地问：“那些人都是聪明人，怎么会相信他。”狄清歌淡淡地说：“不是相信他？是迷。”狄长生不屑地说：“迷他？又不是歌星、影星，有什么迷的？”狄清歌解释说：“是迷失。《聊斋志异·促织》中有句话：‘迷其所在。’”狄长生责备道：“那你还看《周易》？不学好。”狄清歌说：“《易经》被称为天人之学。”狄长生把眼一瞪，又说道：“天人？你见过？你是哪颗星啊？”

“呵呵。”焉红和柳疏影听了，不禁笑起来。

二十八　国忧民愿

狄长生住了两日，说地里的庄稼还要侍弄，回中人城了。

狄清歌也没阻拦，因为清理农村基金会的工作正在紧急开展。

农村基金会已经没有了支付能力，钱收不回来了。

多少年的血汗钱啊！从南到北，由东到西，人们开始哭闹、聚集、上访。

农村合作基金会，终因对经济社会造成恶劣的影响而被统一取缔。

顾城，由于齐麟童几年来的不支持，涉及基金不多。但是，有一个资金案子摆在了齐麟童的案头上。

肖子灵从基金会拿了一百万，说是去吉尔吉斯斯坦给县里找项目。结果，一个月后，肖子灵回来了，没有找来项目，钱也花光了。

按照省委省政府的规定，清理整顿工作时限已到，还有这个大尾巴。

农村基金会清理工作刚毕，肖子灵被给予留党察看两年、撤销职务处分。

项于飞从新加坡学习归来。

项于飞晚上约狄清歌、柳疏影三家人一起在老饕馆相聚。

苏可乔帮着李茂才制作专题片去了。

柳疏影由于做一台手术来晚了。

花千色、振鹭，焉红、兰儿，项于飞没有看到甜甜和杨雪枫，柳疏影则面容憔悴，项于飞诧异地问：“疏影，甜甜呢？杨雪枫也没来？”

狄清歌拽了项于飞一把，柳疏影已经开口说：“甜甜丢了。”

原来，杨雪枫带队到省城打比赛，柳疏影一个人带着甜甜。一天下午，有个急诊手术。等柳疏影下了手术台，已经是晚上九点了。柳疏影带着甜甜往家走，走到颍水桥上，快到家的时候，担心刚做的一个剖宫产会不会出现问题，指着小二楼对甜甜说：“自己回家去，妈妈还要去医院再看一看。”甜甜点点头，自己回家了。柳疏影看过病人，才放心地回家。然而，甜甜不见了。

项于飞问：“没好好找找？”狄清歌说：“四下里找了，找不到。也报警了，没有一点儿音信。甜甜是被人拐跑了。”项于飞问：“什么时候发生的事？”柳疏影说：“你去新加坡后，有两个月时间吧，那么小的孩子。”

说到甜甜，柳疏影掉下泪来。

“不知道是哪个王八蛋，把甜甜拐跑了。”“打拐，打死那些畜生。”“甜甜肯定会在一个好人家里。”“可怜的甜甜，我怎么没让甜甜吃螃蟹，呜——”“没有妈妈的甜甜——”花千色和焉红边骂边安慰柳疏影，也哭出了声。

振鹭和兰儿多少也懂点事了，想念甜甜，跟着柳疏影、花千色、焉红哭起来。

项于飞默默地喝了一杯酒，说：“疏影丢了甜甜，是多么痛苦。让她们发泄发泄吧。”

过了一会儿，项于飞问：“甜甜丢了，疏影还好吧？”狄清歌说：“心里坠着个秤砣，压力山一样大，加上医院又在搞市场化，精神状态不好。”

项于飞又问起焉红：“还在太母山矿冶厂？”狄清歌说：“是，在改股份制，要搞公司了。”

“撤县改市后，颍水的面貌发生了很大变化吧？”项于飞在颍水工作过，依旧惦记着，问道。

狄清歌说：“大体上和全国相同。经济发展相对落后的乡镇干部工作职能减少、难度减小、压力减轻，只忙于农业税之外的国税地税的征收、征地、计生、护林防火、防汛抗旱、修公路、社会治安、民事纠纷、公益事业发展、两委换届选举，重心没有转换到‘农村经济发展、农民致富’的服务上；而经济发展相对较好的乡镇，根据中央关于乡镇政府职能转换的精神，工作重心放到‘农村经济发展、农民致富’上，工作更繁忙、困难更多、压力更大。”

项于飞又问道：“农民负担这一块呢？”

狄清歌回答说：“农业税是‘头税’，虽已减免，但乡镇‘七站八所’，人吃马喂的，只能强力征收‘三提五统’费。前几天，我爹来，还要我向颍水市相关部门说说农业特产税的事。”项于飞问：“你们村有农业特产税了？”狄清歌说：“是赵支书带着乡亲们开山辟地种了苹果。挂了果，有了收成，收税的也跟着找进了村里。”项于飞说：“市政府正根据中央要求，按照‘减轻、规范、稳定’的原则，正税清费，要逐步取消专门面向农民征收的各种税费，减轻农民负担。安徽在搞试点，我省不在其内。我还没开始工作，这个话，我也不能说。”

狄清歌点了点头，说：“农民家庭的教育致贫、医疗致贫现象较为普遍。农民非常看重子女能够接受更高层次的教育，期盼着教育能致富、知识能改变命运。但是，幼儿园、初中、高中、大学，费用高，农民能有多大的承受能力？”

项于飞说：“‘农民真苦，农村真穷，农业真危险。’李昌平，一个镇党委书记，能说出这样的话，心里全是家国情怀。”

…………

苏东坡红烧肘子、中山松醪酒，吃不下，喝不下。最后，项于飞宽慰过柳疏影几句，散去了。

苏东坡双槐的叶儿黄了。

省太母山矿冶厂转制为太母山矿冶有限责任公司，焉红要跟狄清歌商量参股的事，办公厅打电话过来，说市建设局的三名普通干部在市政府大院告状，赵秘书长要求赶紧去维护秩序。

市委市政府都将办公室改为办公厅。“室”太小，“厅”显大。随着改革开放和经济社会的发展，顾城和全国其他地级市一样做了机构升格。

赵怀德任市政府秘书长兼办公厅主任，项于飞任市委办公厅第一副主任兼政策研究室主任。

狄清歌连忙放下笔，跑到大院里。

齐麟童正在倾听市建设局三名普通干部的诉求。

三名普通干部反映的是局长顾建东，为奖励一级工资。

机构改革，市建委一分为三——建设局、土地资源局、规划局。顾建东任建设局局长。

按照干部考评的规定，连续三年考核优秀者，涨一级工资。市建设局的三位普通干部都已经两年考核优秀，再次被考核为优秀，就会涨一级工资了。而顾建东在市建委建管科长的岗位上也已经连续两年优秀，再被考核为优秀又可以涨一级工资了。顾建东五次获得奖励工资，按照级别，工资到顶，已经涨了三级。今年，顾建东再获得优秀，又涨一级工资。但是，市建设局只有三个优秀名额。

在这个节点上，顾建东把三名普通干部召到办公室，问："我们都在建设系统工作多年了，平时也相处得不错。我希望，我们还能不错下去。你们三个，谁发扬风格，自动退出？"三个普通干部听了，面面相觑，也不表态。顾建东看着三个普通干部笑了，说："都不讲风格。我刚当了局长就来这套，要给我来个下马威是不？既然你们不顾情面，那就看看我这个领导的话管不管事，顶不顶用。"三个普通干部说："不是不听你的话，也不是不尊重你。你当局长了，工资自然涨一级。我们就指着三年优秀涨一级工资呢。"

三个普通干部都表示不放弃。

顾建东骨碌碌地转着眼珠说："优秀不优秀，民主票决。"

在全局大会上，顾建东讲道："今年，我局的工作成绩比往年更为显著，同志们个个兢兢业业，发奋进取，都优秀，都突出，让我很感动。关于考核，因为指标所限，不能都优秀，绝大部分同志还得依靠称职这个指标，这也是我深感遗憾的。轮着来，你涨了我再涨，这是中庸做法，好人主义，不能调动积极性，不能鼓励先进。所以，在考核上，不管哪个人两年优秀了还是合格了，只要评出最优秀的，这才符合奖励先进、鞭策落后的原则。"

投票结果出来了。三个普通干部，一个人得了一票，两个人得了两票，都不及顾建东多。三个普通干部当众掉下了泪。

顾建东笑模笑样地说："'男儿有泪不轻弹，只因未到评级时。'至今，我依然闪烁着光芒。我能当局长，说明我不是一般的优秀。要不然，是你们当局长了。俗话说：‘强将手下无弱兵。’只有我优秀了，你们才优秀。这是民主的结果。你们三个人各怀鬼胎，最起码，每个人应该三票，自己投自己一票，再互相投一票。然而，有一票，另两个人没投。两个人要心眼，一个人实在。”

被顾建东耍了，还遭戏谑，三个普通干部心有不甘，拧成了一股绳，到市委市政府反映问题。

齐麟童了解过情况，不以为然地说：“一点小事还闹得满城风雨。先回去，我会给你们一个满意结果的。”

看着三位普通干部离去了，齐麟童骂道：“顾建东，真是个‘抠唆’。”

顾建东小时候家贫，经常跟着父亲卖大碗面。一碗面赚二分、五分、一毛、两毛，外带少挑一根半截多盛汤的，久了，抠唆成了习惯。习惯成自然，凡事都算小账，占小便宜，当了局长也没改掉，于是得了个“顾抠唆”的名号。

齐麟童对狄清歌吩咐道：“把顾建东叫来，限令十分钟。”狄清歌随即给顾建东打了电话。

没两分钟，顾建东到了。齐麟童面无表情，说：“顾抠唆，顾抠唆，得来名副其实啊。”

顾建东不知怎样回答是好，只是使劲地点着头。

齐麟童说：“当初，没点你的名。上个月调整干部之前，你又找我，怎么表的态？结果，今天因为你，把市政府闹翻天了。”

顾建东大气也不敢喘，话更不敢说，只管点头称是，在齐麟童面前耍赖。

齐麟童说：“能做好工作吗？不能做，能做好的人列队等着呢。”顾建东忙答道：“能，能，一定能。”齐麟童说：“这么点小事也给我找麻烦。你还缺什么？要有境界，有胸襟，好事自己不能全占了，占绝了。再说，你的手段，也不磊落，不厚道，不是领导干部应有的风范。不就是涨一级工资嘛，别人涨不上，你倒涨多少次了？为争这个，引得干部上访告状。于飞，这事你去办吧。”

项于飞应答过，对顾建东使了个眼色。顾建东连忙说：“谢谢齐市长，我跟项秘书长去了。”

到了项于飞的办公室，顾建东转了转眼珠，说：“要不，我退出，但是——”项于飞看着顾建东，本想说“你都涨三级了，还和一般干部争这几个钱”，但忍住了，问道：“你不抢了，还是他们不争了？”顾建东说：“但是，我已经两次优秀了。”项于飞用手指点着顾建东说：“嗨！难怪叫你顾抠唆，真是‘江山易改，本性难移’，再给你们一个名额。”

三个普通干部拿到了优秀指标，自然工资会奖励一级。喜事要贺贺，组织部管审批，人事局具体办理，都得请。本单位的，还要合作共事，都一块儿在萍水逢请。

三个普通干部笑脸相陪，一个劲敬酒，直到酩酊大醉。一买单，算来消费了五年奖励的工资。

二十九　一波未平一波又起

涨工资风波刚处理完，市建设局又出了一起腐败案件。

市纪委通报，市建设局墙改办主任王新进利用职权六次收受承包商或供货商“好处费”，总计受贿一百二十六万元。

王新进，原是市建设局办公室的一个小科员，因为经常在报上发表反腐倡廉杂文，引起市委重视而提拔的。

“反腐斗士却成贪妄之徒。”有人对此表示不可思议。“绝对权力中，如果没有或未能受到有效约束，绝对贪污腐败难以禁绝。”更有人中肯地说。

…………

不管怎样，出了腐败问题，市政府有责任，要向省政府做检讨。

齐麟童把检讨稿交给狄清歌写。

狄清歌想过，不知道该怎么下笔，怎么把握好“度”，把项于飞请到了老饕馆。

苏可乔看到项于飞和狄清歌来了，热情地招呼道：“小项、小狄，快请坐！”项于飞和苏可乔握过手，说：“苏主席，春风得意，又有大作了？诗啊书啊还是画？”苏可乔笑着说：“小项一说，这天地之间还盛不下我了，要飘飘欲仙了。也就是画些个山水。”狄清歌也伸手和苏可乔握了，笑道：“苏主席，难得看到你。你踏看山水，寄情可是凝重。”苏可乔哈哈地笑了，说：“隳突山水，隳突山水。好山好水，我笔力不够，绘不出色彩画不出神韵。你几次来，听小李子说了。我也是忙些，不在文联不在店，难得遇到你们。哎！小项，多谢你让我认识了这个同学。”项于飞笑道：“不用谢，您绘山画水，山携水流，水随山转，恰是一副活生生的‘山流水’。清歌的那块‘山流水’，您看出些眉目没有？”苏可乔笑道：“惭愧了，惭愧了。我才疏学浅，至今不知其出，也不得其解。”狄清歌问道：“您再也没琢磨过？”苏可乔说：“我虽然仅仅看了一眼，但只这一眼，就让我日日思、夜夜想。小项把你介绍给了我，你把‘山流水’让我看了，这个尊重、信任和友情我记在心间。最是那‘山流水’，太神秘，我费尽思量。”狄清歌问：“可有揭示？”苏可乔把头摇了摇，说：“遗憾！只怪我太浅薄。”项于飞说：“苏主席也是性情中人，就是有些日子不见，文气又重了。”苏可乔笑道：“人生，情义为重。你们俩这么好的人，我能交往，还不珍惜！”

项于飞和狄清歌一起笑了，说：“三五好友，一壶老酒。”“还有苏东坡红烧肘子。”

这时，有几个食客走进来了。苏可乔见了，笑着对项于飞、狄清歌说道：“你们喝！我去招呼一下。”

苏可乔忙着招呼客人了，项于飞和狄清歌说起自己的话。

…………

法治是手段，必依法惩治。

狄清歌起草好检讨稿，呈送给齐麟童审定。齐麟童细细地看过，说：“‘为政当正，为政当清。’要教育、机制、惩戒，三者缺一不可。扁鹊三兄弟治病，长兄治病于未发之前，仲兄治病于初起之时，病重的，则由扁鹊动手术、下猛药。”

按着齐麟童提出的，狄清歌又改了一遍，才上报给省委。

苏东坡双槐的枝叶随风招展着。

中国加入世界贸易组织已到最后关头，全面提高农产品质量安全水平，进一步增强农产品国际竞争力，已迫在眉睫。

适应市场要求，顾城市农业产业化要上档升级，全面实施无公害生产。

自去年始，霍志超已经进行着无公害农产品生产。中人城镇身处太母山中，山青水绿，无工业三废污染源，具有天然的自然环境，土壤、大气、水符合无公害农产品产地环境标准。病虫害防治以生物防治为主；农药施用合理严格，以生物农药为主；肥料施用以有机肥为主；过程操作规范，有文档备案。产品的收获、加工、包装、贮藏、运输等后续过程均有严格的技术规范和执行标准，贴上了上方是太阳、下方是叶片、中心是蓓蕾的绿色农产品标志。

无公害，才能持续发展。在加入世界贸易组织的最后时刻，顾城市委市政府决定，要发展绿色无公害农产品，建大棚。

李茂才宣布："颍水市要坚决贯彻落实市委市政府的决定，乘势而上，强力推进，在最短的时间内建起一百个大棚。"

钢骨、混凝土浇筑，标准更高。省里来了人，各市来参观的络绎不绝。外省的也来了，山西省昔阳县大寨村的郭凤莲参观后，感慨地说："当初，全国'农业学大寨'。改革开放后，大寨来颍水学习。我认为，大寨面临的头等任务，是解放思想，转变观念；要做到的，是虚心学习，还要再鼓士气，更要奋发图强。"

这一年，原矿挖尽，省太母山矿冶公司因吃不饱效益急转直下，停产放假了。

兰儿在上学，还有狄长生年纪大了，焉红发不出工资了，就靠狄清歌挣的俩钱。焉红心里慌慌的，唠唠叨叨，把一腔烦恼都倾泻在正蹲在地上洗衣服的狄清歌身上。

狄清歌说："要不，调个事业单位？旱涝保丰收。"焉红说："你有那能耐？"狄清歌说："省里有精神，要把省太母山矿冶公司划转顾城。"焉红说："划转顾城？"狄清歌说："甩包袱。"焉红说："账面上，银行贷款两个多亿。"狄清歌听了，心里也发毛。

狄清歌的心里毛归毛，听着焉红唠叨，还是卖劲儿地洗着衣服，洗兰儿的，洗焉红的，还有洗自己的。兰儿是心爱的闺女，焉红是挚爱的妻子，为兰儿、焉红洗一千次、一万次衣服，狄清歌都愿意，享受着无比的幸福。

看着狄清歌洗衣服，焉红颇感欣慰，不觉高兴地说："你也就这么点好，让我一直念着。"狄清歌说："兰儿学习好，上初中不用掏赞助费、择校费，光支出学习生活费用，还不发愁。"焉红得意地说："谁生的！不掏钱就是挣钱。兰儿这么小就给你挣钱了。”

狄清歌看看正俯在桌子上写作业的兰儿，说：“就是近视眼，这么小就戴上眼镜了。”

焉红说：“学习那么紧张，能不戴嘛！你倒是没戴眼镜，肯定没好好学习。”狄清歌说：“小时候，我也刻苦学习了。现在的学生们，课程多，作业多。”焉红说：“兰儿一回到家，不是写作业，就是看书，哪儿有玩的时候。”狄清歌说：“努力学习吧。学不好，就考不好，上不了重点。”焉红说：“兰儿上学累，多心疼你家闺女。”狄清歌点着头，更加起劲儿地洗起衣服。

这时，赵怀德打来电话，要求狄清歌立刻赶到办公厅。焉红挽起衣袖，对狄清歌说：“快去吧，别耽误工作。剩下的我洗。”

月亮钩出了银弯弯，苏东坡双槐的叶子也在地上画下一个个影子。

狄清歌骑着自行车火速赶到了市政府。

齐麟童紧急赶往颍水市委。

李茂才见齐麟童到了，脸上的皮笑了笑，说：“齐市长，请批评我，这么晚了还劳烦您。”齐麟童说：“直接谈情况吧。”

李茂才做了汇报。

颍水市政府租用上百亩水浇地建起大棚，又以山水旅游带农业观光为名，要盖饭店酒楼，遭到了村民反对，上百人以乱占滥用耕地为由，封堵景区大门，驱赶游客，并与保安发生肢体冲突，六名村民被击倒在地。

村民激愤，现场一片嘈杂。齐麟童立身而起，走到村民面前，挥挥手，喊道：“乡亲们！地，是民之根。民，是国之本。百姓安居乐业，国家才能繁荣富强。有国家的土地承包政策在，有基本农田保护规定在，你们的权益一定会受到维护。如果租用土地中有违规违纪行为，都将被严肃处理，绝不姑息！我在这里郑重向你们表这个态，同时也请你们推举三个代表，和我沟通。这样行不行？”

村民们鸡一嘴、鸭一嘴地纷嚷道：“谁信呢，秦香莲都知道官官相护。”“还有谁心里会装着百姓啊。”“权大嘴大，理都在你们口里。”

齐麟童说：“党代表人民的利益，政府是人民的政府。”又指了身边的几个人，说，“这几个戴大檐帽的，分别是公安局孙局长、法院白院长、检察院马检察长，代表的是法律，是公正。”

“大檐帽就代表了法律，我这破草帽还代表农民呢。”有人说了一句话，引得人群一阵哄笑。

齐麟童说：“大檐帽、破草帽，还有我这不戴帽的，不管什么帽，在法律面前，一律平等。”村民们哄的一声又笑了。

笑声里，气氛缓和下来。齐麟童说：“能不能选出几个代表，意见比较明了，我也好沟通。”

村民们叽叽喳喳地商议了，走出三个人来。

齐麟童同三个人一一握了手，说：“夜深了，天很凉，是不是请乡亲们先回家休息？问题需要时间调查清楚，事情也需要时间解决。我和你们一起，彻夜长谈，没有结果不罢休。”

三个村民代表听从了齐麟童的意见，让村民们散去了。

鸡鸣三遍，齐麟童终于和三个村民谈定了。

齐麟童要返回顾城了，临行，对李茂才交代说：“写检查，认识要深刻。”

三十 洗心亭里洗心灵

不几日，检查交上来了。

很多的事，写在纸上，办到办实的不多，有些事办了也没办好，有些事办了好多年还没有办到，不是条件不成熟，就是人浮于事。

又过了几日，齐麟童坐上车，去了太母山。

莺初学啭，蝶欲试飞。小阳春时节，女人们已不耐烦冬季的包裹，早把肚脐、大腿露了出来。

游过颖峰，看过荷，齐麟童爬起山来。

经济好起来，日子富裕了，游览的人更见多了。

爬了一会儿山，正有点气喘吁吁，一壁之后闪出一个亭子。亭子小巧精美，上下内外都是砖瓦结构，不用一木，外形似一只展开羽翼的禽鸟。拱券形的门额上，草书“洗心亭”。

齐麟童诧异地问道：“洗心亭？杭州有，我们这里也有？”狄清歌也有些诧异，眨眨忧伤的眼睛，问：“杭州也有？”齐麟童说：“去杭州考察，游云栖风景区我见过，在竹径之内有个‘洗心亭’。晋时于此建五云寺，后屡建屡废，终至荒圮。虽非古物，但清秀可爱。这其中还有典故。餐霞友鹿之士，隐居山中。一日，友人造访，约他做官。隐士听了这等话，急速地跑到泉边去洗耳。更有牵鹰狎鹭、往来江上的渔翁，风月相逼诱他入局，隐士则坐到水中濯足，以示从头到脚洗洁到底。”

狄清歌说：“这个‘洗心亭’的典故，是许由的，比杭州那个隐士的说法更真实确凿。尧时，许由率领部落在颍峰一带活动。尧见到了许由，以为贤德，欲禅位于他。许由坚辞不就，洗耳颍水，并以‘匹夫结志，固如盘石’明誓。”

齐麟童惊诧了一会儿，道：“圣贤之人，心心相通。《易·系辞上》云：‘圣人以此洗心。’董仲舒在《士不遇赋》中云：‘退洗心而内讼，固亦未知其所从。’徐浩的《宝林寺作》有云：‘洗心听经论，礼足蠲凶灾。’李东阳的《洗句亭》还有：‘洗句复洗句，洗句先洗心。’梁启超也有诗云：‘荡胸海风和霞吸，洗心天乐带涛听。’洗心之后再洗句，正所谓心洁句纯。洗心，何以洗心？你们说说。”

赵怀德正呆头呆脑地听，挠了挠头皮，说：“好的。文人骚客自来多情，闹不清他们到底在想什么，要表达什么，或许是清心之意？”

齐麟童对狄清歌说：“不着边际。清歌，你说说。”

狄清歌说：“洗心，有两说。第一说是洗涤心胸，除去恶念或杂念。第二说，比喻改过自新。《后汉书·隗嚣传》云：‘今臣之事，在于本朝，赐死则死，加刑则刑。如遂蒙恩，更得洗心，死骨不朽。’《旧唐书·僖宗纪》云：‘如王仙芝及诸贼头领能洗心悔过，散卒休兵，所在州府投降，便令具名闻奏，朝廷当议奖升。’鲁迅在《书信集·致黎烈文》里说：‘夜里又做一篇，原想嬉皮笑脸，而仍剑拔弩张，倘不洗心，殊难革面，真是呜呼噫嘻，如何是好。’此亭之名，应是取‘圣人以此洗心’之‘洗心’。”

齐麟童摇着头说：“许由与隐士，有所同，以山中岁月为清；又有所异。渔翁以风月相逼下，隐士坐到水中濯足，许由则‘匹夫结志，固如盘石’。一个逃避，一个结志，隐士与贤人，有天壤之别。人生有志向，才不负国家。要记住！”狄清歌点点头。

洗心亭内，有卖茶的。赵怀德问齐麟童：“喝杯茶？”爬了一会儿山，齐麟童正有些口渴，说：“也好。这亭子，不光是因为许由而建，算准了爬山人到此处会口渴。真是造福后人。”言罢，迈步走进亭中。

“侬好！请坐，品杯茶。”洗心亭内，一个削肩白嫩的女子笑盈盈地招呼道。

齐麟童听过，辨别了说：“江浙人，一个茶西施。好！”在亭子里坐了。

茶西施浅浅地笑着，说：“侬好！品茶吧？地道的颍峰红，新产的。”齐麟童看了看赵怀德和狄清歌，问：“有这茶？”赵怀德摇了摇头，说：“好的，从来没听说过。”狄清歌也说道：“有颍峰，而无颍峰红。”

齐麟童看着摆在面前的盖碗、清水罐、水勺、铜炉及铜壶、水盂，问：“有这名字的茶？”茶西施笑道：“产自颍峰，我把它叫作颍峰红。”说着，温了盏，又笑道，“恭迎嘉宾！一杯春露暂留客，两腋清风几欲仙。客来敬茶是中华民族的优良传统。今天，我为老板敬上一式东方奉茶礼，祝愿度过一段美好时光。”

茶西施用细嫩的手指撮起一抹茶毫，投入壶中，然后又笑道：“敬茶宣德！茶文化集哲学、伦理、历史、文学、艺术为一体，茶德归举为四项：廉，廉俭育德。茶可以益智明思，促使人们修身养性，冷静从事。所以，茶历来是清廉、勤政、俭约、奋进的象征。美，美真康乐。饮茶给人们带来的味美、汤美、形美、具美、情美、境美，是物质与精神的极大享受。和，和诚相处。同饮香茗，共话友谊，能使人类在和煦的阳光下共享亲情。敬，敬爱为人。客来敬茶的清风美俗，造就了炎黄子孙尊老爱幼、热爱和平的民族性格。”

茶西施擎起水盂沏泡，又笑道：“鉴赏甘霖！好茶要用好水泡，这是爱茶人的古训。我为老板汲取的是颍峰的泉水，水软，碳酸钙含量低。用这软水泡的茶，明亮透彻，滋味鲜活干爽。”她摆盏备具完毕，提起茶壶，对着茶碗边冲边笑道：“流云拂月！”

洗心亭里飘起一股香气。

茶西施在杯里冲上茶水，纤手一伸，笑道：“初奉香茗！”

齐麟童左手托住盏托，右手拿起碗盖，轻轻拂动茶汤表面，顷刻间茶汤上下均匀。待香气充分发挥后，用鼻子闻过，然后慢慢地啜了三口，细细地品过，点头赞许道：“三口方知味，三番才动心。你们也品品，看能否陶然沁芳。”

“好的。”赵怀德端起杯子，饮了个干净。

齐麟童笑道："茶要细品。"

茶西施在茶壶里添注了热水，少顷，为齐麟童添过茶，才笑道："再识佳韵。"齐麟童端起茶杯品了，说："一路行来，不仅身染尘埃，而且心蒙俗垢，在这小亭里坐憩片刻，饮一杯清茶，洗去心头的尘垢，就可以真诚纯洁地去了。"

茶西施笑了，说："大老板，说话就是有水平。"

齐麟童端起杯，啜了一口茶，问："你是江南人，怎么到了这里？"茶西施说："原来在茶厂工作，企业破产了，这里聘请我们来管理。阿明打理茶树，我卖茶。"向茶园那边指了指。

万丛茶树中，一个细小瘦弱的男子正躬着身子修剪着枝丫，可见那是阿明了。齐麟童抬头望了望，说："企业改革，是国家的大政方针，也是社会主义市场经济的需要和必然。国家有困难，不可能将下岗职工包起来。"茶西施说："我们下岗职工能理解。但是，也有想不通的。"齐麟童问："有什么想不通？"茶西施说："企业不行了，职工谋求生存，国家机构却膨胀臃肿，人浮于事。不公平。"

齐麟童唏嘘几声，啜了一口茶，说："颍峰红，好！好喝。"回味过，又说道，"不同于正山小种，有香气，还有一种甘甜。"茶西施说："纯天然，无添加。"狄清歌品过一杯，说："我很熟悉这种味，红山药。红山药就是自来的香甜。"齐麟童想了想，说："噢，是了。冬天的大街上，就飘着这股浓浓的香气。"赵怀德端起杯子，也细细地闻过，说："是那股味。"然后，一口喝了下去。

齐麟童又啜了一口，问道："这茶，也会有红山药的甘甜味。真是一方水土一方味道。"

茶西施闪闪眼睛，说："茶树生于颍峰山中，又得雨露日月光华滋养，是这里的水、土、气养就的。"

齐麟童眺望着山上的茶树说："哦！茶树的生长发育与外界环境条件有着密切的关系。"啜了一口茶，又道，"味醇韵雅，然必生于艰难之境。下岗职工再就业，是党和政府的民心工程，在这里，你们一样会得到支持。在颍城，有什么需要帮助的，你找他。"并指了指狄清歌。

狄清歌忙说道："有事找赵主任才对。"

齐麟童起身离去，赵怀德也跟着走出洗心亭。

狄清歌付过茶钱，留下姓名和地址，才追赶齐麟童去了。

三十一　把话风物长

颍峰峻拔，烟霞无尽；颍河滔天，跌宕奔流。

言有尽而意无穷，景有尽而情不尽。

狄清歌眺望着，正有些“江流天地外，山色有无中”的感觉，齐麟童孤闷已破，也有了好脸色，问道：“什么时间了？”狄清歌看看手表，说：“将近十二点。”赵怀德说：“爬了一会儿山，肚子都有点饿了。”齐麟童说：“既然到了李茂才的地界，就去他那里讨口饭吃。”

齐麟童非为游山，是心有所忧，要看看占地问题解决得如何。

李茂才接到了赵怀德打来的电话，和四大班子领导一起浩浩荡荡地出城迎接。

在进城的路口等了一会儿，李茂才不见齐麟童的车到，便吩咐众人继续等候，自己顺着齐麟童的来路迎去。到了半路上，却看见赵怀德站在一棵树下。

李茂才急忙下了车，和赵怀德握了手，问：“赵秘书长，怎么停在这儿？”

“好的，好的。”李茂才来接，赵怀德得意地连说了两个“好的”，看着路旁的厕所，说道，“大雅呢。”李茂才有点难为情地说：“怎么能在这种地方，我去看看。”赵怀德说：“好的，大雅，你去了是不雅。我都等这么长时间了，你有什么不能等的。”

一个方便，怎么会这么长时间？原来，齐麟童有便秘的老毛病，一蹲半小时。喝过茶，也没见顺便。

一个小时过去了，齐麟童终于从厕所里走出来。

李茂才把齐麟童接到颍水市政府，时间已过了十四点。

酒菜摆上，齐麟童占了主座，赵怀德、李茂才分坐在左右。

李茂才擎起杯刚要敬酒，齐麟童说：“大家一起吧，不用推杯换盏了，丢下面子，照顾肚子。可好？”

“好的。”赵怀德带头赞同，众人也皆大欢喜。齐麟童一泡屎，拉得颍水市四大班子领导眼冒了金星，都迫不及待地举杯敬过齐麟童，然后猛吃起来。至于菜怎么香甜，酒如何辣，都没有品出来。

不拼酒，赵怀德甚觉没趣，左手摸大腿，右手端酒杯，“咕咚”一声独自喝了个满杯，拿起酒瓶子又倒上，转着脖子踅摸干杯的人。但满眼的人都扎着脑袋，甩开腮帮子只管吃，没人想喝酒。

狄清歌想着齐麟童“登山则情满于山，观海则意溢于海”的即兴讲话，不禁乐了：齐麟童两碗破孤闷，赵怀德三杯方解馋，好的，好的，你这个馋，今天解不了了。

规矩早破了，齐麟童还在喝汤，许多人已放下筷子，吧嗒起嘴来。

等齐麟童放下了碗，李茂才开口说道：“齐市长，四大班子领导都在，请您指示。”要齐麟童给他做足面子。本来没什么事情，但来了，就要说点什么，不然，领导工作就不成样子了，齐麟童点头道：“来了，也吃饱了，就着餐桌，开个座谈会吧。”

齐麟童拍了拍额头，讲道：“第一个要说的，颍水生产出了颍峰红茶，甘甜怡爽，很有成绩。由此，说说农业种植结构调整。为适应市场的需要，调整农业种植结构是很必要的。但是，如何调整？调整的度没有一个准确的定位。调整不好影响重大，调整好了则增产、增效。农业产业结构调整有自然风险和市场风险，要受到自然环境制约，种哪种经济作物，还得看土壤质量、气候环境、生产环境、种植条件允许不允许；还要看市场风险，种植结构调整以后所生产的产品，不仅要看是否有销路，是否有市场需求，还要看国际市场的影响、农产品的质量及市场饱和度。所以，农业产业结构调整，是一个市场准确定位的过程，不可盲目轻率。过去政府的引导也是什么赚钱就种植什么，由于存在滞后性，市场环境变化快，这样的市场定位，很容易产生错位。由于高效、优质、可持续的农业产业结构调整长期滞后于农村经济社会发展的需要，影响了农民收入的进一步增长。农业结构调整，实质是把好产业结构调整‘方向盘’，不看市长，看市场。定位，要牢牢把握‘精准、高效、休闲、观光’现代农业发展定位，看的是市场，紧盯市场需求，大力发展设施农业、露天蔬菜和庭院经济等特色产业，做到农业提质增效，百姓增收致富再上新台阶。这是要说的第一点。”

“第二个要说的，是景区。我在景区转了转，看了看，感觉嘛，用一句话来概括，就是：风有情，人含笑，山青景宜茶韵浓，悠闲神仙无烦恼。作为经济新的增长点，颍水市的旅游事业有了长足进步，显著的成绩是各位同志深刻领悟发展才是硬道理，励精图治的结果。看到成绩，也要看到服务设施问题，也是环境问题。一路行来，我看到的是景区优美，周边不雅，尤其是厕所，臭不可进，让人游览之心顿去。‘两块砖，一个坑，蛆蝇滋生臭烘烘。’小厕所，是卫生健康，是社会文明。去年，我去日本参观考察，人家的厕所比我们的餐厅还清新优美，城市郊区同市区一样洁净，河流清澈见底。这不是屎尿的问题，而是人的内在素质问题，心不干净，眼里就见脏不脏；而是人的管理问题，细节识人品，毫末见水准，要设停车场、购物处、休息室、洗手间，功能虽小却要方便，往细里做，往实里做，做到人性化。”

齐麟童先扬后抑地讲完了，掌声紧跟着啪啪啪地拍起来。

李茂才表态说：“齐市长对我市提出的批评一针见血，我们虚心地、诚恳地接受。景区，是我市经济的增长点，针对‘脏乱差’，下大力整治，通过净化、美化、靓化使景区面貌发生根本变化，绘就美丽新画卷。”

一年一度的高考结束了。

每年的高考，最为人关注的是作文题。这一年，看材料作文，要求以“诚信”为话题写一篇文章。

诚信，切中社会时弊。

柳老师成了名师，所教的一个学生作文得了满分，轰动全市。

狄清歌正为柳老师高兴，柳老师洋洋得意地来了。

狄清歌要请柳老师去吃饭，说是庆贺他成了名师。柳老师呵呵一笑，道：“这顿饭，我请。我和杨老师也要退休了！考出个满分作文，我这一辈子也算功德圆满了。”狄清歌说：“您和杨老师可以安度晚年了。”柳老师说：“让疏影也给我庆贺庆贺。走！去老饕馆。”

苏东坡红烧肘子，中山松醪酒，狄清歌又要了一份小菠菜。

柳疏影迈着轻盈的步伐，难得地准时到了。看着柳老师脸上洋溢着微笑，柳疏影也喜悦地说：“我爸因为学生考出了满分作文，满脸的春风，你看笑得——”柳老师哈哈地大声笑过，说：“人生之快乐，莫过于此。”

狄清歌说：“我上学的时候，作文从来没得过满分。虽然是学中文出身，还当了好几年老师，但要我上考场写一篇作文，最好的成绩嘛——”做过评估，自觉惭愧，他嘿嘿地笑道，“也不过是个及格。我也一直没有写出像杨朔那样的优美文字。那篇作文是怎么写的？”

柳疏影也对柳老师说：“让我也看看。”

柳老师打开随身携带的包，从厚厚的一沓纸里抽出两张，说：“一人一份，看吧。”柳疏影和狄清歌各自拿过去，迫不及待地看起来。

诚信，人之道

我的语文老师曾讲过程颢、程颐《二程全书·粹言·心性篇》的一句：“虽有尾声之信，曾子之孝，吾弗贵也。”听后，我和同学们都在笑，语文老师看到后，神色黯然地叹了一口气。

语文老师嗟叹什么？是我们的不以为然吗？“诚，无欺。”“信，无伪。”“诚信为人之本。”还有——

史典故事《东坡悔续菊花诗》，说苏东坡去王安石家拜访，恰逢王安石不在家，苏东坡见书桌上有一首未完成的诗：“昨夜西风过园林，吹落黄花满地金。”未免心中好笑，认为菊花怎能像春天里的花一样，在一夜之间落得满地花瓣？于是，续上“秋花不比春花落，说与诗人仔细吟”以讥嘲王安石。后来，苏东坡被贬到湖北黄州，看到一夜秋风后院内菊花被刮得满地金黄，深愧自己见识短浅，回到京城即向王安石诚挚地认了错。

诚信，乃人之道。季布因为一诺千金而被刘邦赦免。季布为人非常讲信用。刘邦当了皇帝后，便下令捉拿季布，并且宣布：凡是抓到季布的人，赐黄金千两，藏匿他的人则遭到灭三族的惩罚。然而，季布被大家保护了。后来，刘邦终因为季布一诺千金的品德而赦免了他，还给了他一个官职。

诚，是诚实诚恳，是内在的道德品质；信，是信用信任，是诚的外化。内诚于心，外信于人，千百年来中华民族一直在继承和发扬这一价值观，讲求诚实无欺，讲求信用；待人以诚，纳人以信。戒欺，“毋自欺”；慎独，“不自欺”；不欺人，亦不可为人所欺，信守承诺，重诺守信，以诚信待人。

为人处世，以诚信为本。在市场经济社会中，欲望、金钱当前，我们应扪心自问：还有几分诚信？

三十二　诚如是，情可悲

不消片刻，柳疏影和狄清歌都读完了。柳老师问：“看完了？有什么评析。”狄清歌笑了，说：“都满分了，我还能给出什么评语。春风化雨，您的教育结出了硕果。情深而文明，气盛而化神，和顺积中而英华发外。这一文，作出了中华民族的精神。不过，这个题目令人深思。”柳老师问狄清歌：“你想到了什么？”狄清歌听柳老师问自己，笑了笑，没有回答，而是问柳老师：“您这个学生叫什么？”柳老师说：“马为国。”狄清歌笑了，说：“‘诚信，人之道’，这个题目，小马可谓用心良苦。”柳老师笑了笑，说：“孟子所言：‘诚信，人之道——’”狄清歌说：“做人，要有根本，正直、诚实、勤劳、善良，这是不会错的。”柳老师笑道：“很多人恰恰缺失了这个根本。不然，小马也不会用‘人之道’为题。”

狄清歌叹道：“有你这样的老师，写不出好作文，才怪。”

柳老师摆了摆手，说：“教育，以立人为本。现在的学生们，在知识的海洋里畅游，在现实的广阔世界中找到了真正的价值所在，这是人生提纲挈领的灵魂，也是新一代年轻人的精气神。”

狄清歌说：“还是您为师持正，多少人的价值观扭曲了。有个地方的一位老师就误导学生说：‘读书考大学为了什么？就是赚大钱做大官娶美女！’千钟粟，颜如玉，黄金屋。”

柳老师说：“功利之心，歪曲了教育的根本宗旨。不能以正确的教育观念指导教学，教出来的学生势必没有正确的思想观念和精神追求。”

狄清歌感想过，说：“莘莘学子，秉烛苦读，寒窗数载，无不祈求有朝一日金榜题名，有所作为。然而，‘富贵不能淫，贫穷不能移，威武不能屈’。”

柳疏影也说道：“在心里，在工作上，在社会的每一个角落里，每个人都需要坚守住那份真诚、善良。我读过，也把这篇作文当作一把尺子，量了量自己，也结合工作做了反思。”

狄清歌说：“读这篇作文，也是参加一种考试，从中考我的诚信度能有几许。”

柳疏影对狄清歌说：“按照你说的话，让这篇满分作文考考我对党和国家的卫生事业的忠诚度。”

柳老师微微地笑了笑，说：“你们的思维角度，让我也考了考自己。大家都如此这般地考一考，人间就会朗朗乾坤，花好月圆。那么，教育才真的是一件功德无量的伟业。”

柳疏影看了看时间，说：“我要上班去了。”说完，就急急忙忙地走了。

柳老师看着远去的柳疏影，眼睛湿润了。

狄清歌的眼神也泛出忧伤，说：“疏影好久没有高兴过了。”

柳老师哽咽起来，嘴里喃喃道：“天！你可鉴疏影那份赤诚。地！你可知道疏影那份真爱。那拐去甜甜的人啊！你可还有一丝尚未泯灭的良善？”

狄清歌听着，一时落下泪来，安慰柳老师说：“有朝一日，甜甜会回来的，不会忘了这样一个好妈妈。”

柳老师把狄清歌手里那张作文拿过去，扯了个粉碎，悲愤地说道：“纸上的！”

狄清歌劝慰说：“小马在作文中的终篇发问，却是真的。”边说边蹲下身去捡地上散落的纸片。

街上的小广告，前脚撕，后脚贴，贴了撕，撕了贴，令人不胜其烦。

“三乱”，治了又治，但如牛皮癣一般，永远没个好。

省太母山矿冶公司开运矿石的货车进进出出，不是查车，就是罚款。一位外商谈好协作项目，刚投资建起配套的精炼厂，检查的、监督的部门就纷纷找上门，罚款一笔接一笔。

群众也广泛反映工商管理人员收“保护费”。

齐麟童进行了暗访。

在一家新开张的供暖设备经销店，齐麟童问老板：“营业执照好办吗？”老板说：“跑了七八趟，这次缺这个，下次又少那个。反正不告诉你缺什么。折腾人！”齐麟童又问：“花了多少钱？”老板说：“三千多吧。吃饭、喝酒，还要了两条烟。”齐麟童走进一个建材商行，问：“工商人员有没有乱收费？”老板气不打一处来，说：“就知道要钱。”齐麟童问：

“要什么钱了？”老板说：“说我经营‘三无’产品。”齐麟童说：“假冒伪劣，不讲诚信可不行。”老板说：“给了钱，就没‘三无’产品了。”齐麟童不明白，问：“给的什么钱，为什么给了钱就没‘三无’产品了？”老板说：“说是‘保护费’，上面不查了，就保护起来了。”齐麟童又问道：“以什么名义开的票？”老板说：“不开票。”齐麟童追问道：“这就完了？”老板说：“不查了，今年就完了。明年再说明年。”

齐麟童又去了几家企业。体育用品公司要办审批手续，前前后后拖了大半年，饭吃了好多回，还没办好。针织品公司反映，市中院执行人员办案时，拿走了几条裤衩。

“乱收费、乱罚款，吃、拿、卡、要……营商环境，非整治不可。”齐麟童下了决心。

以“更新观念，优化环境，扩大开放，加快发展”为主题的广播电视大会召开了。

齐麟童语重心长地讲道：“加快发展，出路只有一条，就是优化环境，环境是第一竞争力。提高竞争力，必须把破除体制障碍作为着力点，坚决消除‘衙门’作风、形形色色的‘三乱’。”

大会曝光了十一起危害营商环境的典型事件，并对当事人给予党纪政纪处分。

会后，狄清歌把政策研究室选送的一篇稿件呈给齐麟童。

三十三　楼市

新千年里，在一份房地产行业报纸上，有一篇写杭州楼市的稿件。

稿件说，在杭州世贸中心举行的浙江省房地产展销会非常火爆，四天成交商品房一千五百六十一套，十九万平方米，成交金额达六亿元。

开发商赚得盆满钵满，杭州市政府也是喜笑颜开。先是成立了土地储备中心，后又以政府文件的形式发布了土地储备实施办法，实行土地出让“招、拍、挂”政策。价高者得，储备的土地成几何倍数增值。按照分税制，获得的出让金又全归于市政府，仅土地出让金一项，即使减免百分之四十，也会收入十数亿元。

西湖水美，犹如人间天堂。配合“住在杭州”的城市经营战略，杭州市启动西湖疏浚工程，让西湖和景区变得更开放、更漂亮，让城市和建筑变得更新、更美好，成了经营这座城市的主旋律。从而，楼市迎来了爆发。西湖博览会上，第一届“最佳人居环境展览会”成为新千年盛会的第一道亮点，吸引了在杭六十多家房产开发公司的一百六十多个大小楼盘展示。现场成交商品房一千九百四十七套，成交金额达十点七八亿元。

…………

土地出让金收入的低成本、高效率，令齐麟童咂起了舌。

财政收入充盈了，就可以办很多的大事。

虽然顾城市政府先后出台了《市区房改房上市交易管理试行办法》《市区进一步深化住房制度改革的若干意见》，鼓励房改房上市交易，推行货币化分房制度，但市场平淡，房产局只不过收取一些登记、过户的手续费。

几年前，“国十六条”一出，海南房地产热浪应声而落，数千家开发商撤离，遍地烂尾楼，惨景犹在眼前。

城市面貌的确需要一个改观，又需要开财源、辟渠道。

齐麟童翻来覆去地思考过，扩大到开发、建筑等有关企业的城建座谈会召开了。

颍水市、清溪县、各区党政一把手，规划、国土、建设等市直部门、金融机构主要负责人、张达发等房地产开发商都在萍水逢多功能会议厅坐等齐麟童。

这当儿，为尽东道主之谊也罢，为招徕生意也罢，姚窕走进来，转着圈跟众人打招呼。前面打招呼，众人身后笑。姚窕不明就里，以为是自己殷勤所致，更起劲地嘎嘎笑着。

齐麟童到了，赵怀德、狄清歌跟着走进会议室。赵怀德对姚窕笑着说：“好的，好的。”

齐麟童把手一挥，对姚窕说：“去忙你的！”姚窕回笑过，一扭一摆地走了……

姚窕身后半边裙衫拽在腰间，露出了半边白光光的屁股。

齐麟童在主席台中央位置坐了，会议随之开始了。

按照会议程序，先党委，后政府。

听了几个人的发言，齐麟童耷拉下眼皮，拿笔在本子上画起来。

等书记们发言完毕，赵怀德起身说：“好的，各位为政一方，以改革为动力，以发展为己任，工作辛苦，成绩斐然，见解精辟，齐市长很满意，认为发言也很重要，所以在本子上很认真地记。你们亲力亲为，感受深刻，见地独特。项主任曾留学新加坡，对新加坡的花园城市亲历亲见，还考察过香港的土地财政，对城市经营与开发政策见解颇深。项主任的见解，必将对大家有所启发。先请项主任发表意见，招商局李局长做准备。好的。”

项于飞说：“我谈两个方面。一个是财政，一个是土地。前者明了，后者难说。一级政府，是对区域内的统筹管理，但现实情况是，成了城市政府。所谓市本级及市总预算，内涵是本级，因而也就成了城市财政，所有财力只顾及城市的发展、城市的经营，追求经济实惠，忽视了县、乡、村的社会与环境建设，也就丧失了转移支付能力，最终背离了财政的人民性原则。”

项于飞捅了马蜂窝，话音一落，纷嚷之声顿起。赵局长说：“税收上去了，财政收入下来了。”钱区长说：“先吃饭，后建设，原则不错，但吃饭财政都朝不保夕，只好先保老师、老干部工资，党政机关工资都拖欠几个月了。”孙书记说：“有饭吃，境况已经不错了，乡镇别说发工资了，还要掏腰包集资垫付税呢。”

齐麟童听着不顺耳了，拍了拍桌子，说：“没法了，是吧？你们都成了要饭的，啊，我是财主？”

会议室里安静下来。齐麟童顿了顿，缓和了语气，说：“研讨，就是想办法解决困难，共求发展。我们需要干的事情很多，面临的困难也很突出，经济发展和社会各项事业进步，都需要钱。财政紧张，入不敷出，是现实，也是一时。改变这种状况，根本方法只有一个，就是发展，就是要瞄准GDP，通过城市经营与开发，从根本上转变财政拮据的状况，最终做到当官有气势，办事有魄力，工作有成绩。于飞，接着谈。”

项于飞深深地吸了口气，说：“揭不开锅，吃不上饭，是因为没钱。要吃饭，要建设，收入从哪里来？房产税、土地使用税、土地增值税、印花税，也就是我要讲的第二个问题。关于土地，从20世纪80年代以来，城市土地的使用发生了本质的变化，由无偿占用改为有偿使用。但是，由于管理体制的滞后，城市土地使用上存在许多的弊端。首先是多头经营，造成国有资产严重流失。拥有城市土地的村镇、工厂、机关和学校，都可以随意定价，卖地生财。城市土地成为单位所有，城市政府控制不住，也聚不到财；然后是城市规划对城市用地功能的失控，城市政府控制不住土地的买卖权，也就不能控制土地的实际使用功能，因而造成城市建设布局混乱。因此，进行城市土地管理制度创新势在必行。借鉴杭州经验，应建立市土地储备中心，对土地实行统一收购、统一规划使用功能、统一招投标与拍卖，规范城市土地的一级市场。建立城市土地使用制度，效益颇多：‘金饭碗’里的‘油水’不再流失，真正实现了以地生财；为实现城市规划确定的用地功能提供了保证。有了地，也就有了按规划配置土地的实权，可以根据旧城改造、生产、生活用地的各种需求，做到统一城市用地的规划、开发、建设、配套、经营、销售，优化配置城市土地资源；垄断了土地的一级市场，就控制了城市土地周转的总量，再根据供需的均衡制定合理的土地价格。当然，会出现一些不可也不敢忽视的问题，需要完善市场规范，特别要加强征地、补偿、拆迁监管。”

会议室里一片寂静，大眼小眼都瞪到齐麟童的脸上。

齐麟童默然片刻，说：“县里有实际困难，这是现实。会议的初衷，也是要集思广益，想出一个办法来解决。项主任这个观点，我看是必要的近忧远虑。都谈谈吧。”

“哗”，会议室里议论纷纷。

三十四　暗算

趁着嘈杂，张达发抹身溜出来，去找姚窕。

姚窕已然换了身衣服。水红色的丝绸小衣，中黑的西式罗裙，别有一番韵致。

看到张达发蹿进来，姚窕恼了脸说：“别嬉皮笑脸的，没正形儿。”张达发龇着牙笑道：“窕姐，今天可真露脸了。咳咳！”

“放屁！”姚窕骂过，下意识地摸了摸屁股。张达发咳嗽了两声，等嗓子舒坦了才笑道：“哈哈，没露着……”姚窕骂道：“你个不要脸的。娶了离，离了娶，都仨了，一个比一个年轻漂亮，还没见过什么……”张达发凑上身去，姚窕手一挥，说：“去！离我远点。”张达发“咳咳”了两声，说：“看你，想到哪儿去了。再怎么着，窕姐也看不上我。”姚窕回道：“知道啊，比猪聪明点。”张达发笑了笑，说：“我是想，一会儿吃饭，和齐市长在一个桌上亲近亲近，咳咳！说说拆迁的事。”姚窕推托道：“这你可找错人了，我办不到。你去敬酒啊，不就接触到了。”张达发说：“县委书记、县长，还有财政、土地几个大局的一把手都在，咳咳！能轮到我敬酒吗？”

“这个，也是。”姚窕没了主意。

沉思了一会儿，姚窕开口说：“你坏主意不是多吗？就不能在这上面用点心思。”张达发点点头，咳嗽过，说：“坏，要坏到地方。”他转了转眼珠说，“有了。只是你要施展出风韵才行。”

姚窕把耳朵贴到张达发嘴边，细细地听了，嘎嘎地笑了几声，说：“你个坏蛋，糟践老娘啊。”张达发说：“求窕姐了，我不会少了你的好处。咳咳！”姚窕一扭捏，说：“不办，显得我不义气，谁让你帮了我的忙呢。可你给我什么好处？”张达发爽快地说：“两万块。”“就这么办。午休时候。”姚窕答应得也利索。

张达发溜回会议室，研讨依然在热烈地进行着。

中午十二点了。齐麟童摸了摸肚皮，说：“饿了，下午接着。吃饭去了。”

“好的，好的，安排好了。”赵怀德招呼着众人进餐去了。

筵席上，书记、县长、局长一干人向齐麟童敬酒。轮番下来，齐麟童感觉头晕，有点高了。待到张达发等人过来敬酒，被赵怀德挡住了，说替齐市长接受了，自然是推杯换盏，觥筹交错，更加热闹。

酒足饭饱，齐麟童进了休息间，一头躺在床上。

齐麟童感到肚内翻江倒海，想呕又吐不出，伸手摁了床头柜上的门铃。不大时，门“吱呀”一声开了，进来一位女子，走到床前，轻声问：“齐市长，您有什么吩咐？”齐麟童看看，一双高跟鞋，半幅罗裙罩在腰上，很袅娜，是姚窕。“我想吐，喝多了。”齐麟童说。“好的。”姚窕说完，俯身去拿痰盂，一圈雪白细嫩的腰身露了出来。

看着白嫩的肌肤，齐麟童脑子里胡思乱想，一股酒劲上来，伸手去拽那罗裙，谁想竟滑落在地板上……姚窕也不去提罗裙，双手拉住齐麟童，柔声细语地说：“齐市长，您喝高了。”

齐麟童脑子一个激灵，赶紧地放开手，嘴里啊啊了两声，说："没有，没有。"倒退了两步。姚窕一个趔趄，跌向齐麟童。齐麟童两臂一张，下意识地去揽姚窕，姚窕趁势趴在齐麟童怀里，笑道："嘎嘎！齐市长真会体贴女人。"

正这时，张达发咳嗽了两声推门进来了。姚窕扭头看了看，依旧伏在齐麟童怀里，问："你怎么进来了？"张达发笑道："我来看望齐市长，却搅了你们的好事。咳咳！失礼，失礼。"

张达发咳嗽着转身作势要走，齐麟童把姚窕一推，急忙解释说："不是，是，是——是——"

张达发说："无论什么，都不是什么。酒后乱性，何况两相情愿。咳咳！窕姐，你说是不是？"

姚窕使劲点点头，慢腾腾地提着罗裙，对齐麟童说："齐市长，没什么。张达发不会胡说的。"张达发一本正经地说："齐市长，我向您保证，咳咳！我不会说，也没人知道。"

天知，地知，你知，我知，何谓无知！加上姚窕，五个人知道。

齐麟童还要说话，赵怀德喷着酒气来了，项于飞、狄清歌也来了。

张达发咳了几咳，说："赵秘书长也来看齐市长。平时想看看齐市长都难得，我也是抢抓时机。"姚窕笑了笑，对赵怀德嗔怪道："看看你，这当秘书长的，让齐市长喝高了。要时刻把齐市长的身体健康放在心上啊。"

有赵怀德、项于飞、狄清歌在，齐麟童不好再说什么，一挥手说："你们去吧。"

赵怀德说："好的，好的，都走！"

姚窕冲赵怀德"嘎嘎"地笑了两声，说："让齐市长休息吧，走。"推着张达发去了。

齐麟童躺在床上，头虽然晕晕乎乎的，但脑子里却在想：姚窕的罗裙是拽下来的还是滑落下来的？张达发来得太巧了。"美酒为毒，酒难多饮。"难怪狄长生不让狄清歌喝自己酿的酒，真是"醇酎中山，沉湎千日"。

午休过后，下午讨论过，齐麟童面无表情地做了总结："城市经营与开发，围绕一点展开，这就是地。按照《宪法》规定，国家依法对土地拥有有偿征用权。土地是全民的，不开发就没有经济价值。房地产开发，涉及的拆迁，难度巨大，需要大力支持。比如，对张达发等纳税多、贡献大的开发商，要高看一眼，厚爱一层。盖点门脸房，提高点容积率，增加点利润，可以多收点费。要注重盘活破产企业已贬值的、低效益使用的土地，实现资产升值；建立基础设施项目投资回报补偿机制，按照谁投资、谁受益的原则，充分让利，吸引国内外资金投入基础设施建设。”

开过座谈会，齐麟童带领土地、城建、规划、发改、财政及各县区党政一把手去杭州学习考察回来，正在结合顾城实际，研究制定有关方案时，省委省政府宣布了一项重大决定。

根据国务院的批复，顾城地市合并，实行市领导县体制，组建新的地级顾城市。

新顾城市成立暨全市领导干部大会在市体育馆隆重举行。

齐麟童任市委书记，王鲲鹏全票当选市长。

机构合并，人员调整。赵怀德任市委常委、市委秘书长兼办公厅主任，项于飞任市政府副市长，孙科长原地不动，狄清歌被安排到市委办公厅一处。

新顾城，新思路，新发展。顾城市委召开了经营城市工作会议。

杭州的西湖生机盎然，白堤边的垂柳映得雷峰塔春情勃发。宝塔却依旧在沉睡，看不到苏东坡双槐吐蕊绽青，顾城大地还是那么灰头土脸。

城市，需要以经营的思想规划，以经营的手段建设，以经营的方式管理。

站在发展先进生产力的高度，经营城市成为理念。实现又快又好发展，控制住土地的买卖权、土地的使用功能、建设布局。

为此，市政府也设立了一个前所未有的机构——经营城市办公室，副市长项于飞兼任办公室主任。

土地、山丘、河湖、森林成为城市经营的资本，道路、桥梁、房屋、车船作为商品来经营，开发权、使用权、经营权、冠名权、广告权、特色文化等无形资产也具有了商品价值。

机构改革，土地资源局易名国土资源局。原土地资源局局长到龄，顾建东换岗到国土局了。

多哈一声槌响，中国加入世贸组织。

美国甜橙、泰国香米、日本富士苹果、韩国梨……众多“洋产品”涌进中国。同其他地方和城市一样，顾城本地农产品的市场占有率也受到了冲击。

农产品生产、加工、经营中的无序现象严重，农民为了获取高产量，超施滥施化肥、农药和激素，导致农业生态环境恶化、农产品质量下降。

生活质量的提高呼唤标准化，标准化更事关人类健康。市场竞争和产品质量呼唤农业产业化的升级，需要标准化的创新和支撑。

为了应对“入世”后发生的危机，王鲲鹏去日本、韩国进行了实地考察。

考察归来，王鲲鹏大力推进农业产业化向农业标准化的转变。

市政府着手建立“农业标准体系、质量检测体系、执法监督体系”，推行“农业标准化与龙头企业建设、生产园区建设、开拓国内外市场相结合”的农业标准化建设创新举措，按照“有标贯标，无标制标，缺标补标”的原则，参照行业标准、国家标准、国际标准特别是进口国标准，农业、畜牧、质量技术监督、出入境检验检疫、卫生、环保等部门从农业标准化体系建设、农业质量检测监督体系建设、农业质量标准实施、“市场准入”制度的完善和农业质量标准监督执法等五个方面实现标准化工作的突破和创新。

芳菲的四月，农业标准化的浪潮一浪高过一浪。

作为“领头羊”，霍志超和中山农产品公司率先进行着农业标准化生产。壮大“龙头”，企业发展带动农民增收、农产品基地建设；围绕“龙头”，建立农产品生产基地，引导标准化种植，做到农业生产区域化发展，规模化种植，产业化经营；增加农产品知名度和美誉度，使产品走得出，叫得响；发展农民专业合作组织，“企业+合作社+农户”“企业+合作社+基地”；保证质量安全，把好农产品生产源头关，标准化生产，无公害生产；发展外向型农业经济，走出顾城，走向全国各大城市和地区，发展出口农业。公司生产的有机番茄、无公害韭菜、黄瓜、豆角等成为全国知名品牌，产品销往深圳、上海、北京、西安等地，并根据新形势新要求，将进一步加大投资力度，开发以绿为基调，融生产性、生活性、生态性于一体的观光休闲农业，成为以农业为基础、三次产业融合协调发展的典型。

三十五　大风起兮云飞扬

拆迁—土地拍卖—城市扩张，房价坐着火箭，噌噌地往天上钻。

张达发每天敞开来收钱，银行也派驻了收银员。

“奔六”“路虎”，张达发的确买了两部车，但没有出租，自己换着坐。

生意兴旺，萍水逢作为顾城第一大型接待中心，要扩大规模。

依法治市，一切都要依法。姚窕向市发改委递交了扩规申请。

市政府常务会对萍水逢扩规申请进行了研究，同意。

发改、规划、国土行文批准。许多被拆迁家庭买了新房，早就乐意搬迁，也有一些家庭希望得到更多的补偿，在产权置换中表示对条件不满意，不搬迁。

姚窕找到王鲲鹏，王鲲鹏做了批示：“由市国土局依法办理。”

顾建东主持局长办公会议，对萍水逢扩规占地所涉及的拆迁做了研究，认定这些拆迁户占有的土地属于非法，随即下达了《国土资源违法案件行政处罚决定书》，对非法土地上的建筑物予以没收。

姚窕拿着《决定书》到法院申请强制执行，法院在审理后下达了《行政裁定书》，认为市国土部门的“行政处罚行为事实清楚，证据充分，程序合法。准予强制执行”。

但一个冬天过去了，一直未强制执行。

眼看着要过年，而新年之后，三阳开泰，萍水逢扩建工程即将动工。姚窕急得像只被人掐去了脑袋的绿豆蝇，团团转，找到张达发寻计问策。

张达发咳嗽了几声，说：“你找苻岑萳了？地市合并后，他还在国土局，兼拆迁办主任。”姚窕说：“我有法院的准予强制执行的决定书。”张达发龇牙笑道：“决定书是有了，但拆不拆，是拆迁办的事。你要找苻岑萳。”

姚窕去找过苻岑萳，又回头找到张达发，说：“苻岑萳说没办法拆。你征地，怎么拆得那么利索？”张达发笑道：“窕姐，你是聪明一世，糊涂一时。咳咳！”姚窕问：“你是怎么拆的？”张达发诡秘地笑了笑，说：“法律治得了罪，但治不了坏。明的不行，咳咳！来暗的。”姚窕蹙着蛾眉，追问道：“什么明的暗的？”张达发说：“好话说尽，白费口舌。白天堵门，咳咳！晚上砸窗户。”姚窕扭了扭腰，嘎嘎地笑了，道：“不愧是张总，手段高。”

用张达发教的方法，姚窕很快收到了效果。但有一户，任凭姚窕用明的，来暗的，就是不搬。无奈之下，姚窕又求教于张达发。

张达发哈哈地大笑了，嗓子一时又难受起来，赶紧咳嗽了几下，才说道：“这事要我办，最简单。”姚窕说：“那你给我办了。”张达发说：“我给你办了。”姚窕把脸笑成了一朵花，说：“嘎嘎！真的呀。谢一个……”

姚窕点了三万块，又犹豫了一下，问：“要是办不成呢？”张达发咳了一声说：“我给你拿回来，不会让你白花钱。咳！不过，你点的这个数，少了点。需这个数。”伸出巴掌，向姚窕一举。

姚窕把钱如数给了张达发。张达发说：“等好消息吧。”拿起钱，咳嗽着去了。

一个黎明时分。那户人家还在睡梦中，十来个刺青的光头破门而入，拖了就往外扔。随即，一辆推土机号叫着冲上去，几铲子把房子夷平了……

苏东坡双槐嫩芽初生，一道高耸如山的风沙墙铺天盖地而来。

石头、沙土卷起，铺天盖地，遮住了阳光，遮天蔽日，看不见任何东西。翻滚冲腾，黑风。沙尘团在空中冲腾。

风沙墙的上层是黄红色，中层呈灰黑色，下层为黑色。

“终风且霾，惠然肯来。”关于沙尘暴，古代早有记载，天启元年“四月乙亥午，风霾大作，坠灰片如瓜籽，纷纷不绝，逾时而止，日将沉，作红黄色”。又晋惠帝永康元年，“十一戊午朔，大风从西北来，折木飞沙走石，六日始息”。

沙尘暴，成为全国“两会”人大代表、政协委员的议题。实现可持续发展战略的任务也被深刻认识。

在顾城的街道上，随手一抓，就是一把沙。

齐麟童和王鲲鹏紧急赶到嘉县。

赵怀德、项于飞和狄清歌随行前往。

沙尘暴肆虐下的嘉县城内，树倒了，门楼歪斜了，房顶被掀翻了，人不敢张嘴，连眼都不敢睁。

嘉县县委书记管众陪同齐麟童和王鲲鹏登上了嘉山。

嘉山，通体裸露，严重沙化。沙尘暴一来，米粒大小的沙子助纣为虐，顺着西北方唰唰地向着东南攻城略地。

齐麟童问道：“‘砍尽嘉山木，修起瞭敌塔。’这就是传说中的嘉山？”管众答道：“是，一千年前曾经葱茏秀美的嘉山。”齐麟童叹息说：“‘漫卷狂风蚀春色，迷蒙黄沙掩繁花。’植被完全被破坏了。”

查看过嘉山，齐麟童最后说："肆虐的风沙敲响了生态保护的警钟，更激发了我们改善生态环境的热情。要封山育林，再给嘉山披上'绿颜'，坚决治出个绿染山野满目春的美丽景象。"

临回顾城，管众对狄清歌说："我们是老相识了。"狄清歌看看大眼阔面、挺胸叠肚的管众，说："管书记还记得我。"管众笑了笑，说："你当小学老师时，就很有胆气。"狄清歌也笑道："我年轻气大，管书记多担待。"管众说："当时，搞基金会，也是为了经济发展。"

嘉县，被列入国家荒山综合治理重点县。

顾城市委、市政府将嘉山治理作为重中之重，并取名为"绿颜"行动，派出了嘉山"绿颜"工作队，要大干六个月。

狄清歌的名字列在工作队员名单当中。

齐麟童问狄清歌："你要求去的？"狄清歌回答说："没有。我也是接到通知后才知道的。赵秘书长说，是给我创造的机会，加紧锻炼。"齐麟童"哦"了一声，说："实现可持续发展，'绿颜'活动非常重要。但是，要让石头缝里长出郁郁丛林，这项工作极其艰难。"狄清歌说："只要意志坚强，没有克服不了的困难。"

"绿颜"工作队员直接到村。狄清歌在家准备着行囊，狄长生来了，柳疏影也来了。

焉红说："你吃得了那苦？"狄清歌说："有享不了的福，没有受不了的苦。"兰儿说："爹！我给您送饭去。"狄清歌笑道："要上好学，读好书。听说，老师批评你了？老师的批评，是对的。"

焉红说："你怎么还——现在都是鼓励式教育。我都在一直说：'好''棒'，夸赞，才激励进步。"狄清歌不以为然地说："一味地表扬，就会让人飘飘然，自视为完人。不去批评，就不会知道还有差距，缺点在哪儿，不足在哪儿，也就失去了学习的方向。"

狄长生插话说："树要修剪，才能长大；否则，就会枝蔓丛生。人要像树一样，需要修剪。"

焉红说："疏影说，备下了碘伏，还说紫药水蜇得疼，碘伏没那反应。"

正说着，柳疏影拿着个医用包到了，说："这里边，碘伏、药棉、棉签都有了，够用一阵子。”

狄长生说：“从小，我就没有让你吃过苦。”狄清歌笑道：“爹！您不用担心我。我这骨头、脊梁，和您一样，硬着呢。”狄长生说：“皮嫩。怕要散了架子，磨出许多血泡来。”狄清歌说：“我会锻炼成钢筋铁骨。”

晚间，项于飞和狄清歌去了老饕馆，苏可乔说：“苏东坡红烧肘子、中山松醪酒，都免费。敞开肚皮，吃过，喝过，去吧！”

又一场沙尘暴刮来，“绿颜”工作队出发了。

“大风起兮云飞扬。”行走在漫漫风沙中，狄清歌自感颇有点古风，忽然想到了隗志远。

“志远哥走上战场，应该是怀着一腔豪情。”

三十六　扶贫

苏东坡双槐的槐荚爆满了。

赵怀德走进齐麟童的办公室。齐麟童正摆弄着盆景，见赵怀德进来，借景说道：“‘五峰莫愁千峰处，九华今在一壶中；试观烟云三峰外，都在灵仙一掌中。’盆景艺术历史源远流长，始于汉、晋。树、石、盆三位一体‘缩龙成寸’，小中见大，生发出‘一峰则太华千寻，一勺则江湖万里’的美妙意境。”

“好的，齐书记，以小见大，意境美妙。”赵怀德附和道，然后小心地探问道：“齐书记，省委省政府联合发文，要对两项工作进行检查。一个是要检查公共文化工作，一个是要加强扶贫工作，都要在国庆节后前来检查。对此，您有什么指示？”

齐麟童端起杯子喝了口茶，说：“文化！对茶文化，你知道多少？”

赵怀德想了想，有说道：“好的，齐书记。茶，爽口、清心。尤其这酷热天气，喝茶，防止中暑。”

齐麟童瞥了一眼赵怀德，没说话。

赵怀德想了想，说：“哦，好的！两杯破孤闷。”

齐麟童笑道：“杯，小柸也；碗，盏也。不一样的意境。”

赵怀德默然片刻，说："是吗？齐书记。那给你换个盏？"

齐麟童说："要是清歌，会说——"

齐麟童想了想，眼前出现了一个画面——他说："以小见大，是心中方寸。"狄清歌答对："是谓逸格。明人汤卿谋的《闲馀笔话》云：'一日之间，人各有有。'"齐麟童说："养德、遣情、辅气、解事、体物、适境、隐心、孤况、涉趣、忘极，有各有时，时各有宜。"狄清歌说："一个不爱，是不入时趋。"齐麟童看着杯里漂浮的茶叶，说："妙玉品茶呢。"狄清歌说："'一杯为品，二杯即为解渴的蠢物，三杯便是饮驴了。'就这一句。"齐麟童笑了笑，说："'不羡黄金罍，不羡白玉杯。不羡朝入省，不羡墓入台。千羡万羡西江水，曾向竟陵城下来。'妙玉之言，不失为品茶高论，但终究比不过陆羽的《六羡歌》畅快淋漓。"

看着赵怀德发呆，齐麟童说："让市委办公厅、市政府办公厅和民政、文化、旅游等部门准备有关事宜。"

赵怀德安排任务去了。

新凉涤暑，淡月横秋。"又到了一年丰收季。"齐麟童考虑着扶贫工作、文化工作。

忽然，门响了。齐麟童听到有人敲门，说了声："请进！"

狄清歌满脸黝黑，一身腱子肉，噔噔噔地走进来。

齐麟童立起身来，快步上前，紧紧地握住了狄清歌的手，又拿起来看过，笑道："你这是铁钳子，把我的手握疼了。"狄清歌松开手说："齐书记，任务胜利完成了。"齐麟童在狄清歌身上捶了捶，说："坐下。"

齐麟童去倒了杯水回来，放在狄清歌手上，说："喝杯水，说说情况。"

狄清歌用三言两语向齐麟童简单汇报了工作情况。

齐麟童笑道："没你说得那么简单。工作的艰苦，是不可想象的。休息三天，好好陪陪焉红、兰儿，也回中人城看看，对狄老哥讲，我想他了。"

狄清歌回到了家。

院子里，桃之夭夭。

兰儿一下子扑到狄清歌身上，说："爹！看你黑得，像块儿炭。"又捏捏狄清歌的臂膀，说，"真有力量。"

焉红看看狄清歌，眼里淌下泪珠，忙去倒了水，说："都惦记着你呢。

爹也问，疏影也问。”

狄清歌说：“明天就回去看爹和天明伯。”

月橘枝头上的小黄花也在竞放。

月色里，柳疏影到了。狄清歌说：“多亏了你那医用包。”

柳疏影劝道：“你能不能向赵怀德说句好话？”狄清歌说：“我从来都不向领导说好话。于飞说了，老饕馆有请。都去！”

项于飞、花千色、振鹭，狄清歌、焉红、兰儿，柳疏影，翟常乐也到了。

苏可乔说，为狄清歌接风洗尘，中山松醪酒、苏东坡红烧肘子，全免费。翟常乐把钱包往桌子上一拍，说：“我请客！”

第二天，狄清歌回了中人城。

说起来，狄清歌已有半年没回家看望狄长生了。近乡情更怯，他一路向着中人城走去，看着颍水汤汤流淌，大鹏高翔于颍峰之巅，即亲切又愧疚。走进家门，狄清歌只见狄长生和隗天明正坐在院里的石凳上拉呱，张开嘴喊道：“爹！伯！”隗天明笑着看了看狄清歌，说：“工作完成，回来了。”狄长生也笑了，对狄清歌说：“喝千日醉！”

狄长生拿来“千日醉”，隗天明倒上酒，狄清歌心里怀着愧疚，端起一碗敬过狄长生和隗天明，一饮而尽。

休息过三天，狄清歌上班了。

后天就是国庆节，齐麟童带着一车面和油去了扶贫联系点义村，说要让乡亲们感受到国庆的喜庆生活。

义村，清溪县一个极其偏僻的山村。村里有千户人家，村名大有来历。春秋时，孔子周游列国，一日走到这个山坳，席地而坐讲起“仁、义”。这个村子也就取“义”为名。

义村，因为孔子讲学“仁、义”而得名，也因为“义”而出了名。那日，三个地质勘查队员在义村勘查山貌，因水土不服和工作劳累病倒在山上。放羊的周文兰发现后，急忙报告给村支书兼村主任周天佑。周天佑又紧急组织起村里人把三个人抬上，翻山越岭三十公里，才送到清溪县医院急救。义村也因此被省文明委表彰为“全省精神文明建设先进村”。

义村有“仁”，但因为山荒地偏，极度贫困。外面都在竞相开放，义村的人们依然“日出而作、日落而息”，过着封闭而单调的生活。不少人一辈子连县城都没到过，社会交往少、接触范围小、视野窄，认为增加家庭收入的唯一途径是勤扒苦做。不少人家三孩、四孩，还信奉“多子多福”的生育观。

车驶过清溪，山路弯弯，又行走了两个来小时，齐麟童才在中午时分到了义村。

向周天佑了解过基本情况，又走访了几家农户，看了看生产、生活情况，齐麟童到周大胆家吃“派饭”。

四十六岁的周大胆有八个女儿，为了要儿子庆生，一直生到了第九个。九个孩子，八个是“黑人”。家，只是三间用木条子撑起来的茅草屋。

齐麟童看着茅草屋，心里想起了杜甫的《茅屋为秋风所破歌》。再看看一群衣衫褴褛的孩子，周大胆属于典型的“越穷越生，越生越穷”。今年大旱，周大胆耕种的数十亩土地又要歉收，要养活九个孩子，还不知道该怎么过。

齐麟童抚摸着庆生的头，说：“都是为了生你。”放下了五百块钱。

全村的人用黄泥土筑起墙壁盖的三间房子，一间由村“两委”占用，另两间是村小学的教室。

周天佑说：“我只管事，不收钱。村里会尽量帮助这些‘黑户’解决子女上学的问题。”

齐麟童同村里仅有的三个党员进行了座谈，记下了群众生产、生活中亟待解决的二十多个具体问题。

从义村出来，齐麟童到了清溪县，与县、镇干部商定，采取“市里出一点、县里补贴一点、群众负担一点”的办法，帮助义村逐步摆脱贫困。

针对残疾人周满囤没有劳动能力，为供养上大学的养女，欠了两万多元债的实际问题；患淋巴癌的低保户周利民没钱医治，只能躺在家中痛苦地呻吟的情况，齐麟童要求清溪县委县政府予以妥善解决。

“衙斋卧听萧萧竹，疑是民间疾苦声。已经解决温饱、人民生活总体达到小康水平的基础，全面建设小康社会任重而道远。”齐麟童语重心长地说。

从义村回来，狄清歌回到家就躺在了床上。但又睡不着，从枕头底下拿出《人间词话》仰到床上胡读起来。

焉红收拾完锅碗走过来，伸着手问道：“工资发了？”

狄清歌起身拿过裤子，把钱掏出来，给了焉红。焉红看了看，说：

“三百，就发了这么点？”

三十七　妖童媛女

狄清歌说：“捐了两百。”焉红问：“捐给谁了？总得告诉我吧。”狄清歌说：“义村。”焉红说：“又做好人了。”狄清歌没说话，拿起书又看起来。

词以境界为最上。有境界，则自成高格，自有名句。五代、北宋之词所以独绝者在此。

有造境，有写境，此“理想”与“写实”二派之所由分。然二者颇难分别，因大诗人所造之境必合乎自然，所写之境亦必邻于理想故也。

有有我之境，有无我之境。“泪眼问花花不语，乱红飞过秋千去”，“可堪孤馆闭春寒，杜鹃声里斜阳暮”，有我之境也。“采菊东篱下，悠然见南山”“寒波澹澹起，白鸟悠悠下”，无我之境也。有我之境，以我观物，故物皆著我之色彩。无我之境，以物观物，故不知何者为我，何者为物。古人为词，写有我之境者为多，然未始不能写无我之境，此在豪杰之士能自树立耳。

无我之境，人惟于静中得之。有我之境，于由动之静时得之。故一优美，一宏壮也。

“书蠹，又埋在你的书里西风凋碧树。”焉红坐过来说。狄清歌嘿嘿地笑了，说：“有句话，叫‘最是读书滋味长’。”焉红见狄清歌心里还是书，不高兴了，说：“读书那么有滋味，娶我干什么？我没有不让你捐，是跟你说说话。你说说，读书，有什么滋味？”狄清歌想了想，笑道：“有你，无我。”焉红也咯咯地笑了，说：“你是忘我呗。”

焉红一个“忘”字出口，狄清歌“哎哟”一声，翻身下床跑了。

狄清歌好几天没给月橘浇水了。

月橘，是焉红生下兰儿那年回中人城，看到颍峰山中一蓬蓬月橘盛开着黄色的花簇，芬芳又旖旎，喜爱至极，挖了一棵带到顾城拿盆栽上，说是有了兰儿，就要有个期盼，况且狄清歌爱读书，以藏书、避蠹。从小养到大，都有感情了。

焉红像爱兰儿一样养护月橘，浇水、施肥、剪枝，月橘竟也似懂了焉红的一片心，茁壮生长，四季里开得花团锦簇。黄色的花朵，沁入心脾的芳香，让焉红对月橘更加呵护。

兰儿也喜欢看那黄色的花儿，更喜爱闻那黄色的花儿散发的香气。焉红、兰儿喜爱月橘，狄清歌自然也如焉红似的对月橘也像对兰儿一般爱护。

“室雅何须大，花香不在多。”一间小窝，一架的书，一棵月橘，书香、花香，满屋的芳香。

狄清歌细心地给月橘浇了水，回到床上。焉红问：“‘韶华一世，唯有读书。’我喜欢你读书。没给桃树浇水？”狄清歌说：“你喜欢我读书，也支持我看书。你喜欢桃花，却不给桃树浇水。”焉红说：“桃之夭夭，是你浇灌的？今后，给桃树浇水，给月橘剪枝，教兰儿学习，还有家里的活儿，都是你的。衣服，你会洗，但做饭，你不会，要学。”狄清歌听着焉红说话，知道是在撒娇，于是笑道：“我什么都会了，你的价值从哪里体现？”焉红笑道：“你必须做，心里有我有兰儿，这也是境界，家庭境界。”狄清歌笑笑说：“我有的，是人生境界。‘正其义不谋其利’。”

焉红推了狄清歌一把，说：“问境界究竟为何物？只在你我心中。刚才看电视，那些刚刚获得‘两弹一星功勋奖章’的科技专家，都是几十年埋头苦干。境界，不是挂在嘴上的，是潜在心里的。”

狄清歌说：“是啊，科学家们为国家不舍昼夜，何曾溢于言表？潜心于一门心思搞研究，是最崇高的境界。还有隗志远，英勇作战，为祖国牺牲，都是崇高在胸，境界在怀。”

焉红说：“有胸怀自有境界。要不然，给嘉山换‘绿颜’，那么艰苦，你都没有惧怕。哎！为什么是你去？是不是被——”

狄清歌想了想，说：“好多人都去了。那些日子，那几个月，虽然艰苦，收获却很大。”

焉红说：“你还有收获了。脱了几层皮？磨破了几回手？烫伤了几块肉？”

狄清歌说：“这不都长好了。”

焉红问："你收获什么了？"

狄清歌说："我，意志坚强了，品质提高了。更重要的是生态价值，也许今年看不出来，过五年、十年、二十年以后就看到了，无法估量。等我们老了，去享受绿水青山的时候，才知道付出是多么有价值。"

焉红想了想，说："或许，我们看不到呢。"

狄清歌说："留给后人吧。前人栽树，后人乘凉。"

焉红又想起了什么说："翟常乐说请我们一家人去老饕馆吃苏东坡红烧肘子，喝中山松醪酒。"

翟常乐有钱了。

李茂才甫一到任，即出台了一个《关于搞活医药市场的意见》。

颍水活跃着相当一部分头脑灵活的人，跑关系，进医院，经营医药生意。这一行为虽属倒买倒卖，但因为差价小，价格低，很受医院欢迎。

市场经济条件下，任何经济行为，都应当守法依法。建立市场，有利于吸引制药企业投资建厂，引入制药公司发展生存，也能为这些头脑灵活的人创造条件，使他们具有合法的身份。这是一项利民利市的好事。

相关文件相继出台，要求卫生、商业、食品、药监、工商、税务及医药公司敞开医药经营市场，凡申请登记从业者，一律予以办理相关证照，不得刁难，不得以种种借口拒绝办理，同心协力打造一个闻名全国的市场，为繁荣经济、强市富民创造良好的条件。

过去偷偷摸摸搞医药经销的人扬眉吐气了，大张旗鼓地贩卖起中西药来。人潮攒动，店铺林立，药企进驻，客商云集。

颍水市医药市场营业额如火箭一般直冲蓝天。

翟常乐也不再卖豆腐、倒腾破铜烂铁，而是向医院销售起药品。

第二天，狄清歌和焉红欣欣然地去了。

苏可乔没在。胡聊过后，狄清歌、焉红和翟常乐各自走了。

工作时紧时松。这天，狄清歌坐在办公室，工作上没多少事情，心里有些焦躁。

写了会儿"山流水"上那些不认识的字，竟然不似先前那么顺当了。

也是近日微感风寒，狄清歌的喉咙火烧火燎地疼，遂把李茂才送的颍峰茶拿出来泡上一杯。顿时，满室飘起红山药一般的甘甜香气。

喝了几杯，嗓子有些舒畅了，也有了尿意。茶水利尿，狄清歌迈步出来，向卫生间走去。楼道里一片寂静，从市委大楼后面飘来市一中学生琅琅的读书声："树色一例是阴阴的，乍看像一团烟雾；但杨柳的丰姿，便在烟雾里也辨得出。树梢上隐隐约约的是一带远山，只有些大意罢了。树缝里也漏着一两点路灯光，没精打采的，是渴睡人的眼。这时候最热闹的，要数树上的蝉声与水里的蛙声——"

狄清歌听着，兴趣上来，跟着念道："于是妖童媛女，荡舟心许；鹢首徐回，兼传羽杯；櫂将移而藻挂，船欲动而萍开。尔其纤腰束素，迁延顾步；夏始春余，叶嫩花初，恐沾裳而浅笑，畏倾船而敛裾。"

从卫生间回来，狄清歌坐在电脑前随意翻看着新闻。

"咚咚"，有人敲门，狄清歌忙说了声"请进"。

一个人满脸堆着笑走进来。

看着这张笑脸，狄清歌觉得似曾相识。来的人多了，有汇报工作的，有办事的，还有有事没事都想和齐麟童攀点关系的。狄清歌想不起来者何人，遂眨眨忧伤的眼睛，问道："你是？"

来人笑着自我介绍说："小狄，不认识我了？我是颍水市公安局的，你家乡的，在全市优秀人民公仆表彰会上见过。"

优秀人民公仆。哦，狄清歌想起来了，那个以"与时俱进，做好新时期公安工作"为题，做大会典型发言的副局长。

座谈时，齐麟童曾和这个副局长交谈，只是，名字忘记叫什么了。狄清歌不好意思问，反正是家乡来的人，自然要热情，赶忙把副局长请进屋。

副局长笑嘻嘻地问候了几句，话归正题上，说："我想向齐书记汇报县级综合治理工作。"

县级综合治理，那是县委书记才能向齐麟童汇报的，猴年马月也轮不到一个副科级领导干部直接汇报。

本来，狄清歌想说"齐书记在开会"，但转念一想，有件事正需要办，也不知道姓甚名谁，遂说道："在办公室，我去请示。"起身走到门口外，眨巴眨巴忧伤的眼睛，扭头问："我该怎么请示齐书记呢？说——"

副局长也是聪明人，知道是问自己的名字，忙说道："颍水市公安局的杜福增请示工作。”

“好的。”狄清歌知道了来人的名字，答应了，心中一动，说：“哦，对了，有件事要请你帮忙呢。”杜福增赶忙说：“还跟我客气，你的事就是我的事。你说我办。”

狄清歌问：“在派出所工作了八年，还是个副所长。要是进城，多照顾一点家，这样的事儿怎么办？”杜福增说：“想进城，在局里还是在城区？”狄清歌说：“是有人问我，我不懂，正好问问你。”杜福增笑着说：“把名字告诉我，回去就提到局党委会上研究。我的意见是到刑警队，既进城又当副队长，日后再图更大的进步。在乡镇老干治安管理，婆婆妈妈的，长不了能力。”狄清歌说：“我先表示感谢，回头找你。”杜福增说：“谢什么，嘴唇一动就能办的事。”

狄清歌请示过，把杜福增引进齐麟童的办公室，回来刚要坐下，一个女子站在了门口。

女子对着狄清歌笑道：“侬好！”

狄清歌看了女子一眼，似曾相识，却想不起来，问：“喊我吗？”女子笑着说：“是，喊侬。”狄清歌问：“我们认识吗？”女子依然笑着说：“是，侬喝过我的茶，在‘洗心亭’。”

喝茶，狄清歌猛然想起来了，忙说道：“对对，喝茶、洗心。生意好吗？”茶西施说：“不好呢。本来游客就不多，还有一些不三不四的人耍横，要茶不给钱。”

清平世界，朗朗乾坤，竟然还有此等无赖。狄清歌想了想，问：“你怎么找到我的？”茶西施说：“我不是来找侬啊。看电视，我才知道，你们说的那个‘老板’是市委书记。我是来求齐书记的。”

狄清歌倒上一杯水，说：“我沏的茶可不如你的香。”茶西施依然笑着，说：“笑话我。我是挣钱吃饭，侬是喝茶工作。”接过茶杯，闻了闻，道：“这是颖峰茶。”狄清歌问：“是。你是为茶园的事找齐书记？”茶西施的脸红了，不知道是笑红的还是生出的红晕，说：“是想给我儿子取个名字。”狄清歌龇牙一乐，说：“名字，都是父母所赐，怎好找别人起呢。我的名字，虽然说不好，但赖名也是我爹起的，我只能叫这个。就是叫我狗剩儿，我也不能改。”茶西施笑得眼里闪出了泪花，说：“我老公小时候就叫狗剩。”

“老公，虽然民间夫妻之间互称‘老公’‘老婆’，蕴含着相濡以沫、恩爱长久的愿望，但太监也是这个称呼，刺耳。相公，怎么就不用了？既有文化，夫妻又相敬如宾的。”狄清歌想了想，笑道：“赖名好养活，叫什么也就是个称呼。”茶西施笑着摇摇头，说：“我希望，我儿子将来有文化长出息，所以要起个好名字。”狄清歌笑着说：“有心气。不过，找齐书记，这样的事恐怕不行。”茶西施笑不出来了，着急地问道：“那怎么办？那怎么办？”

狄清歌心里不落忍，说：“别急别急，你等一下。”

一刻钟的时间，杜福增从齐麟童办公室出来了，见狄清歌面前坐着个女的，也没多说什么就走了。

狄清歌对茶西施说：“你稍等，我去请示。”说过，便去了。

不一会儿，狄清歌回来了，对茶西施说：“跟我来吧，齐书记还记得你。”“真的？”茶西施眼睛一亮，脸上又挂起了笑。狄清歌说：“还不是你的三杯茶好，破了齐书记的孤闷。”

三十八　杀出一条血路

一开三大间，四体白壁、实木座椅、正面一幅字匾，王体的“君子行健”俊逸又飘洒。齐麟童在椅子上坐着。宽大的办公桌，与人相隔甚远，威严立生。桌上一盆硕大的墨绿金麒麟，威风凛凛。

茶西施头皮发麻，不由得蜷了下身子。

齐麟童站起来，含着笑对茶西施说：“请坐！”茶西施看看狄清歌，狄清歌指着齐麟童办公桌前的椅子，说：“坐那里，好说话。”茶西施趋前几步，半依半靠着坐在椅子上。齐麟童坐下，笑着问：“要给儿子取名字？”茶西施笑着点点头，说：“不应该麻烦齐书记，但我们家乡有个习惯，孩子的名字都请当官的起。”齐麟童笑着说：“为人父母，这样的事理解，我也尊重你的习惯。喝过你的茶，我至今记忆犹心。你来这里做生意，是看到我们这里有发展前景，是为我们增添建设力量来的，应该得到尊重和感谢。因此，也要让你们在这里如在老家一样。安商、尊商，经济才能繁荣嘛。”茶西施笑道："大道理我不懂，就是给齐书记添麻烦。"齐麟童笑着说："起名字，应该找狄清歌。他饱读诗书，满腹经纶。"狄清歌说："我那都是些鸡零狗碎的，况且不是官。起名字，是上讲究的事，齐书记有才气有官威，最适合不过。"狄清歌转脸对着茶西施一挤眼，又道："非得齐书记，你儿子的名字才会起好。"茶西施领会了，笑着说："当然，谁有齐书记的才气和官威呢。"狄清歌和茶西施一唱一和的，把齐麟童捧笑了。

齐麟童笑过，说："也好，借此机会传扬顾城人民热情友好的心意。自古以来，是北方人把先进的文化、先进的生产技术带到江南，最有名的就是黄道婆教人们纺纱织布嘛。但对于商道，北方人不及江南人精明，还需要更多的江南人来这里经商，繁荣我们的市场。没有税收，何来财政？没有纳税人，何来税源？还希望你生意发达，多多纳税。千古运气万世名，起名字，难！"齐麟童说"难"，让茶西施以为是推辞，着急地看看狄清歌。

狄清歌说："起名字吧，在早年间，人们生活贫穷，给孩子起个孬名好养活，叫狗蛋、破盆什么的，大人们叫着自然，孩子们也不嫌臊。为了孩子长命百岁，取名留柱、铁蛋、石头。现在，以'奇'为荣耀，谁的名字奇葩谁爆红，有人名叫'是朕'，一个姑娘竟然叫'王冫宀'，寓意'冰雪聪明、甜甜蜜蜜'。"

齐麟童笑道："声音之俊，文字之美，才是中华文化的精髓。容我考虑几日，好吗？"齐麟童答应了，茶西施喜不自禁地说："好！齐书记，我给您带了包茶。请您收下。"说着，拿出一包颍峰红放在办公桌上。齐麟童连忙推辞道："不好不好。请你收回去。"茶西施说："我的一点心意，您就收下吧。"齐麟童说："那，我只有谢谢了。还有什么困难吗？"

茶西施说了医疗和养老保险上的难处。齐麟童说："会解决的。办公厅用过你的茶吗？"茶西施说："不好意思给领导找麻烦。"齐麟童对茶西施说："刚有些成效，要大力支持。清歌，你带着去找赵秘书长。"

正说话间，项于飞来了。看到茶西施，说："我正要向齐书记汇报的工作，关系到你。"茶西施说："怎么会？"项于飞说："是社会保障工作，是民生之安，关系着每一个人、每一个家庭的福祉。"茶西施说："谢谢国家！"项于飞要向齐麟童汇报工作，狄清歌引着茶西施找赵怀德去了。

过了两日，狄清歌告诉茶西施说，齐书记为其儿子取名"嘉赟"，并做了解析：含义美好，才智优秀，生发无穷，但需坚韧不拔。

齐麟童去省委开会了，狄清歌难得睡了一回懒觉，到九点才起床。

焉红送过兰儿上学，早已经上班去了。狄清歌刷牙洗脸，喝了碗粥，从家里走出去。还没走出崔家胡同，就见翟常乐从中山大道拐了进来。

狄清歌停下脚，忙着招呼说：“常乐，你怎么来了？”翟常乐说：“你要上班？都什么时间了。刚才，我去你办公室，你还没到，我估计你还在家，就找来了。”狄清歌说：“齐书记去开会了，我也没有要紧的事，就睡了个懒觉。走，家里去。”返身就要往家走。翟常乐却说：“我就不去了，还有事。”狄清歌又扭过身来，说：“你不去家里，我还怎么面对你。”翟常乐笑了笑，说：“咱俩还客气。”狄清歌问：“你去哪儿？”翟常乐说：“我到顾城来，就是逛逛。但是，怎么也要见见你。”狄清歌说：“既然是逛，把绿翠儿也带来呀。”翟常乐说：“她忙。”狄清歌笑道：“也是个‘部长’，虽然是小卖部的，但也忙。中午下了班，我在家等你。哦！常乐，你的腿怎么一瘸一拐的？”翟常乐答应说：“没事，扭了一下子。”

从崔家胡同出来，到了中山大道上，翟常乐说：“上车吧，我送你上班。”拉开车门上了车。狄清歌看了看，问：“新买的？”翟常乐说：“有几天了，刚上车牌。”狄清歌看了看，问：“这是什么车？”翟常乐说：“看看那标，奥迪A6。”狄清歌吃了一惊，说：“你开这么好的车？”又看看拍照，“一三五七九”，都是奇数，寓意“唯我独尊”。

狄清歌不敢坐了，说：“我还是走着吧。你去忙吧。”翟常乐说：“那，中午一起到老饕馆吃苏东坡红烧肘子去。”狄清歌答应说：“好！我上班去了。”往东走去。翟常乐则开起车朝西驶去。

翟常乐到顾城好几天了。最近，翟常乐的小便流脓，怕是得了性病，吓得赶忙到顾城来治疗。说逛逛，实际是去打针。

翟常乐没有在市人民医院看，是按着电线杆上的小广告找了一个诊所。

在诊所里做过“检查”，“医生”说翟常乐得了梅毒，要注射特效药“大油”，治疗时间为一个星期。一听到自己得了梅毒，还有性命危险，翟常乐心里害怕，只好撅起屁股，龇牙咧嘴地让“医生”把一针管稠乎乎的液体推进去。

中午，狄清歌等到了翟常乐，问："看了？"翟常乐半块屁股坐在椅子上，说："说是累着了扭的。不要紧，贴几天膏药就好了。"狄清歌说："你有钱了，还那么拼命。"翟常乐说："'坐吃山空，立地吃陷。'家里还一大帮子人呢，都要钱花。我想着干点事，考察了几个项目，都下不了决心。走！去老饕馆，边吃边说。"

到了老饕馆，翟常乐却不敢坐了。

狄清歌问："你屁股上长蒺藜了还是长痔疮了？"翟常乐龇牙咧嘴地说："早晨还能坐，这会儿不敢了，俩屁股蛋上都是大疙瘩。"狄清歌问："怎么回事？你不是说扭着腰了。"翟常乐说："腰没事，是扎针扎的。"把去小诊所打针的事告诉了狄清歌。

狄清歌听了，数落道："要你去市人民医院，你非去电线杆子上'一针见效'的地方。那地方去得？"翟常乐说："怕被人知道。"狄清歌说："你干什么坏事了，弄得去那个地方？要是绿翠儿知道了，不能饶了你。你得提高素质，相信医学。"

翟常乐耷拉着脑袋不说话，任由狄清歌没头没脸地责怪。

吃过饭，狄清歌陪着翟常乐去了市人民医院。

狄清歌不能去找柳疏影，而是去了泌尿科。

医生看看翟常乐的屁股，说："是泌尿系统感染了病毒，别害怕。另外，打针的方法不对，抹碘酒，没用酒精球脱碘。'大油'就是浓缩的青霉素，没那么贵。输七天青霉素。"

在市人民医院输过七天青霉素，翟常乐身体的炎症下去了。

鹅毛般的大雪昼夜不停地下了两天三夜，苏东坡双槐披上了银装。

天象晓一色，浩然天地中。

齐麟童前脚从省委开会回来，林春阳带着省项目考核组踏着皑皑白雪又到了。

听汇报、查资料、看项目，考核过，林春阳和齐麟童、王鲲鹏交换意见，说："把各市的项目建设情况综合起来看，顾城不在前列。要加强培育县域经济的'四梁八柱'，支撑起全市经济的大发展。基层干部年轻化，才有朝气、有干劲，才会勇创新成绩。”

元旦未至，全省项目考核排名已出。顾城在十六个市中位列第九位。一个千万人口的大市，人均水平也远远落后。

齐麟童坐不住，王鲲鹏的脸上挂不住了，急忙查找问题，加压促进。

齐麟童抑扬顿挫地说：“要杀出一条血路！上一个大项目，顶说一百句大话、漂亮话。多上几个大项目，才会在全省有地位，在全市人民心中竖起丰碑。要求大发展，最根本的内在含义是项目的建设、经济的发展……”

王鲲鹏眯着眼自我检讨道：“这次考核不利，项目建设落后，市政府是项目建设的主力军，我应该有一个承担。其原因，第一，始终扭住经济建设不放松，把发展作为第一要务，口号很响，但事没做好。应进一步加强责任制，要定任务、定措施……”

为扭转被动局面，市政府将新一年的GDP增长率定为12%，并出台了《招商引资大比拼，跨越式发展工作方案》。

齐麟童说：“跨越式发展震天响，响就响在‘不是全面、平行地推进，而是一种非均衡的发展’，谁发展了是谁的。要跳起来摘桃子，谁摘了是谁的。大项目才能带来大发展，以大项目促进经济发展。”

同时，他对市政府各位副市长的分工进行了调整。

项于飞作为副市长，主抓项目建设。

趁着国家发改委加大项目审批力度、密集放行项目建设之机，项于飞进驻市政府“驻京办”，抢到了一个即将审批给唐城的“十一五”计划项目——发电厂。

发电厂竣工后，年产值可达到四十亿元左右，税金将有四亿元，能占到财政收入的百分之二十五，对全市经济具有第一拉动作用。后续的投资，也会源源不断。

为发电厂项目，齐麟童专门召开了一次全市三级领导干部大会。

在会上，项于飞介绍了跑项目的艰辛：“跑来发电厂项目，可谓虎口夺食。为何这样说？发电厂业已选址我们的邻市——唐城。若非超乎寻常的举措，发电厂项目已落入他人之手。”

齐麟童宣布鉴于项于飞同志在项目建设中做出的突出贡献，经省委批准，项于飞改任顾城市委常委、顾城市人民政府常务副市长。

引来发电厂项目落户，财政就有了可靠的保障。多年来，一要吃饭、二要建设的局面一下子就可以扭转了，干部、教师的工资有了着落，还将有大幅度提高；财政宽松，有钱投入，城市面貌将会美起来、靓起来；机关工作将会正常运转，车跑起来了，工作效率也高了，各项事业发展也将驶入快车道；卖小葱的、贩豆腐的、烙大饼的、摆地摊的也将会取消税费，赢得民心；还将有更多的资金投入到引进项目上，形成良性的招商引资局面。柱梁之基牢了，财政的金库里票子满满的……

对于项于飞的任命决定，全市领导干部报以持久而热烈的掌声。

最后，齐麟童提出要求："跳起来摘到桃子，体现的是拼命干精神。桃子摘到了，下来我们应该怎么做？人本来是有很大潜能的，但是往往会对自己或对别人找借口'已尽力而为了'。我们是尽力而为，还是全力以赴？要拼命！要拼比魄力，拼比作风，拼比能量，为顾城跨越式发展多抢几个支柱项目、立市项目，让全市人民生活得更加美好更加幸福。"

三十九　长桥巧遇

发电厂定址颍水市，背靠颍峰，近取颍水。

李茂才由悲转喜。

顾城的医药市场被国家取缔了。

其时，李茂才正在观看颍水电视台播出的专题片《旭日东升》。

画面中红日冉冉，东升漫漫，金色的霞光里李茂才睿智而又深远，铿锵有力地说："站在一个历史的新高点，颍水市即将进入一个辉煌发展的时期。市委以非凡的领导力，为人民开辟了一条全新的发展之路。"镜头展现出医药市场画面……

一些违法经销、涉嫌销售假冒伪劣药品的人也被刑事拘留了。

其中，有翟常乐。

八月八日八点八分，吉时吉刻，发电厂项目举行了隆重的奠基仪式。

发电厂征地的任务也落在李茂才肩上。

奠基礼成，各忙其事。一个冬天过去，欢欢喜喜过了大年，苏东坡双槐的枝丫在三月小阳天里又吐新芽。项于飞约狄清歌去老饕馆。

狄清歌刚回过中人城，恰好有事要找项于飞，遂欣欣然地去了。

为了彻底治理乱收费、乱集资、乱罚款的“三乱”现象，省政府实施了农村税费改革：“三个取消、一个逐步取消、两个调整、两项改革。”乡统筹费、农村教育集资没有了，但调整后的农业特产税，村里那苹果园要缴很多税。赵支书说苹果园是开垦的荒山，要狄清歌想想办法，少交点。

沿着中山大道，狄清歌和项于飞向东漫步。突然，狄清歌想起了一件事，说：“赵支书要我问你，农业特产税能不能少交点。”项于飞答道：“那是税，不能讲情面。”狄清歌说：“村里好几亩的苹果没了。”项于飞说：“依法纳税，国富民强。你没看宣传口号吗？”

天刚暖，女人们已经穿起了丝袜，白皙的皮肤隐约可见。街上，刺青的光头横行向前，其气势远远盖过了女人的诱惑力，迫使行人远远地绕过去行走。项于飞看了，头发直刷刷地竖起来。狄清歌背上，冒出了丝丝凉气，拽着项于飞折向都府胡同。

走进都府胡同，项于飞瞪着眼向狄清歌问道：“这是怎么回事？”狄清歌嘴里抽着凉气，说：“去年，张达发搞拆迁，动用了三十号刺青的光头，把前来阻止拆迁的人打倒了三五个。”项于飞想了想，说：“有这事。有几个人受了轻微伤，张达发为此拿出一百万。”狄清歌说：“不过，此事有两种说法，一个是不予追求法律责任，一个说是他找人摆平了……”

…………

项于飞和狄清歌东一榔头西一棒槌地拉呱着，不知不觉地走到了颍水桥。

“嗨！哪儿去？”随风飘来一声问，话语中半含幽怨半含嗔怪。

项于飞和狄清歌忙朝着声音看去。

桥上，站着柳疏影。

项于飞和狄清歌刚要朝柳疏影走过去，柳疏影已经衣裙摆摆地走过来，问：“聊什么呢？这么开心。”

项于飞笑着说：“相逢不如偶遇。真是‘说曹操，曹操就到’。”柳疏影问道：“谁说我来？说我什么了？”项于飞指指狄清歌，说：“他说你，走路似依依柳，站着如俏芙蓉。”狄清歌瞪了项于飞一眼，对柳疏影说：

"此人近来毛病见长，净睁眼说瞎话。"柳疏影白了项于飞一眼，说："都秋扇见捐的年龄了，还逗。"

"我成了风箱里的老鼠，两头受夹板气。'人生若只如初见，何事秋风悲画扇。'纳兰性德的《木兰词》写谁的？"项于飞问。柳疏影怕项于飞还开玩笑，反转着批评道："看看你们俩穿的，一个衣衫板正，有官体；一个懒散随意，像颗老土豆。相亲相爱的同学，差距这么大呢！"

项于飞穿得西装革履，狄清歌穿着一件灰不溜秋的夹克。

狄清歌说："穿衣戴帽，各有所好。"项于飞则说："不是开会，随心性。清歌嘛，信奉那句'粗缯大布裹生涯，腹有诗书气自华。'"狄清歌说："学不来苏东坡的才情，但其精神应传承。"柳疏影说："你们俩性格不一样，感情怎么会这么好？"项于飞反问道："你和焉红、千色还情感共鸣呢。昨天，你们不都流泪了？"

昨晚，花千色约焉红、柳疏影去家里玩。三个人一边聊天一边看电视剧，看着看着就流泪了。花千色偷偷拭去眼角的泪花，觑眼窥焉红和柳疏影，焉红的睫毛湿了。焉红见花千色瞅自己，说："你瞅我干吗？瞅疏影。"柳疏影对焉红说："你让千色瞅你。"柳疏影、焉红、花千色互相瞅了瞅，原来眼睛里都有泪花。

柳疏影笑了笑，说："大长今，挺感人的。纯真、善良，美好的品德让人产生共鸣。你说，宫廷里的人怎么那么坏呢？"项于飞想了想，说："一个权，让人争斗不已；一个势，让人争宠不休，因此而千方百计地残害无辜。心地善良者，无害人之心，往往遭人暗算，被诋毁，被打压，甚至失去性命。人无害虎意，虎有食人心。"狄清歌借机说道："恶人有意而为之，十恶不赦，必遭天谴。生活中，有人被恶人所害，以及害累，累者须不以所害者为恶者。"

项于飞听了，问："者，者，者，说个话怎这么绕口。哦，明白了。清歌重情重义。"

柳疏影听了，则笑道："明白什么了？小心眼儿。我爸都说他——"狄清歌忙问道："柳老师说我什么？"柳疏影说："上课都带情感。"项于飞说："那没错，语文课的教学目的就是要培养学生的情感。老师没有情感，犹如死潭不泛涟漪，何以造景起风情。"柳疏影笑道："'清风徐来，水波不兴'，也能让人生发出一种平易的生活情感。”项于飞笑了，说：“让你这么一说，我和清歌也情感共鸣了。”柳疏影摇摇头，说：“是情志相同。”项于飞点头道：“你说得确切。高中那时候，各自读书，清歌靠天分，我靠发奋。家里穷，带点干粮填补肚子，我都不让人看见，因为自己带的是黑面干粮。但是，我嘴里吃着黑面干粮，心里充满了发奋读书、改变生活的激情。”

狄清歌说过“三者”，心里感到无比舒畅，说话也流利明快起来：“我不刻苦用功？日夜不辍。‘一分汗水，一分收成。’爱迪生都说，天才是百分之一的灵感加上百分之九十九的汗水。”柳疏影笑了笑，说：“感情深厚。”项于飞说：“除了感情深厚，现在我们俩之间更主要的是能够批评与自我批评。”柳疏影说：“‘观于明镜，则瑕疵不滞于躯；听于直言，则过行不累乎身。’古人早已经把话说透了。批评使人谦虚进步。”项于飞说：“做好批评与自我批评，才能全面认识自己的缺点和不足，提高自我，完善自我。”狄清歌说：“时时砥砺，在砥砺中清除思想上的污垢和灰尘；不断交锋，在交锋中消除行为上的懈怠和散漫。”柳疏影说：“‘吾日三省吾身’，有自省没有批评，会囿于一己之感悟，是狭隘的、不全面的。”

狄清歌说：“我们不能只栽花、不种刺儿。当然，歌唱美好，赞颂幸福，是人所共愿望的。只是，还有心的荒漠，胸中不毛的山峦，需要广植荆棘，涵养水源以滋润心田，最终方能浇灌出鲜艳的花朵。”

项于飞听了，点头说：“清歌是说社会和谐美好，甜甜就不会丢了。疏影常在颍水边转转，兴许会看到甜甜呢。”柳疏影停了停脚步，说：“你们俩的好意我领了。不过，我有一言：身系国家，多为多担当，好让这大地充满阳光，盛开鲜花。走！四处走走，也不负这明媚的春光。”迈步走上中山大道。

四十　医国医民

在中山大道上悠闲地走了一段路，项于飞累了，垂头看看鼓囊囊的肚子，又看看狄清歌，虽然瘦得像个猴，但也有了囊囊肚，“哎哎”了两声，说：“三级士官，却长个将军肚。挺胸叠肚的，看着威风，其实走路都费劲。”问柳疏影有没有治大肚子的办法。柳疏影笑道：“我可不是治这个的。”项于飞哈哈地笑了，说：“身之有病，当求药医。现在，就当我们是医患关系。”柳疏影白了项于飞一眼，道：“我只是个治病的。孙思邈《备急千金要方》云：‘上医医国，中医医人，下医医病。’你是上医，上医医国，医国既医医又医苍生，也听听我们的疾苦。”

项于飞问：“以往，都是医生对病人动刀子。这回，对医院‘动刀子’，医生会好受？”

柳疏影和项于飞都是说市政府刚出台的《关于市属医院实行管办分离改革的试行意见》。

文件中规定：将医院管理权交予医院法人，实行政府监管下的医院自主管理，由政府购买公共服务，建立起权责明确、富有生机的医院管理新体制。

柳疏影说：“走上市场化路子，医生数量、床位数量都有明显增长，医疗服务的技术水平、内部运转效率也大大提高了，但在结构上不均衡，医疗服务能力的城乡差距也在扩大，市人民医院的高级诊疗设备赶上了西方发达国家，农村的公共卫生和医疗服务能力下降，农村出现了缺医少药的问题……”停顿了一下，柳疏影接着说，“谁能理解医生？唉！上台易，下台难。”

项于飞不解其意，问：“医生怎么会‘上台易，下台难’？”

柳疏影说：“举个例子。有一次，我做一例卵巢癌肿瘤细胞减灭术，盆腹腔广泛转移非常严重，盆腔包块切了两个小时，包括膀胱部分切除；大网膜转移瘤切除两个小时；清除盆腔及腹主动脉旁淋巴结，包括血管损伤止血两个小时；结肠癌转移肠切除造瘘两个小时；手术做完了，还要再答疑两个小时。从早上八点一直到下午四点，八个小时。你说，下台难不难？”

…………

平阳路口那边，是金街，店铺林立，商贸繁华，人来人往，一片热闹。

三个人踱进了苏东坡文化园。

槐花方生，幽幽地散发出清香。

项于飞问起甜甜的音信，柳疏影说已经采集了DNA，公安、民政、“打拐办”等部门正在查找。

正绕着荷塘漫步而行间，狄清歌忽然说道：“这个时节，有烤红山药卖吗？”项于飞吸了吸，说：“是有股红山药的香甜味。”抬眼观看，一间廊房的门楹上横挂着“颍峰茶特卖店”的匾额。

狄清歌说："红山药的味儿是从那里飘出来的。"

走了半天，正有些口渴，项于飞说："进去尝一尝，润润喉。"

"各位宾客，欢迎来品茶。"三个人刚要迈步走进店里，一句吴侬软语早已动听地响到耳边，随之一个女子轻移身段迎过来。

狄清歌看了，说："是你啊。"

项于飞也说道："见过见过。"

原来是江南女子茶西施。

茶西施看见狄清歌和项于飞，也笑盈盈地说道："哦，是侬呀。快请坐！"

项于飞说："你挑了个好地方。"茶西施一手拿起茶夹，笑道："星巴克都进驻了故宫，不许我来这清幽之境沾一分文化，增一分优雅？"

项于飞听了茶西施的话，甚是欢愉，对柳疏影和狄清歌招呼道："坐，都坐。"柳疏影也感觉茶西施清雅自然，一时间心中生出许多好感，笑盈盈地坐了。

狄清歌和项于飞也坐了，问："阿明呢？"茶西施随意答了句："承包了茶园，在那里忙呢。"说毕，用茶夹把三个洁白的小瓷杯摆在茶盘上，又托出一个茶盅。

茶盅的中央立着个老头儿，狄清歌看着老头儿感到奇怪，茶西施轻启朱唇问："品颍峰茶？在这乍暖还寒时，喝杯颍峰茶温中暖胃。"说毕，信手打开一个茶罐，又看了看柳疏影，"这位姐姐是——"

项于飞说："哦，忘介绍了，是我们的梨花淑女柳疏影。"

"切！"柳疏影白了项于飞一眼。

茶西施对着柳疏影叫了一声"柳姐姐"，拿起茶荷从茶罐里取些细长如眉、金黄色润的茶毫，放进洁白的茶壶，说声"白鹤沐浴"，用开水细细地浇过茶毫，洗了。

一股浓郁的红山药的香甜味飞入鼻子里，沁入心脾。项于飞点着头说："是这味。"

茶西施说道："纯正的颍峰茶。"项于飞说："不错。"茶西施又冲上水，问："你怎么知道？"项于飞说："我在那里工作过。"茶西施提起茶壶，说声"悬壶高冲"，把茶汤倒进一个洁白的茶盅。

老头儿，胸前有个黑痣，茶西施把汤倒到黑痣的地方，说声"观音入宫”，端起茶盅将汤徐徐倒进三个小瓷杯里。

茶叶随着水流的转动慢慢舒展开来，泛出一个金圈，馥郁的清香随即飘进鼻子里。

茶西施说声“春风拂面”，拿起茶簪轻轻撇去茶沫，汤灿亮起来。

“请用茶。”茶西施笑道。

柳疏影端起小瓷杯，啜一口入喉，顿觉鲜活甘爽。

茶西施笑问道：“姐姐品着还好？”

柳疏影笑道：“齿颊留香。茶好，妹妹嘴也俏。只不过——”

“怎么？”茶西施止住笑，瞪圆了眼看着柳疏影问。

柳疏影“扑哧”笑了，说：“我的眉还没有变俏，妹妹先失了容色。只不过，一盏只沁了心脾。添水，再饮过。”

茶西施笑容绽开来，说声“韩信点兵”，为柳疏影点了些水，说：“姐姐长得好，趣也逗得文。”

项于飞举起小瓷杯嗅了嗅，是薯香的味道，再啜口茶汤进肚，喉底回甘，嘀咕道：“江南云雾缭绕，沁润了茶的甘饴；我们这里无尽的霾，将仙品摧残为败叶。绝非橘生淮北则为枳。”又看看鲜亮金红的茶汤，感喟地说，“‘定州花瓷琢红玉。’一杯茶水形容成一杯红玉，也只有苏东坡感悟得出，再经幻化，即成了美妙的意象。”

狄清歌点点头，说：“《东坡志林》有确切的记述：‘今世真玉甚少，虽金铁不可近，须沙碾而后成者，世以为真玉矣，然犹未也，特珉之精者，真玉须定州磁芒所不能伤者，乃是云。’实意的琢，诗意的红玉。”

项于飞叹道：“花纹浸没于浓浓的茶水里，已影迹难觅不见其有无，连一丝涟漪都不会起，还能想象它琢动红玉？由具象产生意象，非文华之人不能生此妙。”

这套与“洗心亭”里不同的茶具，三个洁白的小瓷杯，一个中央立着个老头儿的茶盅。茶西施拿起茶盅，在三个小瓷杯中斟了茶。

狄清歌小心翼翼地端起茶盅，仔细地看着。

茶盅内有一个空心瓷管，瓷管下面通着杯底的一个小孔。瓷管上口和老头儿胸前的黑痣一个高度，老头儿的身下与杯底连接处有个小孔。

狄清歌看不明白，问茶西施：“这老头儿是干什么的？”茶西施说：

“铁拐李。”狄清歌说：“哦，还是个仙人。他在这儿干什么？”茶西施说：“主持公道。”狄清歌问：“怎么主持公道？”

茶西施说起公道杯的来历。明洪武年间，御窑厂烧制了“九龙杯”。在宴会上，朱元璋想让宠信的几个大臣多喝点酒，命人给他们的“九龙杯”中斟满酒，而几个总是直言进谏大臣的酒却斟得浅浅的。不料，满杯中的酒流失殆尽，而不满杯中的酒却点滴未漏。原来，此杯甚为公道，只可浅平，不可过满。为谨记从此杯的“公道”所得的启发，朱元璋遂将“九龙杯”改名为“公道杯”。

狄清歌听了，不解地问：“公道杯对贪杯者是个警策，对斟酒者是个检验。唉，酒器怎么成了茶盅？”茶西施说：“茶的冲泡非常讲究时间，几秒十几秒之差即会使茶汤质量大大改变。即使是将茶汤倒出的短暂时间，开始出来、最后出来的茶汤浓淡也非常不同。先把茶汤倒在茶盅内，茶汤浓度就均匀了。”狄清歌明白了，说：“还以为是铁拐李主持公道呢。”

茶西施再次分了茶汤。

项于飞、狄清歌和柳疏影一起饮了，起身要走，茶西施拎出三个鼓鼓囊囊的茶袋，说：“一点颍峰茶，泡水喝，祛病毒。年前广州闹肺炎，北京也有人感染了，预防点好。”项于飞说：“谢谢。还只是传说，看来不严重。”伸手去衣袋里摸钱夹，却摸了个空。狄清歌早估摸了茶钱，放下两百块钱，说：“看够不够。”茶西施忙说：“怎么能要你们的钱！赵秘书长用我的茶，生意好多了。”狄清歌说：“你是不让我们来喝茶了？钱必须留下。”项于飞抱歉地说：“我们喝茶，一定买你的。”

四十一　为了职业的圣洁

广东出现了一种怪病，中国称之为“非典型性肺炎”。“非典”从广东蔓延至香港、北京、山西……

苏东坡双槐刚刚长满一树的嫩叶，顾城就陷入肃杀之中，将防控“非典”作为头等任务。交通要道设岗，过往车辆停车受检，逐一消毒。机关、单位来客登记必查，村头、街口架起路障，外来人员一律不得入内。外出务工返乡人员不得进家，发烧者在村外搭个棚子，暂时居住，观察有没有发烧。

城市、村镇、街道，机关、厂矿、商店、学校，处处是战斗堡垒。人人成了战斗员。

李茂才暂时松了一口气，发电厂征地停下来了。

市人民医院建立发烧隔离病区，进入全面“备战状态”。

发烧隔离病区，防治“非典”的第一线，仅仅有传染科的几名医护人员远远不够，医院向全体医护人员发放了《困难申请表》。

很快，《困难申请表》都收回了，空无一字！

柳疏影第一个交回了《困难申请表》，第一个平静地走进隔离病房。

病房有几十个因发烧而被隔离的疑似病人，柳疏影逐一询问着：“发烧是否好些？”“胸闷的感觉是怎样的？”“咳嗽好些了吗？”“大小便正常吗？”“身上有劲吗？”了解后，与前一天的情况做过比较，再看看病人的嗓子、听听心肺，测血氧饱和度。检查完了，还要给病人讲病情变化情况，对病人进行心理安慰：“会好的。”“每天都要有好心情。”“你的病情大有好转，继续保持锻炼。”“我们一定会战胜恶魔，健康地回到家里。”……

防护服、口罩、眼罩、长筒胶靴、橡胶手套，柳疏影每天穿着五公斤重的“行头”忙碌在隔离病房，测体温、抽血、打针、输液。

隔离服、鞋套、手套、眼罩，全身不透气，汗水顺着身体往下流，衬衣裤子都湿透了。戴着两个多层口罩，呼吸困难，心跳每分钟得有九十多次，体力消耗非常大。

从病房出来，柳疏影要做一次消毒。摘掉口罩、鞋套、手套、眼罩放进消毒液中浸泡消毒，再脱掉防护服。闭上眼睛，用注满消毒液的喷壶从头到脚喷两至三遍，用肥皂洗两至三遍手，用特制的消毒液清洁鼻腔，用消毒剂漱口两至三遍，最后再洗澡。皮肤干裂了，鼻毛脱落了。

小汤山临时医院里的医生、护士，倒下了。

柳疏影一如既往地战斗在隔离病区。

疫情凶猛。防控“非典”，压倒一切。

齐麟童走进了发烧病区，亲切地问候过医护人员，鼓舞道：“‘沧海横流，方显英雄本色。’在病魔肆虐、人民生命健康遭到严重威胁的紧要关头，你们不顾自身安危，勇于牺牲。‘凡大医治病，必当无欲无求，誓愿普救含灵之苦。不得瞻前顾后，自虑吉凶，护惜身命。昼夜、寒暑、饥渴、疲劳，一心赴救。’《大医精诚》上这些话，正是对你们的光辉写照。你们以生命的名义，凭着一颗颗火热的红心，临危不惧、恪尽职守，以自己的血肉之躯救死扶伤，令人深受鼓舞和感动。市委市政府感谢你们！全市人民感谢你们！我相信，在国家的正确领导下，恶魔一定会被消灭，防控‘非典’工作一定会取得胜利！”

哪个是柳疏影？狄清歌从医护人员中没有认出来，只能向着他们深深地鞠了一个躬说：“感谢你们！”

一块钱一只的口罩涨到了五块，两三块钱一瓶的消毒液卖七元，八块钱一袋的板蓝根翻了一番，金银花的进价比一个月前每公斤涨了一百元。连解毒的大蒜都两块钱一头，顺气的大萝卜也十六块钱一斤。一切抗病毒药都卖疯了。

连日里，项于飞带领工商、物价等部门工作人员检查市场供应，查处哄抬物价的不法行为。

广东形成了一套综合治疗方案——大剂量的激素治疗，抗病毒药物的治疗。α-2b和ω，两种干扰素成为最紧俏的药品，想从天津华立达买一支，非得有通天的本领。

刚刑满释放的翟常乐，倒卖过几瓶“84”消毒液，提着两箱α-2b和两箱阿奇霉素坐飞机去了广州。

人民健康，重于泰山。

柳疏影每天早上提前半小时回隔离病区，给每位医生、护士、护工准备预防药物，并派发到手里。有发烧病人送进来，柳疏影先人一步测体温、听肺。

老林因发热咳嗽前来急诊。经查，老林患有冠心病，且处于心脏搭桥术后，短期内病情急剧恶化，呼吸困难，烦躁不安，面色紫绀，出现心力衰竭和呼吸衰竭。柳疏影将病床摇高使老林呈半坐卧位，同时给予面罩吸氧，接上床边心电图、血压血氧饱和度监测仪，静脉注射强心药、血管活性药、呼吸兴奋药，监测心率、血压、呼吸……两小时过去了，老林终于脱离了危险。柳疏影转身又去救治另一名患者……

市卫生防疫站的副站长缺岗、市二中的副校长擅离职守……查究了几个防控不力的干部，齐麟童感觉还不够，提出要求：“在这关系党和政府，关系经济发展、社会稳定和人民生命安危的时刻，全市各级组织都必须发挥作用，把各方面的力量都调动起来，把各方面的作用都发挥出来，出钱出力，防控‘非典’。”

市委、市人大常委会、市政协分别向共产党员、人大代表、政协委员发出了倡议书。张达发、姚宛等人捐钱捐物，苏可乔等文艺界人士慷慨解囊，热情犹如八月十五的钱塘江潮，分外高涨。

赵大同等一大批返乡的农民工被隔离观察。

防控“非典”工作骤然紧张，柳疏影严阵以待，日夜坚守在隔离病区。

防控“非典”，一日严过一日。

齐麟童和王鲲鹏忙着到区、县、乡、镇、村检查防控情况，进行工作慰问，看值班人员是不是都能到位，自身防护做没做好，吃饭能否保证，医院对疑似病人的隔离治疗是否尽职尽责。

苏东坡双槐灿烂地开过圣洁的花朵谢去了。

蝴蝶翩去，燕语呢喃屋梁。时令到来，专家论证说，“非典”病毒一样不耐高温。随着小汤山最后一例病人出院，世界卫生组织将中国从疫区中除名。

幸福居小区的房价又看涨了。

张达发正不知所以然，在全国房地产工作会议上，房地产业又往上提了一步：已成为国民经济的“重要支柱产业”。

项于飞在紧忙着储地，苻岑菿也忙着拆迁，张达发的房地产项目涨价了。

电厂征地又开始了。

四十二　往昔峥嵘岁月

抗击“非典”，狄清歌三个月没回过家。在家陪了焉红和兰儿两天，刚想回中人城去看看狄长生和隗天明，齐麟童要去嘉山。狄清歌也想去看看，跟着去了。

嘉县，大力开展“绿颜”行动，组织全社会力量，进行林业重点生态工程，在创建全国绿化模范县。

管众向齐麟童汇报了开展“绿颜”行动，实施六项工程情况：“环城绿”工程，环县绿、环城镇绿，消灭荒地；“县城绿”工程，建成一批森林景观，有公园、广场、生态园、苗圃和小游园；“通道绿”工程，有路必有树，两侧树成荫，视线无荒山，单位、单树种低水平绿化向宽林带、大骨架、多树种高标准绿化转变；“村镇绿”工程，按照生态绿化型、生态园林型、生态旅游型三种类型，全面铺开园林绿化，有生态园林村，有生态绿化村、园林游览村；“荒山绿”工程，退耕还林、天然林保护、嘉山绿化、世行贷款造林、国债造林、小型公益林，在荒山绿化中，把发展苗木、花卉、经济林、森林旅游作为重点，突出采种基地、母树林基地和百亩以上苗木繁育中心基地建设；“厂矿区绿”工程，企业投资搞好生产区、生活区的绿化，“一矿一企治理一山一沟”，参与大环境的绿化。

视察过“环城绿”工程，又看过“厂矿区绿”，齐麟童又登上了嘉山。

是日，天朗气清，惠风和畅。

嘉山上，漫山点翠。管众介绍说：“去年的集中治理已经有了成效，工作队员们付出了极大辛苦。过上三五年，嘉山将会披上重重的绿装。”齐麟童眺望着一株株盎然生长的幼苗，感慨地说：“千年嘉山，又返老还童了。子孙后代，也将庇荫于嘉山的绿荫之下。”

狄清歌看着漫山的点点翠绿，心中澎湃，眼前浮现出昔日的一幕幕。

狄清歌到的是小寨村。乍一开始，村里有不少人认为治山是“远水解不了近渴”，并奚落说：“我们在这居住多少年了，没看见过有兔子在这山上拉屎。”“费那劲，不如出去搞劳务。”“我们知道，把荒山开发出来，收入稳当，但我们现在不挣钱，日子就过不下去。吃粮、穿衣、看病、孩子上学、上交各种税费都要用钱。”“栽活十棵树，不如卖一天工。”……

狄清歌磨破了嘴皮子，有人怀疑说：“你干不了两天，第三天，你准跑。”狄清歌说：“我干三天没有跑，你们干不干？我和你们一起，在这山上栽树，干不干？”

一句话，把村里人将住了，说：“你都干了，我们一定干。”

狄清歌和邓支书扛起镐头，开着一辆三轮车，一头扎进了山里。一天、两天、三天，手磨烂了，他仍然没有跑。

邓支书对全村人吼道：“为了我们，清歌都不惜命了。作为热血汉子，我们就要和荒山斗一斗，让荒山换个颜色！”全村人被感动了，一起上了山，搬起石头，打土埂，挖鱼鳞坑。

早上，太阳一露头，狄清歌就和全村几百人上了山。夜幕降下来了，才下山。

七月的骄阳像一个火球，烧烤着嘉山。狄清歌搬着石头，干咽了几下，晕倒在石头上。炽热的石头在狄清歌的胳膊上、腿上立刻烫出了一块一道的伤痕。

邓支书看见了，急忙喊来老周和小穆，把狄清歌抬下了山。

雨水少，风沙大，树苗成活率很低。为了让一棵棵树苗熬过三年，狄清歌和全村几百人每天往山上一趟趟地担水浇树。担不上去的地方就一桶一桶地往上提，再蹲在树苗前，用水瓢舀上一株一株地浇。

种下了一万株油松，一万株杨树，十亩沙棘苗，十亩柠条苗，还培植了几十亩刺槐、小荆树苗，又要在山顶挖蓄水池。

蓄水池是山上植物的生命之源。虽然已经累得快爬不起来了，但是一想到这些浇不上水的树木，狄清歌和全村几百人像打了鸡血一样，又掘了半个多月。

看过嘉山一年的时间里发生的翻天覆地的变化，齐麟童强调，要做实荒山治理工作，因地制宜谋划好林地发展；要延伸发展林下经济，形成种植、养殖与观光相结合的发展模式，还随口吟道："荒山野岭一千年，双手刨出绿颜来。心雄志刚胆气盛，三年嘉山回童年。"

满怀着喜悦，齐麟童到了李庄乡高庄村。

齐麟童问村里的高支书："你们村都姓高吗？"高支书说："都姓高。"齐麟童说："怪不得叫高庄。哦，高庄就高庄，怎么还高庄村？"高支书说："我们本来叫高庄，是县里这么规定的。"管众说："地名办为了标准化，一律都叫村。"齐麟童说："'村中闻有此人，咸来问讯''康庄驰逐，穷巷蹋鞠'，村庄村庄，村即是庄，庄即是村，都是农民聚居的地方，加个村就标准化了？怪。"管众点着头说："是理解有偏差，也想跟县改市似的，求富求好听。"

齐麟童对高支书说："随便到一家看看。"高支书说："选个典型的。"齐麟童问："典型在哪里？"高支书说："过去最穷，还装富，现在真富了。"齐麟童问："装富？怎么装？"高支书说："过去吧，他家最穷，但又怕说穷。爱面子，就弄块猪皮放在盐罐子里，出门前拿起来在嘴上抹抹。别人看他嘴上油汪汪的，问'你吃的什么'，他指着嘴唇说'吃的肉'。"齐麟童哈哈地大笑起来，众人也跟着笑了。

高支书走进一户人家，喊道：“高兴！”

院子里，一个正收拾拖拉机的人抬起头来，笑呵呵地说：“来了！”

齐麟童微笑着问：“老哥，怎么称呼啊？”中年人笑呵呵地说：“高兴。”姓高名兴。齐麟童笑道：“这名字好。家里几口人啊？”高兴说：“六口，爹、娘、老婆、儿子、闺女、我。”齐麟童问：“有几亩地啊？都种的什么？”高兴说：“七亩多。种了玉米、花生、芝麻。”齐麟童问：“日子可好？”高兴说：“拖拉机都有了，日子像芝麻开花一样地过。取消了‘三提五统’，负担减轻了。”他又特别强调道，“我每天真的吃肉。”齐麟童哈哈地大笑起来，众人也会心地笑了。

齐麟童说：“中央全面推进农村税费改革，是惠民之举。”

高兴说：“那是。过去，都心悸。每到白天征税的时候，一辆车身贴满税收宣传标语的专车，在村子里穿梭，车顶上还放着一个大喇叭，宣传税收政策。我们，只有躲避。家家户户将大门一锁，在家睡大觉，或者带着凉席到自家玉米地乘凉去了。有一年，我没有交税，把家具、电视机都搬走了。取消‘三提五统’，农民欢呼。”

从嘉山、高庄村回来，狄清歌正忙着将情况形成工作报告。发电厂来文催问征地的事情。

齐麟童皱着眉头，批示道：“限期一个月内解决发电厂征地问题。”

李茂才带领一干人又去了征地现场。一帮村民跪在李茂才面前。李茂才乜斜着眼看了看，说：“我见得多了，少来这套！”

村民们围住李茂才，七嘴八舌地问起来：“据我们所知，政府和发电厂只能签订土地出让合同，发电厂是依法用地，手续要合法，政府需要在土地开始征用前进行公告，凡是涉及土地的村民必须了解土地的用途，补偿标准要明晰，这个补偿要经过村民同意。如果两次公告后，村民不同意，也不能征用，要举行听证会，只要有村民拒绝接受赔偿，这个土地征用过程就属于程序违法。”“征地应开村民会议或村民代表会议，这是《村民委员会组织法》和省有关法律规定的。实际情况是，征我们的地，我们不知道就施工。”“我们的征地款到底是多少？”……

李茂才又无功而返。

村民们趁着“非典”时在地里搭的窝棚还在，搬起铺盖住了进去。还有人挖了地窨子，日夜住在里面。

发电厂征地问题还没解决，齐麟童和王鲲鹏都在向李茂才加压。

项于飞在忙着深化国有企业改革。

顾城国有大型企业不过十几个，又遭受亚洲金融危机的冲击，对外贸易发生逆差，转而挤占国内市场，一些中小企业改制后刚刚取得一些成效，也在“丢了西瓜捡芝麻”的论调下失去金融支持。

此时，最让人瞠目的是方圆药业，迎来了大发展、快发展、强扩张。在“非典”时，一下儿上了六条消毒液生产线，八条大输液生产线。最近，又一下子注册了二十多个药品。钱贵昌简直成了神。

国企在大力改革，下岗待业人员的问题已经对社会造成了很大的压力，再就业中心里有大批被裁员的员工档案，很多下岗职工的档案还保留在原企业。针对“下岗再就业”这一严峻的社会问题，虽然国家建立了失业保险制度，但下岗职工目前仍面临着看病、住房、子女就学等实际困难。

对此，项于飞分类要求。大型企业集团学习“淡马锡模式”经验，与国内国际大公司寻求合作，实行强强联合，占领市场；中小企业继续进行改组、联合、兼并、股份合作制、租赁、承包经营和出售，向“专、精、特、新”的方向发展。

四十三　持身以正

翟常乐收购了轧钢厂，并投资千万元进行扩建。

“非典”过后，经济发展步入正轨，社会投资踊跃。适逢中小企业进行改制，翟常乐找到狄清歌，说要建个轧钢厂。狄清歌问：“你懂轧钢？”翟常乐说：“我倒腾过破铜烂铁。”狄清歌哈哈地笑了，说：“两码事。”翟常乐说：“我起码知道铁是什么样的，也知道钢材的用途，还知道房地产离不开螺纹钢。”

狄清歌知道翟常乐倒腾西药发了财，但不知道他赚了多少，又问道：“生产螺纹钢？市场倒是需要这个。但是，投资建厂，你不懂生产工艺。当然，我也不懂。”翟常乐说：“很简单。轧钢板就像压面条，经过擀面杖的多次挤压与推进，面就越擀越薄。有资金，有钢坯，有技术，有热炉，有轧机，就行。”狄清歌说：“国家早就下发通知，耗能高、污染大的小轧钢是明令禁止投产的。”翟常乐说：“所以找你帮这个忙呢。”狄清歌说：“能行不能行，只有找于飞。”

齐麟童在忙着落实以人为本，树立全面、协调、可持续的发展观，狄清歌没时间，和翟常乐找过项于飞，就忙于日益突出的就业、社会保障、城乡贫困人口、疾病预防控制和农村地区的公共卫生体系建设等工作去了。

项于飞对翟常乐说，中小企业正在改制，自己可以和轧钢厂协商。

翟常乐跑了一阵子，和轧钢厂几经协商后，签订了收购协议。在最后审批时，找到了王鲲鹏。

王鲲鹏首肯道：“发展经济是好事，政策是宏观的。而且我们这个地方没有出现开工率严重不足、产品大量滞销、价格急剧下跌的情况。从长远看，也要随着经济增长、经济发展周期而变化。虽然说粗放、低价、低质的部分钢材产能过剩，但是房地产作为国民经济支柱，对钢材的需求量是巨大的。有个轧钢厂，一直依附太母山矿冶公司，是个烂摊子，你收购了，一来可能救活了，二来也可以解决太母山矿冶公司吃不饱、吃不了的问题，是个很好的下游产业。”

王鲲鹏同意了，并为之起名为“常乐轧钢公司”。

顾城的建筑工地也火热，赵大同不去外地打工了，在一个工地上干。

翟常乐说要聚聚，其实是贺贺，狄清歌忙里偷闲，定了在老饕馆。

夜幕降临，在太阳下晒了一天的苏东坡双槐也有了一些精神，叶子不再发蔫。

狄清歌去了老饕馆。

赵大同和翟常乐还没到。

苏可乔正坐在一张桌子旁喝茶，看见狄清歌走进来，忙起身招呼说：“小狄，来！先喝杯茶，刚沏的龙井。”说着倒了一杯。

狄清歌坐下来，端起杯子嗅了嗅，一股奶味吸进了鼻子，说：“颍峰茶是红山药的甘甜香。苏主席，很难看到你。”苏可乔说：“正好，你来了。来！看看我的新作。你爱喝咱们这儿地产的颍峰红？”

狄清歌跟随着苏可乔走进一间屋子。

那是一间画室，宽大的画案上铺展着一幅《山水之城》画。

狄清歌走上前，看了看，皴擦层层渲染，山势凝重；点染时时留白，烟波浩渺，直看得他连连点头赞美：“您的画风变了，有一股雄浑之气。”

苏可乔点点头，说：“你深解其中意境。画面已就，还要有跋。你看，怎么题？”

“我？”狄清歌听了苏可乔的话，颇感惶恐，忙挥着手说，“不敢。”苏可乔笑道：“给山水题跋，趣味无穷。”然后，看着《山水之城》，说，“山水画成，题上些许文字，既能够增加画的美观，也是一幅画不可缺少的组成部分。题款，要切合画的内容，让看画者的思想由画面翱翔于画外，寻味挹趣的意境。你学的是中文，对于意境，不生分吧。”

狄清歌想了想，说：“画家作完画，多喜写上一段小品文，偶吟诗一首或缀小跋于后，的确是很有趣味的一件事。您每每去写生，纵观了山水随四时、阴晴而生出的不同韵味，在深入思考、‘得意忘形’后构思、立意才作出的。山水重意境，人物重情境。跋，一定要清新高雅，是意和境的紧密契合，也是画家的身心感受。”

苏可乔说：“你很懂画。”狄清歌说：“我不懂，是从古典诗歌的角度感知的。”

苏可乔点点头，道：“诗情画意。诗词，贵在意境。‘大漠孤烟直，长河落日圆’勾勒出祖国边疆雄浑、壮丽、开阔而又微带凄凉的画面，让人生出悲怆之情。”狄清歌想象着说：“浩浩乎，平沙无垠。边疆的沙漠是‘大漠’，这个‘大’字含有荒凉的意味。‘孤烟直’，用笔必要很细微，但因‘烟’而云‘孤’，用墨要单调；接着衬用‘直’笔，绘出劲挺、扶摇的壮美。‘长河’，是因大漠一马平川，‘落日’本是圆的，为人所常见，但它映在长河中，愈见其圆，不仅壮美，而且亲切喜人。因此，画落日时，心灵又是酣畅的，用笔是急速的。诗中有画，画中有情，这真是诗情画意了。”

苏可乔说：“接着说。”

狄清歌说：“作诗作画，饱含着人的思想和感情。杜甫赞美塔势如何跨苍穹，逼云霄，是借景抒情，深切地关注国事，含蓄讽刺沉湎酒色的唐玄宗。你听：‘秦山忽破碎，泾渭不可求。俯视但一气，焉能辨皇州。回首叫虞舜，苍梧云正愁。惜哉瑶池饮，日晏昆仑丘。’他感到‘秦山’破碎，昆仑‘日晏’，危机四伏，深刻地表现出自己的殷忧。”

苏可乔说：“对你来讲，诗言志，歌言情；对我而言，书表情，画为意。诗、歌，书、画里都有思想、有情感、有胸怀。我的城市山水画，在从传统的绘画形式向传统加创新来表现城市转折，这是对改革开放以来顾城所取得的巨大发展而赞美而歌颂。山水画，作为文化的载体，也无时不在随社会而守正创新。你看，这次是突破了传统山水画的框架，在画面中以艳丽的色彩‘还原’城市的精神核心，用泼彩、泼墨的方式‘还原’风土人情，用更加放松和自由的笔墨去表达现代城市更深层的意味。我认为，这样才会真正表现出山水城市的神韵，表现出文化与内涵，以期融入城市，理解城市的文化精神。”

这时，翟常乐到了。狄清歌赶忙走出去，苏可乔也招呼着沏茶倒水。

赵大同还没到。

夕阳西下，余晖火红，照在赵大同黝黑的脊背上。

还有最后一车砂石灰了，赵大同铲起一锹，两臂一较劲，“嗖”的一声扔到楼上。然后，又铲起一锹，扔到楼上。

中午，为了多赚钱，赵大同没休息，吃过饭，放下碗筷就开始干，连口气都顾不得上喘息。终于，只剩下了底子。虽然是底子，但“散堆破垛”，赵大同划拉到一起，铲起来又“嗖嗖”地扔了十来锹才算完了。

赵大同扔下铁锹，洗了洗脸面，拎起背心走出工地。

赵大同终于到了。看翟常乐穿着雪白的衬衣，打着鲜红的领带，他问：“大热的天，你热吗？”翟常乐说：“形象。”赵大同说：“离我远点，小心蹭你一身灰。”翟常乐说：“还当我是莲花了，出淤泥而不染。”狄清歌笑了笑，说：“常乐这么穿着，也是需要。老总，老总，总要有个派头。”赵大同撇了撇嘴说：“人模狗样的。我饿得前胸贴了后脊梁，赶紧上菜。”翟常乐说：“你说吃什么就吃什么，我请。”赵大同说：“我这累死累活的，才挣几个钱，你也不好意思要我请。”

小李子端上了苏东坡红烧肘子，中山松醪酒，还有一份小菠菜。翟常乐说：“今天，我请客，有两件事。一件事，不知道清歌会不会同意？”狄清歌问：“什么事？你先说。”

村小学撤了，孩子们都要到镇上去读书了。翟常乐买下村小学，对教室进行了改造，要开磨坊，要用人手。

翟常乐简单地介绍了情况，对狄清歌说："我想让天明伯去磨坊记记账，一天给三块钱。"赵大同说："你这是帮啊？工地上，小工一天都挣三十块钱。"翟常乐说："我那是磨坊，建筑工地上又苦又累。"狄清歌说："你是想替志远尽点责，但是，不能让天明伯去，生活上有什么困难，我出力。"翟常乐说："天明伯有困难，我也出力。"赵大同也说道："我也出力。"翟常乐又说道："我还想让长生叔去磨坊帮帮忙，收收粮食，接接米面糁。一天三块钱。要是觉得少，再涨五毛？"狄清歌很干脆地答道："不让天明伯去，我爹也不能去。"翟常乐说："我跟长生叔说过了，他愿意。"狄清歌恼了，说："愿意什么愿意！我爹都一把年纪了，还让他卖力气挣钱。你给我难看，是我不孝吗？"翟常乐连忙解释说："我也是出于好意，让天明伯和长生叔挣点钱。狄魁生、赵连升、赵邦彦都想去呢。"狄清歌没有再说下去，停了一会儿道："你说第二件事吧。"

翟常乐看着赵大同，问："工地上用水泥，还是现场搅拌？"赵大同说："是啊。不过，听说要限制了，说灰尘飞扬，污染环境，环保部门管得紧，查得严。北京已经改用商品砼了。"狄清歌第一次听到"砼"这个名字，也不懂什么是"砼"，问道："什么是商品砼？"翟常乐说："商品砼就是商品灰。在搅拌站先搅拌好了，买来用，建筑工地上就不飞灰了。"狄清歌"哦"了一声，说："明白了，喝酒！"

赵大同向来酒量小，也是累了，喝过两杯已经趴在桌子上。

狄清歌和翟常乐把赵大同架到车上送回了工地。然后，翟常乐又把狄清歌送到了崔家胡同口。

狄清歌下了车，刚要迈步回家，翟常乐问道："听说，要调整干部了。"狄清歌反问道："我都不知道，你怎么知道？"翟常乐说："市政府办公厅有两个人通过我找王鲲鹏，想进步。结果，愿望都实现了。你不想去建设局、国土局或者环保局当个局长？你当了局长，我办事也方便了。"狄清歌沉下脸骂道："你让我送礼求官……"

四十四　往来有古今

狄清歌和翟常乐不欢而散。

周六一早，狄清歌自己回了趟中人城，看过狄长生和隗天明，又爬上山丘走到大柳树下，在娘的坟前站了片刻，于草丛、峰石间钻来蹿去，直到天快黑了才两手空空地回了顾城。晚上，项于飞约请，说花千色、焉红、柳疏影都要去。

狄清歌去了，没吃两口，被焉红骂了。

焉红长着一双大眼睛，看着有点愣，其实很“小女人”。张口骂狄清歌，几个人也闻所未闻，不免都对着焉红劝起来。

焉红说狄清歌卡上的钱没了，问：“钱哪儿去了？买什么药了？你身体哪儿不舒服还是爹需要？”狄清歌没回答，只是问柳疏影：“吃了钙片，是不是腿就不疼了？”柳疏影说：“缺钙，腿会抽筋儿。但腿疼，有多种原因。”狄清歌说：“女人腿疼呢？”柳疏影说：“大抵是月子里受风寒导致的。”狄清歌哈哈地笑起来。

项于飞被狄清歌笑蒙了，说：“真抽筋了。”焉红说：“我看是抽风了。”狄清歌依然笑着，说：“我回中人城，看见常乐的娘和几个大娘、婶子在太阳下晒膝盖，说是治腿疼。我说腿疼是缺钙，给你们每人一瓶。”项于飞笑道：“瞎闹。”焉红说：“别吃坏了，好心办坏事。”柳疏影说：“不会。不治腿疼，但补钙。”焉红说：“我不是嫌你给别人买钙片，你应该告诉我一声啊。”

焉红转怒为笑，化解开心头的疙瘩。大家也说说笑笑、加深过感情，散去了。

星期天一早，焉红高高兴兴地便去了公司，月底结账，一天也不回家。学校不放假，天还没亮兰儿便急急忙忙地去了学校，比焉红还走得早。昨晚，焉红舒心，自己早早地睡着了；狄清歌拿着个笔记本翻看了一会儿，才思思索索着睡了，在太阳照进屋子里时才醒来。给月橘、桃树浇过水，将兰儿和焉红吃剩下的多半碗烂面条扒拉进肚子里，他拿起那个笔记本去了图书馆。近来，狄清歌在睡前不翻看《古典诗词探幽》了。

银行工作虽然挣钱多，但太辛苦，花千色从工商银行调到图书馆当书记了。

说是书记，只不过是个职务，图书馆也就七八个人。

有花千色在，查阅更方便。近段时间，狄清歌一有时间就去图书馆查资料。

狄清歌先找到花千色。花千色笑道："又看《史记》。"转身去找。不一会儿，她拿了来，对狄清歌说，"说两句话？"

狄清歌说："你是于飞媳妇，有话对于飞说去。"也不和花千色拉呱，拿起《史记》躲到一个角落里。

《史记》，浩瀚无边。狄清歌也不是每篇都看，翻看的速度甚至不能称作浏览，而是一瞥就翻页，专找有"中山国"字样的内容看，且一边看一边摘抄。

狄清歌看了一会儿，说："千色，我还要看《战国策》《国语》。"

花千色把《战国策》和《国语》拿了来。狄清歌翻翻《战国策》放下，再翻看《国语》，问："有《春秋》《世本》吗？"花千色说："我去查查。"

不一会儿，花千色拿着两本书走到狄清歌面前说："有《春秋》《左传》，没有《世本》。"狄清歌接过书，又躲到角落里低着头翻起来。

时间过得飞快，到了下班时间，花千色走到狄清歌跟前说："真是个书呆子，一坐就是半天。"狄清歌笑着说："我们坐办公室的，练就了一副铁屁股。"把书交还给花千色走出来。

转转悠悠，狄清歌又到了老饕馆。也是巧了，苏可乔在。狄清歌便说起"山流水"。苏可乔问："你是从哪儿捡到的？"狄清歌说："我爹在小山丘上。"苏可乔说："小山丘有什么特别的？"狄清歌说："我从小就在小山丘上玩，除了一颗顶天立地的粗柳树，剩下的就是荆棘、垒石，没看出有令人注意的地方。"苏可乔说："在一个小山丘上捡到一块'山流水'，有点奇。"狄清歌问："奇在哪里？自己从颍水里不翼而飞上去的？"苏可乔笑道："那是荒诞的奇想。结绳记事，仓颉造字，及至夏、商、周、春秋、战国，文字刻在石头上，或内或外刻在铜器上，虽然和装饰美结合为一体，进行艺术化、美术化，也是记事。但是，这块'山流水'上的字就奇怪了。前段时间，我去参观了古中山国文物展。中山王鼎、铜方壶、铜圆壶，还有中山王夔龙饰铜方壶，铭文刻字流畅优美；山字形铜器，象征着中山王的权威，一套陶人俑拜山，反映了中山国对高山有一种景仰与崇拜；错金银铜器、玉器雕件，充分显示了中山国手工业在铸造、冶炼及加工等方面的高超技艺，凸显了民族风情。辉煌的文化，令人赞叹。”

饱经磨难的中山国，强盛之后为什么会迅速地土崩瓦解了？

有人认为，中山国亡于过分崇尚“忠、孝、仁、义、礼、信”，具有浓厚的儒家思想色彩；也有人认为，中山国亡于用人失当，丞相司马赒里通外国。《司马憙三相中山》说：“司马憙使赵，为己求相中山。公孙弘阴知之。中山君出，司马憙御，公孙弘参乘。弘曰：‘为人臣，招大国之威，以为己求相，于君何如？’君曰：‘吾食其肉，不以分人。’司马憙顿首于轼曰：‘臣自知死至矣！’君曰：‘何也？’‘臣抵罪。’君曰：‘行，吾知之矣。’居顷之，赵使来，为司马憙求相。中山君大疑公孙弘，公孙弘走出。”

还有魏长久攻打楚国，中山国失去魏国的庇护而被赵国所灭说；秦伐韩故中山亡说；齐国魏国共同伐楚国而赵亡中山说……种种说法虽然各有不同，但有一点是共同的，就是赵国是最后灭亡中山的“元凶”。

赵国发动了长达十二年的战争，终于灭亡了中山国，而战争的起因，和一个中山国女人紧密相关。

赵武灵王推行胡服骑射，目的是为了阴姬。《战国策·中山篇》：

阴姬与江姬争为后。司马憙谓阴姬公曰：“事成，则有土子民；不成，则恐无身。欲成之，何不见臣乎？”阴姬公稽首曰：“诚如君言，事何可豫道者。”司马憙即奏书中山王曰：“臣闻弱赵强中山。”中山王悦而见之曰：“愿闻弱赵强中山之说。”司马憙曰：“臣愿之赵，观其地形险阻，人民贫富，君臣贤不肖，商敌为资，未可豫陈也。”中山王遣之。

见赵王曰：“臣闻赵，天下善为音，佳丽人之所出也。今者臣来至境，入都邑，观人民谣俗，容貌颜色，殊无佳丽好美者。以臣所行多矣，周流无所不通，未尝见人如中山阴姬者也。不知者，特以为神，力言不能及也。其容貌颜色，固已过绝人矣。若乃其眉目准頞权衡，犀角偃月，彼乃帝王之后，非诸侯之姬也。”赵王意移，大悦曰："吾愿请之，何如？"司马憙曰："臣窃见其佳丽，口不能无道尔。即欲请之，是非臣所敢议，愿王无泄也。"

司马憙辞去，归报中山王曰："赵王非贤王也。不好道德，而好声色；不好仁义，而好勇力。臣闻其乃欲请所谓阴姬者。"中山王作色不悦。司马憙曰："赵强国也，其请之必矣。王如不与，即社稷危矣；与之，即为诸侯笑。"中山王曰："为将奈何？"司马憙曰："王立为后，以绝赵王之意。世无请后者。虽欲得请之，邻国不与也。"中山王遂立以为后，赵王亦无请言也。

历史上众说纷纭，狄清歌也在查考历史资料。交流片刻，有几个人走进了老饕馆。来的都是客，苏可乔忙起身照应去了。狄清歌也径自回了家。

齐麟童从省委开会回来，问过电厂征地的进展情况，换届即紧张地开始了。

时间紧，任务重，但齐麟童不动，王鲲鹏不动，项于飞不动，各县市区有动的，有不动的，都要严格履行选举程序。

李茂才组织人员一次次强行施工，均因为村民们阻拦而停止了。

李茂才改变策略，下了一道死命令：在全市干部、教师、工人中排查出原籍是这些村里的，有亲戚关系的，一律停止工作，以回村、探亲为名到家族、亲戚中做说服工作。并下发"红头文件"，规定干部、教师、工人无论是本人还是直系亲属，若不在规定期限内签订征地协议，将被实行"双停"——停职停薪。六十多名公职人员被迫停止工作，十数名干部受到了市纪委的诫勉谈话。

齐麟童强烈地批评说："此种行为，搞'株连'，必须立即停止。"

李茂才只得另想他法。

四十五　古中山国的面纱

夕阳西下，苏东坡双槐黯然隐逸于旖旎的灯光里。

多日里，项于飞工作紧张，身心疲惫，想着缓解一下心情，恢复一下精神，和狄清歌去了老饕馆，苏可乔在。

老饕馆里增添了时尚元素，音乐低回徘徊，令人心里生出几许怅恻。

项于飞、狄清歌、苏可乔没话找话，聊起历史来却津津有味。

苏可乔说："我想到了陈寅恪先生说的一句话：'华夏民族之文化，历数千年之演进，造极于两宋之世。'《清明上河图》一画中所描绘的洛阳的繁华，搬到现代社会也不落后。有专家考证说，即使偏安一隅的南宋，GDP也占当时全世界的一半以上。然而，这么富裕的国家却屡遭辽、金犯境。宋朝富裕，为什么不强大呢？"

狄清歌说："苏主席的话，让我想到了古中山国。"

苏可乔愿意听，项于飞也不阻拦，狄清歌继续说道："古中山国能号称战国第八雄，自有其丰厚的文化，但由于历史短暂，史载缺略，两千多年来鲜为人知，颇为神秘。"

苏可乔说："神秘，才令人产生兴趣。"

狄清歌说："战国时期'礼崩乐坏'，先后'僭越'称王的十一家诸侯，《史记》为其中十国立了传。秦有《秦本纪》《秦始皇本纪》，齐有《齐太公世家》《田敬仲完世家》，吴有《吴太伯世家》，燕有《燕召公世家》，宋有《宋微子世家》，楚有《楚世家》，越有《越王勾践世家》，赵有《赵世家》，魏有《魏世家》，韩有《韩世家》。未称王的诸侯鲁、卫、晋、郑也有一席之地。中山国从春秋晚期到战国中晚期两百多年的时间里，纵横捭阖，争衡天下，司马迁却不为之立传，《史记》全书虽然多次提及中山国，都仅仅是一笔带过。"

苏可乔说："是一个匪夷所思的谜。"

项于飞说："一笔带过，司马迁一定有用意。"

古中山国，戴着重重面纱，神神秘秘，有待破解。

狄长生来看兰儿，带了一布袋红山药，还有从咸菜缸里捞出的知了猴。

狄清歌说："爹，以后不能捉知了猴了。"狄长生说："你从小就爱吃啊。"狄清歌说："知了猴受国家保护了，记住啊。"

狄长生点点头，说："记住了，违法的事不能做。"

狄清歌和狄长生说着话，把红山药洗过，放在菜墩儿上切成段，放进锅里馏上了。焉红也拿油把知了猴煎了。

不一会儿，满屋子飘起了香气，红山药馏熟了。

狄清歌从锅里拿出一块红山药，咬了一口，说“好香”，又拿起一个知了猴放进嘴里，边嚼边说道：“兰儿，吃不吃红山药？”

兰儿连头也没抬，只管看书写作业。

狄长生说：“兰儿不是吃红山药的命。”

焉红也说道：“不是一代人。你是吃红山药长大的，兰儿吃米饭。”

狄长生说：“你们这代人，就和我们不一样。不过，现在，农民不缴粮了，日子越过越幸福。以前，谁能想到呢。”

狄清歌说：“经济发展了，国家要反哺农民。”

狄长生又转而忧心地说道：“化肥、籽种、农药等农用物资却在抽风似的涨价，农药、农用工具以及浇水、耕地、播种等服务也都大幅涨价。”

一说涨价，焉红的话匣子打开了，说：“菜也涨了，萝卜都卖两块钱一斤了。还有大蒜，一块钱一头，都说是‘蒜你狠’了。前两天，大同带着几个人到家里来了。来就来吧，不能不管饭，难道不能买了菜自己在家做？清歌还非要请他们去老饕馆吃。不知道怎么过日子。”狄清歌说：“家里的小锅，能做吗？一个个的都是大肚汉。”

狄长生问狄清歌：“你一个月挣多少钱？”狄清歌说：“不到一千。”焉红撇了撇嘴，说：“还像只癞蛤蟆似的，使足了劲地鼓。你就是把肚子鼓圆了，也就七百多。不到一千？在爹面前，还吹！”

狄清歌被焉红揭了老底子，涨红了脸，想恼又没有恼。本来就是。

狄长生淡淡地说：“够吃够花就行，平常人家不求大富大贵。”

焉红说：“物价都涨这么高了，工资也不涨。紧紧巴巴的，他还献爱心，帮扶一个上学的孩子，也不知道是谁。哦，谁也不知道他帮扶了一个孩子上学。”狄清歌说：“又说哪儿去了。那孩子的父母都是盲人。知识改变命运，虽然这话不一定对，但总要让这孩子上学，扶贫扶教育。”

狄长生说：“应该，省着点细着点就有了。”

焉红说：“我够细了，什么都掂量着过。我也没有反对。”

狄长生说：“上次，我听疏影说看一个患病的，一个样。人，要有同情心。”

焉红说：“疏影帮的人多了。从甜甜丢了后，她一半的心都放在了孩子身上。我还和她一起去看过一个孩子，也放下了两百块钱。”

狄长生说："能帮一把是一把。帮一把，人就能渡过难关。清歌小的时候，还不是东家接济一件棉袄、西邻给做一条裤子的。乡亲，乡亲，百年不散的老乡亲。"

正叙话间，焉红突然把话一转，说："昨天，我见疏影去了儿童福利院。"狄清歌说："我问过了。疏影是爱心妈妈。"焉红问："爱心妈妈？"狄清歌说："妇联、团委、关工委联合组织的行动，在生活、精神、学习上给予孩子们关怀和帮助，使孩子们树立正确的人生观、价值观，保持健康的身心，用爱浇灌祖国的花朵，传递爱，奉献爱。疏影是把思念甜甜的深情转化到了儿童福利院的孩子们身上。只要她高兴就好。"

狄长生问："怎么就找不到甜甜呢？"

狄清歌说："要是能找到，早就找到了。唉！这么多年了，兴许甜甜也不记得疏影这个妈妈了。"

焉红说："胡说！甜甜怎么会把妈忘了，永远也不会忘记。"

狄长生叹了一口气，说："唉，疏影，多好的一个人啊。人好命不好，怎么好人就没好命呢？"

春天里，粮油都在涨。

玉米涨了，小麦涨了，大米涨了，大豆涨了，豆粕、麦麸也涨了。

饲料价格上涨，猪肉、鸡蛋价格都跟着涨。

猪都得口蹄疫了，人们都不敢吃了，但价格还在涨。

换届顺利地结束了，管众当选市政府副市长。

电厂征地仍然没有进展。

股权分置改革如火如荼地展开，与此同时世界范围内的商品牛市愈演愈烈，国内有色金属商品价格也一路走高。

农村基金会的借款无法追回，工作也无法安排，肖子灵憋在家里，每日里研究上海证交所场内申报出价方法、股份制企业运行机制等与股票有关的信息……他买入延中股票，却遭停牌，再吃进"宝延"，又遇上了"宝延"事件。正懊恼不已，哪知当日股价涨停，随后短短几个交易日上涨超过180%。

在股市里一会儿让人惊出一身冷汗，一会儿又涨得人热血沸腾。肖子灵摸爬滚打了一段时间，也积累出一套炒股的绝技。

看到股权分置改革的消息，肖子灵预感到了一拨即将启动的有色金属大行情，分析之后选中了有色金属中的锌行业，买入宏达股份、中金岭南、驰宏锌锗等股票。

一个月后，肖子灵感到有色金属股的行情没有黄金股的行情持久，在山东黄金股改复牌后20元附近买入。不到一个月，山东黄金涨到了47.97元，肖子灵在见顶前的涨停板上全部出了货。

肖子灵暴富了。

四十六　山高水长

股市异常热闹，楼市更加火爆，焦心的人们忙忙活活地炒股、买楼。

发电厂向顾城市委、市政府递交了《关于征地受阻严重影响发电厂生产的紧急报告》。报告中说，发电厂原计划投产日期为元旦，但征地问题迟迟得不到解决，若不给予有力支持，将报请中央，考虑另行选址。

齐麟童发了狠，说："最后一次限期，月内解决。"王鲲鹏说："政府不能强征。"

李茂才急火攻心。

狄清歌提着一箱中山松醪酒回了趟中人城。

麦子要黄了，狄长生和隗天明正高兴地唠年景，一边拾掇着笼、釜、甑，准备酿"千日醉"。

狄长生看看中山松醪酒，说："我不喝，给你天明伯。"隗天明说："这不是清歌惦记你嘛。"对狄长生说过，又对狄清歌说："我和你爹身体都还行，地里的活儿还能干。"狄长生说："你把工作干好就行了。把玉成叫来，喝酒。"隗天明说："到我哪儿，弄两个菜。"

狄长生和隗天明去了，狄清歌去找赵大同。

翟常乐没在家，赵大同回来收秋了，从绿翠儿的小卖部里买了只扒鸡，和赵玉成一块儿到了隗天明家。

蜜蜂嗡嗡地叫着，在辛勤地劳作。

赵玉成对狄清歌说了说村里的情况："农产品，太低廉，一亩作物值几个钱？种地苦，说不完，不如打工去挣钱。年轻人大都外出务工，村里未免有些衰败，基础设施年久失修、公益和文化事业更是无人问津。”

这时，一群孩子叫着嚷着跑进来。

这群孩子看见狄清歌，不叫了也不嚷了，愣愣地站在了院子里。狄清歌看看，是文景、修景、灵灵、大吉、小利、金芝、玉平、小凤，笑道：“都长高了。”隗天明看着孩子们一个个稳稳地站着不动，问道：“看见老师不闹了。又嘴馋了，要不我去拿。”说罢，起身进了屋子。

狄清歌和赵大同也跟着走进去。

屏风还在，上绘渔、樵、耕、读四幅图。

渔图，讲的是东汉严子陵的故事。早年他是汉光武帝刘秀的同学，刘秀很赏识他。刘秀当了皇帝后，多次请他做官，都被他拒绝。严子陵一生不仕，垂钓终老。清代王士祯有《题秋江独钓图》：“一蓑一笠一扁舟，一丈丝纶一寸钩；一曲高歌一樽酒，一人独钓一江秋。”

樵图，画的是汉武帝时朱买臣的故事。早年，朱买臣出身贫寒，常常上山打柴，靠卖薪度日，后妻子因忍受不了贫困而离开了他。后来，朱买臣做了大官，将沦落街头的妻子又接回家。

耕图，是舜教民众耕种的场景。

读图，画的是“头悬梁，锥刺股”的情景。

狄清歌懂了。

看过屏风，狄清歌和赵大同肃立在隗志远的遗像前，表达不忘之情，心里有些伤感。隗天明拿了蜂蜜说：“你们没有忘记志远就好，行了！孩子们还等着呢。”说着，迈步走出屋去。狄清歌和赵大同也跟着走到院子里。

文景他们眼巴巴地看着隗天明打开了罐子，拿起勺子要舀蜂蜜。在这当儿，狄清歌问道：“要考高中了，你们都学习好吗？”一听到狄清歌问学习，孩子们“呼啦”一声全跑了。

狄清歌从中人城回到顾城，在电脑上查找了一夜关于古中山国的资料。然而，想查的资料找不到。焉红又催促着早点睡，说熬夜最伤身体。

狄清歌躺下去，问焉红：“焉熙给你打过电话吗？”焉红说：“好多日子没打过了。”狄清歌说：“你给焉熙打呀。”焉红说：“你打呀。”狄清歌说：“我不打。”焉红说：“哎，你是想问那块‘山流水’吧。这些日子里，你又是回中人城又是去图书馆查阅，还去老饕馆找苏主席，都是为那块石头？我问你，那是一块什么石头，让你惦记着？”狄清歌说：“星期天兰儿不放假，还得早起。赶紧睡吧。”转过身，想着还要查找哪些资料，想着想着也就睡着了。

星期天一大早起来，狄清歌又去了图书馆。

狄清歌走出崔家胡同，刚到中山大道上，忽然看见几辆拖拉机“噔噔噔”地疾驶而过，向着市人民医院而去。拖拉机上那么多人都是头破血流的，还有的仿佛手折肢断，耷拉在车斗上。

狄清歌和早起的人们惊骇不已，看着这么多的伤者，不知道发生了什么事。

正惊骇间，狄清歌接到电话，火速赶到了办公厅。

齐麟童、王鲲鹏、项于飞紧急赶往颍水。

颍水市医院也净是伤者，惨不忍睹。

案情很快被掌握。

电厂征地发生了惨案，这些伤者都是被征地的农民，在夜色中遭到了两百多名不明身份的人的袭击，被刀棍打的。

李茂才被免去了颍水市委书记职务。

项于飞兼任颍水市委书记，负责处理一切善后事宜。

三天之后，公安机关查明了案情，是李茂才雇用两百多人对被征地农民实施的暴行。公安局展开大规模的抓捕行动，二百四十八名犯罪嫌疑人到案。

经检察机关批准，李茂才等三十多人被逮捕，其余两百多人被刑事拘留。

狄清歌再也顾不上回中人城帮着狄长生和隗天明收麦子，在加班加点地工作。

暴力事件发生后，户外广告、LED显示屏、公交站牌、板报、电话彩铃、语音信箱、电视宣传着平安创建工作。平安家庭、平安村（社区）、平安企业、平安网格等基层平安创建活动深入到了全市各家各户。

一年过去，人们的心里才有了些许安稳。

齐麟童被免去了职务，王鲲鹏任市委书记，唐城市委书记郑逸品调任顾城市长。

五十四天后，王鲲鹏因严重违纪被免职了。

四十七　支柱擎落

郑逸品任市委书记，新任市长叫曹新月。

依托太母山的自然资源，顾城要重点打造太母山现代制造业基地。

太母山现代制造业基地的建设是省委省政府为推进新型工业化进程、打造经济发展新优势，借助日韩、欧美等发达国家制造业向中国转移之机，划出太母山区作为承接制造业资本流动与产业转移的基地。

借助外力图谋发展，是当今世界地区经济成功发展的要诀。欧美、日韩，中国国内珠三角、长三角无一不是这样。

在这样的似锦前程诱惑下，太母山区的顾城、汉单、唐城各市无不争相加入，相距甚远者也跃跃欲试。

谁有幸被划归太母山现代制造业基地，谁就插上了发展的翅膀，但并不是有愿望就有资格加入。

地理位置上，顾城市区虽不在太母山腹地，但坐落于颍水的冲积扇上；历史渊源上，与汉单、唐城同属太母山区；领导理念上，省委省政府在洽谈合资项目时，都介绍了顾城的优越条件。此前，在全省经济工作会议上，也说到顾城成为太母山现代制造业基地的可能。这些，无疑给顾城带来了振奋，也由此大意了——在汉单、唐城两市积极向省经贸委提供相关材料并阐述各自作为现代制造业基地的优势时，顾城没有多少动作。在省经贸委提出建设太母山现代制造业基地时，顾城第一个反应就是自己必定属于此列，而且多年来就在打造，业已扶持了数十家企业。

曹新月去了省政府。从各种渠道获知顾城没被列入太母山现代制造业基地范畴，省经贸委的“汇报稿”业已呈报省政府是去争取，做最后努力了。

郑逸品急了眼。

若顾城未被划进太母山现代制造业基地，不仅对顾城经济和社会的发展不利，干部群众的情绪也将受到极大打击，而且还将随着汉单、唐城二市的迅猛发展而被抽吸人才、资源、产业，令顾城的经济更加弱化，差距也会更大。

顾城多年来是全省“农业结构调整先进市”，去年，农业给当地财政的贡献是六亿元，但一个方圆药业公司对财政的贡献就达数亿元，比几百万农民创造的还要多。农业产业是一条并不宽阔的道路，只有工业带动下的农业，才能图谋更大发展。

工业力量，是城市梦想的强力支撑。经过几十年的发展，顾城市工业化具备了一定的产业技术基础。同时，低附加值、低效益的问题突出，产品技术含量低，虽然一直在调整结构，但是结构升级比较缓慢，还是以粗放型的外延扩张为主，技术进步的贡献份额还较低，尤其是在全省各市激烈的竞争下地位下降。面对经济全球化趋势增强、新科技革命迅猛发展和新一轮全球性产业调整步伐加快的大背景，面对市场供求格局、经济体制环境和对外经济关系的新变化，面对我国已加入世贸组织，顾城市制造业发展必须围绕提高竞争力和效益做文章，改善制造业结构。

列入太母山现代制造业基地，意义何其重大。

狄清歌又连忙写起来，以“主动接轨、全面融入、发挥优势、实现共赢”的发展思路主导，热切申请顾城列入太母山现代制造业基地。

郑逸品拿起稿件来去了省政府。

元旦，太母山现代制造业基地成立仪式暨奠基典礼隆重举行了。

太母山现代制造业基地终于落户顾城。

太母山现代制造业基地，以省太母山矿冶公司为基础，规划占地两千亩，总投资预计六十亿元，总建筑面积约一百万平方米，可吸纳百余家中型企业入驻。企业正常年份可实现销售或营业收入约六十亿元，实现利税约十五亿元，年上缴税金预计可达一亿六千万元，对提升顾城市的核心竞争力、产业结构调整、经济发展方式转变和快速发展具有重要意义。

太母山现代制造业基地落户了，“只有大项目才能带来大发展”“扶持企业做大做强、以大项目促进经济发展”，《招商引资大比拼活动方案》也火热地展开了。

郑逸品、曹新月不是接待来宾，就是在洽谈，还去全国各地考察参观，一刻都不停歇。

狄清歌整日跟着跑，忙得脚不着地，一个春天也没回过中人城。

风自南来，苏东坡双槐招展着翠绿的叶子。

中山大道上，小姑娘们耐不住初春的诱惑，早早地露了肚脐招摇过市。

张达发满面愁云，一边和姚窕猜测，一边咳嗽着，透过落地玻璃窗往外看。

小姑娘们身材玲珑，穿什么都是可爱的，不似姚窕，长衣拢身，露出的也是松弛的。豆蔻年华不再，姚窕虽是穿了塑身内衣，臀紧腹收，但终究失了律动。

张达发说："咳！男人四十一朵花。"姚窕说："女人四十豆腐渣。"张达发说："你依然是迷人的。"姚窕说："我守身如玉呢，不似你，娶了三个还要换。计划生育罚你多少钱了，一窝一窝的，总有五六个孩子了。"张达发笑了几声，又连忙咳咳了几下，说："那点钱算什么……"姚窕笑骂了一句。张达发又说："说点正经事。咳咳！我那宗地的基建去年就已进行，到现在还没签出让合同，咳咳！立项、规划、审批，市政府都停了。"姚窕又伸手向怀里掏了一把，说："这房地产——我早劝过你，你不听。"张达发说："这几年，咳咳！规划范围内的区域、地上、地下等多维空间都作为资本来经营，对土地、河湖、路桥等市政设施和公共建筑、路桥冠名权、广告设置使用权等城市资产，咳咳！进行了集聚、重组和营运，在交换中实现其商业价值；置换城市土地功能，迁出繁华市区的厂矿，利用级差赚钱。"姚窕也有所触动，说："今年，市政府收购了大量土地，都收进了市土地储备中心。"张达发又咳嗽了一下，说："土地，自然是奇货可居。垄断了一级市场，政府的钱包不鼓也得鼓。"又指着自己，说，"知道，咳咳！我是谁了？"姚窕不知就里，问："你是谁？张总呗。"张达发摇摇头，咳嗽了一声。姚窕又说："你是张达发。"张达发苦笑着说："非我。我，咳咳，是穷人。"姚窕"切"了一声，说："德行！还装穷。"

姚窕不住嘴地噜噜，张达发却没心思打情骂俏。

三月，国家严格调控房地产市场。宏观调控之严厉，前所未有，楼市价格应声而落，姚窕哪里知道张达发心里的惊惧。

每个人有每个人的忧乐。翟常乐要在这日方北至的时候给娘祝60岁大寿，狄清歌搭着顺风车也回了中人城。

桃花盛开，焉红请了花千色、柳疏影到家观看，也是为了在春日里聚一聚。

焉红、花千色、柳疏影聚后，振鹭、兰儿都忙于学业，而狄清歌又忙起西溪清理网箱养鱼。

项于飞全权负责“西溪去浊复清保卫战”，更没有时间。

几年前，附近的村民在西溪养起了鱼。投放饵料、鱼排泄物、生活垃圾排放，溪水一片污浊，西风横秋之下，八月十五夜的玩月胜景早已不再。

取缔西溪网箱养鱼，首先要解决掉鱼，全市机关干部都要吃“爱心鱼”。

狄清歌把三十斤鱼提回了家，转身又要忙着去，焉红说：“这么多鱼，给爹和天明伯些？”狄清歌说：“想吃鱼，颍潭里随时钓，颍水里随时抓。你给柳老师些吧，顺便也让疏影吃几条。”

焉红提起鱼给柳疏影送去了。

两个月过去，“鱼清、网清、水清”三清任务完成了。

酷热的夏天长风浩荡，撩拨着苏东坡双槐的叶子。

振鹭考上市一中了，兰儿被市一中预科班录取，狄清歌去找项于飞。

春节的时候，翟常乐就说英豪不上学了，但福妹要中考，不管成绩是好还是不好都要上市一中。

赵大同也说，还有文景。

上周，中考过去，成绩公布，狄清歌的工作一项又一项，任务一个接一个，跳跃性、机动性又强，没个逻辑，如焉红说的“东一榔头，西一棒槌”，刚抽个空回中人城，赵玉田、狄三儿都找了来。

灵灵，成绩差十几分，上一中。玉平差二十三分，也要上一中。

金芝考上了，小凤也考上了。赵邦彦、隗天明都不找。

大吉、小利差一百多分，也哭哭啼啼地拽着狄三儿的衣袖找来了。

狄长生看着狄清歌不说话，虽然不说话，但显然是希望狄清歌都能帮上忙。隗天明则说道：“这几个孩子，都是你的家里人，还是你的学生。”

四十八　撑起理想的风帆

时光荏苒！文景、灵灵、金芝、玉平、小凤……转眼间都长这么大了。

狄清歌又不免叹息一声，道：“是啊，那时还都天真烂漫。”

狄清歌感伤过，又想，实行“一费制”，解决了“乱收费”问题，但因为办学条件、师资力量上有差距，都要上好学。这些孩子的事不仅要办，还要办好。还有，茶西施的儿子上初中，柳疏影开了口说的，不仅要上，还要减免借读费。

赵玉成怕赵大同嘴笨，也出来帮着孙子说话，道："文景就要上市一中。不上好学校，怎么能学好？"

狄清歌说："上好学校，分数不够，只能是自费，差一分一万块，七八十分要多少钱呢？还有，每个班都严重超员，上市一中、实验初中都要托门子挖窗户。市一中，五十四平方米的标准教室里本来只容纳五十六个学生，现在超过一百了，还在往里挤。"

赵玉成急了，说："那个我不管，你得让孩子们都能上。文景就差一分，也要一千块钱。"

"分分分，学生的命根。"

"分分分，家长的钱包。"

狄清歌笑了笑，说："'中山府学甲天下。'我们中人城的孩子，智力比谁也不差。我也要使出吃奶的劲儿去挤，让孩子们上市一中。不然，我愧对乡亲们，愧为他们的老师。"

赵玉成笑了几声，说："对了对了。"笑过，又说道，"我有点胃下垂，想去市人民医院看看。能不能找个好医生？"

狄清歌说："我就是能和柳疏影说上话。分级诊疗，在颍水市医院，报销不是多吗？我是为你考虑。"

赵玉成点点头说："也是。县里报销比例大。"

狄清歌问："新农合，村里人都参保了？"

赵玉成说："刚施行，还有人没参加。狄三儿一家、常乐的爹和娘，还有绿翠儿、英豪也没参加，还有不参加的。"狄清歌有些不解，问："怎么不参加呢？"赵玉成说："狄三儿说他身体好，不会生病。"

狄清歌说："常乐有钱，不在乎那么点花费。三儿哥是自欺欺人吧，人吃五谷杂粮，哪个不生病。"

赵玉成说："农民个人筹资一小部分，国家和政府补贴一大部分。新农合还是个好事。玉田患了心脏病，住院治疗花去了两万多，报销了一万多。他做梦也没有想到，只交十块钱参保费，得到上万元补助。过去因为没钱，不敢上医院。新农合，解决了我们的大问题，减轻了负担。"

狄清歌说："有个口号就是'交上十块钱，看病管一年'。"

赵玉成又说起上学："哦，还有我侄孙子，就是大同他姨的孙女兰花也想到育才小学。学校布局调整，村小学取消了，几岁的娃娃都必须到镇中心小学就读，十多里路。"

中小学布局调整，撤减了大量农村中小学。城市师资力量好，文凭高的大学毕业生宁愿在市里的小学任教也不愿到乡村任教。狄清歌知道这些，说："知识决定未来。要孩子们都上好学，但是——我的能力有限。"

赵大同说："能上就行，钱不是问题。再不像我这么辛苦，四处奔波，卖尽苦力，还赚不到钱。"

赵大同跟着包工头出去干活儿，都不签合同，只是口头上说干什么活儿，每天给多少钱，吃住怎么算，将来什么时候给工钱。流血流汗把工程干完了，包工头说上面的发包方还没有给结算工程款，没法发工资。等啊等，等结算清，包工头带着钱跑了。后来他又换个工地，包工头说好每天六十块钱，到最后按每天四十五块钱结算；本来干了八十个工，最后说只有六十个工，平白无故地就扣二十个工。到北京的工地打工，活儿干完了，找不到建筑公司了。又换个工地干了六个月，至今仍有三千多元工资没拿到，告到市劳动保障监察局，才要出钱来。

赵大同唠起心酸，赵玉成也感慨道："青壮年外出打工，农田无人耕耘，田地里都长了青草，剩下老人和小孩。这几年，连村民大会都开不成，很多村务如村级公路、水利、土地整治等农业基础设施建设方面的事，还要通过打电话，走'一事一议'的形式。"

狄清歌说："当初，我教孩子们要有理想，孩子们也在心里树立了一个理想。现在，我应该尽力帮他们。"

赵玉成带领乡亲们种的苹果，挂了三年果，放在窖里储存了一个冬天，在这夏季即将到来的时候，已经有了霉变，只得扔掉了。

当初，说是"好种出好苗，好树结好果"，然而，市场是无情的。

栖霞已经换过品种，苹果已经是条纹的。

"吃不好，睡不香，一下赔个精光光。"赵玉成和乡亲们也只剩下唉声叹气了。

霍志超种植的甘蓝，也成片地烂在了地里。

往外卖一斤只有五分钱。而雇人收割，一斤加五分钱，打包包装一斤再加五分，往外运还要加上五分钱的油费。还没卖，一斤最少两毛钱成本了。种苗、农药、水电等成本都不够。

运一车甘蓝到北京要两千元，加上人工装车费、市场的场地租赁等各种费用，折到菜价里，每斤得加四毛钱才能保证不赔钱。另外，北京的市场，还有五百元至一千元的进门费；支付卸车的人工费，给市场缴纳的各种管理费。

现代农业生产，由于传统流通模式中间交易环节费用过高遭遇到了挫折。

苹果换品种，但是，长起来结果，几年的时间，砍了都心疼。不砍，还是卖不出去。

狄清歌为苹果着急，翟常乐为西溪的工程找狄清歌来了。

西溪，不仅要清理网箱养鱼，还要清淤，还有功能湿地铺设防渗毯、溪边种绿，还要把溪边建成景观区，集运动、休闲、文化、娱乐等多功能的综合性公园，上亿元的工程量。

翟常乐要干点工程，要狄清歌想想办法。狄清歌说："工程都要招标，你也没有资质。"翟常乐说："招标也有猫腻，有领导打招呼，就中标了。不少人没资质，都是挂靠有资质的公司。你和项市长的感情那么好，关系那么密切，他会给你面子。"狄清歌说："违反招投标法，也是纪律所不允许的，我不能说。"翟常乐说："你帮的人还少吗？咱俩的关系可不一般。"狄清歌说："咱俩是铁哥们。但是，我真不能给你要工程。你说是要工程，实际是要项市长违法乱纪，要把项市长送进监狱。这样的事，你能干吗？"

翟常乐想了想，点头说："听你的，违法的事不能做。走！回中人城。"

狄长生去了磨坊，狄清歌要回去看看。

车行一路，叙过许多的话，到了中人城，翟常乐把车停在村小学门前。

原来，狄清歌每次回中人城还到村小学看看许老师、李阿姨、蒋老师。村小学撤并后，许老师、李阿姨、蒋老师都随着村小学的撤并离开了。

狄清歌看着村小学，心里倒有些欣慰。以前语文、数学、自然、音乐、体育他都教过，但自己哪里懂那么多，虽然上音乐课也唱唱歌，上体育课也稍息、立正、齐步走，但仅此而已，怎么发声、怎么踢腿，却全然不知其理。镇小学的各科教师齐备，孩子们受到的教育全面而正规，有了一个良好的人生基础。

原来的教室，现在的磨坊里，传出机器“吱吱吱”的叫声。

狄长生正蹲在磨面机前接着面，看见狄清歌走进来，直了直身子，说：“这腰啊。你怎么回来了？”狄清歌看了，鼻子一酸，眼睛有些湿润。

狄长生说：“歇会儿就好了。走！回家去。”

狄清歌心里难受，却又不知道对狄长生说什么，默默地跟在后面走着。走着走着，忽然想起了小时候，就是这样跟在狄长生后面走的。狄长生大步向前，自己紧跟慢走，须小跑着才跟得上。而现在，自己压住了步子走，才跟在后边。抬头看看，狄长生的背驼了，腰弓了，腿也重了。“小时候，爹的腰板是那么直，腿是那么有力。”想着想着，鼻子一酸，泪水又在眼里打起了转转。

狄长生似乎感觉到了什么，回头看了狄清歌一眼，说：“常乐是让咱家挣些钱，你不要怪他恨他。这点活儿，累不着我。看！我是不是白了？”狄清歌看看狄长生，狄长生的脸由于终日不见阳光，是白了，但是苍白。狄清歌心里一酸，眼泪也终于涌出来，对狄长生企求说：“爹！您不要再去磨坊挣这个钱了。我勤奋工作就是。”狄长生说：“吃的、穿的，兰儿还在上学，焉红的工资说不发就不发，你挣钱又不多。不用担心我。”

狄长生说：“去看看你天明伯吧，他身体不好。”说着，拐了个弯儿，向隗天明家走去。

隗天明偶感风热，加上天一抽风，凉热交加，感冒得很重，在熬防风柴胡汤喝。

狄清歌看过隗天明，心里酸酸地回了顾城。

四十九　绝不放过

狄清歌回过中人城，带着心酸回到顾城，工作过几日，由心酸转为愤忿了。而这种情感压抑在胸上，又转化成了文墨。

一点爱怜

我每天都衣洁领净，不愿有一粒尘埃，但却爱怜那光着屁股、浑身泥巴的顽童。

那天乘车到乡下，绿的、橙的、紫的叶绣着红的、黄的、白的花，万种风情映入我的眼帘。枝上或婉转、或短促、或高音、或低调的鸟鸣之声交织在我的耳畔。几个光屁股小孩儿聚在田野里嬉戏、耍闹，我看到了，想起了我跟他们一样年龄的时候，也是这样的。正有些开怀，又看到在离他们不远的地方，有一个同样光屁股的小孩儿独自在奔跑着。觑了眼瞧去，那小孩儿是在追逐一双比翼翩飞的蝴蝶，看着追到了，伸手一抓，蝴蝶双双一闪；再一抓，蝴蝶又是双双一闪，小孩儿又追上去，看看追上了，伸手去抓，不想脚下一绊，"吭哧"一声摔倒在地上。我"哎哟"一声，很想下车去把孩子扶起来，却看到那小孩儿在地上打了几个滚儿，又爬起来，不顾一脸一屁股的泥，笑着叫着去追那翩翩而飞的蝴蝶。

车疾驶而过，我的心里也留下了这一幕。

是对顽童产生的爱怜？不。

有人说"人生若只如初见"，我理解，这个初，指的就是孩童时代，天真无邪。而长大了，读过书了，明事理了，却天真不再——

纯真，永驻我心间。

一日晚间，狄清歌正伏在桌子上抒发着，焉红走过来问："写什么呢？"拿起来看了看，又道，"你怎么写起这个来了？多大岁数了，看见光屁股的孩子就感慨。"狄清歌说："我是在感慨，也在激愤。"焉红问道："看到光屁股的小孩儿就感慨，是心的净化；不明白的是，由此你激愤什么？"

狄清歌说："我感慨于两个人。可惜，我有所认识，却始终在窠臼里挣扎。苏可乔，让我知道了什么是博大，胸怀着国家和人民。李茂才，让我知道了怎样写材料，而我因此也总在一个小天地里格物。"

焉红又问道："你是在为此而激愤吗？"狄清歌说："因此，我激愤于一件小事情。"焉红说："小心眼，一件小事还激愤。你说说，我听听。"

狄清歌给焉红讲了最近遇到的一件事。

那日，齐麟童又去义村，狄清歌翻看档案，发现了一件十分蹊跷的事、一个十分蹊跷的人。

民政部门年终给鳏寡孤独者发放的救济款，周文兰的救济款被人代领了，但一直没有收到。

焉红不相信，说：“扶贫，还会有这样的事？世上，能有人干出这样的事？”狄清歌说：“我不是无端怀疑。”焉红也被气得七窍生烟，说：“这就不是小事情了。以小见大，事情虽小，却是民生疾苦的大问题。”

“是啊，英雄侠士向来都是劫富济贫。”狄清歌说。

焉红问：“是假的吧？没有人会干出那样的事。谁缺爹少娘，给人当儿子。”

狄清歌说：“其人其事都是真的。”焉红问：“是谁？”狄清歌说：“姓钟名山，是钟山冒充儿子，领取低保金。”焉红问：“钟山？是干什么的，他怎么能冒充的了，还会把低保金装进了自己的腰包。这么多年就没人发现？”

在市纪委、民政局到义村核查贫困户周文兰的实际情况，询问周文兰的儿子周小勇。当市纪委、市民政局要查看身份证时，周小勇却跑了。周小勇的行为引起了市纪委、市民政局的怀疑，遂对周小勇进行了调查，弄清了周小勇的真相。所谓的周小勇竟然是镇民政所所长钟山冒充的，冒充周文兰的儿子，把周文兰一年的救济款装进了自己的腰包。

焉红：“那也不能干出这样的事。一个民政所长，竟如此胡作非为。”

狄清歌说：“他舅是赵怀德。”

焉红说：“他舅就是比赵怀德再大的官也不应该干出这样的事。怎么，就这样大事化小，小事化了？你天天读书，讲境界，想隗志远。”

狄清歌说：“我还真担当了。比起隗志远为了国家都奋不顾身，我这算什么。”

焉红笑了，说：“你和于飞、疏影都是胸中有大义的人。应该！我虽然是个女人，但心里也觉得豪气；言传身教，也给兰儿正直做人树立个榜样。哦！我看见疏影去儿童福利院了，提着一兜子水果。”狄清歌问：“疏影去哪儿，看哪个孩子？”焉红说：“是不是去找甜甜？”狄清歌说：“疏影一直在寻找甜甜。不过，甜甜不会在那儿。”说完，起身走到月橘前嗅了嗅。

月橘花开得正盛，黄色的小花散发出沁入心脾的香味，格外舒畅。焉红也走到月橘前，闻了闻，说：“疏影不会有什么事瞒着我们吧。”狄清歌没有回答，迈步走出屋子。

院子里，一树桃花开得正艳。焉红也从屋子里走出来，看着桃花说：

"要不，我问问疏影？还是你给儿童福利院打个电话问问？"狄清歌瞧着桃花说："我问什么呀？'东风无一事，妆出万重花。'"焉红说："你想什么呢。哎哟！"狄清歌被焉红吓了一跳，赶紧问道："你怎么了？"焉红想到了什么，说："我知道了。"狄清歌追问道："你一惊一乍的，吓得我一哆嗦。你知道什么了？"

焉红还没开口，翟常乐满头大汗地跑来了。这么晚了，翟常乐来，一定是有急不可待的事。狄清歌问过。果然，说英豪好几天不见了。

郑逸品去省委开会了，狄清歌向赵怀德请了两天假，和翟常乐连夜去找英豪。

狄清歌离开村小学后，英豪又任意地玩耍起来，上完小学，勉强读到初二就不去上学了，沉迷于上网。学校找，教育局追，绿翠儿连哄带教，英豪就是不上学。翟常乐又训又斥要送英豪回中人城，英豪跳进了颍水。从小在颍水里玩，进了水里，水性使英豪不由自主地凫了起来，凫了几凫凫到了岸上。

翟常乐吓得赶紧让狄清歌去劝说英豪。狄清歌怕市里钢筋混凝土的，英豪再出什么好歹，说："回老家和爷爷奶奶一起过吧。"英豪说："现在都往城市跑，却让我回农村。"

农村的人都在进城，城市的现代建筑、文化、生活才诱人。狄清歌对翟常乐苦笑道："英豪在家无所事事，必然无事生非。你让他在公司里干个事。"翟常乐闷着头，想了想，说："还是怨我，说什么上不好学没关系，大不了卖豆腐。"狄清歌说："没后悔药吃。现在的人就业观念变了，就业渠道也多元化，还有从工作岗位上辞职的，自谋职业的也不少。不上学，没工作，你不也当了老板。"翟常乐说："笑话我。让英豪先在业务科干吧，学学为人处世。"

英豪干了两天，又不见了。

亲戚家、同学家、网吧、电影院、中人城、颍峰都找了，在潭里也捞了，连风猴洞都钻进去寻过。那里，两只风猴为争夺王位正酣斗。

翟常乐的娘还托狄三儿算过卦，也求过庙里的神鸟，仍不见英豪的踪影。绿翠儿也不管小卖部了，哭个没完，翟常乐着急上火，狄清歌也累得精疲力竭。隗天明说："生死有命，富贵在天。"

正无所措手足，英豪带着个姑娘回来了。狄清歌跟翟常乐、绿翠儿、翟常乐的爹和娘一起笑起来。

原来，英豪去承德了。

年轻人都在网聊，聊了几回就见面，而“见光死”的多。英豪聊了承德一个叫金玲的姑娘，也去见面了。可倒好，两个人见了面，越发兴奋，比网聊还对心思，大有相见恨晚之意。结果，金玲和父母一起跟着英豪来到顾城。

狄清歌问了问，知道了金玲家是承德市滦平县金沟屯镇金沟屯的。

金沟屯是普通话标准发音的采集地，听着金玲说话，狄清歌异常喜欢。对英豪和金玲的婚事极力支持。

大学毕业时，要过普通话关。在考试时，一口浙东话的廖教授听过狄清歌的朗读，说：“‘书同文，车同轨，语同音。’你的发音不准。”没通过，要进行第二次考试。狄清歌气得脑袋都大了，说：“‘采薇，采薇，薇亦作止。曰归曰归，岁亦莫止。’廖教授上课讲《采薇》，一个字都没听出来，我是自己看书才懂的。还说我发音不标准。”项于飞哈哈地笑道：“你以为我听懂了？”过不了关，毕不了业，狄清歌又练了半个月，项于飞也帮着校音。到第二次考试时，廖教授听过狄清歌朗读，才摇着头说：“你啊，（普通）话太差劲了。去吧！”后来，狄清歌看到了成绩，是六十一分。

翟常乐和绿翠儿觉得金玲挺好，考虑一结婚就拴住了英豪的心，主要是英豪高兴，金玲愿意，金玲的父母也同意，就点了头。

英豪和金玲去婚姻登记处领了结婚证，在萍水逢摆过酒席，又回中人城大操大办去了。

狄清歌帮着操办过英豪和金玲的婚事，身体疲惫不堪，仰到沙发上翻看起《古典诗词探幽》。

焉红边给兰儿收拾东西边数落说：“几天不回来了，回来了也不知道给桃树、月橘浇水。”

狄清歌放下书，起身去给月橘浇过水，又去浇桃树。一出门，却看见柳疏影走进来。

五十　一颗金子般的心

狄清歌连忙招呼说：“你来了！屋里去。”

柳疏影走进屋子里，兰儿看到了，叫声“柳姑姑”，扑到柳疏影身上。柳疏影笑着抱住兰儿，问：“放假了？”兰儿点了点头，说：“嗯，一天。一会儿就返校。”

焉红看着，笑道：“兰儿，快让你柳姑姑坐下。”给柳疏影沏上一杯颍峰茶。兰儿拉着柳疏影坐下，靠在柳疏影的肩上。

焉红笑道：“跟你柳姑姑那么亲。刚才，还嫌我数落。兰儿，别忘了，‘女儿是妈的小棉袄’。”兰儿很干脆地说：“不是。”焉红把大眼睛一瞪，说：“白养你了，没良心的。”兰儿说：“我是柳姑姑的小棉袄。”

柳疏影和焉红一起笑了，狄清歌也跟着笑了。

柳疏影说：“在娘胎里，女儿就和妈对着面，心贴心。”狄清歌听了，说：“男孩儿呢？我听人说，是背对着妈。难怪，振鹭和于飞对脾气，却跟千色顶嘴。”

柳疏影笑道：“没那个道理。”

兰儿端起茶，对柳疏影说：“柳姑姑，喝茶！”

柳疏影接过去，嗅了嗅，说：“沁人心脾的薯香！我有一个帮扶对象，就在这附近住，正好来和你们说说话。”

焉红和柳疏影说起了话，狄清歌随手又拿起书乱翻着。

焉红和柳疏影说了一会儿话，回头对狄清歌说：“甭跟个没事的兔子似的。到时间了，送兰儿上学去。”

狄清歌忙放下书，站起身来。

兰儿对柳疏影摆摆手，说：“柳姑姑，再见！”说完，她背起书包对狄清歌说：“父亲！不用送我了。”

狄清歌听兰儿叫自己父亲，愣了愣，问道：“你怎么不叫我爹了？”兰儿嘿嘿地笑了，说：“您就我一个女儿，怎么叫你爹？《诗经·大雅》云：‘维师尚父，时维鹰扬。’父亲，是尊敬您有才有德。”

狄清歌呵呵地笑了，道：“爹，从父，从多。有多个儿女，才为爹。兰儿长学问了。”

兰儿说：“反正不叫您爸。”

焉红对兰儿嗔怪道：“这孩子，不会说话。”

兰儿对焉红一努嘴，说：“母也天只，不谅人只！”说罢，扛起书包去学校了。

焉红看着离去的兰儿，不知道“母也天只，不谅人只”是何意，只觉得一定不是好话，瞪着狄清歌问：“骂我呢？这是骂的我什么？”

狄清歌笑道：“没骂你，是《诗经》里的一句话。”

柳疏影也对着焉红笑道：“忠、孝、仁、义、礼、智、信，这是几千年来中华民族不败于世的根本。”

焉红明白了，说：“几千年了，现在怎么能丢了。”

狄清歌问柳疏影：“防控‘非典’时，你第一个走进隔离病区，想到了什么？”

柳疏影笑道：“想什么？什么也没想。应该的。”狄清歌追问道：“应该，这么简单？”柳疏影淡淡地一笑，说：“复杂吗？还要有很多的理由吗？还要人鼓舞吗？”狄清歌点点头，道：“人，其实很简单，是社会把人搞复杂了。考虑问题，多了利益，忘了正义。”

焉红听了，说：“我赞同。”柳疏影对焉红说：“那，我可要拜托清歌一件事了。”焉红说：“你对他下命令。”狄清歌笑了，对柳疏影说：“你说。”

柳疏影说是茶西施的事。

狄清歌说：“她儿子不是上实验初中了吗？”柳疏影说：“是她做了乳腺切除手术，花了几万块。阿明成了赌徒，又逢赌必输，一年挣个几万块钱，都输了。她没有医保，全靠着卖茶生活。”

狄清歌想了想，说：“我帮她什么呢？医院不能根据实际生活状况减免吗？”柳疏影说：“已经减免过，但后续的化疗还需要几次，费用不是小数目。”狄清歌说：“再有，可以找找慈善会。”柳疏影说：“你帮她申请一些救助？”狄清歌说：“我试试。”

见狄清歌应承了，柳疏影立起身说：“我回医院了，还有病人。”

焉红和狄清歌把柳疏影送出崔家胡同，走上了中山大道。

天空阴沉了多日，终于下起了大雪。雪花飞舞，不住劲地飘了三天，西北风才飕飕地吹来。

大寒这天，正是腊八日。正应了那句民谚：“腊七腊八，冻手冻脚。”“小寒大寒，过了腊八就是年。”时间紧迫，任务在肩。临近年关，市中院发起“执行难”攻坚战。阳高县工商局下属的一个酒店长期拖欠他人债务，二审终审后拒不履行。为维护法律的尊严和确保债权人的利益，市中院采取强制措施，将酒店的法人代表依法拘留了。慑于法律的威严，酒店才履行了法律手续，清偿了债务。

以“真情连你我，和谐入万家”为主题的和谐文化节在顾城开展，又进行县改区工作。区名，特别突出了文化特色。

南市区、北市区、桥西区、桥东区分别改为双槐区、都府区、银杏区、西溪区。四区的农民在自愿退出宅基地使用权和土地承包经营权后，转换为城镇户口，纳入城镇社会保障体系，享受与城市居民同样的养老、失业、医疗、就业和子女就学等方面的待遇，获得了实惠。

张达发也趁着四区群众的喜悦，广发请柬，要三婚。

六个月前，张达发的儿子娶媳妇一辆凯迪拉克开道，迎亲的是一水的奔驰，送亲的是一溜的宝马，一百辆车寓意着“百年好合”，浩浩荡荡，锣鼓喧天，鞭炮震天，人们对那阵势的啧啧声仿佛还未断去。

加拿大籍华人张达发，娶了一个美国籍的女人。

婚礼极其隆重，贺喜者坐了六百六十六桌。一是为着张达发而来，二是为看张达发的美国籍新娘。

新娘，黑头发，黑眼睛。

“美国人不是金发碧眼吗？”“归国华裔。”“听说，她姥姥是美国人。”“真不明白。”话未说完，立刻遭到旁边人的抢白：“嗨！有钱人的世界你不懂。”被抢白的人很敏感，不屑地说：“你懂！好像你很有钱似的。”抢白的人被人小瞧了，带着气说：“当然有。”被抢白的人反问道：“我怎么不懂了？”抢白的人认为自己受到了无端的挑战，呼的一声站起来，抬起手指向对方的鼻子……

这时，曹新月讲话了：“美利坚的新娘，加拿大的新郎，这是一桩国际婚礼。詹尼斯小姐、张达发先生在中国即将结合，并要在中国一起美好地生活了。‘心乎爱矣，遐不谓矣。中心藏之，何日忘之。’让我们祝福他们！”

一片掌声之后，曹新月又说道：“詹尼斯小姐、张达发先生，久居中国，适用中国法律，根据《中华人民共和国婚姻法》有关涉外婚姻之规定，向中国民政部门提出了结婚申请，并得到了批准，终结美好姻缘。下面，有请新娘詹尼斯小姐。”

新娘双臂一张，向嘉宾们说道：“我爱你们！”说的也是中国话，也获得了一阵掌声。

曹新月又说道：“请张达发先生讲话。”

张达发咳嗽了几下，说：“感谢各位领导光临！感谢各位来宾！为了表达我对爱情的真挚，咳咳！献给詹尼斯九千九百九十九万朵玫瑰！”

礼宾举起一个写着“九千九百九十九万”的大红牌子。

一阵哄哄声。

张达发从口袋里拿出一个存折，向众人展示了，然后双手呈给詹尼斯。原来，九千九百九十九万朵玫瑰是九千九百九十九万元钱。詹尼斯先接过红包，伸出厚嘴唇在张达发额头上深深地亲吻了一下。

曹新月最后说：“让我们共同举杯，为詹尼斯小姐、张达发先生的美好结合，干杯！”

在掌声里，张达发宣布：“谨在此新婚之喜日，咳咳！依水岸商住区盛大开盘！”

五十一　揪心的房价

新的一年开始，在“鼓励居民适时适度消费”中，北上广深，全国七十个大中城市的房价腾地上去了。

依水岸商住区的房子，还没开盘，即被人内部认购完了。

顾城又动大手笔，要着力打造“山水之城”。

颍峰、颍水、西溪，顾城有山有水有人文。

以山为骨，挺起脊梁。颍峰，是顾城的骨架，要“保护好城市天际线、山脊线”“让一江碧水、两岸青山的美景永存”。

以水为脉，显水之秀美。颍水，是顾城的脉搏；西溪，是顾城的律动。要科学用好水域生态系统，加强滨水、溪水的规划和保护。

以绿为底，焕发绿之生机。绿，是顾城的底色。要坚持生态优先、绿色发展，突出发展的绿色本底。

以文为魂，延续文之厚重。文，是顾城的气质。要把历史文脉有机融入城市风貌，彰显文化特色，让历史文化与现代文化交相辉映。

以城塑形，回归人之根本。城市，让生活更美好。美好的顾城，要充分尊重发展规律，充分考虑全市人民的需求、经济社会发展需要、资源禀赋和环境承载。

全市上下，激情澎湃。中山农产品公司却出现了问题。

甘蓝烂了，惨败在传统销售模式上。

霍志超在考察过北京的超市后，改变了传统销售模式，直接对接学校、机关、部队、超市，还在互联网上建立了销售平台。

太母山矿冶公司终究划转顾城市了，社会保障也从省里交给顾城，六千职工，财政补贴六千万元。

焉红的心里也有些波动。

项于飞的精力集中在“山水人文之城”的建设上，狄清歌也顾不上焉红，一直在忙忙碌碌。

赵大同来了，说国家对农民买农机有补贴，要买台大型拖拉机，以备农忙时分用。狄清歌说：“好事，这是国家支持‘三农’，给农民的实惠。买吧。”赵大同又强调说：“要买的人太多，必须托人有关系才能买到。”

狄清歌二话没说，就和赵大同去了农机局。

赵大同拿到了指标，但要一级一级地审核。在镇上，农技站站长百般刁难，直到送了礼才盖上章。

狄清歌憋了一肚子气，又怔怔地看着依水岸商住区的房价涨到五千二，还卖光了。

去年，焉红就嚷嚷着换房。然而，狄清歌一个月的工资才几百元，房价一千二。最根本的是，没有钱，他一直不表态，还找理由说：“这院里的灼灼桃花，你可舍得？”

两间小平房，冬冷夏潮。

一家人既要吃饭，还要供兰儿上学。太母山矿冶公司的效益也不好，焉红不知道哪个月才能发回工资，虽然精打细算的，从牙花子上省不下几个钱。虽然狄长生从未要过钱，但是狄清歌不能不每月回去，而且必须买些食品，还要有隗天明的。

狄清歌不是不想买，是一说买房，看到人们买房，心里就虚。

“别人怎么有钱买房呢？我连首付都交不起。”狄清歌边想边嫉妒边自责。

住房按揭贷款首付款比例又提高到三成以上，连百分之二十的首付都拿不出来，还提高到三成。焉红埋怨说：“我说买，你找借口，房价又涨了，首付也提高了。咋办？个人住房公积金贷款利率上调了零点一八个百分点。这还涨呢。”

焉红看着房梁，说：“我们这房子，都掉土呢，下雨都漏了。”狄清歌说：“我不是拿块塑料布把屋顶盖上了嘛。邻居崔老太太一家人都这么住呢。”焉红问道：“崔老太太家俩儿子。你让我和闺女受这罪？哪天塌了。”狄清歌不说话了。焉红又道：“我姐都用公积金买房了。”狄清歌有了借口，说：“焉熙属于省直单位。省城有公积金，我们这儿还没有。”

狄清歌正嫉妒和羡慕，顾城市政府出台了《“勾地”政策》：土地在正式挂牌出让前，由单位或个人对感兴趣的土地向市政府表明意向并出价，而市政府每块拟出让土地须有三名意向购买者，才会真正拿出来挂牌、招标、拍卖交易。

狄清歌高兴地对焉红说：“政府在控制，措施有力，房价不会再涨。买房，不能着急。”

然而，张达发每个月调一次价，房价依旧以每月每平方米一百元的幅度上涨。

建设部、国家发改委、工商总局联手集中开展了房地产交易秩序专项整治活动，捂盘惜售、囤积房源等违法违规行为受到了重点打击。但是，土地招、拍、挂，价高者得，房价并没有因此降下来。

狄清歌心里坦然了些，说：“这次房价该稳定了。”

焉红说：“磨磨蹭蹭的，到底买不买？也不知道你怎么想的。房价又涨了，一涨就一百。哎！听人说温州炒房团来了。”

狄清歌的心里刚有些舒畅，又愁上心头，说：“怎么又是温州人？”焉红不知厉害，说：“我在售楼部也看到几个人，瘦小的个子，但人人都看着特别精明，是温州炒房团的？”狄清歌问：“他们说什么？”焉红说：“叽里呱啦的，不知道说的什么。”狄清歌想了想问：“说‘踢锅和’了？”焉红问：“踢锅和？什么意思？”狄清歌又问：“说没说‘词挖’？”焉红想了想，不自信地说：“说了？没说？好像听他们说‘嘎’‘问问’。对，有句‘何乜价钱’。”狄清歌念叨着：“‘何乜价钱’，何乜，何乜，什么，什么价钱，是这意思。”焉红说：“是在打探价格。”狄清歌说：“新房开盘，团购可以打折，那是在讨价还价，能少一分是一分。”焉红说：“要不人家挣钱呢，把钱算计得那么精。温州炒房团来了，房价不知道一下子涨多少呢。”狄清歌说：“温州炒房的人到哪里，哪里的房价就暴涨。”焉红说：“想起来了，还说了一句，‘和啦’。”狄清歌说：“‘和啦’是‘好了’，是谈妥了，同意了。”

焉红算起了账，说：“首付20%，余下的贷款，等于用四倍杠杆炒房。只要房价上涨20%，温州人的本金就能翻倍获利。”

狄清歌说：“难怪哪儿有房展会、推介会，哪儿就有温州炒房团。一下手就包购整栋楼。温州人精明得很，要看开发商的开发区域；要研究市政规划，城市有没有大动作，如建桥修路、重点学校搬迁等。我们这儿发展不快，没有可炒的。”

狄清歌面上是在断定温州炒房团没到顾城，实则是算自己的小账。买房，首付都付不起，借钱？向谁开口？又怎么说？思虑再三，终于拿定了主意：等攒够了再买房。

温州炒房团没有征战顾城，倒是房价越调控越涨。一年里，房价涨了一千多。

“早买房多好。疏影买的房，值多少钱了？要是我们也早些买，该省下多少？看看——”焉红埋怨过狄清歌，又指着几件家具说，“衣柜、铁管铺板床，还是结婚时买的，电视也修好几回要报废了，没个性，不时尚。现在，好多人家都讲品牌了。”

狄清歌说：“调控，涨了；再调控，又涨了；打击整顿，更涨。我也着急。”

焉红又唠叨起来：“早就说买，你总是说攒够了再买。攒到了二万，房子四万了；攒到四万，房子涨到了八万；攒够了八万，我们还没八万呢。挣这么点工资，不吃不喝？兰儿上学也花得人心慌。去北京看病，花了不少钱。不定哪天又出什么事，又要花钱。你说你，就不知道省着点，攒着点，没钱吧还净充善人。‘不懂金融，就要付利息’。”

一分钱难倒英雄汉。狄清歌想到的是另一句话，看看焉红。

焉红的鬓上已生出几根白发，那是操劳的报酬，是对家的奉献，是养育兰儿的付出，是对自己照顾的见证。

“非是岁月不饶人，辛劳作祟白人头。”狄清歌枉自叹道。

医院改制后，工资之外，做一台手术还有提成，柳疏影的收入在五六千，所以早早地买了房。狄清歌的工资涨来涨去才一千两百块，每月挣不出一平方米。焉红又好几个月不开支了，兰儿虽然考上了市一中，但过两年要高考，还不知道考个什么样的大学。要是本三，一年一万，还有吃的、喝的、穿的，后面还有好多发愁的事。

狄清歌安慰焉红，也是自我安慰地说：“穷日子，富日子，都是一天一天地过。”

焉红说：“连个像样的房都没有，衣食住行还匮乏。你还算中产阶层呢。”

一个月几百块，焉红时断时续地发工资，兰儿上学，不算狄长生，也不够人均水平。狄清歌笑了，说：“道德上、审美上、价值观上，我在中产化。但是，收入没有到人均数，生活方式和消费方式更达不到，我算不上。你说你日子节俭得一分钱恨不得掰成两半花，没有苹果手机、没喝过星巴克咖啡，自行车代步，不去健身房，只在街上散步，正为买房没钱发愁。然而你，有一点，达到了。”焉红问：“哪点儿？”狄清歌说：“理财。你有一个股票账户。”焉红不以为然地说：“切！我还不是想着兰儿。辛辛苦苦，千思万虑，就为了兰儿学习好，过两年能考上好大学。现在都拼爹，你行吗？房价又这么高，要是再得个病，学校还隔三岔五地要买学习资料，要加课费、补课费，家里别有个事，一旦有个事，哪儿来的钱？”

听着焉红念叨，狄清歌心里发慌，说：“抽时间，我去楼市看看。”

五十二　义理

这天，狄清歌忙完工作，打算和焉红去看看房，柳老师一瘸一拐地来了。

狄清歌问：“柳老师，身体不好吗？”柳老师说：“职业病。多年站讲台，静脉曲张。迁延时日，脚踝都黑了，眼看就要溃烂了。”狄清歌说：“我想起来了，疏影说过。怎么不早看医生？早发现，早治疗。”柳老师笑笑，说：“你是明知故问。一个萝卜一个坑，我不能耽误学生一节课。”

“两眼一睁，开始竞争。两眼一闭，不忘记忆。”早晨五点半起床，晚上十点睡觉，比太阳起得更早，比总理睡得还晚。严格的封闭式管理下，学生如此，柳老师岂能逍遥。狄清歌想过，深有感触地说：“学生在拼搏进取，老师在无私奉献。激烈的竞争，巨大的压力。”

柳老师说：“分数产生压力，排名产生压力，高考升学率产生压力，进入一本的考生数产生压力。我这当老师的，和学生的压力一样重。我和学生一样，都在拼。”

狄清歌说：“是，每次见到您，您都是匆匆忙忙的。”

正聊着，翟常乐也来了。

翟常乐见柳老师在，高兴地拉着去了老饕馆。

苏可乔也在，忙招呼过，沏了茶来。

柳疏影急切切地也到了，对柳老师说：“我正忙着，您跑了。”

柳老师看着柳疏影，心疼地说：“又在忙？快坐下，喝口水。”柳疏影喝了口水，说：“刚做完一台手术。”

柳老师又疼爱又赞许地说：“看我闺女！当医生就应该有这种情怀。但是，自己也要注意身体。”柳疏影说：“职责要求。以人为本，以患者为本。爸！你的腿怎么样？”柳老师说：“我去看过，初诊、挂号、候诊、看病、诊断、开单、交费、检查、拿结果、医生看结果、开药、交费、拿药……最要命的，是B超、心电图、脑电图、化验透视、CT、核磁，医院所有的先进仪器必须享受一遍。病还没治，就够人受的。”

柳疏影解释说：“这是医院的流程。”

狄清歌说：“现在都讲程序，一步不可少。”

柳老师又说道：“挂号费、检查费、麻醉费……一个个费。我感觉，怎么离了钱，就看不了病呢。”

柳疏影解释说：“手术限价包干，用老百姓的话来说，就是‘看病一口价’，和教育上的‘一次性收费’差不多，对病人从入院到出院发生的所有费用，化验费、手术费、麻醉费、换药费、住院费、护理费、治疗费实行限定收费，保证患者在住院期间的各种费用总额不超过明示的限价。”

柳老师说：“我只是对药价高、看病贵不满意，对医生、护士是满意的。”

柳疏影又解释说：“大型医疗设备及相关医疗技术水平提升、新型药物等导致高昂的医药费用、以药养医、药物流通市场缺乏监管，是这些导致了看病贵。当然，与某些医护人员医德医风的败落也有很大关系，政府正在整治，医院也在努力。”

狄清歌也对柳老师解释说：“医患关系，是患者及其家属在就医过程中与医院和医护人员之间发生的特定关系，并不是医生与患者两个个体，而是两个群体。病人不满意的并不是医生、护士等人员，不满的是所涉及的费用等问题。只不过，由于医护人员是医疗体系的窗口，就演化成了医生和患者的直接冲突。”

柳疏影沉吟片刻，说：“看病贵的问题在哪？我也不敢轻易下结论。其中医院的责任有多少？医生的责任是多少？很多人认为医生如何心黑，为了开提成药不择手段，我不否认有部分医生这样做，但是，从医生的角度来说，最终的用药是针对患者的疾病和情况来定的。作为医生，挨骂，我也非常难受。唉！救死扶伤，我非常怀念‘非典’时期。”

柳老师说：“医疗和教育，一个使人身体好，一个使人劳动好。向人们提供福祉的行业，都成了社会大问题。我这腿，怎么治疗？”柳疏影说：“我问过外科了，保守治疗有两种方法，一个是手术剥离，一个是注射硬化剂。我主张——”

柳老师说：“又要花不少钱。”

狄清歌说：“看病不说钱，身体要紧。常乐！药价高，你有发言权。”

翟常乐笑了笑，说：“我倒腾过药品，内情我倒是知道一些。”

翟常乐说了说其中的事情。

柳疏影摇摇头，刚要说话，手机电话突然响了：“柳院长，刚手术下来的一个产妇大出血。”

柳老师忙对柳疏影说：“救人要紧，赶快去吧。”

“焉红呢？好久不见她了。”柳疏影问了一句，没等狄清歌回答，已经急匆匆地去了。

五十三　心中有正义

盛装后的萍水逢会议中心，百合花添香，散尾葵吐翠。主席台两侧和对面的“落实责任，提高效能，严字当头，转变机关作风”“强化举措，超常用力，注重实效，优化发展环境”“掀起责任风暴、推进效能革命，为建设区域首位度城市提供有力的环境保障”等大幅标语，向全市人民亮明了市委市政府锐意改革创新、不断深化环境建设的信心和决心。

会上，曹新月宣读了市委、市政府《关于掀起“责任风暴”推进“效能革命”的通知》，印发了《关于掀起“责任风暴”推进“效能革命”的实施办法》。郑逸品发表了讲话。

电视连续剧《亮剑》热播，李云龙敢于战斗、勇于胜利，靠的是逢敌必亮剑。顾城市委、市政府又制定了《关于开展执行力“亮剑行动”的实施意见》。

一年一度的高考开考了。

大雨倾盆，一名十八岁的高中生蹚水赶向考场。不料，脚下一空，坠入没有井盖的排水井。

一个充满希望的生命消失了。排水井无井盖，无围栏，无警示标志，无人看护。

郑逸品发火道：“窨井虽小，看似鸡零狗碎，实则关系人民生命安全。这样的事件全国各地发生不止一例了，公共安全管理问题，怎么就解决不了？”

狄清歌心里也自责道：我写得头头是道，不管用。又思索道：力度也不谓不大，又是“责任风暴”，又是“效能革命”，又是“亮剑”……领导也不可谓不重视，但问题就解决不了。思来想去，归结于一个字：“盯”，紧盯不放。

柳老师和杨老师的事，就是因为“盯”才解决的。

柳老师和杨老师退休了，本该颐养天年，却满心的不高兴。

狄清歌问柳老师为什么，柳老师说：“怎么回事？我和老妻，一个三月退休，一个四月退休。但人社局在五月批准我退休，社保中心从六月开始计发退休金；在六月批准老妻退休，社保中心从七月开始计发退休金。”

狄清歌仔细地看了看柳老师和杨老师的《退休审批表》。

柳老师是一九四三年二月出生的，五月二十九日市人社局盖章同意于三月退休；杨老师是一九四三年三月出生的，六月二十五日市人社局盖章同意于四月退休；社保中心从六月开始给柳老师计发退休金，从七月开始给杨老师计发退休金。

看过《退休审批表》，狄清歌说：“市人社局同意您于三月退休，是五月二十九日批准的；同意杨老师于四月退休，是六月二十五日批准的。”

柳老师说：“是啊。”狄清歌说：“您在今年二月满六十岁了，杨老师在三月满五十五岁了。”柳老师肯定地说：“没错。”狄清歌说：“从《退休审批表》上看，您于三月退休了，杨老师于四月退休了。”柳老师又肯定地说：“是。”狄清歌问：“第五中学从什么时间停发了您和杨老师的工资？”柳老师说：“我三月，老妻是四月。”狄清歌问：“您三月、四月、五月三个月，杨老师是四月、五月、六月，三个月，既没有发工资又没有发退休金？”柳老师点头回答道：“没有。我认为给我和老妻都少发了三个月的退休金。”狄清歌问：“您和杨老师向社保中心申辩过吗？”柳老师说：“找过几次，都回答说按审批时间退休、按批准时间发的。”

狄清歌说：“您和杨老师向市政府法制办申请复议吧。”

柳老师去了，三个月过后拿着《行政复议决定书》来了。狄清歌拿起来看过，默默地放下了。

《行政复议决定书》认为，市人社局批准柳老师和杨老师退休的时间即是二人的退休时间，社保中心从六月给柳老师计发退休金金、从七月给杨老师计发退休金不违反法律规定。

狄清歌想了想，对柳老师说：“还有个渠道，可以到法院提起行政诉讼。”柳老师说：“民告官？”狄清歌说：“依靠法律维护你的权利。”

柳老师去过法院，又找到狄清歌说：“法院不立案。”狄清歌问：“有案必立。既有原告，又有被告，还有事实和理由。你们认为行政机关侵犯了自身合法权益，在法院受理范围。”

狄清歌拿着柳老师和杨老师的《退休审批表》去找夏九天。

夏九天已经是市政府法制办主任。

夏九天说：“法制办审查的结果是：行政复议做出的决定不违反法律。我的意见是，不要再抓住不放，要和谐。”狄清歌说：“我没有违背和谐的本义。”夏九天说：“柳老师、杨老师，你和他们有什么关系吧？那么卖力。市人民医院的柳疏影是他们的女儿？你早就认识，交往也密切。其实，事情不复杂，很好办，维护政府的形象最重要。”狄清歌说：“我非常尊重柳老师、杨老师，也非常尊重柳疏影。我所做的，也是在切实维护政府的公信力。”

狄清歌再给市人社局潘局长打电话，潘局长说已经行政复议，并且维持了原来的决定。

柳老师黯然地说道："疏影不让我对你说这件事，但我还是忍不住要对你说。"

狄清歌说："这是法律的事情，不是私人感情。"拿起柳老师和杨老师的《退休审批表》去向郑逸品反映情况。

郑逸品看过，问："你看准了？"狄清歌说："柳老师应于三月计发退休金，杨老师应于四月计发退休金。"郑逸品肯定地说："这，没有丝毫的疑问。"提笔批示道："请市政府依法解决柳老师和杨老师的退休金问题。"

三个星期过去，社保中心齐主任找到了狄清歌，说潘局长在开会，由她来说明柳老师和杨老师的情况，并着急地说："我工作很忙，只有十分钟时间，我的司机在等我。"

狄清歌听了，火上心头，端起杯子喝了口水，把火压下去，本想说：你也就一个股级干部，还"我的司机"？但没说出口，只是厌恶地看了看齐主任。

齐主任说道："我们人社局批得没错，办得正确，行政复议也维持了。"狄清歌问："柳老师和杨老师的退休时间，是人社局盖章的时间，还是批准柳老师和杨老师退休的时间？"齐主任不耐烦地说："我们办得没错。我就想不明白了，你何必为了两个老师跟我过不去？"狄清歌听了，胸膛里烧起一股火，火顺着嗓子燃烧到嘴上，喷薄而出："柳老师和杨老师的事我绝不放过去。你很有权势，但不能由此而置法律于不顾，乱作乱为。不送！"

齐主任叫上她的司机，坐上她的车走了。狄清歌被郑逸品叫了去，说："柳老师和杨老师的事，能不能放一放？"狄清歌说："让柳老师、杨老师承担错的损失，不公平。"郑逸品问："你和柳疏影是什么关系？"狄清歌愣了愣，没有回答，只是强调说："依法办事，是对人社局工作的要求；柳老师和杨老师的事，是公，不是私。"

郑逸品沉默片刻，又问道："你不顾及法制办的公信力？"狄清歌说："法制办的权力，在法律的轨道上行使。正确处理好柳老师和杨老师的事，正是维护市政府的公信力。"郑逸品又问道："你不顾及和夏九天的关系？"狄清歌说："夏主任也维护市政府的公信力以及在人民群众中的形象。"郑逸品说："不追究，怎样？"狄清歌说："违法必究，这是

《宪法》的规定，也是法治的根本精神。《宪法》和法律应当受到尊崇和维护。”郑逸品想了想，又说道：“项市长还分管着市法治办呢。”狄清歌说：“公私分明。一切都应遵从于法律。”

郑逸品哈哈地笑了，说：“好！心中有正义。”

半年过去，柳老师欢天喜地地来了，对狄清歌说：“社保中心怎么还要我们写申请，才补发去年三个月的退休金？”

狄清歌一脸的惊愕，问道：“还要写申请？很奇怪。”柳老师说：“补发退休金，还要写申请。”狄清歌苦笑道：“您能教学生写出满分作文，自己写个申请也是随手而为的事。”

柳老师和杨老师都补发了三个月的退休金。

狄清歌舒了一口气，叹息道：“法治之路维艰。”也向郑逸品做了汇报。郑逸品刚要说话，突然，手机响了。

五十四　恼人的秋风

郑逸品接了，说：“喂，你好，我是郑逸品。”只听得手机里有人说：“郑书记！我家盖上新房，要过上好日子了，但是找供水公司都三个月了，不给接。打电话，电话没人接。公开承诺的服务电话没人接，‘逗你玩’，不，是‘逗我玩’啊？”郑逸品说道：“你的问题很快就会解决。请放心！”

供水公司属规划局管，狄清歌把郑逸品的指示下达到规划局。

第二天，供水问题解决了。

然而，供水这件事情刚办完，马亚蕾为集资款的问题找来了。

证据是十几年前，马亚蕾在中人城镇中当老师的一张集资款收据。当年，马亚蕾从亲戚朋友处东拼西凑了六千元。学校签订书面协议，约定年息一分，待“普九”验收达标后，连本带息返还。学校顺利通过了“普九”达标验收，但危房改造、中小学布局调整等工程又一项接一项，学校根本无法兑付“普九”时的债务。后来，国家全面实施“两免一补”，学校“向学生想办法”也泡了汤，学校想还，却是“巧妇难为无米之炊”。

患癌症、尿毒症等重大疾病的低保对象医疗费用百分百报销，马亚蕾虽患有乳腺癌，但有退休金，不属于低保户。

丈夫去世，马亚蕾独自拉扯两个孩子，照顾年迈的母亲。日子过得更紧巴，忧心两个孩子的大学学费，把希望寄托在一纸没有兑现的协议上。

郑逸品对狄清歌交代说："你去教育局协调解决。"

"借钱的是学校，谁借谁还。这个问题，只有找学校解决。"狄清歌得到了一个答复。

马亚蕾说："现在的校长说，谁借的让我找谁。"狄清歌解释说："这是个承继关系，现任校长有不可推卸的责任。如果非不还，你可以寻求法律保护，向法院提起诉讼。"

白露未到，处暑二候，天地始肃。

要开学了，狄清歌要回中人城接兰儿。

还未动身，狄清歌接到了市纪委的电话，说要向其调查一个问题。狄清歌问能不能上班时间再谈。

但市纪委说不能等，就是现在。狄清歌只好先去了市纪委。

市纪委向狄清歌详细了解过柳老师、杨老师补发退休金的事，说："要调查核实你有没有假公济私。等待结论吧。"

谈话内容单一，也很简单，用时不多。狄清歌从市纪委出来，赶紧回了中人城。

颍峰在渐渐地脱去绿装，一穗穗玉米也沉重地垂了下去。狄长生正带着兰儿在地里收获红山药。

狄长生说："你天明伯病了，去看看吧。"

隗天明老来思子，带着一罐子"百花蜜"去昆明烈士陵园看隗志远。因年事已高，往返路途遥远，舟车劳顿，再加上心绪不好，回来就病倒了。

狄清歌急忙去了翟常乐家。

原来村小学的教室拆了，磨坊不开了，翟常乐建起了八上八下的二层楼。绿翠儿在临街的门脸房开起了"山珍超市"。

以往，狄清歌每次回中人城，都要到村小学看看，和许老师、李阿姨、蒋老师叙叙话。

后来，又到翟常乐的磨坊找狄长生。

村里的孩子们到镇中心小学上课去了，条件比村里好。磨坊没了也好，爹不用再那么辛苦，偌大年纪还要挣那三块钱。唉！爹还不是为了我！狄清歌想着，眼睛也有些湿了，走进超市。

超市里，绿翠正和两个小姑娘给松子、蘑菇、木耳还有黄芪、当归打包装。见狄清歌进来，绿翠儿放下手里的纸箱子，问："什么时候回来的？"打过招呼，擦了擦手，拿起一瓶"冰红茶"递给狄清歌，说："看我这，买卖不大，今儿赶上忙了。咦！你怎么流泪了，哭了？"狄清歌忙抹了把脸，说："怎么会哭呢。是风把沙子吹进了眼里，揉的。"说过，把"冰红茶"接过去，拧开盖子喝了两口，又言道："松子、蘑菇、木耳，这都是宝啊。城里人特别喜欢。"绿翠儿说："可不，松子、野酸枣都有利于健康长寿。咱山里的黄芪、当归，药性大，无污染，城里人都喜欢买去滋补。这不，我正通过'村淘'往外发。"狄清歌说："你也搞起电商了，怎么做起来的？"绿翠儿说："我也是看别人这么经营，跟着学呗。刚开始，边学边干，边干边学。网络营销好，现金现货。"狄清歌问："订单多吗？"绿翠儿说："客户多，订单多，供不应求。"狄清歌说："市场经济是法治经济，诚信经商。"绿翠儿笑道："我采用了'1+N=P'模式，还行。"狄清歌问："你这是什么模式？"绿翠儿说："'公司+散户=共同打造山珍超市'。颍峰是山珍基地，中人城及周边村庄是采摘群众，大家一起来接单。这就有保证了。如果是你采你的，我采我的，各卖各的，互不联系，就会失信，做不长久。"狄清歌说："客户第一、团结合作、诚信、专业、整合，靠这样一个价值观发展经营，你一定会做大做强的。"

绿翠儿笑了笑，说："你这一说，我还真要按照你说的完善好，做下去。"狄清歌嗑了一粒松子，说："你不会和风猴子抢食吧？雇了那么多人采。"绿翠儿笑道："山里多了，采不完。风猴子吃风猴子的，我采我的。互不相干。"

这时，翟常乐的爹和娘已经从楼里跑过来了。翟常乐的娘说："我瞧着影子就知道是你。看是不？"扭头对翟常乐的爹说。翟常乐的爹没说话，只管笑。狄清歌说："我婶子眼尖。"翟常乐的爹这才开口道："你婶子待你比常乐还亲。"狄清歌听了，心里一热，眼睛湿润了，泪水几乎要掉下来，说："我婶子待我，从小就亲。"翟常乐的娘赶忙阻止道："这么大了，还掉眼泪。你婶子就是看你从小没了娘，可怜。"唠了两句，狄清歌说："婶子，我还要去看天明伯。”提了箱奶，把钱扔在柜台上，忙去看隗天明。

院子里，蜜蜂散乱地飞舞着。

狄清歌用手驱赶着头顶上乱飞的蜜蜂，迈步走进屋去。

屏风犹在。山西乔家大院里的，是花鸟山川，而这儿是渔、樵、耕、读。典章故事里，渔和樵最受推崇，渔为首，樵次之。有古琴曲《渔樵问答》，有名作《渔樵问对》，庄子有《渔父》篇，屈原也有《渔父》篇，渔父成了“圣老”。

然而，此种境界几人能做到？耕读传家久。狄清歌想了想，走进里屋。

隗天明躺在炕上，已经起不来了，拉住狄清歌的手说：“隗志远，壮烈！全连发起攻击，志远是第一个冲上去的。在击毙三个敌军后，志远被子弹打中了腹部，肠子混着鲜血流出来了都不顾，只是用急救包塞住伤口，拿三角巾勒住肚子，提起枪又冲上去，拉响手雷和碉堡里的敌人同归于尽了。隗志远，当国家和人民需要他的时候，他冲上去了，英勇！”

当国家和人民需要的时候，隗志远冲上去了。隗志远冲上去的那一刹那，可曾想过为了祖国和人民？应该没有。冲上去的刹那间，隗志远应该什么都没有想，只是应该“冲上去”。而这应该是隗志远下意识的，或说是无意识的，就要冲上去。

应该，应该怎么做，是人的价值取向，是价值观让隗志远冲上去的。中华民族，自古以来就多慷慨之士。狄清歌的心中澎湃着，想着赓续隗志远的价值观，突然间想要作一首诗。然而，不是诗才，他做不出。

狄清歌看看隗志远的遗像，和隗志远对峙了一会儿，热血沸腾着走出屋去，不知不觉地眼睛又有些湿润，到了绿翠儿的超市门前。翟常乐的娘还等在超市门口，看见狄清歌，一把拉进了楼房里。

绿翠儿住二楼，听到狄清歌来了，忙下楼来沏茶倒水。

“绿翠儿说，你哭了。有什么难事，跟婶子说说。”翟常乐的娘对狄清歌说。翟常乐的爹也说道：“跟你婶子说说，心里舒畅些。”狄清歌说：“没有难事，是一些事触动了我的心肠。已经过去了。没事儿，婶子。”

“没难事就好。见英豪没有？他儿子今年要考初中了，能不能考上？小的调皮不？像英豪，不好好学。福妹也在轧钢公司里忙，有一个月不来了，听说跟他哥吵了一架。常乐有三个月不着家了。”翟常乐的娘唠唠叨叨地说了一大串儿。

绿翠儿坐在一旁光听不说，只是瞪着眼睛看，支棱着耳朵听。

当着绿翠儿的面，翟常乐的娘也只是说孙子、重孙子，只字不提翟常乐。

狄清歌听着翟常乐的娘说东道西，看到桌上一个药瓶子，拿起来看了看，只有“骨葆康”三个字。翟常乐的娘说：“是绿翠儿给我买的。胳膊腿疼，我和常乐他爹都在吃。香港产的，效果好。先前，吃了你给的钙片，腿不抽筋了，但还是疼。”狄清歌笑了笑，拿着药瓶子问绿翠儿：“你从哪儿买的？”绿翠儿说：“十几天前，来了三个穿白大褂的，其中一个还自称是中医学院的教授，特别介绍说这个药是专治老年人腰腿痛的神药。”狄清歌说：“连产地、批准文号、保质期、说明都没有，假药。”

正说着话，赵玉田、狄魁生还有赵邦彦家、赵连升老两口，都来了。狄清歌忙起身打过招呼，一起坐在松软的沙发上。赵玉田、狄三儿、狄魁生还有赵邦彦家、赵连升老两口都买了“骨葆康”，说吃十来天了，胳膊腿的还是疼。

狄清歌问：“参加了新农合，怎么不去医院看呢？”狄魁生说：“大病住院才报销，小病小痒去卫生所。你爹都不去镇卫生院，嫌那儿是生意场。”狄三儿说：“先卖药，后看病。卫生院的医生？我头晕，给我吃晕车灵。叫什么医生。”赵玉田说：“我对磺胺类药过敏，医生连黄霉素也不让用，说也带黄。这样的人怎么当了医生。”赵连升说：“只卖贵的，复方新诺明都买不到。”狄魁生说：“我腿疼，镇卫生院的医生开了胎盘素。你说，我吃那干什么！挣昧心钱。”

狄清歌说：“你们要健康，患病却不去医院，让卖假药的‘教授’骗了。为什么？缺科学知识，这也是社会问题。”

“《社会热点面对面——百姓最关注的热点问题》，我看过。书里针对的都是目前社会上与百姓生活息息相关的热点问题，说是百姓的生活智库，为百姓解难……”“大话多，还没有贴到咱们的心坎上。”“浮在上面，上下离得太远。”“没有到咱这里调查研究。”“养生，说到了我的心坎上。市里人有钱，大鱼大肉的敞开吃，结果咋样？得心脑血管病。到头来还不是跟咱们一样，晚上喝碗玉米面粥。”“喝粥舒服。想起来以前在生产队的时候，我一顿喝八碗。现在搁上两块红山药，又甜又香又治病。”“不能吃咸菜，含盐量高。腌的、泡的、烤的、炸的都不能吃。”“地上爬的不如天上飞的，天上飞的不如水里游的。四条腿的不如两条腿的，两条腿的不如一条腿的，一条腿的不如没腿的。大小子回来，买回来的虾蟹，我都不吃了。”

狄清歌笑道：“所以，绿翠儿的网购超市那么红火，蘑菇、松子，山珍都让城里人吃了。”

“念军他们一块儿回来的，给孙子买了一大堆玩具。”“我们家也是，疼儿子、惯闺女，都没样儿了。”“越来越难教育了。爹妈宠着，隔代怎么教育！”“都一样。孩子们自我得厉害，什么事儿都只按自己的意愿去做。”“连老师的话都不听了。老师管不了，成绩越来越差，我们当爷爷奶奶的，有什么办法。”“一天也不跟你说句话，只管吃饭、要钱，都不跟你亲了。”“脾气还大呢，说翻脸就翻脸，还摔家伙砸碗的。”“我那孙子，他爹在家的时候看管得严，学习成绩一直不错。从他爹外出打工后，她妈管不了，打架、旷课、逃学、去游戏厅、网吧。爷爷奶奶，打他还是骂他？没办法。”“孩子还小。”“等他爸回来管。”“等你儿子回来？你去顾城住。”“你要我去顾城住，你怎么不去？”“市里住不惯。老骡子老马回老家，还是在家舒服。清歌，你觉得顾城好还是中人城好？”

…………

“小城故事多，充满喜和乐。”狄清歌感慨着，从翟常乐家走出来。

狄清歌刚走到大门口，翟常乐的娘喊了一声：“清歌！等我一下儿。”喊过话，她追到狄清歌面前，又扭头看看，见绿翠儿没跟过来，才张嘴说道，“常乐一回来，就没影儿了。我问你句话。”狄清歌说：“婶儿，有事您尽管问。”翟常乐的娘贴着狄清歌的耳朵小声小气地说：“我偷偷地去看过一回，不敢让绿翠儿知道。我看见小嘎了，一逗就笑。举了个高高，尿了我一脸。”说完，笑了笑。

翟常乐包养了一个小女人，并且在英豪和金玲还未生育前与那个小女人生了一个儿子。绿翠儿听人风言风语地说过，但不确定。翟常乐的娘是为了防备被绿翠儿听到，才追了出来。

小嘎是翟常乐和那个小女人生的。狄清歌说：“尿了婶子一脸，说明婶子幸福。”翟常乐的娘笑道：“那是。你也知道这个了。这两天，你看见过小嘎不？好不好？”翟常乐包养了一个小女人，是在那小女人要生小嘎的时候，要找柳疏影，狄清歌才知道的。狄清歌说：“前两天有点拉稀。”翟常乐的娘急忙问："老天爷！怎么拉稀了，黄的、绿的还是黑的？奶不够吃还是奶水不好？"狄清歌安慰说："常乐抱着小嘎去市人民医院看了，疏影说，就是肠胃有点儿不好，放心吧。"翟常乐的娘叹了口气，说："唉！英豪的儿子都多大了，常乐又弄出个小嘎来。唉，我都看着绿翠儿的脸色行事，好歹家里有她吃的、喝的、住的，英豪和福妹也孝敬她。"

唠了一会儿，狄清歌拉起狄长生和兰儿去了顾城市人民医院。

五十五　探知

狄清歌发觉，狄长生叫不出自己的名字了。

做过脑电图、脑CT，又测定ApoE表型，医生说是老年痴呆症一期。由于病因及发病机制未明，治疗尚无特效疗法，医生建议改善脑循环和脑代谢，服用些维脑路通、丹参片，日常注意饮食保健，改善认知功能、记忆障碍、精神症状、独立生活能力，提高生存质量。

医生对狄清歌嘱咐说，过去的事忘不掉，现在的事记不住；时而清楚，时而糊涂；易忘记不常用的名字，是老年痴呆症的典型特征，要注意多关心老人。

爹连儿子的名字都叫不出来了！自己的名字，还不常用！狄清歌只恨自己陪爹的时间少之又少，稀里哗啦地掉了一会儿眼泪。焉红看着狄清歌，说："爹辛苦了一辈子，让爹住下吧，好好照看，你也多尽些孝道。"然而，狄长生住了两日说什么也不住了，说："这不是我的家，我要回我的家。"无奈，狄清歌只好把狄长生送回了中人城。

狄长生病了，狄清歌回中人城的次数也多了。

平日里，狄清歌让狄长生熬扁豆米粥，也熬龙眼肉米粥、松子仁米粥。龙眼、松子是焉红专为狄长生买的。

狄清歌用枸杞炒了个肉丝，还烧了个大蒜木耳，和狄长生一边吃一边说话："爹，您多吃点。"狄长生问："你是谁呀？"狄清歌说："你儿子。"狄长生又问道："你叫什么来着？俩菜，叫兰儿也吃饭。"狄清歌说："兰儿功课紧，在学校呢。"狄长生说："兰儿上初中了？"狄清歌说："上次暑假回来后，就上高中了。"狄长生说："上高中了。"狄清歌说：“不用惦记兰儿，您自己生活好些就行，不愿意喝龙眼的，就喝松子的，换着口味喝，熬稠些。”狄长生喝了口粥，说：“还不如红山药粥对口味儿。松子、龙——”狄清歌说：“龙眼。”狄长生说：“龙眼，甜腻，不如红山药可口。”狄清歌吃着红山药，说：“龙眼也要吃。”狄长生说：“都是菜，我吃着城里的菜，就不如我种的好吃。”狄清歌说：“现在种菜也不提倡打药施化肥了，讲究绿色无公害，就是用粪肥。”狄长生说：“你说说这生活，过去用粪肥，后来改用化肥，现在又不用化肥用粪肥了。过去用火把照明做晚饭，后来用煤油灯，再后来生产队的仓库和油榨坊用上电灯，结婚做喜酒，生产队批准了用上两天的电灯，都感到很光彩，有面子。”

狄长生说着，狄清歌默默地听过，一时语塞，想了想，说：“爹！我给你念首诗吧。”狄长生问：“念诗，什么诗？”狄清歌说：“一首‘行文无序赏花开’的诗：移家虽带郭，野径入桑麻。近种篱边菊，秋来未著花。叩门无犬吠，欲去问西家。报道山中去，归时每日斜。”

狄长生听了，说：“花开？什么花开，不知道。桑麻，我知道；菊，是菊花吧？西家是谁家？山中，是说颍峰吧？我想起来了，你小时候给我念过‘鹅鹅鹅，曲项向天歌。白毛浮绿水……’”

吃完饭，狄清歌又陪着隗天明说了会儿话儿，爬上了小山丘。

近来，狄清歌通过查考史料对中人城有了比较清楚的了解。

《国语》首次出现“狄”。《国语·郑语》幽王八年记载：“当成周者，南有荆蛮、申、吕、应、邓、陈、蔡、随、唐；北有卫、燕、狄、鲜虞、潞、洛、泉、徐、蒲；西有虞、虢、晋、隗、霍、杨、魏、芮；东有齐、鲁、曹、宋、滕、薛、邹、莒。”其中记载的这些名字，都是当时诸侯国的名字。从这些记载可以确定，“狄”是周王分封的一个方国，“狄”是“狄人”受封之国的名称。此后，史书对狄国的活动多有记载。《国语·重耳自狄适齐》记载：“文公在狄十二年，狐偃曰：‘日，吾来此也，非以狄为荣，可以成事也。’”《春秋》庄公三十二年记载：“冬，狄伐邢。”

《左传》对“狄”国活动的记载更加系统：鲁闵公二年，“冬十二月，狄人伐卫。”“邢人、狄人伐卫，围菟圃。”“齐、狄盟于邢，为邢谋卫难也。”“狄侵卫。”“狄侵齐。”“狄围卫。卫迁于帝丘。”“夏，狄有乱。卫人侵狄，狄请平焉。秋，卫人及狄盟。”“狄侵齐，因晋丧也。”记载“狄”在此期间最后出现的时间是鲁昭公二十六年：“……至于灵王，生而有髭。王甚神圣，无恶于诸侯。灵王、景王，克终其世。今王室乱，单旗、刘狄，剥乱天下，壹行不若。”

《史记·赵世家》记载，公元前406年，中山文公在中人城建国。

《后汉书·光武帝纪》有：“中人城，城中有山，故曰中山。”

《左传·定公三年》记载：“秋九月，鲜虞人败晋师于平中，获晋观虎，恃其勇也。”在大败晋军之后的第二年，鲜虞人为了确保自身安全和防御晋军发动报复性进攻，在远离晋国且形势险要的中人城建立了中山国。

观虎被擒，中山国建立，正在参加召陵盟会的晋大夫荀寅、范献子闻讯惊呼：“国家方危，诸侯方贰，将以袭敌，不亦难乎！”在楚人司马子期斡旋下，晋楚取得谅解，荀寅、范献子立即退出盟会，率军返回晋国。次年，范献子“率师围鲜虞”（《左传·定公五年》），然而并未使中山国灭亡。

《左传·哀公元年》，晋国内部爆发战争，晋定公与智、韩、赵、魏为一方，范氏、中行氏为一方。三年后，晋定公和智、韩、赵、魏联军在消灭了山西地区的范氏、中行氏的势力后，将其残余力量包围在朝歌和邯郸两座孤城中。齐、卫两国为了解救范氏、中行氏，一面出兵救邯郸，一面向中山国呼吁求援。中山应齐、卫之请，遂出兵“伐晋，取棘蒲”。

《左传·哀公三年》，齐输粟千车，由郑国派子桃、子般率师护送往被围困的朝歌，途中被赵简子所率晋军截击。郑师大败，齐粟尽失。朝歌内断粮草，外无援军。一年后，城陷，范吉射、中行寅溃围奔邯郸。齐、卫两国再次“求援于中山”，以救范吉射、中行寅。在中山国军队的接应下，范吉射、中行寅进入柏人。次年，齐景公死，齐国内乱，齐军亦内调，柏人势孤，被赵简子攻陷，范吉射、中行寅奔齐。

中山国大规模介入晋国内乱，虽然没能挽救范氏、中行氏免于灭亡，但它表明，中山国当时已经作为列国中的一支不可忽视的力量，而被齐、卫、郑等国承认了。

为了报复中山国依附范氏、中行氏，“晋赵鞅率师伐鲜虞”（《左传·哀公六年》）。

继赵鞅进攻中山国后，又有智伯灭仇由氏以肢解中山国。

《吕氏春秋·权勋》载："中山之国有夙繇者，智伯欲伐之而无道也，为铸大钟、方车二轨以遗之。夙繇之君将斩岸堙溪以迎钟。赤章曼枝谏曰：'智伯之为人贪而无信，必欲伐我而无道也，故为铸大钟、方车二轨以遗君，君斩岸堙溪以迎钟，师必随之。'弗听……断毂而行，至卫七日而夙繇亡。"

夙繇，即仇由；智伯，《训解》说："智伯，晋大夫智囊子瑶也。"据《左传》记载，智瑶又称荀瑶。

由于晋国的破坏性进攻，中山国发生了严重的社会危机。

《说苑·辨物》载："赵简子问于翟封荼曰：'吾闻翟雨谷三日，信乎？'曰：'信。''又闻雨血三日，信乎？'曰：'信。''又闻马生牛，牛生马，信乎？'曰：'信。'简子曰：'大哉妖！此足以亡国矣！'……对曰：'……其国数散，其君幼弱，其诸卿货，其大夫比党以求禄爵，其百官肆断而无告，其政令不竟而数化，其士巧贪而有怨，此其妖也。'"这是中山国的社会危机情况。

"晋太史屠黍见晋之乱也（当时晋智氏与韩、赵、魏间，公室与大夫间的矛盾异常尖锐），见晋公之骄而无德义也，以其图法归周。周威公见而问焉，曰：'天下之国孰先亡？'对曰：'晋先亡。'……居三年，晋果亡。威公又见屠黍问焉，曰：'孰次之？'对曰：'中山次之。'威公问其故，对曰：'天生民而令有别；有别，人之义也，所以异于禽兽麋鹿也，君臣上下之所以立也。中山之俗，以昼为夜，以夜继日，男女切倚，固无休息，淫昏康乐，歌谣好悲，其主弗知恶，此亡国之风也。'居二年，中山果亡。"《吕氏春秋·先识篇》所载，也描述了中山国君弱臣僭、大夫生活极端腐化之状。

对中山亡国事件的记述，《史记·赵世家》采取了神人向赵简子预言的神秘形式："赵简子疾，五日不知人……居二日，半简子寤，语大夫曰：'我之帝所，甚乐……帝赐我二笥皆有副。'他日简子出，有人当道……简子曰：'帝赐我二笥皆有副，何也？'当道者曰：'主君之子将克二国于翟，皆子姓也。'"

中山国只是遭到了重大打击但并未灭亡。《国语·晋语九》载"赵襄子使新稚穆子伐狄，胜左人、中人"，伐狄而胜中人，说明所伐为中人城，言胜而未言灭。

狄清歌初步探知了古中山国的龙脉，爬上小山丘勘过，一无所获。然而，苏可乔问过小山丘的山貌，话里隐含着思考。或许，小山丘上真有什么？

狄清歌终不知苏可乔为何那样问。一路想着，从中人城到了顾城。

五十六　浮躁

狄清歌刚进家门，焉红就说道："管众出事了。"狄清歌急忙问道："你怎么知道？出什么事了？"焉红说："省纪委查了公司的账，是从我们公司引起的。"

管众被省纪委"请"去了。

在太母山矿冶公司划转顾城管理之际，管众擅自减少账面资金，并索贿；在市财政对太母山矿冶公司进行财务补贴时，再次向太母山矿冶公司索贿；在太母山矿冶公司使用土地、协调返还土地出让金及签订项目补充事宜中牟取利益，先后收受礼金共计八十万元人民币。

没多久之后，管众被"留置"了。

狄清歌想问问项于飞，刚拿起手机，却听得邻家崔大哥高声骂道："撞了人就跑，还有没有人性了。"

撞谁了？狄清歌急忙从屋子里出来，跑到了崔家。

崔家老太太去买菜，在路边上走着，却被后面一辆歪歪扭扭驶来的车剐了腿。老太太瘫倒在地，而喝酒驾车的人却跑了。

屋子里有好多街坊邻居在，有的在安慰崔家老太太，有的说着要静养之类的话，有的谴责司机酒后无德，撞了人就跑。

崔家老太太躺在床上直哎哟叫，狄清歌问："身体怎样？去医院看了？"崔大哥说："看过了，没伤筋动骨，蹭了一大块皮，又血压高，禁不住吓，心悸脚软。"狄清歌舒了口气，说了些福寿安康的话。

满屋的人猜测着崔家老太太被撞的原因，不免说起这两天发生的一些事："半夜正睡觉，忽然'咚'的一声响，吓得赶忙爬起来看，窗户被砸碎了，一块石头落在床上。""早上起来，院子里有几个瓶子，拿起来一看，里头是屎。谁扔进来这玩意儿？磕碜人，我没得罪谁啊！""清歌，谁想拆就拆？"……

狄清歌告辞出来，向中山大道走去。

崔家胡同两边的墙上刚刷上一个个“拆”字，用红油漆画了一个大大的圈，像只血红的大嘴，犹如狮子张开了血盆大口，嘴里含着个“拆”。

看着一个个“拆”，狄清歌心惊肉跳地走出了崔家胡同。

在胡同口，狄清歌看见了苻岑葑。墙上一个个血盆大口的“拆”字，正是苻岑葑带人刷上去的。

苻岑葑看到狄清歌，扭过脸去。狄清歌也看见了苻岑葑，也没搭理。

中山大道上清洁了许多。昨天，机关工作人员全员出动，上街大搞卫生，刚清理干净的电线杆上贴满了全新的小广告：“牛皮癣，一针见效。”“包治性病、梅毒、湿疣。”……狄清歌只感到一阵恶心，扭着脸急走而过。

中山大道和裕华路交叉口，一座高楼正施工，铁臂吊机像老牛一样“哞”地叫了一声又一声，把一捆捆制作好的钢筋运往几十米的高空。

拐弯处的人行道上，一个卖香蕉的拦住一个中年人说：“买点吧，两块钱。看我这做点小买卖养家糊口的。”中年人说：“是不容易啊，买一把吧。”卖香蕉的拿秤称了，说：“三斤，十二块钱。”中年人说：“六块钱，怎么会是十二块钱？你不是说两块钱嘛。”卖香蕉的说：“我没说二块钱一斤，二块钱给七两。”中年人说：“骗人啊？我不买了。”卖香蕉的说：“你要我！不买不行，已经称好了。”中年人说：“你也太坑人了。”卖香蕉的说：“我这是香蕉，要是卖烧饼，一块钱一粒芝麻，你也得给。”

狄清歌看着气不过，走到近前，对卖香蕉的说：“你说得挺可怜，这位大哥怜悯你，你反倒坑他，不能这样做吧？”卖香蕉人对着狄清歌讥讽道：“你是干什么的？城管？不管这个。工商？你又不是。狗拿耗子——多管闲事。”

中年人把钱扔在地上，说：“算了，活该倒霉。”拿着香蕉走了。

“吃香蕉快乐？都是一肚子气。无赖！”狄清歌愤愤地扭身向前走去。

汉墓旁，被勒令停工半年多的楼房又施起工，传来“叮当、叮当”的一声声巨响。医疗小广告覆盖住墙壁上一纸《关于加强保护文物的通告》。

咖啡厅，“男孩女孩”的名字还一如既往地闪烁着，但不再代表一个休闲与消费的场所，早已成为一个炫耀时尚的场所。

“奢靡浮华，浅薄无聊。”狄清歌嘀咕了两句，走到了宝塔广场。

一树绿荫下，几个穿制服、花白头发的人在钩沉索隐谈着历史、现在，应该是退休的。果然，狄清歌看到了孙科长。三年前，他从岗位上内退了。

狄清歌不便听，喊了声“孙科长”。孙科长听到喊声，忙扭转头来看，手里提支地书笔走过来说：“清歌啊，你怎么有时间在这里逛？”狄清歌说：“在家待闷了，出来走走。孙科长，您身体好吗？”孙科长摸了摸脑袋，笑道：“很好，就是头发全白了。”狄清歌问：“练练书法，健身健脑。”孙科长哈哈地笑过，说：“老了就是老了，生命规律。哦，齐书记正说要一起去市委呢。”狄清歌问道：“齐书记好吗？好久没见到了。”孙科长说：“我最近和齐书记联系得多。他不是‘关工委’主任了嘛，拉着我一起在做青少年工作。”狄清歌说：“你们都是‘五老’，有意义。”孙科长说：“齐书记让我拟定了一个方案，改天我拿去，你也看看。”狄清歌笑道：“孙科长是大笔杆子，我还是跟您学写材料的。笑话我！”孙科长说：“没有。老了，脑子不灵了，有些情况也不掌握，还真要你把握把握。咱们就别客套了。”狄清歌说：“哪天，你提前告知我。”孙科长说：“一定。”

狄清歌从孙科长手里拿过地书笔，蘸过水，在地上写了“烈士暮年，壮心不已”几个字。孙科长看着，说：“一横是风骨，一竖撑天下。恕我直言，你是在写字，不能叫书法。”狄清歌惭愧地说：“我写的，就是丑书，糟蹋了中华文化瑰宝。”孙科长又指指点点，对狄清歌讲了些篆籀、留白等书法技巧。

和孙科长说过“我在办公室等你和齐书记”，狄清歌又向前走去。

古玩市场上，这日是“收藏大集”。几十家门店都开门迎客，和田玉、翡翠、邮票、瓷器、古钱币、名人字画等藏品琳琅满目；路边的上百个地摊也密密麻麻地排开，文玩核桃、木质手串、根雕、奇石、酒瓶、书籍等等，令人眼花缭乱。有钱的，有闲的，都在市场上逛荡。

狄清歌不懂古玩，更没钱玩，随意地瞥着，走到了苏东坡文化园门口。

葱郁盎然的双槐下，有人摆了个书摊。狄清歌蹲下身去看，都是俗不可耐的书名。他不感兴趣。

书犹药，一些人读了玩弄权术之类的图书，致使信仰沦丧、道德堕落、意志消沉……读书，本是一件极个人化的事，有人把书当情人一样喜爱，有人把书当命一样珍爱，有人喜欢读文史以长志，有人偏爱读宋词求意境，读不读书，读什么书，凭个人心性，凭现实功利，为那黄金屋，为那颜如玉。有谁不为金钱娇妻呢？生活越来越离不开钱，有钱，有房住，有车坐。钱，本不是坏东西。女人，是男人的一半，是家庭的半边天，本不是祸水，可怕的是逆转事物的性质。书亦然，有精华，也有糟粕；有催人奋进的，也有令人颓废的。单看需要什么，读什么。读好书、好读书……

狄清歌胡思乱想着又往前走去，却看到了狄三儿。

狄三儿正给两个女人解卦："你儿子是壬戌生人，属水（狗），男金女水，水金夫妻坐高堂，钱财积聚喜洋洋；子女两个生端正，个个聪明学文章——"

狄清歌截住了，说："三儿哥。"狄三儿抬头一看，赶忙说："是清歌啊，你去一边等一下，我给这两位大姐算完了。"

狄清歌退了几步，看看两个女人。两个女人锦衣高跟鞋，描眉画眼。狄三儿又忙着对两个女人说起来："男木女水，男木女水大吉利，家中财运常进室；常为宝贵重如山，生来儿女披青衫……"

等了一会儿，狄三儿给两个女人算完了。两个女人将信将疑地问："你算得准吗？"狄三儿说："回家后再烧三炷香，才灵验。"两个女人扭着腰肢走了。

狄清歌走上前，看看狄三儿手里攥着本书，说："三儿哥，生意挺好的。"狄三儿说："不好挣了。现在的人也变了，信钱不信神了。"狄清歌说："换个行当。"狄三儿问："有合适的，你给我找个。"

狄清歌正和狄三儿唠着，只听得手机响起来。看看，是项于飞打来的，忙接了。项于飞在电话里说："快来！我在西溪。"狄清歌问："你在西溪干什么？"项于飞答道："陪领导。领导非常有文采，你来陪北京来的领导谈谈西溪玩月。"狄清歌说："我去不合适。"项于飞说："关系太母山矿业公司，也即关系焉红，你来不来？"

接待也是生产力，又关乎太母山矿业公司，关系焉红。狄清歌答应说："我马上就去。"挂了电话，他对狄三儿说："三儿哥，去家里坐，再好好说。"狄三儿答道："你先忙你的，回头我去家里找你。"

狄清歌直奔西溪而去。

五十七　爱心

大千世界，一地浮躁。

物价涨得令人揪心，猪肉、禽蛋价格汹涌上涨，食用油也跟着猛涨。

涨了一冬，春暖槐花开，中石化、中石油库存告急，也涨价了。

货币政策由“稳健”转为“从紧”。

郑逸品要去义村，也带了一车面和油。

义村成了郑逸品的帮扶村，周天佑反映买不到小型潜水泵。

自新年始，农业税取消了。

农民没有了负担，还有了粮食直补和农资综合直补。而且，补贴资金直接存入农户“一折通”。各村还发放了“农民负担及补贴政策监督卡”，列出了农户情况、农户承担费用及劳务、粮食直补和农资综合直补、良种补贴和其他财政惠农补贴等。这些，使得农民不再为农业税操心了，专心地进行农业生产，加快新农村的建设。

九年义务教育的学费已经全免，失学率控制为零；粮食产量是过去的两倍以上，再也不缺粮食吃了；彩电、电饭锅、洗衣机、移动电话、冰柜、摩托车、小汽车也都不再是奢侈品。

新农合，救护车免费接诊危、急、重症住院患者及免费接送孕妇住院分娩，住院费以及医药费将获得一定的优惠，解决了村民看病住院难的问题。电网也进行了改造，不再出现没有电的情况了；木质电线杆换成了水泥杆子，不会出现电压不足的情况了；电费全部统一单价，比改造以前降低一半以上。

村村通公路，交通也便利了。然而，义村的生活面貌没有改变多少。

周天佑计算说：“要浇地，家家户户都要买小型潜水泵。村里仅仅今年用于打井和买抽水设备的支出，已经可供从邻近的中型提水泵站抽十年灌溉用水了。单家独户打井挖堰，不能解决农田灌溉问题。”

村里的小学已经并入镇里，学生来去由校车接送。村民们也像城里人一样有了低保，还有了医疗保险。周利民住院，一共花了六万元左右的医疗费，最后获得两万多元的“大病保险赔偿”。然而，周天佑说了一句话：“农民无法应对生产生活中的合作难题，怎样发展和壮大集体经济？”

农村建设迈进了一大步，成绩喜人，但也出现了新情况新问题。以前，农民对乡村干部说：“你不调解我们的纠纷，你不解决我的宅基地问题，就别想收到税。”乡村组织每年收税成为最难的工作，因为农民不只是不愿交税，而且会将一年来乡村干部所有未尽心办到的事情数落一遍并要求其办理。乡村组织在收税前为农民提供方便的多少和服务的好坏，与乡村组织收税的难易与多少，有着密切的正相关关系。而取消了农业税，农民不再能威胁乡村干部“别想收到税”。缺少了农民威胁不交税的压力，乡村干部也就失去了帮助农民解决问题的内在动力。超出农民一家一户的合作，因为没有乡村组织强有力的介入而无法进行。

看过周满囤、周利民、周文兰、周大胆，郑逸品返回了顾城。

从义村回来没几天，项于飞拿着一篇调查报告找到了狄清歌。

调查报告是狄清歌写的，题为《义村之“义”要永葆》：

经过七年的扶贫攻坚，“八七扶贫攻坚计划”确定的扶贫攻坚目标基本实现，全国农村贫困人口的温饱问题已基本解决。尽快解决少数贫困人口的温饱问题，提高其生活质量和综合素质，已成为全面建设小康社会的重中之重。

多年来，义村的扶贫工作长足进步，农民群众的思想观念随着改革开放和社会进步、经济发展发生了巨大变化：从封闭自守走向开放，几年前的“日出而作、日落而息”不见了，青壮年开始离开了自己的土地，进入城市打工、经商、贩运，接受城市现代文明的洗礼，有了新文化、新观念；从勤扒苦做到科技致富，新文化、新观念让义村的农民群众认识到了科学文化知识的重要性，出现了种田、饲养畜禽都讲究科技的可喜局面；民主法制维权意识增强，法治社会建设，特别是随着义村农民群众的文化素质、政治素质的提高，“人治”观念在逐渐淡薄，民主意识得到了加强。

义村农民群众的思想观念的变化，为进一步深化农村改革，尽快实现农业产业化奠定了良好基础。然而，在全面建设小康社会中，义村农民群众的思想观念上还存在一些消极因素。世界观、人生观、价值观出现偏差，有的人只讲权利不讲义务，只讲索取不讲奉献，讲利己不讲利人；有的人唯利是图，金钱至上，贪图享受；秩序意识缺乏，在对待国家与家庭、集体与个人利益发生冲突时，只讲自身利益；心理不平衡，随着贫富差距的拉大，特别是外出务工人员所见到的城乡之间贫富的巨大差距，一些农民群众产生了不公平感，对社会不满，引起心理失衡，采取实用主义态度，对自己有利的事就执行，不利的就干扰，达不到要求就上访；道德意识弱化；助人为乐的意识不强了，“向钱看”的意识越来越浓，传统美德滑坡。

脱贫致富，义村之“义”要永葆。农民群众要有志，进行以爱国主义、集体主义、社会公德为主要内容的思想道德教育，规范行为，提高道德和法律素养；要注重激发农民群众脱贫致富的内在活力，注重提高义村的自我发展能力，拓宽视野，不断接受新信息、新思维、新事物；要增强法治思维，保证党和国家的政策落地生根。

项于飞说：“郑书记赞赏说，剖析得很深刻，要你多跑跑义村，为义村找出一条生产发展富裕村民的好路子。”

项于飞的话，把狄清歌难住了。但是，帮助义村脱贫致富，也是责任。

狄清歌想来想去，想到了一个人，心里有些舒展，走出办公室要去厕所，却看见了齐麟童和孙科长。

狄清歌忙把齐麟童和孙科长请进了办公室，又是让座又是倒茶，说：“齐书记和孙科长都是我成长道路上的导师，给予了我最大的帮助。”齐麟童笑道：“都是工作。”孙科长也笑着说：“还是你悟性好。”狄清歌诚恳地说：“当初，齐书记要我向孙科长找个拐棍儿，孙科长给了我很多拐棍儿。我拄过拐棍儿，才站起来了。”齐麟童和孙科长都笑了。

快六一儿童节了，关工委制定了个活动方案。齐麟童和孙科长是到市委宣传部报请的。

六一儿童节，一个欢乐的节日。

狄清歌看了看，活动主题是“关爱留守儿童，共享一片蓝天”，还有举办单位、活动时间、活动地点、活动方式、活动流程、参加人员。

在“爱心妈妈”名单里，狄清歌看到了柳疏影的名字，不免问道：“爱心妈妈，捐助，还是要做哪些事情？”齐麟童说：“社会救助制度是托底线、救急难、可持续，帮市儿童福利院的孩子们打开心灵窗户，最终帮助孩子们顺利回归社会。柳疏影是四个孩子的‘妈妈’。在她的关怀下，孤僻的孩子变得活泼开朗，乐于和普通人打交道了；冷漠的孩子有了热情，还能关爱其他的孩子了；自私的孩子有了群体感，和别的孩子友好相处起来。她给孩子们送慰问金、书籍、文具，一有时间就到儿童福利院守护孩子们，与孩子们亲近，和孩子们交流，帮助孩子们解决生活学习中的困难。在她的关爱下，四个孩子都在健康快乐地成长。”

原来，焉红说看见柳疏影去儿童福利院，柳疏影是把对甜甜的爱献给了福利院的四个孩子。

狄清歌明白了，说：“孩子们节日快乐，疏影也就快乐了。”齐麟童说：“是啊，柳疏影每次面对孩子时，脸上都洋溢着笑，是开心的。”孙科长也说道：“柳疏影很真挚，对孩子们非常热情。”狄清歌说：“孩子，是天真烂漫的。当我老了，也向你们学习，做关工委工作，把爱献给孩子们。”

齐麟童说：“欢迎。那样，我们又可以为社会的美好在一起工作了。”狄清歌说：“孙科长，还要给我拐棍儿拄。否则，我做不好。”孙科长笑了说：“我给你预备着。”齐麟童叮嘱说：“你现在就要着手。六一那天，到现场观摩。”

六一儿童节，狄清歌真就去了儿童福利院。

齐麟童讲过话后，活动正式拉开了序幕。

在《小鸡长大》的游戏中，“小鸡”们互相寻找对手，很快，一只“小鸡”第一个获得胜利，开心地向着任务点走去。

第二个节目是写字。四个孩子分别抽到了写“祖”“国”“万”“岁”的任务，然后他们在爱心妈妈柳疏影耐心的指导下完成书写。

第三个是拼图游戏。四个孩子拿着社区地图碎片寻找到自己的伙伴，然后结伴寻找“四个花朵”。在宝藏点，柳疏影为突破重重难关顺利完成任务的四个孩子戴上了花朵。

比赛结束后，齐麟童为孩子们颁发了奖品。

看着孩子们高兴地蹦着跳着，狄清歌和柳疏影、孙科长都快乐地笑起来。

五十八　世事纷扰

郑逸品和项于飞要狄清歌为义村找到一条发展经济的好路子，狄清歌想到的是狄三儿。

狄三儿种起了红山药，还注册了“红山药合作社”，干得有声有色。

那年，在苏东坡文化园门口碰到狄清歌后，晚上狄三儿去了狄清歌家。

狄清歌说："不要只盯着几个小钱，一双眼里能看到多少钱？要盯着市场，广阔的市场里财富无限。就拿红山药说吧，我爱吃，你爱吃，乡亲们都爱吃，市里的人也爱吃。而我们中人城的红山药，不仅瓤红色泽好，甜香口感佳，名气响。现在都注重健康，红山药又是抗癌的食品，需求旺盛，市场广阔，种植前景长远。"

狄三儿回去后，没有再去山那边的庙里装神弄鬼，也不再四处游走蒙人，专门种起了红山药。

近年，经济发展之后，人们的健康意识也在逐步增强，认识到红山药是有效抗癌食品，对红山药也情有独钟，市场需求量猛增。中人城的山好水甜，天然的绿色食品种植基地，狄三儿种出的红山药也更加甘甜，一上市就被一抢而光。

赵玉成种苹果，虽然隗天明、狄长生跟着种，但从鸡蛋事件后，中人城的人们对养鸡心凉了，对赵玉成也失去了信任，没人养鸡了，各种各的地，各干各的营生。赵玉田种芋头收益高，狄魁生也跟着种芋头，结果芋头个小水分大、口感还不好，没人吃。赵邦彦种朝天椒发了点小财，赵玉田又跟着种。然而，辣椒价格猛跌，又血本无归。狄魁生又养起了鸡，然而爆发了禽流感，一夜间两百只鸡全死光了。赵连升通过广告得知养獭兔挣钱，山里有场地有草料，砌墙围栏养起了獭兔场，然而，皮毛不值钱了。再养猪，爆发了口蹄疫，猪肉没人吃了。

狄三儿种植的红山药，施粪肥，浇颍水，甜度高，口感绵，刚到八月十五就有人估过产量买下了。狄魁生、赵邦彦、翟常乐的爹、赵连升都把土地流转给"红山药合作社"，光等着收钱，也不必惦记着春耕、夏播、秋收、冬藏了。

"红山药合作社"一下子有了上千亩地，狄清歌又帮着狄三儿联系农机局，要了补贴指标，买了大型拖拉机和旋耕机。

狄清歌忙忙碌碌地调研，整理好报告，要呈送给郑逸品和项于飞。转眼间，要到八月十五了。

项于飞在紧张地忙碌着财政预决算。

上年度财政决算、上半年预算执行的情况，大抵都在九月间报告。九月，恰值阴历八月十五前后。

“八月十五放光明。”但人大要“挑刺”。项于飞在仔细审查各部门往上报的预算，是不是实打实地报，胡乱打听价格，甚至抬高，有没有搞“头戴三尺帽”；在预算审批时，有没有盲目性，玩“拦腰砍一刀”；坚决压缩“三公经费”开支，切实把有限的资金优先投入到教育、医疗、养老、低保等民生领域；财政资金分配和使用是不是做到了科学性、规范性、安全性和有效性，避免“口袋预算”。

西溪，波光粼粼，正是玩月的好时节。

狄清歌还在等着邓支书到来。

昨天，邓支书打来电话，说要到顾城，还要带些土鸡蛋。

狄清歌连忙推辞说：“不好！不好！你来，我欢迎。”邓支书说是一点心意，而且是全村人在嘉山上捡的。狄清歌只有表示感谢了。

邓支书到了，还有老周、小穆，一人手里提着一箱土鸡蛋。狄清歌看了，连声说：“这——真不好。”

邓支书笑道：“不是给你送礼，是让你分享‘绿颜’行动的成果。”

狄清歌一时没有听明白，问：“树上还结出鸡蛋来了？”

邓支书笑道：“树长大成林了，村里成立了合作社，在林下放养了上万只鸡，还以嘉山为名，注册了商标。”

狄清歌喜悦地说：“嘉山披上了绿颜，林下搞起了养殖，环境好了，也有了经济收入。”

说了会儿话，狄清歌又陪着邓支书和老周、小穆游玩过西溪，叫上翟常乐、赵大同，去老饕馆吃苏东坡红烧肘子，喝中山松醪酒。

苏可乔听邓支书说过狄清歌在小寨村治理荒山的表现，一时情动，对狄清歌说：“我要为你写一幅字。”说罢，铺开宣纸，挥毫写就：“厚德载物”。狄清歌连忙谢道：“我老早就想求你一幅字，但一直开不了口。”

狄清歌和邓支书、老周、小穆情深义重，翟常乐、赵大同陪酒也格外卖劲，直喝到天旋地转。

那么多土鸡蛋，焉红给过花千色一些，又给柳疏影送去不少。

花千色、柳疏影吃过，对焉红夸道：“吃虫儿的鸡，下的蛋香！”

金秋，又是丰收季。

狄清歌提着两箱土鸡蛋回了中人城，狄长生一箱，另一箱给了隗天明。

新收获的玉米脱下粒，价格就一直往上涨——养殖业做饲料，食品添加剂公司制味精，药厂提取青霉素钠，粮贩子拉了一车又一车。有个好收成，又卖了好价钱，中人城的人们欢天喜地。

焉红却抱怨起了狄清歌。

有些日子了，焉红看着人们一个个地进入股市，也想跟着炒股，但狄清歌一直反对。

上证指数创下历史新高达6124点。

狄清歌没经济头脑，要是项于飞，可能就同意了。毕竟，项于飞一直在做经济工作。

焉红踟蹰着，一年过去了。一年内加息六次，一年期利率达4.14%，在中国历史上还是第一次。全年物价居高不下，好几个月涨幅达6%以上。虽然加息六次，与物价上涨相比，还是处于负利率时代。

加息还是负利率，又不是存款赚利息的时代了。焉红仅仅是个会算计的会计，不是个有头脑的经济学家。人民币升值了，热钱进入楼市，房价迅疾上涨。

焉红又心焦了，说："刚说不升值，怎么又升了？专家们还振振有词的。"

信息学家给出了解释："这一汇率改革时机，的确令人出其不意，但又在情理之中。中国打出了一个漂亮的时间差！"

学者平和地说："一般老百姓手中并没有太多的美元，而对于部分拥有美元的家庭，百分之三的幅度变化，影响也不大，反而会平稳国内物价，方便百姓生活，购买进口商品可能也会便宜。尤其是对出国旅游人员，购买起物品来可能显得更为低廉，更加方便。"

金融机构工作人员表示："有利于促进中国经济调整结构。"

政府官员说："美元对人民币交易价格调整为1美元兑8.11元人民币，上调幅度为3%，并不会对资本进入、出口贸易产生实质影响，应该属于一个可控范围。"

金融学家面对外贸企业分析道："外商可能主动给企业提供优惠，弥补企业的损失。"

狄清歌看着焉红可怜兮兮的样子，喟叹一声，安慰说："唉！经济形势复杂，难道是我没有先见之明？”

焉红说：“还是炒房赚钱，我们也炒吧。”狄清歌冷笑道：“有资本金吗？”焉红说：“大江南北都在传说着一个故事。”狄清歌问：“什么故事？”焉红讲道：“一个中国老太太和一个美国老太太在天堂里相遇了。中国老太太说：‘我攒了一辈子钱，终于在临死前买了一套大房子，可刚搬进去，就上天堂了。’美国老太太说：‘我住了三十年的大房子，在上天堂以前终于还清了全部贷款。’”狄清歌给焉红当头泼了一瓢冷水，说：“你还不是中国老太太。”

焉红坚持说：“房子可以提前住，可以超前消费。当然，超前消费有压力。香港的巴士阿叔说：‘你有压力，我有压力。’人都有压力。”

狄清歌想了想，说：“‘北上广深’的房价都涨了，我们这儿也一下子涨了六百。房价涨了，但工资不涨。”

焉红说：“一线城市的房价全线上涨，带动二线城市普涨。三线城市看到二线城市房价上涨，也跟着涨。我们这儿，尽管是个四线城市，也不会置身在外。”

房市如中秋月夜的钱塘水，出现了蔚为壮观的涨潮。

狄清歌接受了焉红的意见，说：“要不，去看看房？”

张达发的嘴张开了，没合上。

市国土局发布了两宗地的招标公告。

招标，表明已经签订了意向书。冲着房地产这块肥肉，顾城两三年间冒出了二十几家房地产开发公司。是谁，拿到了针织厂和柠檬酸厂两个破产企业的土地使用权？

针织厂和柠檬酸厂两个企业已经破产三年了，虽然经过调结构，但仍没能逃脱破产的命运。之前，两个企业资不抵债，法院也对一些债务进行了判决，但是在市政府的要求下，对固定资产并没有采取查封、扣压、拍卖、变卖措施，从而为职工留下生活的希望。

为了保住这两个企业，项于飞曾协调银行给予“封闭性贷款”，款项只能用于生产，而不能用于还债。债权人对这笔款也没有权利去主张。但实际情况是，越生产越赔，旧账没还上，又添了新债，连工人工资都发不出了。

结果呢，还被说成是地方保护主义。

经济转型，带来特殊的困境，面临的问题也变得十分复杂。两个企业重组、改制、关闭、停业、脱钩，导致了一大堆的纠纷。

金融机构有“三终止”，避免了在改制过程中因大量的债务而走向破产的问题，但是，两个企业因为性质不同而得不到司法保护，最后还是申请破产了。

要给职工缴纳养老保险金，钱从哪儿来？卖企业，卖企业经营所占的地。

市国土局一公开招标，即说明买家已与厂方达成初步协议。

谁是买家？又是谁想到了这点？张达发咳嗽了几声正要打问，姚窕来电话了。

姚窕寒暄过，说：“针织厂和柠檬酸厂两宗地招标，请你陪标。事后，来萍水逢喝酒答谢。”

“咳咳！我缺酒喝？”张达发没好气地回道。

张达发知道了，针织厂和柠檬酸厂的两宗地是姚窕拿到的。

姚窕被张达发顶撞了，破口骂道：“是不帮忙呗？你有钱了，就敢瞧不起窕姐了。当初——”

张达发虽然钱多，但姚窕的能量也足够大，断然不敢惹，又赶紧解释说：“窕姐！我是说不用请我喝酒，我帮忙。咳咳！但陪标费你还是要给的。”姚窕问：“陪标，还要钱啊？”张达发咳嗽了一声，冷笑道：“没有白陪标的，咳！这是行规。”

姚窕大笑道：“这里面的水还挺深。嘎嘎！”

电话挂断了，张达发耳边依旧响着姚窕像狐狸一样的笑声。

姚窕咋想到了这上面？兵不血刃地拿下了两宗地，而且成本又是极低。张达发为拆迁那片胡同付出了极大的代价，至今还没到底呢。

崔家胡同的人都说拆迁补偿标准低，连盖房的成本都不够，均拒绝拆迁。去年十二月水被停掉了，今年二月电又被停了，前段时间门窗又被人在夜间砸掉了，但仍然没有拆成。此后又雇人强行拆迁，崔家老太太爬上房顶，说：“你敢拆我家的屋，我就跳下去，我死了这屋子是你的。”崔家大哥更是提着把明晃晃的斧头要跟强拆的人过招……

张达发一边咳嗽一边给姚窕算了一笔账。针织厂一个项目总建筑面积四十万平方米，百分之九十为住宅面积，有三十六万平方米，百分之十的商业面积四万平方米。四万平方米商业面积不上合同，纯属红利，按地理位置现在价格为每平方米两万元，价值在八亿元。住宅按现在均价每平方米四千六百元算，价值在十七亿元，而每平方米的建筑成本大概在一千零六十元，再减去税金和其他费用，收益巨大。

姚窕嘎嘎地笑了，没有像蒙娜丽莎掩饰自己没长门牙，没有中风，没有怀孕，更不是胆固醇含量过高，因为没有突发心梗。

张达发的眼球骨碌碌地转了几万遍，又咳嗽了两声，终于想明白了：有人给姚窕支着儿。

五十九　冤断魂肠

院子里的桃红艳艳的，已经熟了。焉红摘下几个，洗了，要给兰儿送学校去。

兰儿上高一了，学习更加紧张，在校住宿。周日，也没回来。

狄清歌摆弄过月橘，又拿起水盆给桃树浇着水，说："哪天，我也摘几个给爹和天明伯送回去。"焉红说："还有千色、疏影，我去送。"狄清歌说："挑那红透的。"

"不用送了。"项于飞和花千色走进院子，说。

焉红笑道："正说送桃去呢。"和狄清歌又要去摘，项于飞却说道："我有话说。"

狄清歌看看项于飞，脸上没有好模样，说话也很严肃；再看看花千色，也一脸的沉郁，心里一咯噔，问道："发生什么事了？"

项于飞："坐下说吧。"说着走进屋子里。花千色一声不吭，也走进屋子里。

狄清歌忙放下水盆，进了屋子。焉红赶忙去沏了茶来，挨着花千色在沙发上坐下。

项于飞端起茶抿了一口，说："疏影离婚了。"

狄清歌听了，吃了一惊，连忙问道："六一儿童节，她快乐着呢，怎么会离婚？"焉红也很惊讶，瞪着大眼睛说："不会吧？疏影和杨雪枫不吵不闹，很恩爱啊。前两天，我和千色见疏影的时候，也没见怎么着啊，是吧，千色？”花千色肯定地说：“是没吵没闹，但确实离婚了。我也是昨晚才听于飞说的。”

项于飞说：“前年离的婚，已经两年多了。”

狄清歌问：“不吵不闹就离婚了，总得有个理由吧。离婚，也不是说离就离的，符合哪个条件？”

项于飞说：“两个人是协议离婚。”

焉红说：“想离就离了。那法律是干什么的？”

项于飞说：“多年来，疏影对甜甜近乎疯狂地思念，杨雪枫也忍受不了甜甜的丢失，性情大变，沾染上了赌，由小赌成性进而大赌成灾。到后来，欠下了四十多万块钱的赌债。”

狄清歌吸了一口凉气，说：“四十多万？”焉红也瞪着大眼睛问：“那是多大的一笔钱啊！一套房。”

项于飞说：“问题是，肖子灵把疏影告到了法院。”

狄清歌大吃了一惊，瞪大了忧伤的双眼，问道：“肖子灵？”

项于飞说：“杨雪枫嗜赌成性，且肖子灵手法不磊落，先故意输，让人赢，赢着赢着，人就上瘾了。上了瘾，就难戒了。肖子灵要起手段，其他人必输无疑了。输了，又想赢回来，于是越输越赌。”

狄清歌问：“我也听到了这个传言。但是，杨雪枫跟肖子灵有什么关系？是和肖子灵搭在一起了？”

项于飞点点头，说：“祸根是赌，祸患是肖子灵。肖子灵邀杨雪枫吃饭喝酒，杨雪枫就沾染上恶习，陷进去就出不来了。祸害了一个家庭。”

狄清歌说：“赌债，不受法律保护，可以不还啊。”

项于飞继续说道：“肖子灵出具了一张两年前杨雪枫写下的借条。法院庭审，不能查明这笔债务是否杨雪枫用作了赌博，亦不能查明这笔债务的去向。借债的时间发生在婚内，疏影不能证明与杨雪枫有明确约定，也不能证明这笔巨款为杨雪枫的个人债务，也不能排除《婚姻法》第十九条第三款规定的情形。根据《婚姻法》及其相关司法解释‘债权人就婚姻关系存续期间夫妻一方以个人名义所负债务主张权利的，应当按夫妻共同债务处理’，最终，法院判决由疏影和杨雪枫共同偿还。”

花千色说：“疏影要多冤有多冤。”

焉红冲着项于飞说："我看，这就是一桩冤案，比窦娥还冤的冤案，天要六月下雪的。你岂能旁观？莫不是袒护肖子灵吧？你们是同学。疏影是谁啊，离了婚，和你什么关系也不是。但是，还有个理在，你不能不讲理，法院也不能不讲理。"

项于飞解释说："我问过法院，也问过法律顾问，都回答说根据相关法律规定，疏影应当与杨雪枫共同承担这笔巨额债务。"

狄清歌说："即使是婚内债务，但没有用于夫妻共同生活啊。这，有关司法公正。"

项于飞说："所以，我和千色找了你来。"

焉红冲着狄清歌瞪起眼，说："你能怎么样，你不是爱看书吗？你不是爱写那些屁文章吗？你不是讲境界吗？不认识的人你都爱帮助，疏影，你就不帮助了？亏柳老师那么喜欢你，疏影那么善良，还做爱心妈妈。到了疏影自己，就蒙受这不白之冤？千色，你说，疏影和你、我，感情有多深？"说着，竟掉下泪来。

花千色来的时候就没神，听了焉红说的话，也黯然掉泪，道："于飞是出于对疏影的关心，才来对你们俩说的。清歌，你也要多方面考虑考虑，和于飞一起商议商议，看还能有什么办法。这也是于飞来的初衷。"

狄清歌想了想，问项于飞："案子到哪一步了？"项于飞点点头说："终审了。"狄清歌又问道："进入执行阶段了？"项于飞说："肖子灵还没有递交申请。"

狄清歌说："只有向法院申诉了。"项于飞说："案子终审后，再让法院启动自我监督程序就难了。"狄清歌说："除非有新的证据足以推翻原审判决。"项于飞说："要肖子灵自己向法庭说明是赌债？"狄清歌说："那样，终审一定会被推翻。"项于飞说："但是，肖子灵会那么做吗？不会。"狄清歌说："只能寄希望于良心发现。"项于飞说："也只有这样了。请肖子灵一起吃个饭。"

焉红对着项于飞笑道："那样，你可帮了疏影一个天大的忙。我先谢谢你。"

花千色也对项于飞说道："我也谢谢你。"

狄清歌又说道："肖子灵不要那赌债了，也行。"

项于飞说："要是肖子灵还有良心，也不会把疏影告上法庭。"

狄清歌沉默了，花千色也不说话。

茶都凉了，焉红起身换过，重新倒上。

项于飞问焉红：“你在家待着有情绪不？”

太母山矿业公司成功进行了结构调整，以电子产业为主导，向着太阳能光伏、半导体照明等新兴产业领域发展。虽然新增职工人数一千多人，但原有职工因知识结构问题而继续待岗。

焉红也没有回到工作岗位上。

对此，项于飞给出了解释：“太母山矿业公司通过结构调整刚起死回生，要做实腾空间、挤水分、攒力量等基础工作。你要为推动公司实现高质量发展再做出贡献。”

狄清歌也劝解过：“企业在进行激烈的市场竞争，要为企业而忧。古中山国生于患难之中，被大国所欺而变强，为强国占领又复生，能够勇武豪侠、钟鸣鼎食——”

焉红说：“政府也在做工作，我理解。”

狄清歌对项于飞说：“她忙得很。”

项于飞问：“听清歌说，你在炒股，还炒得不亦乐乎？”

焉红说：“我没有多少钱，就是跟着跑，不闲着就行。”

项于飞问狄清歌：“你查考资料有眉目了？跟你在一起的时候多，受你影响，我对古中山国的历史、文化也有兴趣了。”

狄清歌摇了摇头，说：“没有。我查了先秦的文献，有些记载，如‘鲁哀公三年，齐魏围戚，求援于中山’，《古本竹书纪年》载：‘晋出公十八年，荀瑶伐中山。’《淮南子》中有中山烹乐羊之子的记载。《墨子》载‘中山尚染于魏义’，《吕氏春秋》关于中山国有风繇的记载。最有价值的是《战国策》，专门辟有《中山国策》，收录中山国事九章。”

项于飞说：“乐羊食子、司马憙三相中山、阴姬与江姬争后，我知道一些故事。”

狄清歌说：“中山文公建都于中人城，因晋国不断用武而迁都于顾，为魏所败后又退回中人城，桓公励精图治二十余年终又复国。这些故事里，读不出顾为中山国都有怎样的文明。”

项于飞说：“这是一个历史之谜，也是一段文化的丢失。若是衙署还在，可能找到一些蛛丝马迹。”

焉红不愿意听这些，说：“你俩说吧。有一点，你们俩一定帮帮疏影。走！我们去看看疏影。”也顾不上给兰儿送桃子了，拉起千色走出屋去。

焉红和花千色去看柳疏影了，项于飞也没再和狄清歌多说话，也急急忙忙地走了。

临走时，项于飞对狄清歌说：“多从法律上探讨。虽然和肖子灵是同学，但这么多年，联系少，沟通少，心性也不一样了，追求的也不一样了。”

项于飞实在太忙了。

经济发展，从“又快又好”转向“又好又快”。

在省政府对全省各县市区进行的综合考核中，因矿产崛升顾城首富的清溪县被“一票否决”。顾城，也因为太母山制造业基地仍然在大肆地排放着废水、废气、废渣，被点名批评。

中央和省委一次次地批示，再三严厉要求严格执法，确保年初预定的能耗降低4%、污染物排放降低2%的目标能如期完成。

按照科学发展观的要求，顾城在大力推进企业转型升级。

六十 “化”“文”之人

周一，开过碰头会，狄清歌总结过前面的工作，又计划过下面要办的事，还有正在持续做的，忙忙碌碌一天就过去了。

周二，狄清歌刚一上班，项于飞就打过电话来。狄清歌以为是催问申诉状的事，还未开口，即听项于飞说道：“廖教授来了。”

狄清歌听了，高兴地说：“好多年不见廖教授了。”小跑着到了项于飞的办公室。

廖教授来顾城指导文化产业发展。

在项于飞、焉熙和狄清歌毕业后，廖教授由系主任升任副校长，现在调省文化厅当副厅长分管文化工作。

项于飞等市领导陪着廖教授进行了视察。看过西溪、宝塔、苏东坡双槐、雪浪石等文化景点，廖教授发表了很长的讲话：

“文化是一个城市的灵魂和符号，是一个地区生生不息、繁荣发展的不竭动力。看一个城市有没有品位和历史，就要看这个城市有没有文化。顾城的历史文化底蕴极其深厚，必须抓住这个最具特色、最根本、最持久的竞争优势，尽快把文化产业做大做强做优，打造成顾城经济的支柱产业。

“一个有品位的城市，一定是个有文化的城市。罗马的古典文化、巴黎的时尚文化、威尼斯的水文化，世界名城都有丰富的文化内涵。斯特拉福德有了莎士比亚、萨尔茨堡有了莫扎特而蜚声世界，一个名人足以让一座城市成为名牌城市。文化是多么厚重，深蕴其中的是一座富金矿，其价值不可估量。顾城，有极其厚重的苏东坡文化。挖掘苏东坡文化，让苏东坡文化灿烂起来，焕发出为国为民的崇高精神，顾城就会闪烁出耀眼的光芒，顾城的附加值会增加十倍、百倍、千倍。经济背后是政治，政治背后是文化。文化，才是核心竞争力。

“物是‘文’‘化’之物，人是‘化’‘文’之人。‘观乎人文，以化成天下。’文化是城市的灵魂，是人的精神家园。顾城是历史形成的，是社会文化的荟萃。每一朝代，每一时期，顾城均有代表性的文化遗存。城市的建筑几近趋同，然而苏东坡双槐、雪浪石、宝塔、西溪……都是顾城所独有的，也是要倍加珍惜的文脉。

“文脉，对人的发展的作用不可低估。德国著名诗人歌德在探究年仅二十四岁便闻名于法国文坛的文学史专家约翰·雅克·昂贝尔的成才原因时，深有感触地说：设想，巴黎这样一座城市……世界上自然和艺术的各个领域里的精华都成天在那里供人公开观赏；还试想一下，在这样一个世界首都里，每走过一座桥或一个广场，就令人回想起过去的伟大事件，甚至每一条街的拐角都与某一历史事件有联系……这样想过，就会明白，像昂贝尔这样的人才，在这样充满着聪明智慧的环境里成长起来，二十四岁的年纪是能够有所作为的。

“文脉对人的影响远不止于此。文脉对人的影响是潜在的，也是显在的；是抽象的，也是具体的；是细微的，也是巨大的；是现时的，也是恒久的。文脉有着深厚的历史文化底蕴，而历史文化底蕴越深厚，对人的精神、智力、道德、气质、素养的提升越有力。作为故都名城，顾城要发展，丰富的历史和文化是最可仰仗的资源。”

对顾城，廖教授也给出了中肯的意见："厚重的历史文化，诉说着顾城过去的辉煌；建设文化强市，昭示着顾城美好的未来。要抓住文化这个竞争优势，用文化的力量助推发展，第一，强力深化文化体制改革，让文化市场'活'起来。深化文化体制改革，是解放和发展文化生产力、增强文化发展活力、推动文化创新的必由之路。只有文化改革给力、文化体制创新，才能促进文化事业的繁荣、文化产业的发展、文化人才的涌现。只有坚决冲破妨碍文化发展的思想观念，坚决改革束缚文化发展的做法和规定，坚决革除影响文化发展的体制弊端，才能建立开放、高效、有序的文化市场体系，创造有利于文化建设与发展的良好环境，为文化产业的蓬勃发展提供动力，为文化事业的健康发展释放活力。文化也是生产力，要在文化产权上做文章，发展文化企业，将文化产业与金融资本有效对接，建立文化产业投资基金等平台，破解顾城财力不足问题。第二，强力推进文化产业发展，让软实力'硬'起来。当今时代，文化以其低碳、科技和创新驱动的特点，契合了经济转型升级的需要，对经济的贡献率越来越大，经济文化化、文化经济化已成必然。法国巴黎借助'世界时装之都'助推文化产业，金钱如塞纳河水源源不断流入巴黎。国内北京，文化产业增加值在三产中位居第二。要培育一批有实力的骨干文化企业、谋划实施一批文化产业项目、建设一批标志性文化建筑、打造一支高端人才队伍、推出一批精品文化力作，强力推动文化产业建设。第三，强力推动文化载体建设，让金字招牌'亮'起来。顾城的历史悠久、文化璀璨，然而，这些宝贵的文化宝藏，有的还停留于书本记载，有的古建筑已难见昔日风采，更多的是有历史而未见其貌、有文化而未见其景观。苏东坡及其手植的双槐、雪浪石；'去年今日此门中，人面桃花相映红。人面不知何处去，桃花依旧笑春风。'只崔护这首诗，直教人感怀万分。古中山国让人亲眼看到，亲手触碰到，哪个不激动、不向往？"

项于飞和狄清歌以学生的身份款待了廖教授。廖教授握着狄清歌的手说："你的夫东（普通）话，还是那么差劲。"

叙过一番话，廖教授余兴未尽，又同项于飞和狄清歌谈起了文化。在项于飞和狄清歌面前，廖教授仿佛又回到了课堂："顾城，文化底蕴非常丰厚。双槐树、雪浪石、苏东坡红烧肘子和《中山松醪赋》《老饕赋》《蝶恋花》，还有——"

廖教授兴之所至，吼了一嗓子：“‘水上白鹤惊飞处，稻禾千重尽秧歌’，多么粗犷豪迈！”

吼过，廖教授又说道：“一部《诗经》，以风、雅、颂的体裁差别传递出先秦社会阶级分化、贫富悬殊和文化疏离的信息，在千百年的历史传承中，古代礼乐文化逐渐趋向精英化而成为公共文化的一部分。《风》中的《伐檀》，反映了伐木者的劳动文化；《芣苢》，是妇女采集车前子的文化；《木瓜》《擇兮》是男女两无嫌猜、和谐欢乐的爱情文化；《豳风·七月》是农耕文化。《雅》中的《楚茨》《信南山》《甫田》是祭祀文化，是祈求丰年的乐章；《生民》《公刘》《绵》《皇矣》诸篇生活情景，是神话传说。《颂》中的《周颂》《鲁颂》《商颂》在祈求降福子孙、歌功颂德中反映的是祭祀文化。公共文化因为历史、传承、地域存在着差异性，而正是这差异性，才最有特色。这里面——”

廖教授擎起中山松醪酒，继续说道：“中山松醪酒一下肚，苏东坡文化就滋养着我们的心田。腹中便要萌生出勤政、为民的情怀。若不然，就会像人们常说的一句话：‘喝到狗肚子了。’”

狄清歌费尽力气听廖教授说完了。

哪知，廖教授把中山松醪酒放下又说道：“苏东坡文化，需要我们传承。古中山国文化，更是一颗明珠，要进行保护、深入挖掘，让其散发出璀璨的光芒。顾城延续着古中山国的文脉，可惜的是，处于春秋战国时代的古中山国，史载不多，《战国策》中也仅记有几篇。清歌，你家是中人城的，应该对古中山国文化的挖掘做有更多的工作。”

项于飞说：“清歌已着手在做。”

狄清歌说：“头绪纷繁，还没多少眉目。”并对廖教授说起了那块“山流水”。廖教授说：“‘山流水’上，刻的是文字：监罟翟胜狄昌守丘。译成现代汉语就是：翟胜和狄昌给国王看护过园囿，现在又看守王陵。哪个王的陵，还有待焉熙查考许多的历史资料。”

原来，焉熙在百忙之中对那块“山流水”做着研究。狄清歌更加高兴地和项于飞一起敬过廖教授三杯中山松醪酒。

焉红又摘了几个桃去看过柳疏影，回来后对狄清歌说：“姚窕开了一个楼盘，你知道价格是多少？八千。”

狄清歌先是一愣，然后骇怪道："姚窕？八千？"

焉红心里惶惶的，说："这房价，涨，涨，涨，还涨不涨？"

狄清歌也有些慌，说："我问问。"

姚窕拿了两宗地，也搞起了房地产。而且，将柠檬酸厂的地块拿出来，以顾城首个精装公寓的姿态登场，并以每平方米近万元的价格开盘。首期一百二十六套房，不几日即告售罄。

姚窕的确得到了一个人的指点。

那天，顾建东在萍水逢吃过饭，顺脚走进了姚窕的经理室。

姚窕上下打量了，指着顾建东的鞋说："一双鞋，衬半截。顾局长穿的鞋，有点不拘细节。"顾建东低下头看了看，脚上的鞋多日不擦油了，好几道白印子，笑笑说："是有点龌龊，我太忙……"

姚窕"嘎嘎"地笑了两声，截住顾建东的话说："不是理由。依你的身份、地位和才学，不应该是这个样子。你看看，不管有才学还是没才学的，每个领导的穿戴都有模有样的。"顾建东更正说："是衣冠楚楚，讲究官体。"姚窕笑着说："嘎嘎！领导就是领导，说话就见水平。常言道：'人配衣裳马配鞍。'你满腹锦绣，在穿戴上怎么能惹人笑话。走！"拉着顾建东去了天霸商场。

天霸商场里琳琅满目，姚窕没有流连，径自走到鞋区，看过选过，挑了一双鞋，对顾建东说："试试。"顾建东脱下鞋，伸脚进去，穿上，踏踏步，感觉着说："好鞋，极度舒适。"姚窕说："就穿它吧。"拉开光灿灿的LV皮包，拣出一张卡，划去了。

姚窕划卡回来，见顾建东还坐在那里左瞧瞧右瞅瞅地看着鞋，笑道："看着鞋好了？好东西就是好东西，走了。"顾建东把脱下来的旧鞋装进鞋盒子里，提起来就要走。姚窕一把夺过去，交给售货员，说："扔了。"顾建东忙说："我的鞋，还能穿。"姚窕对售货员说："让你扔，你就扔。"售货员把鞋盒子拎过去，扔垃圾桶去了。

姚窕说："别抠唆了。人生几十年，别把钱看得太重。以后，就要买名牌穿。穿名牌，才有气质，有品位。"

从天霸商场出来，顾建东跟着姚窕又去了萍水逢。

黑色的轻纱笼住了玻璃窗，朦胧又神秘。顾建东吸了吸，空气里充满了淡香氛的味道，问姚窕：“这是什么香水的味？”姚窕说：“小黑裙。”顾建东说：“经典优雅，闻了飘飘然。”再看看姚窕，下身用小黑裙拢住，上身一件白色小绸衣，眉描成柳叶，含着雨恨云愁；脸抹了腮红，带着风情雨意。顾建东说：“窕姐长得美，居室也温馨。”姚窕妩媚地笑了笑，问：“香吗？”顾建东说：“香！人香，室香，都香。”

…………

姚窕成功“拿下”了顾建东。

姚窕收购了柠檬酸、针织厂，顾建东批办了土地使用手续。

六十一　司法应该公正

狄清歌白天忙工作，晚上读法律书，还要听焉红在耳边说房子。有一天，柳老师和杨老师来了。

狄清歌说：“于飞找过肖子灵了。”柳老师问：“怎么样？”狄清歌说：“于飞给了我四个字：丧心病狂。”

柳老师没说话，只是呆呆地看着狄清歌。

狄清歌又说道：“我也向法官请教过，也咨询了律师。”

柳老师问：“怎么说？”

狄清歌说：“意见一致，为夫妻共同债务。”

柳老师神色黯然地叹了一口气，杨老师则垂泪骂道：“我闺女命苦，怎么嫁给了杨雪枫这样一个畜生。”

狄清歌拿出申诉状，说：“我有不同的理解，也与法官、律师有不同的见解。”

柳老师把申诉状拿过去，低下头看起来。

杨老师说：“太麻烦你了。”

狄清歌说：“为了疏影，也是为了维护法律权威。遵法知法守法护法，是每一个公民的责任和义务。”

不一会儿，柳老师看完了，把申诉状给了杨老师。杨老师戴上眼镜一行行地仔细看着。

柳老师问道："判决有误，证据不足以支持债务为夫妻共有？"

狄清歌说："以事实为根据，以法律为准绳，这是司法原则。判决也要看事实是不是清楚、适用法律是不是正确。肖子灵出具了一张借条，但没有载明因何而借，也没有查明是否赌债，亦没有证据证明用于夫妻生活。"

狄清歌向柳老师阐述了自己的见解。

柳老师瞪大了眼睛，说："按你的说法，是事实不清、适用法律错误、结果明显不公？"

狄清歌肯定地说："是。"

柳老师舒了一口气，说："如果是这样，疏影可以安心了。"

狄清歌说："我是这样分析和理解的。这一张申诉状，能不能让法院启动审判监督程序——"

狄清歌和柳疏影、柳老师、杨老师共同期待着。

北、上、广、深等全国各大城市的房价均大幅上扬。

二线的、三线的城市也纷纷走高，四线的顾城，房价也同比上涨九点六个百分点。

沪深股市因为增收印花税引发了大跳水，在几个交易日内便蒸发了千亿资产。

"没有永远狂涨的股市。"亿万投身股海的人们终于明白了。

投资股市还是投资楼市，成为"两难"选择。

狄清歌决定买房了，但焉红要炒股。

狄清歌和焉红发生了争执。

狄清歌说："经济不断增长，钱越来越多，房价只会涨不会跌。而股市，对政策非常敏感，波动性大，散户就是投机。"

焉红说："一套房子首付起码也得十万几十万，这都拿不出来，怎么买？股票呢，三千两千的都行。"

狄清歌说："正因为股市的门槛低，稳定性就弱。房地产是一个非标准化的产品，又是实物产品，顶多眼光差一点，挑个地段差不升值的，价值不会灭失。而股票完全写在纸上，没有实物，一旦机构抛售，价格可能急剧下跌。"

焉红说："股票，反映的是公司的价值。有价值，才能有市值。"

狄清歌摇头说："不全是，退市公司、垃圾股，是最有力的说明。炒股、炒股，言之精要，在于一个'炒'字！不炒，股市不会火。事例不少了，早年炒君子兰，'非典'时炒板蓝根、免疫球蛋白。广告，也是一种炒作，不然，怎么让人知道，又激起人们的购买热情。"

焉红说："股票公司向我推荐过，今天推荐的，明天一准儿涨。"狄清歌问："我们这个小城市有这样的人才？"焉红说："电视上。"狄清歌说："电视上的人，你认识？"焉红说："有电话，我打电话联系的。"狄清歌说："不认识的人，更不靠谱。"

矿藏挖尽，太母山矿冶公司破产了。

失业登记率控制在4%以下，焉红不能下岗，也没有失业。

焉红说："我去卖菜。"

狄清歌不愿意焉红风吹日晒的，说："有吃的就行，风里雨里的。"

狄清歌不让焉红去卖菜，焉红也知道了股市里有风险，但还是每日里跟风炒股。

股市涨涨停停，焉红买进卖出，印花税、交易费缴了不少，总也赚不到钱。后来，根据政府兜底的政策，买了个退市公司的股票。几个月后，退市公司脱壳重新上市，股价大涨，一下子赚了两万。

尝到甜头的焉红不认同狄清歌的意见，说："我还是炒股。股市上涨，都入市呢。"

狄清歌说："牛市中慢涨快跌，而杀跌又往往一次到位。羊群效应。"

焉红说："退市公司都能脱壳上市，政策市。"

狄清歌说："别忘了，房地产业是国民经济支柱。诺贝尔奖的奖金，起初是靠基金的利息，后来投资股票没什么好收益，还赔。倒是投资房地产，大幅增值了。"

焉红揉揉大眼睛，说："先前，你总想把钱攒够了再买房，结果总也攒不够。唉，现在都六百多块钱一吨煤了，你的取暖费涨了多少？还是三十块五。"

狄清歌劝道："不要炒股了，说不定哪天又走低了。见好就收。"焉红刚赚了，心里还存着侥幸，说："大盘虽然晃晃荡荡的，但是，人们都在跟，没人舍得退出。"狄清歌说："人都有这个毛病，总想着馅饼会掉进自己的碗里。你们公司有没有无销售收入空转资金收入、有收入的列支及借款缴税、违规调整入库产品？谁能想到房价年年调控，天天涨价，越调越高。股市的背后是公司，公司也可能负增长。你当会计的应该清楚。”

焉红说：“这倒是。股市涨涨落落，还真把握不准。”摸了摸心口，又说道，“买吧，没钱；不买吧，钱越来越毛，越存越少。不踏实，心总是揪着。不炒了，但是要买房。倒是房价，一个劲儿地涨。”

狄清歌一听焉红说要买房，心里一下子又慌了起来。

焉红一直张罗着买房，但总想着房价能调控住，能降下来。但是，房价越调越高，一直涨个不停。

狄清歌不是不想买房，而是手里没钱，连首付都付不起。住着两间破房子，心里也愧疚，说：“我们这破屋冬冷夏热的，是该换换了。早买就好了。那时，才多少钱。如今涨到四千多了。”焉红说：“楼市又疯了！人家是拆迁富，这么多年，我们守了这么个房。”

“拆！拆！拆！”拆就拆吧，拆了给新的。心惊胆战的狄清歌和焉红好不容易想通了，而两间破旧的房子却被定为名人故居保护起来，非买房不可了。

焉红说：“我们买了房也不能住。首付买房，然后出租，用租金还贷。”狄清歌说：“还要吃馒头，嚼咸菜。”又要紧紧巴巴地过日子，觉得愧疚于焉红和兰儿。焉红笑笑说：“为了兰儿，一起度过这段时间，前景光明。我只当减肥了，有几家买了房不是这样过的。”狄清歌机械地点点头，说：“一箪食，一瓢饮，人间有味是清欢。”焉红说：“多亏你有公积金了，能贷款了。”狄清歌也深有感触地说：“公积金把我们救了。如果不是有了公积金，我们还买不起房。”

焉红说：“用商业贷款买房，凭我们这点工资，敢吗？多少利息啊。钱都是我攒的，房产证上要写我的名字。”狄清歌笑道：“好！写你的名字。即使你和我离婚了，房子也是兰儿的，兰儿是唯一合法的继承人。”狄清歌说完，心里觉得欠焉红点什么。

毕竟，买崔家胡同的房，焉红攒下的钱多。本来，自己应该给焉红和兰儿一个遮风避雨的家。日子过得这么久了，还要贷款。狄清歌深深地责怪过自己，又感伤道：“‘岁月静好，现世安稳。’婚姻，本来恩恩爱爱才结婚的。现在呢，一些人先把离婚的事想好呢。”焉红说：“人们现在婚前流行先把财产分割清楚，公证处都在忙这事。”

六十二　给崔护腾书房

狄清歌说：“只是——‘落花犹在，香屏空掩，人面知何处？’”

焉红有些惆怅，说：“以后不住这儿，我还有点恋恋不舍。不过，给大诗人崔护腾地方，才显得你有文化。”

据考证，邻居崔家和崔护有渊源，居住的房屋乃崔护家当时的旧厅房，而焉红和狄清歌的两间屋，是崔护书房的位置所在。

看着含笑怒放的桃花，狄清歌说：“‘去年今日此门中，人面桃花相映红。人面不知何处去，桃花依旧笑春风。’若是那崔护有知，看你我住了他的书房，该做何感想？”

焉红听了，笑道：“你又不是诗人，倒发起痴来了。”

狄清歌又惭愧地说：“可悲的是，我住了崔护的书房，但没有崔护卓越的才华。”

焉红说：“我们还吃了桃子，也算有缘人。别自作多情了，想想买房子的事吧。”狄清歌问：“钱还没攒够。”焉红说：“永远攒不够。你想想，打算买哪里的房子？”狄清歌想了想，说：“你看着哪里好，就在哪里买。恢复水系，引水入城，山水城市都是好地方。”焉红最后决定说：“买西溪边上的。虽然离市区远了些，但景致好。”

千年古城，要留住“意味”。

在文化兴市战略中，项于飞曾把廖教授请来加以指导。

廖教授说：“刀枪街、文庙街、八角巷、筐市街、藕市街、半亩园、六边街、颍水沿儿、王家后门等等，作为历史文化名城，老街老巷的名称是城市历史的活化石，承载着厚重的历史。”

头大身子小的，叫“牛头巷”；拐了个大弯儿的街，叫“轱辘把子街”；“葫芦头隅”，因为巷子的形状像葫芦头；五条街的交叉口，就叫“五路狮子口”；还有“三曲巷”“墙缝巷”“勺儿胡同”，乡野村俗之极。有俗，亦有雅，凤凰嘴、云彩眼、曲水亭、小板桥、秋柳园。南门附近有条离明街，之所以称“离明”，是因为这条街上原有一座火神庙，火，不仅“明”，而且在

《易经》中属“离”卦；“东马道，西马道，风雨小山庙”，讲究之中，蕴含了民俗、传说和掌故。“魁星阁”内供魁星——文曲星神像，魁星作执朱笔点状元状，吉星高照，紫气东来，顾城的“文气”所来。而原本端坐于城中央的衙署，所呈现出的是“王气”。老街旧巷小胡同的地名，敦厚悠长。

当初，经营城市成为理念，土地、山丘、河湖、森林成为城市经营的资本，道路、桥梁、房屋、车船作为商品来经营，开发权、使用权、经营权、冠名权、广告权、特色文化等被植入了商品价值，菊花胡同、秀水街、都府路被玻璃珠路、健身街、柠檬路所替代。

红火一时的健身器材厂拍卖了，健身路的冠名权业已过期。街巷凝香，菊花胡同、秀水街、都府路恢复了，让人又感觉到文学的韵味、温馨的特质。

口蹄疫过去了，廖教授又到了顾城，点名吃老饕馆的苏东坡红烧肘子。

廖教授咬了一口，咀嚼过，赞赏说：“酥软，味道更好。”喝过三杯中山松醪酒，又建议道，“经济进步的新形象就是文化。文化是软实力，也是硬实力，是一个地方可持续发展的永久动力。要凸显出苏东坡精神，还要挖掘特有的古中山国历史文化，以文化教育人、影响人。文化润顾城！”

中山大道以“中山古色、唐宋风貌、白墙黛瓦、府学衙署、柳槐桃花”为特色，进行着仿古改造。

项于飞还要挖掘“三山不显，四水不流”。

“三山”，是三条名带“山”的街巷，地势并不高，系指兴华路南侧的东梁山、西梁山两条胡同和府学街的清代行宫。

“四水”，指东南西北四个进入顾城市区的积水坑。

虽有山字，但不是山，是街名；虽有水，但不能流，而是水坑。

崔家胡同要进行文化挖掘，狄清歌和焉红的两间破屋也被列入保护范围，不能再住了。

狄清歌看着，无不伤感，说：“纵收香藏镜，他年重到，人面桃花在否？”

焉红说：“谁能想到呢。人面桃花，物是人非。你看看房子交工了没有？赶紧装修。明天，我和花千色去看振鹭和兰儿。”

寒露不算冷，霜降才变天。天一变，就刮了一夜的西北风，气温降到了零摄氏度左右，冻得人都佝偻起来。屋里还没供暖气，项于飞、花千色和狄清歌、焉红一边打着哆嗦一边说话，要去给振鹭和兰儿送衣服。两个孩子都住校，一个月才回一次家。花千色和焉红都埋怨说：“市政府后面就是市一中，你俩也不去看看。”

“哀哀父母，生我劬劳。”当妈的疼爱自己儿女，当爹的又岂不如此。项于飞碍于身份，去看振鹭，肯定会被当成工作接待，从来没去看。狄清歌倒是去过，但门卫又盘查又询问的，他理解门卫的职责，但还是感到浑身不自在，也不愿意再去，推托道：“明天有个会。”

第二天，召开的是扶贫工作会议。会上，通报了严查农村低保腐败的情况：利用手中权力照顾亲属，搞“人情保”“关系保”的；雁过拔毛、克扣侵占，优亲厚友、吃拿卡要，串通作假、虚报冒领的；扣留农户资金存折，冒领农户补助资金的；私自扣留村民低保金，占为己有，贪污截留低保金的；违规办理残疾证，领取城市低保等相关补助的。

郑逸品以“捕捉‘中山猫’，把温暖撒到人的心间”为题，做了讲话，内容也不再是四平八稳，而是一反常态，开篇就讲了一个故事：“春秋时，赵国一户人家为解家中鼠害之痛，从中山国讨取了一只很会捕鼠的猫。一个月后，鼠被捉尽了，但家里的鸡也被猫吃了。儿子要把猫赶走，其父却无奈地说：‘祸患于鼠，偷吃粮食，咬烂衣服，钻穿墙壁，啃坏家具，就要挨饿受冻，比没有鸡更有害。仅仅没有鸡，我们可以不吃鸡不吃鸡蛋，离挨饿受冻还远得很，为什么要赶走这只猫呢？’……”

题目尖锐，更是点名道姓，绝不保护。

狄清歌笑了，笑得是那么不开心。

能把周文兰的事解决，实在不容易。能指名道姓地点出钟山的名字，也不容易。

狄清歌联系市纪委对钟山进行了调查，形成报告，呈给了郑逸品。郑逸品详细地看过，竟然也愤怒起来，说：“这样的人和事如果还不依纪处分，人心难平，政府的公信力又何在！”

中山大道上，少有行人，风像牛一样“哞哞”地吼叫着，恣意卷扬起雪花。垃圾箱旁，一条狗闭着眼睛，两腿埋在雪中瑟瑟地抖着，被冻得呜呜咽咽地哭着。

花千色和焉红穿着羽绒大衣都感到骨头疼，深一脚，浅一脚，踉踉跄跄地走到了市一中。她们哆哆嗦嗦地向门卫问过好，赔着笑脸说：“师傅！我们来给孩子送棉衣裳，让我们进去？”门卫躲在值班室里，问过哪个年级的，哪个班的，姓字名谁，然后说：“高三（十二班）的班主任换成了柳老师。到高三，都要换成有多年送考经验的老师，特别是班主任。预科班六班，班主任是周老师。”门卫与柳老师和周老师电话联系后，又让花千色和焉红各填了一份出入登记表，才让进去。

花千色和焉红走进学校，迎面是一个大幕墙，贴满了历年被北大、清华等名校录取以及奥赛获奖学生的照片，黄底红字，和着雪地上的白相互彰显。绕过大幕墙，踏上一条叫“英才路”的甬道。甬道两边，竖立着许多牌子。左边的一个个牌子上，是一个个出自顾城的名人画像；右边的牌子上是一句句励志的名言：“把优秀当成一种习惯。”“为目标，晚卧夜半，梦别星辰，脚踏实地，凌云舍我其谁！”“拼三载春秋，搏一生无悔。”“每天都是一个起点，每天都有一点进步，每天都有一点收获！”“山高不厌攀，水深不厌潜，学精不厌苦。”“拼一分高一分，一分成就终生。”……

花千色和焉红分头看过振鹭和兰儿，不一会儿又回到了大幕墙下。花千色说：“时间，都精确到了每一分钟。和振鹭多说一句话都不行。”焉红说：“《生活作息表》分割成细小的段落，每个段落都有规定的内容，一段连着一段，犹如齿轮一样机械前行。”花千色说：“每一分钟，即使是跑步，都在列队间隙看看书，上厕所也会带着书记几个单词。像拧紧了发条的陀螺，高速旋转。想不好好学习都不行。”焉红说：“付出百倍的汗水、千倍的努力，才能考上名校。”

看过振鹭和兰儿，焉红和花千色分了手，去股票交易大厅了。

股市持续上扬，交易大厅里人头攒动。

新上证综指亮相，给各类机构带来全新博弈机会。历经五年大熊市的沪深股市，借助新指数要“凤凰涅槃”。

人民币升值、招行再发H股、中国人民银行上调金融机构贷款基准利率……一系列利好，到年中股市劲升超过八成，报价板上一片通红。

看归看，涨归涨，红归红，焉红也只是抚平对股市的那丝丝心绪。

买新房，交首付，焉红都把私房钱拿了出来。装修，起码还要五万块钱。

一周不回中人城了。狄清歌惦念着狄长生，在周日回去了，并把狄长生接到了顾城。

六十三　骨气

狄长生看看新房，眼睛亮了，脑子也不糊涂了，说：“这房子好。”

新房毗邻西溪。

狄清歌陪着狄长生走到西溪。

西溪水上，白鹭飞翔；芦苇丛里，鸟雀呢喃。溪水之畔，松柏伟岸，柳枝纤柔，鸟巢中小雀啁啾。游人坐上舟楫，入溪前行，水草葱葱，鱼儿跳跃。芦花倒影，心如猿一样悠哉，似马奔般畅意。在西风骤起、秋水泛绿之时，芦花将像雪一样的洁白，飘飘飞飞。

闲看过芦花，前面是一片荷塘，荷叶田田，莲实满满，又将是一个收获年。荡起轻舟，惊起数十只鸥鹭。鸥鹭振羽向着碧天飞翔而上，让人在一瞬间想起李清照的《如梦令·常记溪亭日暮》：“常记溪亭日暮，沉醉不知归路。兴尽晚回舟，误入藕花深处。争渡，争渡，惊起一滩鸥鹭。”

净化过心灵，转舟向岸。岸上原本有个戏台，而今复原了。戏台之上，一对男女在台上且歌且舞：“水上白鹤惊飞处，稻禾千重尽秧歌……”

狄长生游过，对狄清歌说：“城里人就这样玩？人还很多。”

狄清歌说：“有人说，叫休闲。中国GDP总量超过了英国，成为全球第四大经济体，城镇居民生活达到了富裕程度，农村居民生活也达到了小康水平，都在幸福地享受生活。”

狄长生又问道：“休闲是个什么东西？”

狄清歌解释说：“外国人叫休闲。最早休闲的，是法国。一百多年前，浪漫的法国人在海滨建起‘第二住宅’、在乡村开辟人工菜园，‘绿色度假’。”

狄长生听了，“唔”了一声。

狄清歌又说道：“过去，中国也叫休。早在一千多年前就开始休闲了。东汉的郑玄笺：‘休，美也。’西晋的杜预注：‘休，福禄也。’对于‘休’，中国文人是从美的角度认识的。比如西溪，在东晋被发现，其后经唐发展，再到宋全盛，都是文人的野趣。”

狄长生或许不知道东汉、西晋，但知道什么是野趣，说：“中人城的山水风情，都是原始的。”

颍峰叠嶂，风猴出没其中；颍水潺潺，“山流水”莹莹透闪……还有那小山丘，顶天立地的柳树，还有娘。狄清歌感想着，眼睛闪出几许忧伤的深情，说：“中人城的山高，月小，水落，都是别样的风情。”

狄长生说：“顾城的景致也很美，西溪的水月也很迷人。只是，要花不少钱。”狄清歌说：“我们要过几年紧张日子。”狄长生说：“不止几年吧。有那么多钱？”狄清歌说：“有，有。”狄长生看着狄清歌，说：“还跟你爹要起铁嘴钢牙来了。你能挣几个钱，能攒几个钱？”狄清歌低下头不说话了。

回到家，狄长生从怀里掏出一个布包，说：“这是两万块钱。”

狄清歌接过去，知道这钱是狄长生攒的，是在翟常乐的磨坊里辛辛苦苦挣来的，心里一阵难过，哽咽着说：“我都这么大的人了，还花爹的钱。”

狄长生拍了拍狄清歌的肩膀，说：“父子同心，凭本分，靠劳动。你不是也不同意把酒方卖了。”

去年，钱贵昌找到狄长生，要买下“千日醉”的古法酿酒方，进行规模生产，说：“《搜神记》里有记载，狄希，中山人也。能造‘千日酒’，饮之千日醉。我出重金买下来。”

狄长生去问隗天明卖不卖，隗天明说：“清歌买房，正东挪西凑钱，你们父子俩商量决定。你们，正需要一笔为数不小的钱。”狄长生对狄清歌说：“那个钱贵昌给二十万。酒方，值一套房。”狄清歌说：“也值一条命。”

狄长生默然片刻，说：“你没有忘记你娘。”狄清歌说：“我永远不会忘记我娘。当年，我扯着娘的衣襟，走完了村里的大街小巷。我能想象出，娘忍心撇下我而去，是因为完全失去了做人的尊严。”狄长生点点头，说：“人，活在世界上，靠的是尊严。”狄清歌说：“一人千日醉，千人万日醉。倘若人人日日月月沉醉于酒中，那么社会就坏了。由此可知，酒，虽然能怡情，更可能祸国殃民。《史记·货殖列传》载：中山‘丈夫相聚游戏，悲歌慷慨，起则相随椎剽，休则掘冢作巧奸冶，多美物，为倡优。女子则鼓鸣瑟，跕屣，游媚富贵，入后宫，遍诸侯’。好逸恶劳成为一种社会风气，王公大臣之家无不行乐，民间好事之徒动辄杀人越货、挖坟盗墓，谁还思治国之事？当年，有识之士从中山国的腐朽民风看到其政治腐败，断言中山即将亡国。”

狄长生点点头，说：“想到一块儿了。当初，赵玉成要喝爹一杯酒，但爹就不给他喝。你娘的命就丢在这酒上。”狄清歌说：“说到我娘，我倒想她了。”狄长生问：“你娘，你娘是谁啊？”又糊涂了。

狄清歌把赵大同找来，要装修房子。一个膀大腰圆的人带着五个刺青的光头找来了。

膀大腰圆的人指着五个刺青的光头，自我介绍道：“我，是他们的大哥。姓王，叫我大王好了。”狄清歌说：“你是他们的大哥，不是我的大哥。你有什么事？”大王说：“这个小区，我包了。用工，必须用我的人；用料，买我的沙子、水泥、砖、塑料管。做防水、改水、改电，都是我。挖一个线盒子四十块钱，一块砖两块钱，一米水管四十块钱。你家是九十平方米的房，铺砖、刷墙一起干。已经算好了，八万块钱。”

赵大同说：“一块砖两毛钱，一根三米长的水管市场价是二十三。市场价才多少钱？”

大王说：“这个小区的市场是我的，价钱由我规定，不议价不还价。”

狄清歌说：“我自己买材料，自己干活，不用你的材料，也不用你的人干活。”

大王说：“你自己装不了！必须让我给你装修。你想自己装修也可以，但必须拿五千块钱。”狄清歌问：“我为什么给你五千块钱？”大王说：“这是我的市场，不给就不行。”

狄清歌心里腾起一股火，从赵大同的工具包里抽出一把榔头锤，恶声恶气地说：“今天，是你要我命，还是我要你的命？”举着榔头锤冲大王走过去了。

大王一见，转身跑了。五个刺青的光头跟着也跑了。

赵大同问：“我的腿都有点软，你怎么不怕？”狄清歌长长地舒了一口气，说：“邪不压正，看你有没有胆气。”

狄清歌跟条狗似的颠来颠去地忙活了一个月，赵大同也不分昼夜，终于把房子装修好了。

房子装修好后，晾了几个月，焉红要搬进去住，原本说好要出租新房赚房租还贷的打算也泡汤了。

崔家胡同忙着恢复原貌，崔老太太一家领取了政府的补贴，另行安置。两间破旧的房子，限期搬出了。焉红收拾过东西，狄清歌让翟常乐开了一辆小货车来，和赵大同一起把东西搬上车。焉红看了看，心酸得掉下泪来，说："别人搬家，几车几辆的，我就这点东西，连个车底都铺不满。"赵大同和翟常乐还劝了几句，说："以后，都是好日子，缺什么买什么，把房子里装满。""搬新家，要高兴。"焉红听了，才转啼为笑，欢喜起来。

狄清歌看了看，焉红、兰儿都上了车，遂和赵大同一起，把那棵盛开着黄色小花的月橘抬到车上，对翟常乐说了声："开车吧！"

焉红看看，只剩下那棵桃树摇曳着夭夭的枝条，用手抚了抚，喃喃自语了一声"吃了你好多果子"，才拉着兰儿依依不舍地走出了院子。

搬新家后，狄清歌把狄长生接了来。狄长生看着在房间里转了转，高兴地说："很干净。"狄清歌说："只是简装。"

这一晚，狄清歌陪着狄长生在一张床上躺下，一起说着话。狄清歌说："我娘要是还在，也要住上。"狄长生说："你娘是个自尊心很强的人。"狄清歌说："我都不记得我娘的模样了。"狄长生说："你娘啊，勤劳、善良、朴实……"

狄长生住了一晚上，又糊涂起来，说不是他的家。狄清歌只好把狄长生送回中人城托隗天明、狄三儿、翟常乐的爹和娘多照应。

焉红说："要把于飞、千色、疏影都请来，认认门。"

未等焉红请，项于飞和花千色约着去老饕馆吃饭了。

狄清歌和焉红、兰儿满心喜悦地去了。

高考，振鹭考了好成绩，接到了中央财经大学的录取通知书。项于飞和花千色高兴地叫了狄清歌、焉红、柳疏影和肖子灵、高小禾到老饕馆庆贺。

苏可乔也很高兴，开口要赋两句词，被项于飞阻止说："春风得意、骏马得骑的？上大学，也就是接受高等教育，多学点知识，以读书报国。"

是啊，振鹭考上大学，值得高兴。项于飞要振鹭多学点知识，也是正道。选填志愿时，振鹭要填小语种，而且想学朝鲜语。项于飞问："学语言没错，但是，为什么选学朝鲜语？"振鹭说："记得我妈曾和焉红姨、疏影姑姑为大长今的善良流泪。"项于飞说："那么，你选学朝鲜语是因为爱你妈还是因为大长今的善良？"振鹭没回答。项于飞又问道："如果你是因为大长今的善良，也值得肯定。善良是人类应该有的品质，是做人的底线，而不是你选学的理由。依照你的潜质，是不是再慎重考虑一下？"

看着振鹭沉默不语，花千色要振鹭去问问狄清歌，以多方面听取建议。振鹭找到狄清歌，问："狄叔，您认为我该选学什么？"狄清歌说："中华民族向来以善良为美。譬如你柳姑姑，忍受着失去甜甜的巨大痛苦，以善良之心救护着每一位病人，尔雅有方，品性淑秀。"

振鹭点点头说："我懂了。善良是基本，学好知识，方能为国家做贡献。"

"近年的高考都强调以课标为依据，而课标的载体是课本，课本中结论、定理与性质，都是学习数学非常重要的环节，千万不能脱离课本；重点知识要重点掌握，重点内容要重点训练，如函数考点，不仅要掌握集合与函数、一元二次不等式、映射与函数、幂函数、指数函数与对数函数，还有求函数解析式、函数值域、求函数定义域、函数图像及变换、函数与不等式、函数思想的应用等；要注重数学思想方法的学习，再想法应用于解题中；加强运算能力培养，养成思维严谨、步骤完整的解题习惯，做到高效。"兰儿考上了市一中，振鹭正跟兰儿讲如何学好数学时，柳疏影到了。

振鹭赶忙说："柳姨，您请坐。"兰儿也忙着说道："姑姑，您请坐。"

柳疏影牵着兰儿的手，笑着说："好，祝贺振鹭考得好，上了好大学。倾你所知，接着教兰儿。兰儿也要勤奋学习，像你振鹭哥哥一样，考取个名牌大学。"振鹭谢了谢柳疏影，兰儿则点了点头。

花千色笑道："都是你接生的，跟你亲。"

柳疏影在椅子上坐下来，对项于飞和花千色说："恭喜你们。"

花千色对项于飞说："振鹭虽然是你儿子，却是我管出来的。"项于飞笑道："你在家付出得多，感谢你，但振鹭也是你儿子。平时呢，你唱红脸，我唱白脸；你表扬，我批评。好人你当了，坏人我做了。俗话说，知子莫如父，我是看准振鹭学习中存在的问题，有的放矢。如此，振鹭知不足而后进，才取得了好成绩。对了，清歌教学，最讲究针对问题。"狄清歌得意地说：“你不是嫌我老是看问题吗？”花千色也说道：“清歌是对的。查漏补缺，知识完备了，才能融会贯通。”

狄清歌有些得意忘形，刚要开口，即被焉红抢白道：“你教小学三年级，得意什么！”狄清歌红了脸，把头也低下去了。

项于飞说：“卤水点豆腐，一物降一物。就是和我抬杠有能耐。”才待要笑，花千色、高小禾已然“嘎嘎”地笑出声来。

狄清歌把头抬起来，先看了看焉红，转头对着项于飞、柳疏影、花千色、高小禾说道：“我知道千色、小禾不是讥笑我，谢谢你们的宽慰。我有自知之明，真的连小学三年级都教不好。那时候，我不明白学生是怎样进行学习的，也不知道学生是如何思考和解决问题的，一切均是按照自己学习时的方式考虑所教的知识的，仅仅是专注于怎样把知识讲得更准确，而对学生了解得非常少，没能理解学生是如何进入学习状态的，没能理解学生的学习究竟发生了什么变化，也不了解当自己讲完这些知识后学生如何理解。比如说，在常乐和绿翠儿找我时，我只是强调英豪要勤奋刻苦学习；在作文上，只强调英豪写得入时合情，而不知道为什么和灵灵、金芝、小凤、惠兰写得不同。”

项于飞沉思道：“老师究竟要达到一个什么样的水平？值得全社会深思。一个优秀的老师，所呈现出来的课堂，不是知识的罗列，而是知识在学生意识中演化的轨迹。不管是什么样的学生，都会在学习中获得启发。”

狄清歌说：“上好每一堂课，从来就不是把知识讲完，也不是做题巩固。需要老师明白知识在学生意识中发展的脉络，清楚知识自身是如何搭建起来。一方面，需要老师付出很大的努力，另一方面要改变学生的头脑和认知。柳老师为什么能教出一个叫马为民的学生写出满分作文？因为柳老师明白知识在学生意识中发展的脉络，清楚知识是如何在像马为民一样的学生头脑中搭建起来的。一个好的老师，要改变的是学生的头脑和认知。”

柳疏影说：“高中都能教，小学还能教不了、教不好？焉红说你一句，你还自我菲薄起来了。我爸也夸你勤心敬业呢。”

花千色说：“兰儿的学习挺好，有焉红的功劳，也少不了清歌的。两个人的用心都一样，只不过着眼点不同。”

项于飞点头道：“疏影说得客观，千色的话公允。”他又向振鹭和兰儿求证说："对吗？"

振鹭说："爸妈对我的教诲是悉心的。"兰儿说："假如失去了爸妈的疼爱，我想象不出我会是个什么样子。"

柳疏影听了兰儿的话，眼圈一红，泪水也由眼眶里转出来，顺着脸颊淌到嘴里，又苦又涩。

甜甜没有了柳疏影的疼爱，会是个什么样子？花千色、焉红赶忙安慰起柳疏影，振鹭和兰儿也直喊："柳姑姑，您别伤心了。"

这时，高小禾只身一人到了，看到柳疏影泪水涟涟，刚要开口问，柳疏影已抬手抹了抹脸，说道："小禾来了，快坐下。"

高小禾对柳疏影说道："你的事，千色和焉红对我说过。但是——"

柳疏影说："小禾，不怨你。"

项于飞也宽慰高小禾说："疏影说得对，事情本来就和你没有关系。"

高小禾坐下去，低垂着头说："我也想不到肖子灵会干出这样的事来，心里对疏影很愧疚，都无颜面对了。"

项于飞劝导说："你来了，就是对疏影最好的道歉，也是对疏影最好的安慰。"

高小禾听了，抽泣起来，说："于飞、清歌，你们只当没有肖子灵这个同学。"

六十四　花褪残红

群众反映方圆药业公司向颍水排放污水，多次向环保部门反映后无果，集体到市政府反映。项于飞责成市环保局对群众反映方圆药业公司向颍水排放污水问题予以查实、查处。市环保局派出人员对方圆药业公司向颍水排放污水问题进行了核查，责令方圆药业公司予以整改。

然而，方圆药业公司的污水依然汩汩地排进颍水里。

群众还在向市政府反映。

股市"滑雪加跳水"，上证综指突然暴跌一百四十四点，深成指跌幅创十年来最高，达六百余点。

搬进新居，焉红心痒，终于买了一只股票，看着不好，又忙着杀跌去了。

“牛市继续，大跌正是抄底的好时候。”当晚，财经评论家说。

第二天，一家中央权威报纸在第六版左下角出现了关于股市暴跌的“豆腐块”小文章，文章称此次下跌是股市的“倒春寒”。

“倒春寒”，迅速席卷了全球股市。

香港股市恒生指数单日最大跌幅超过四百六十五点；欧洲股市全线下跌，跌幅最高达2.26%；美国道琼斯指数跌幅为3.33%。全世界股市数十万亿美元的市值随着股指的暴跌而灰飞烟灭。

焉红每日里在不断地选股、补仓。

这天早上醒来，焉红蔫了。

凌晨两点，证券交易印花税税率由现行1‰调整为3‰。

印花税调整后的几天内，上证指数从四千三百三十多点暴挫至三千四百零四点，跌幅近千点，市值缩水近万亿。焉红被套在“山顶上”。

狄清歌说：“怎样？”焉红说：“我是有酸有苦。”

…………

顾城市六百万亩蔬菜、果品生产基地获得了绿色和有机食品认证，“中山牌”绿色无公害蔬菜大步走向市场，黄瓜、西红柿、茄子、甘蓝畅销京津市场。

注重农业设施创新。全市70%的蔬菜基地建有大棚，通过对大棚不断改进，日光能源利用率越来越高。颍水市太阳能大棚里种植的有机蔬菜直供北京新发地，韭菜每公斤卖到四十元。

瓜菜品种“育繁推一体化”已经成功运行，良种不仅满足本市需求，而且畅销国内外。种业品牌工程，提升了现代农业种苗业的科技创新能力；再加“一县一特色”，建成了蔬菜、花卉、苗木、青萝卜、草莓等特色种子资源保护和繁育基地。仅颍水市农科种苗有限公司智能育苗温室一年的育苗能力就达六千万株，育苗销售业务全是订单化。

推行区域化种植，连片开发，提高土地利用率和产出率。通过土地流转，引进承包经营大户，建起蔬菜种植基地，蔬菜种植面积稳定在七十万亩以上。全市通过土地流转，建起两百多个农产品基地。

顾城市以出口蔬菜为突破口，在全省率先提出并实施出口食品质量安全区域化管理体系建设，通过建设出口农产品种植标准化基地、无公害农产品和绿色食品产地认证等，提升了质量管理标准，形成了从“土壤到餐桌”的全程控制体系。

顾城市走出了一条品牌带动、创新发展、以绿色生态为底色的现代高效农业之路。

相较而下，文化价值还没打造出来，廖教授侃侃而谈的打造文化亮点、挖掘苏东坡文化、古中山国文化意见和建议还远没有得到落实。

阳谷复原了西门庆和潘金莲幽会地点，临清重修了王婆茶馆，黄山考证了西门庆的祖籍……

年逾六十的苏可乔颇为气愤，说：“野百合都迎来了春天？‘花褪残红青杏小。燕子飞时，绿水人家绕。枝上柳绵吹又少，天涯何处无芳草。墙里秋千墙外道。墙外行人，墙里佳人笑。笑渐不闻声渐悄，多情却被无情恼。’苏东坡的文化才真正光耀千秋。”他广罗人员，成立了苏东坡文化研究会。

柳老师因为那篇满分作文名声大噪，苏可乔想邀请其参与编写，找到狄清歌说：“柳老师赋闲在家，能不能动动笔墨，一起写写苏东坡？”

编书，乃经国之大业，不朽之盛事。狄清歌想着柳老师会同意，答应说：“我愿意把您的意思转告给柳老师。”

苏可乔欣喜地说：“几十年的功力，一辈子的积累，还有那个满分作文，柳老师要是愿意，那是给我的脸上贴金。我请他当主编，还请他到我的老饕馆，吃苏东坡红烧肘子。”

狄清歌也爽快地说：“我搭两瓶中山松醪酒。”

苏可乔笑道：“好！只不过小气了些，请柳老师才搭两瓶。”

狄清歌说：“柳老师酒量不大，仅仅是爱喝两口。”转而一想，又说道，“柳老师一定会答应。只是——不知道柳老师精神状态好不好。”

苏可乔说：“编写材料，需要在静心中参悟，不是一日之功，也不急于一时。拜托！务必把柳老师请到。”

狄清歌给柳老师打了个电话，讲了苏可乔的意思。

“我对《蝶恋花》喜爱已久，能参与整理注释苏东坡在顾城所写的诗、词、歌、赋，追记苏东坡酿中山松醪酒、烹制红烧肘子，描写苏东坡洒脱无羁的神采，把苏东坡勤政、为民、清廉的风范宣扬开来，以警示今人，启迪后来者，是一件非常有意义的事。这样的快事，我愿意。”柳老师很爽利地答应了。

大换届，郑逸品调省政府工作，齐怀志来任市委书记，项于飞就职市长，赵怀德被选举为政协主席。

经史子集，光耀万代。赵怀德经过一番思索，将苏东坡文化研究纳入市政协理事范畴，并要市政协文史委组织编写《苏轼与顾城》一书，邀苏可乔任组编顾问，还要带领有关人员去杭州、密州、诸城、徐州、湖州、黄州、汝州、常州……探访苏东坡走过的足迹。

柳老师说去那些地方虽然是梦寐以求的，却浪费财政资金，与发扬苏东坡精神不符，说要装修新房，推辞了。

退休后，柳老师和杨老师还住在学校。架不住柳疏影劝告，在市里买了房。

怎么装修，装修成什么样；用什么材料，在哪里买材料，柳老师既一头雾水，又一概不知。柳疏影要找家装公司，但杨老师说，那样会被装修公司扒层皮，心疼。

狄清歌说：“哪里卖什么，什么材料多少钱，我都知道。至于施工，大同的工地上水电工、瓦工都有，把水电改一改，在厨房、卫生间加凿几个线盒；然后，铺地砖。木工，也就是几个门，在市场上买就行。其他的，厨具、卫具、衣柜，市场上应有尽有，可挑可选。简单又省钱。”

柳老师说：“依照你说的。我省心省力又省钱，只是辛苦你了。”

狄清歌说：“谈什么辛苦。为您，我乐意。”

狄清歌把赵大同找来，去给柳老师的房子改水改电。不料，他们又看到了大王。大王见是狄清歌，说：“又是你的房？”狄清歌说：“是，怎么着？”大王向狄清歌拱拱手，说：“你是大哥。我带着几个兄弟也不容易，你多少给点？”狄清歌说：“没有。你非要，榔头锤见。”说着话，就去赵大同的工具包里掏。大王转身就走，却和柳老师撞了个满怀，连忙说道：“柳老师！你怎么在这儿？”柳老师说：“我在这儿买了房，要装修。你们认识？”大王说：“打过交道。柳老师需要我帮忙吗？”柳老师说：“天下太平。你在这儿做什么？”大王说：“我随便转转看看。您忙着，我还有点急事。”柳老师说：“你忙去吧。”大王对狄清歌说句“柳老师有什么事，你要照应”，扭身走了。

狄清歌问柳老师：“是您的学生？”柳老师说：“教过。”

赵大同向柳老师述说了狄清歌装修时发生的事，又道：“要知道是您的学生，可能不会发生前面的事了。”柳老师叹了口气，说：“我都是教学生富而有礼、智而有德、力而有道、敏而有节的。哪知，到了社会上，人的心里只有一个钱了。看来，教育不是万能的。”狄清歌说：“不教育也是万万不行的。”柳老师说：“你说的教育是教训。人不接受教训不知道悔过。”

狄清歌轻车熟路，用了一个月时间就把柳老师的房装修好了。

柳老师请狄清歌和赵大同吃饭，以示谢意。狄清歌和赵大同再三推辞，却架不住柳老师一定要请，只好去了老饕馆。

柳疏影也到了，面色更为憔悴。

席间，提起申诉的事。柳疏影说：“法院已经裁定，中止执行，说是在向最高院请示。”狄清歌安慰说：“一定要相信一句话：法律必须正义，司法应当公正。”

狄清歌回到家，也是心里一松，身体就累了，洗了洗歪到床上要睡觉。焉红坐过来说：“市政府大门前，堵了两帮子人。一帮人是因为拆迁，另一帮人反映颍水污染。”说完，拿起一本杂志，问，“你不看会儿书了？”狄清歌合着眼说：“不看了。累！”又忽然觉得焉红说话有点怪，乜斜着眼去看，焉红的大眼睛一眨也不眨地看起杂志来。

狄清歌问：“什么内容，看得那么投入？”焉红说：“是一篇科普文章，澳大利亚科学家发明了一顶帽子。”狄清歌不以为然地说：“一顶帽子，有什么奇特的，还叫发明？”焉红说：“不奇怪，但是很神奇，超智能。”狄清歌“噢”了一声，睁开眼说：“智能的，我都不懂，还超智能的，那肯定很神奇了。”焉红说：“你要是戴一顶，脑子就不那么笨了，疏影的案子也早有结果了。哎！法院不会执行吧？”焉红牵挂着柳疏影，把杂志放下，瞪着狄清歌问道。

狄清歌说：“刚才吃饭的时候，我问疏影了。疏影说，中止执行了。”焉红追问道：“中止，暂时，又在什么时候止？还有，以后呢？”狄清歌说：“这真不好说。”焉红答了声：“嗯。好人一定有好结果。”拿起杂志又看起来。

狄清歌又合上眼，想，戴上了那顶帽子，我就不笨了，即刻变成一等一的聪明之人。人戴上超智能的帽子，都变得聪明了。世间万物都戴上——想着想着，他进入了一个奇幻的梦境。

六十五　梦里乡愁

沿着汤汤的颍水，狄清歌走回了中人城。狄长生殷切地说："去看看你的娘。"

狄清歌爬上小山丘，肃立在顶天立地的柳树下，看着娘的坟，刚要对娘说些思念的话，突然，一只风猴从高远的颍峰一跃而下。

狄清歌吃了一惊，忙抬头去看，却是帕弗。才待开口，却被帕弗顺手一捞，揽到臂弯里，"吱呀"一声，投进了一个笼子里。

狄清歌蹲在笼子里，看了看帕弗。帕弗也是一身长毛，唯有不同的是头上戴着一顶帽子。

狄清歌瞪着忧伤的眼睛问："帕弗，戴上了帽子，你就有了这等本领？"帕弗伸了伸臂膀，冷冷地笑道："我这并不是什么超智能，原本就是捞月之举。"狄清歌又问道："你把我投进笼子里，又是何意？"帕弗又冷冷一笑，道："人结束了奴隶时代，却把动物囚进笼子来奴役，当作玩物，是何道理？"狄清歌舒了一口气，问："不如此，你们何来食物？"帕弗挠了挠腮，自信地答道："我们的生存环境危机，乃人之过。如果不是人恣意砍伐，我们何至没树可栖，无果可食？"狄清歌想着从笼子里出来，忙谦恭地说道："人的思想有狭隘之处，也不可能达到完美，就如秦可卿，既有薛宝钗的资质又有林黛玉的韵度，最终却落了个自缢。再比如动物里，孔雀最美丽，但开屏时还露了腚呢。"

帕弗听了，嘎嘎地笑过，说："怎么，现在认识到人与自然的和谐？"他挠挠耳朵，又龇牙咧嘴地说道，"上帝创世，造了亚当、夏娃和森林大地、鸟兽虫鱼，绚丽而缤纷。我们啸聚山林，采果填腹；鸟儿们以树为家，衔芥做巢；鱼儿泊水翔游，自安天命。然而，人总爱说'地球，我们的家园'将其霸占为你们的家园，但更多的是开发利用而不注重保护。胡砍乱伐，森林植被遭破坏，多少鸟兽禽鱼流离失所；工业生产，废气直冲臭氧层，女娲千辛万苦补起来的天又将被捅破，人类与自然界的动植物即将一起玩完……”说着说着，竟怆然而涕下。

狄清歌想了想，说：“人文之初，《易》说太极，阐明了天人相应、万象合一的宇宙观。《中庸》讲调和折中，也谆谆告诫我们万事不可偏废。但事实是，在对利益的攫取中，导致了植被破坏、水土流失，沙尘暴未去，又添了雾霾。不过，在吸取过去的经验教训后，人已经认识到科学发展的重要性，树立了和谐新理念。”

帕弗挠着腮，问道：“和谐？”狄清歌答道：“人的和谐，人与社会的和谐，人与自然的和谐。这自然，是天，是地；是星星，是尘埃；是山，是水；是森林，是小草；是老虎，是白兔，是大自然中的一切。人已接受了教训，要与自然和谐共生。”帕弗又挠着腮说：“是真还是假？想当初，你们玩朝三暮四、朝四暮三的把戏，把我们害惨了。”说罢，撅起红红的屁股要走。

狄清歌急忙说道：“这是底线，不容置疑。目前的问题在于善良的高度，人口、资源、环境问题的破解难度也越来越大了。”帕弗讥笑道：“苹果掉在地上，是因为地球引力。问题产生的原因很清楚，是人的欲望太贪婪，不知收敛。”狄清歌说：“已经在搞生态文明了。”帕弗拍着双爪蹿蹦跳跃着说：“生态文明好！风吹柳树梢，雨露润禾苗，自然界的事物都将是极其美妙的。森林公园、地质公园和各种自然保护区的建立，以及《森林法》《野生动物保护法》的实施，都是人的有效行动。”

狄清歌畅然笑道：“憎恶狮子的血腥，批评狗熊的长相，都不是科学的态度。森林给人制造着生命之氧，花卉温馨着人的生活，小鸟在为人歌唱着欢乐，溪水滋润着人的心田。人会珍惜身边的每一朵娇嫩的小花，爱护身边每一只活泼的小鸟。人从自然中得到了一切，也学到了许多，从蝙蝠那里认识到超声波才有了雷达，向鸟儿学习飞翔才升上了天空。”

帕弗谦虚地说：“要时刻注意，不能学我们水中捞月，空欢喜一场。”狄清歌说：“共同努力，把解析世界的心情，化作建设和谐世界的力量吧。”帕弗“嘎嘎嘎”地笑着把狄清歌从笼子里放出来。

老虎、豹子、狼、狗熊、豪猪、狐狸、狍子、兔子、羊听到帕弗的笑声，来到近前。哈巴狗随后而至。鸭子、绿毛龟凫着水，百灵鸟、野鸡也飞了。

哈巴狗摇着尾巴叫道："哈！哈！"狗熊腋窝里夹着一个棒子，说："赞同。"兔子抻胳膊又拽腿，激动得眼珠子都红了，说："多么振奋的消息！森林将覆盖大地，嫩草将遍布原野，我们可再与乌龟赛跑。"乌龟说："谦虚谨慎，戒骄戒躁。"梅花鹿喷喷鼻子，咴咴地叫道："多么祥和！"豪猪倍加兴奋，龇着獠牙说："哼哼，是该过好日子了，至少应有一块红薯地，免得我们总要出去拱食，一出去就是一年半载，老伴孩子不得团圆。"大象扬起鼻子呐喊道："太母山的森林，太母山的水，让世界羡慕嫉妒恨。"野鸡唱起来："让世界羡慕嫉妒恨。"狍子看着老虎趴在草丛中一动不动，说："警惕！警惕！"

百灵在柳梢头上引颈高歌，鸭子凫在清清的颍水中悠然地唱道："让我们荡起双桨，咳咳。"哈巴狗说："哈！荡双桨，荡双桨。"狍子看到一股黑水从化工厂汹涌而出，赶忙喊道："警惕！警惕！"

狐狸"嘎嘎"两声，溜走了。

黑水涌来，绿毛龟一下子呛死了。黑水腾起一股臭气，百灵一头栽进了河里……

帕弗一把薅下头上的帽子，在狄清歌的脸上抓了一把，叫道："不作为，就是故意纵容。智慧！原来却是动听的谎言！"耸身一跃，回了山林。

狄清歌"哎呀"一声，醒了。

一场大梦醒过来，狄清歌要去当建设新农村指导员。

农业税取消，一举改变了向"三农""多取"的局面。工业反哺农业，"多予"呈增长态势，公共财政的阳光开始照耀农村，对建设新农村的支持力度空前。全国财政工作会议也透露了一个重要信息：国家新增政府投资的大部分要用于社会主义新农村建设。省委也决定，全省各级财政将投入二百三十亿元用于新农村建设。

中央和省里都拿出巨量资金投入"三农"。市委农工委选取了一百个经济发展比较好的村作为示范村，并要向每个示范村派出指导员。

新农村建设是树标，选派指导员也要优秀的。市委办公厅推举了狄清歌。

建设社会主义新农村示范村的房子一栋比一栋修得漂亮，家家户户有洗衣机、冰箱、空调、彩电，经济发展好；村村通公路建设正在顺利开展；

提倡新型能源，建起了大量的沼气池，在向太阳能、燃气等环保能源方面发展，既干净又环保；厕所也按着城市的便厕改造，安装了浴霸、电热水器；房前屋后绿化、美化，鸟语花香、果实累累，一派优美的田园风景。

去示范村，是锦上添花。

然而，狄清歌要求去义村。而且，在《义村要永葆“义”》的调查报告基础上还加深了一步，认为：“给义村的农民群众以救济，无疑是正确的、有效的扶贫之举，但是，更重要的是要给义村的农民群众提供更多的挣钱能力和机会。解决了这两个问题，义村的农民群众才会有热情参与政治生活。”

“让义村的农民群众摆脱贫困落后，富起来，全市才会小康。”齐怀志同意了狄清歌的请求。

项于飞也大力支持说：“就是要干事创业。”并邀齐麟童一起坐坐。

六十六　矢志扶贫

项于飞本想去萍水逢把酒叙话，齐麟童却说：“大菜大肉，没滋没味。去你们俩经常去的老饕馆。”

“一夏无病瘦三圈。”伏天已去，老饕馆里食客甚众，都是来吃苏东坡红烧肘子贴秋膘的。齐麟童和项于飞、狄清歌走进去，苏可乔正在店里，忙迎上来说：“齐书记来了！好几年看不见你了，欢迎欢迎。小项、小狄好！”齐麟童握着苏可乔的手问：“老苏，也坐店吗？”苏可乔说：“闲来无事，帮着拾拾掇掇，也活动活动腿脚。小项和小狄来得多，我没照应过几次。今天，齐书记也来了，我加倍用心，饭菜一定保证做得吃着上口，咽着顺嘴。”齐麟童笑道：“老苏也舍得了。最近，又画什么了？”苏可乔说：“全凭意兴，画意难出。”齐麟童说：“沉积了一生，没有了浮躁，你这是要出精品出大作了。”苏可乔说：“齐书记这话解我肠凝情愁，真有一剂灵丹之效，我一定当作勉励。齐书记诗书满腹，我领教甚广，也多有心得。不能只顾着‘关工委’，也关心关心诗书画，关心关心我。”齐麟童笑道：“作画是你这大文人的事。我，来是为食，去则肚圆。你会有什么为难的事？”苏可乔说：“这么多年，为了一块‘山流水’，小狄，都可以叫老狄了，一直不放过我。”齐麟童笑道：“我听说了。清歌有点执着，又是研究

‘山流水’，又是查考古中山国。做人做事，就要有那么一股子韧劲。”苏可乔说：“小狄的精神可嘉，毅力可嘉。”

苏可乔要齐麟童进雅间儿，齐麟童说：“在外面也好，热热闹闹的，也听听看看。”

齐麟童、项于飞和狄清歌刚在一张桌前坐下，即刻有人走过来说：“齐书记，尽管点菜，您的账我结。”

齐麟童抬头看看说话的人，没有印象，忙说：“不用不用，我们说说话。”

那人去了，又一个人走过来招呼道：“齐书记在这里坐啊。项市长也在？尽管吃菜喝酒，我埋单。”“谢谢！不用不用。我们说说话，你去吧。”齐麟童应答过，项于飞也婉言谢过了。

又有人走过来，说：“项市长好！齐书记也在这里坐啊。吃好、喝好啊，一会儿我来敬你们一杯酒。”

齐麟童叹了一声，说：“嗨！想当个平民也麻烦。”

狄清歌对苏可乔说：“我们换个地方。”齐麟童点点头，说：“好。”

苏可乔把齐麟童、项于飞和狄清歌带进一个雅间，说声“失陪”，转过身刚要出门，又折转回头对清歌说：“我这里有本书，兴许对你有用。”

狄清歌跟着苏可乔走了出去。

苏可乔从吧台下拿出一本书，狄清歌接过去看了看，是《战国策·中山策补》，说：“苏主席真是有心人，谢谢。”苏可乔笑道：“快去吧。”

狄清歌拿着书回到雅间，给齐麟童倒上茶水，再给项于飞倒了。项于飞说：“齐书记，您点菜。”齐麟童说：“就是冲着苏东坡红烧肘子来的。”项于飞说：“苏东坡红烧肘子、中山松醪酒，再要一盘煮的花生米和一份小菠菜？”齐麟童说：“很好，就这几样吧。”

不消片刻，酒菜上齐。狄清歌先斟一杯酒，端给齐麟童；再满上一杯放在项于飞面前，最后给自己倒了一杯。

项于飞和狄清歌端起酒杯，一起敬过齐麟童。齐麟童喝了，项于飞和狄清歌也喝了。

狄清歌又斟过酒，项于飞问起“关工委”的工作，齐麟童笑道：“活动不少，关键是我乐意干。‘小时不识月，呼作金玉盘。’‘儿童相见不相识，笑问客从何处来。’孩子们，天真无邪，心灵是那么纯净。跟孩子们在一起，我也年轻了，仿佛回到了童年。更为重要的，是回归了原本的纯洁。”

狄清歌敬过齐麟童一杯酒，说：“我一生受益于齐书记的教诲。刚到办公室搞文字，连简讯也不会写。是齐书记要我找个‘拐棍’；写调研文章，批评我不得要领，要我找几篇有关的文章比较学习；起草讲话、文件，要我讲究角度，不说过头话。挨了批评，灰溜溜的，但自我检讨反思，不断对照改进，而今写材料做到了得心，办事情做到了得体。如果没有齐书记的批评，还以为自己能耐有多大呢。我是在齐书记的批评中努力和提高的。批评，是齐书记对我最大的爱护。”

齐麟童说：“最重要的，是你有情怀。这次去义村，就是个证明。‘城市像欧洲，农村像非洲。’这句话，戳中了我市全面建设小康社会的痛点。没有农民的小康，就没有社会的全面小康。义村不能脱贫，就没有全市的全面小康社会，家国是两相依的。统筹兼顾，城市反哺农村，让农村人和城里人共享发展成果，是个好政策、好方法。扶贫，也绝不仅仅是送去‘一袋大米，一桶油’。发展生产，才能让义村的群众实现富裕，过上幸福的生活。你要扑下身子，当好指导员，为义村的群众找到一条摆脱贫困的根本之路。”狄清歌说：“我一定完成好发展生产，让义村的农民群众富起来的任务。”

齐麟童对项于飞说：“清歌去当指导员，虽然有雄心有决心有信心，但是面临的困难很大，你要大力支持。”

项于飞说：“我会的。帮助义村摆脱贫困，摘掉穷帽子，也是市政府的责任。为了义村，为了全面建成小康社会，一定会大力支持。当然，我也会尽我所能、不遗余力地帮助清歌。”

吃过饭，项于飞对齐麟童说：“我和清歌送你回去。”齐麟童摆摆手说：“不用，关工委要组织少年儿童开展一项亲近自然活动，我也忙去了。”说罢，走了。

下午，狄清歌在办公室收拾过东西，翟常乐打来电话，说晚上要和大同一起吃个饭。

狄清歌想了想，给柳老师打过电话，去了。

夜色朦胧，车辆穿流。狄清歌沿着中山大道上走到了老饕馆。

翟常乐、赵大同已经在和苏可乔说着话。

看见狄清歌进来，苏可乔伸出大拇指说：“小狄，佩服！”狄清歌冲着苏可乔一笑，说：“苏主席，您可别奉承我。这不是您的性格。”言笑过，老李（小李子也老了）问：“翟老板请客，上大菜？本店新添了——”

苏可乔截住老李的话说：“小狄到了老饕馆，就是苏东坡红烧肘子。”老李笑着准备去了。

柳老师和柳疏影也一起到了。

柳疏影更加憔悴了。

柳老师问狄清歌：“听疏影说，你要去当指导员了？”柳疏影淡淡说道：“焉红对我说的。”

狄清歌对柳老师说：“不敢说是指导。其实，我懂得不多，只觉得应该为义村的群众做点什么，有所帮助。”

柳老师说：“应该有的情怀，也是应该有的作为。”

狄清歌说：“会很艰难，我也会竭尽全力帮义村的群众摆脱贫困，过上富裕生活。”

狄清歌请柳老师坐了，翟常乐又忙着给柳老师和柳疏影倒上茶，赵大同也给柳老师斟上中山松醪酒。

柳老师说：“你们，对我都这么尊敬。”

翟常乐说：“柳老师人好。在您身上，我感受到的是知识和文化。”赵大同也说道：“清歌尊敬您，我们当然也尊敬您。”

柳疏影对着狄清歌笑了笑，说：“是清歌教的。”

狄清歌说：“我没教常乐和大同，是他俩发自肺腑的。”想了想，问道，“申诉，有消息？”

悠悠岁月，已经一年了。

柳老师摇了摇头，说：“没有。不知道会是个什么结果。”

苏东坡红烧肘子、小菠菜、素什锦，另有一盘滑馏里脊。四个菜齐备，狄清歌带头敬了柳老师一杯酒。

柳老师一饮而尽，道：“中山松醪，度数三十五，怡心的酒，香醇不醉。今天，都不必压抑，畅言无忌。”

狄清歌说：“好！我先说。没有消息，就是好消息。”

翟常乐说：“‘没有消息，就是好消息’这话怪了。”赵大同也说道：

“你不是在糊弄疏影吧。”

柳老师则点了点头，说：“应该是。否则，已经执行了。”

狄清歌又对着柳疏影说道：“一定要相信：‘法律必须正义，司法应当公正。’”

六十七　如火如荼

喝过壮行酒，第二天狄清歌去参加建设新农村培训会。

会议连带着现代农业园区开园仪式。

现代农业园区是顾城市推动传统农业向现代农业转变的又一力作。

以“丰富市民菜篮子、装满农民钱袋子”为目标，“龙头+品牌、基地+示范、农户+规模”的新型农业农村发展模式。

霍志超具体介绍了现代农业，是大规模、大品牌、大市场；现代农产品，是无公害产品，施有机肥，并让与会人员参观了西红柿大棚。

与会者参观着，体味着现代农业。然而，他们更多地把话题放在了产品质量上。品尝过西红柿，沙瓤的、甘甜，都感觉口味对。

霍志超介绍说：“瓜不甜、果不香、菜没味，是土壤‘馋’了。用的肥越来越多，土壤‘生病’了。增产之后，产品品质下降，植物病虫害增多，罪魁祸首，是人过度浇水，施用未腐熟的有机肥，喷洒化学杀虫药，尤其是除草剂，破坏了土壤的团粒结构，把土壤搞病了，这个病，就是板结。合理使用化肥，补充有益菌，施用有机全营养配方施肥。‘庄稼一枝花，全靠粪当家。’这个道理，古人早就阐明了。‘人畜之粪与灶灰脚泥，无用也，一入田地，便将化为布帛菽粟。’就拿西红柿来说吧，施粪肥的，是从里往外红，自然熟；抹药的，是从外往里红，没有熟让它熟，催熟的。营养不一样，口感也不一样。农业，在向着有机绿色方向发展。现代农业，就是绿色农业。”

“化肥农药都是害，原来粪尿才是宝。”人们感悟着，又参观了霍志超刚建起的五十兆瓦光伏发电加高效农业项目建设：十二亩智能温室、一百亩冬暖棚、三百五十亩蘑菇棚、三百五十亩春秋棚和八百亩高架棚，年均发电量五千九百万千瓦时，年均发电销售收入达五千四百万元，高效农业年均销售额将达到一千六百万元。

本来，邓支书和老周、小穆邀请狄清歌到小寨村看看红火的林下经济。狄清歌也想去，但是，没时间了。

狄清歌去了义村。

村里有个大学生村官小马。

周天佑去乡里开会去了，小马在忙着配合县卫生部门建设村医务室，向狄清歌做了介绍：“有了新农合，还要村村有医务室，让农民小病不出村，解决农民看病难，难看病，缓解因病返贫、因病致贫的问题。按照市里的要求，正为贫困人口建档立卡，对其医疗目录外自负费用予以救助。”

狄清歌从叙话中得知，小马原来就是那个高考作文取得满分的马为国，很是欣喜，说：“柳老师以你为荣。你从省略号里取题目，也是亘古未见。”小马笑道：“‘诚则是人，伪则是禽兽。’当时，我想写上孟子那句话了，但怕阅卷老师嫌我粗鲁，扣我的分，没敢写。”狄清歌笑道：“你一撅屁股，柳老师就知道你拉什么屎。真是师生。”小马哈哈地笑了。

狄清歌沉思了片刻，对小马说：“你若换用孟子的另一句话，既可登大雅之堂，意蕴也更深远。”小马问：“哪句？”狄清歌说：“‘诚者，天之道也；思诚者，人之道也。’我们所要做的，是一个思诚者。”

狄清歌又想了想，问小马：“你能写出满分作文，是因为柳老师在一直鼓励你吗？”小马摇着头说：“柳老师很严厉，错一个标点都纠正。”狄清歌又问道：“你对柳老师的批评，能接受？”小马说：“当时很抗拒。现在想想，如果不是柳老师那么严厉，我不可能考出满分作文。”

狄清歌点了点头，说：“批评，是最好的爱护。柳老师的严厉，是对你的厚爱。”

小马说：“是，有了柳老师的严厉批评，我才能正视自己，也才有了客观全面的人生观。如果柳老师一味地表扬，我就会是温室里的一棵幼苗，心理不健全，病态成长，承受不起风吹雨打。”

狄清歌感叹地说：“是啊，柳老师是‘受言以明智’。”

义村的群众要脱贫，靠粮油救济，只能度一个春节，最根本的还是要走生产发展之路。养鸡？狄清歌想了想中人城的鸡蛋事件，自我否定了。再想想红山药，狄三儿的合作社是一年比一年红火，但义村却不适合，同小马一起，商议起来。

在“春雨行动——光彩手拉手”帮扶活动中，霍志超出资注册了“助学基金会”，为全市贫困家庭的中小学生解决了很多学杂费，还给贫困家庭寄宿生提供生活补助。

全社会捐资帮扶新农村建设，一浪高过一浪。西溪管理处挤出一千万元，帮扶嘉县整治荒山，进行绿化；市通用机械集团公司捐资一千万元，用于中人城市新农村的路、桥、涵等基础设施建设。

清溪县溪水镇沙溪村的圆茄生产基地，由于长期种植圆茄，导致品质下降、卖不上好价钱，在建设新农村指导员的指导下，农民倒茬种植辣椒、豆角、莴笋等几个品种的高档精细菜。徐来县好望村的制种玉米成为农民增收的“金豆豆”，高雄县小阳村的“洋芋蛋”变成“金蛋蛋”，唐人县水泡村的白瓜子出口创汇了，阳易县南旺村的“大红袍”花椒红遍大江南北，嘉县车马店村的苗圃花卉、句容县双沟村的手工挂面、望来县北马庄的肠衣加工……全市建设新农村指导员奋力作为，发展生产。

如火如荼的社会主义新农村建设，给农村带来了巨大变化。新安县新农村示范村金龙村六十五户人家中有五十八户安装了太阳能热水器，成为第一个特色生态新村。顺博县新农村示范村喜来村经过新农村建设，成片的竹林苍翠依旧，鹅卵石铺就的曲径正向幽幽竹林深处延伸，整齐的房屋修葺一新，村容村貌换了新颜……一对新人在专业摄影师的指导下，或相对而笑，或相拥而戏，在“咔嚓、咔嚓”的相机快门声响中，他们的幸福一次又一次地定格在新农村里。中人城市新农村示范村松林店村新建成的文化广场上，大妈们在热舞，几个小学生在朗诵《弟子规》，一群青年男女在“嗨歌”。

种植有机蔬菜，义村的山地不适合。从自然条件分析，狄清歌想到了光伏发电，对周天佑和小马谈了自己的想法：“在全面建成小康社会的决胜期，全市还要采取扶贫援建、企业筹建、农民自建三种筹资建设模式，启动一百二十座村级光伏电站和九座一万千瓦以上地面小型电站工程建设。分布式光伏发电输出功率相对较小，投资收益率并不会比大型电站的低；污染小，环保效益突出；没有噪声，也不会对空气和水产生污染，又适合义村‘荒山半分田’的村情，国家还有政策补贴。平均下来，三年半就可以收回成本。”

综合分析考虑之后，狄清歌和小马向周天佑提出了依据义村特有的山地，适应新产业政策要求，建设小型光伏发电企业的建议。

周天佑和乡亲们进行了商议，决定抱团打捆闯市场，接受狄清歌的建议，依据山势，把分布式光伏发电作为建设项目。

小马具体办理村中事务，狄清歌专门跑分布式光伏发电项目，回了顾城，去能源局申报。

焉红也顾不上一个月之久才回家的狄清歌，窝在股市交易厅。

新年刚过，焉红又杀了进去。

股价暴跌过后已经打了三折，买入的风险不大——焉红是凭着感觉买入的。

在政策面的利好支持下，大盘出现了一波反弹。但是，反弹的高度有限，真正的反弹也就一周时间。短暂的反弹之后，大盘重拾跌势，焉红手上的三只股票也跟随市场下跌，大盘击穿了三千点大关。

央行上调存款准备金率，大盘跳空下跌，三千点成为过去时。

焉红在后悔着："去年，在股市突破六千点之后，很多人'只买贵的'，将多年的积蓄全部投入到股市，在一百二十五元和两百元高位买入了几只高价股。巴菲特都推荐说'这些股票可以作为传家宝留给儿子，甚至留给孙子'。"

然而，几只高价股暴跌至三十元以下，跌得少的也跌去了近半。

中秋时节，苏东坡双槐的槐实饱满了。

兰儿吃过晚饭，要赶着回学校上晚课。狄清歌把兰儿送到门口，再回到屋里。焉红没心思，既没有送兰儿，也不和狄清歌说话。

股市暴跌，焉红赔了。

狄清歌也是要宽慰焉红，说："赔了就赔了，那么多人，都赔了。"

焉红说："肖子灵炒期货，却狂赚了七百四十三万元。"

一时间，肖子灵成了"牛人"。举办理财讲座，爆满。

肖子灵说："黄金，才是财富。谁有了黄金，谁就拥有了财富。今天，我把黄金奉献给你们。同时，也告诉你们，炒黄金，稳赚不赔；我也向你们保证：三年翻一番。我也给你们算一笔账，五十万，成了一百万；一百万，成了两百万；五百万，就成了一千万……你要发，就到阳流子信息公司来。"

肖子灵注册了"阳流子信息公司"，高调募集起资金。

对于肖子灵的传说，狄清歌倒是知道。

见焉红还一根筋，狄清歌出口说了句："中国老太太！"焉红听了，回道："美国老太太出事了。"

焉红还要买入股票，狄清歌说："美国发生了金融危机，纳斯达克指数、恒生指数都在狂跌。"焉红说："你真不知道中国特色，上证、深证都在涨！"狄清歌弄不清了，说："怎么会？全球贸易，经济一体化。"焉红说："中国，风景这边独好。"狄清歌说："又听谁说的那么一句？"焉红说："股评家、机构观点。"狄清歌劝道："趁早，赶紧卖了。"焉红说："我买的是奥运题材板块，都在把握这个历史的大机会。你去跑你的手续，别管我。"

焉红摽在股市里，狄清歌觉得很失落，看了看兰儿，去市政府跑光伏项目手续。

"大雪"已过，时光正从丁亥迈向戊子，又一个春节即将到来。

上证综指从年初开盘的二千七百二十八点连破三千、四千、五千、六千点，到六千一百二十四点的高位之后，因"股神"巴菲特清仓中石油而狂跌至一千六百六十四点。

焉红傻眼了。

六十八　民生

迎奥运，在大型电视节目《倾国倾城》中，顾城入选"最值得向世界介绍的中国名城"。

"绿树村边合，青山郭外斜。"是大自然的色彩，是顾城的本色；是一种理念，也是顾城人民的发展共识。文明，顾城的历史、故事、水土、城市多样而精彩纷呈，古老而又年轻。活力，顾城处处是力量，生机勃发。和谐、和平的生活，已沿袭了数千年。

顾城也将举办一场盛大的迎奥运主题晚会。

狄清歌也借着跑手续回到市里观看。

苏东坡文化园内，《倾国倾城》循环播放着：

雨过白鹭洲（三山半落青天外，二水中分白鹭洲）

留恋铜雀楼（日暮铜雀迥，秋深玉座清）

斜阳染幽草（夕阳无限好，只是近黄昏／独怜幽草涧边生，上有黄鹂深树鸣）

几度飞红，摇曳了江上远帆（飞红万点愁入海，过尽千帆皆不是）

回望灯如花（蓦然回首，那人却在灯火阑珊处）

未语人先羞（琵琶声停欲语迟）

心事轻梳弄（来时万缕弄轻黄）

浅握双手（执子之手，与子偕老）

任发丝缠绕双眸（红烟翠雾罩轻盈，飞絮游丝无定）

…………

“一顾倾人城，再顾倾人国。”此句就出于顾城。节律入心入耳，狄清歌和项于飞一起激动得跟着节律哼唱。

晚会的赞助商张达发宣布：“锦绣，咳咳！幸福商住区建设项目正式开盘！”

齐怀志宣布：“根据省委省政府决定，为改变顾城的城市容貌，市委市政府将锦绣·幸福商住区建设项目列为一号工程……”

看过晚会，狄清歌和项于飞相聚于老饕馆。

苏可乔看到项于飞和狄清歌异常热情。前些日子，狄清歌陪着苏可乔去了趟中人城，苏可乔也向狄清歌问了很多中人城的事。

苏可乔一直在思考庙里供奉的那只鸟，到中人城寻访，和狄三儿走进了庙里，看到了那只嘴部弯曲，有利爪的神鸟。烧上香，神鸟架起缭绕的烟雾，好像要振翅翔飞。

廖教授本来也要到中人城，因为汶川，发生了里氏八点零级大地震。他忙于抗震救灾、捐款捐物而未成行。

狄清歌回市委向汶川捐过款，又赶到义村，要和周支书、小马组织全村捐款。哪知，周满囤、周利民、周文兰、周大胆等困难户已经各自捐了一百元，并说：“此时灾区的群众比我们更困难。”“瓜子不大，是颗心。”

苏东坡双槐的叶子在秋风中黯然地凋落着。

民生是最大的政治，改善和保障民生是最大的政绩。

省政府调查组到顾城查看民生工作。

项于飞用三个“最”字（财政发展最快，民生得实惠最多，公共财政特色最为彰显）做了概括，并详细汇报了开展“千”字活动的情况：“改善就医条件，提档升级了一千个社区卫生服务中心、一千个乡镇卫生院，均达到国家示范标准，设置住院病床一千张，科室设立全科诊疗、基本公卫服务、中医药服务等十大诊疗区域，就医环境干净、温馨；配齐医疗设备，能够做彩超、拍片、生化检验等；加强扶残济困，为一千个一户双（多）残低保家庭发放护理补贴，对距离办理国家规定退休手续五年内的已参加城镇企业职工基本养老保险并正常缴费的灵活就业残疾人给予补贴；便利群众生活，建设一千座地埋式垃圾收集站，新建社区蔬菜便民店一千家；改善老旧社区基础设施和服务，绿化提档升级一千个老旧社区，重点完善社区道路、排水、公共照明等基础设施；强化食品安全保障，在校园周边、集贸市场周边、老旧社区和城乡接合部，规范、设立一千个小餐饮便民服务区，扎扎实实地为群众办了实事、好事。”

项于飞也不讳言一些具体困难，汇报说：“落实科学发展观，构建社会主义和谐社会，救助城市低保人员和农村贫困户，都需要地方财政增加投入。但是，限于财力，市一级，政策都能落实到位；县一级，许多民生工作还没有做好，还停留在纸上。举个例子，取暖费，三十块五，都二十年了。目前，已享受农村低保和特困户救助待遇的人员中，近三分之一的是老年人、残疾人、未成年人，还有因病返贫、由于自然灾害等各种原因生活陷入困难境地的人员，在落实政策当中存在保障人数增加的问题。为做到应保尽保，有保必保，应改变目前市县财政分担、向上争取财政转移资金的局面，建议省财政进一步提高农村低保专项补助资金比例，主要投向财政困难市县；农村低保资金的筹措应以省以上财政投入为主，市县财政配套为辅。”

项于飞陪着省政府检查组到了苏东坡文化广场。

漫步其中，项于飞惬意地说：“有了古银杏树，文化公园便有了无限的沧桑。沧桑的岁月，何尝不是一种厚重的历史。”

一个小女孩在一株茉莉上嗅着花香。项于飞踱步过去，轻声问道：“香吗？”小女孩抬头看看，甜甜地答了声“香”，便笑着跑开了。

“暗麝著人簪茉莉，红潮登颊醉槟榔。”看着茉莉风姿楚楚，花色洁白，项于飞念叨了一句，和省政府检查组踱步向前。

迎春、樱花、丁香、紫藤、羽衣甘蓝、瑞香、小苍兰、锦葵花儿灼灼。几株桃花，掩映着出自顾城的成语典故石刻。

“人面桃花”出自崔护《题都城南庄》：“去年今日此门中，人面桃花相映红。人面不知何处去，桃花依旧笑春风。”

“飞扬跋扈”出自《北史·齐纪上·高祖神武帝》：“景专制河南十四年矣，常有飞扬跋扈志。”

“苟延残喘”出自欧阳修《与韩忠献王》：“遽来居颍，苟存残喘，承赐恤问，敢此勉述。”

“云淡风轻，傍花随柳”出自程颢《春日偶成》：“云淡风轻近午天，傍花随柳过前川。”

“好高骛远”出自《宋史·道学传一·程颢传》：“病学者厌卑近而骛高远，卒无成焉。”

“春风中坐”出自程颢、程颐《二程全书·外书十二》：“朱公掞来见明道于汝，归，谓人曰：‘光庭在春风中坐了一个月。’”

“功成名遂”出自《史记·范雎蔡泽列传》：“且昔者中山之国地方五百里，赵独吞之，功成名立而利附焉，天下莫之能害也。”

“济世安民”出自刘禹锡《刘梦得集·哭吕衡州》诗：“空怀济世安人略，不见男婚女嫁时。”

“看破红尘”出自刘禹锡《元和十一年戏赠看花诸君子》诗：“柴陌红尘拂面来，无人不道看花回。”

“雀屏中选”出自刘昫等《旧唐书·高祖窦皇后传》：“谓长公主曰：‘此女才貌如此，不可妄以许人，当为求贤夫。’乃于门屏画二孔雀，诸公子有求婚者，辄与两箭射之，潜约中目者许之。前后数十人莫能中。高祖（李渊）后至，两发各中一目，毅大悦，遂归于我帝。”

“破涕为笑”典出刘琨《答卢谌书》：“时复相与举觞对膝，破涕为笑，排终身之积惨，求数刻之暂欢。”

…………

茵茵一碧的绿草地上，两个学生情由景生，在一人一句地对诗：“等闲识得东风面”“万紫千红总是春”；“沾衣欲湿杏花雨”“吹面不寒杨柳风”；“乱花渐欲迷人眼”“浅草才能没马蹄”；“落红不是无情物”“化作春泥更护花”……

省政府检查组看过苏东坡文化广场，表示极大满意。

六十九　有贵千金

离开苏东坡文化广场，项于飞陪同省政府检查组到了市人民医院。

在妇产科诊室外面，孕妇与陪同的家属在焦急等候。诊室里，柳疏影不急不躁地正对着一名孕妇问诊：“什么时候的事？感觉怎样？每月做检查吗？千万不要随意用药。”

省政府检查组问柳疏影：“月诊量有多少？”柳疏影无奈地说：“一万以上。虽然每年都有儿科患者的高峰期，但是一般持续一个月左右就会有所缓解，然后趋于正常。今年，病人数量一直维持在这个高峰。”

柳疏影拿出一份病人数量统计表，说：“市人民医院一共有十一位妇儿科医生，要分顾门诊、急诊、住院部和新生儿病房，还有全市各县（市）区医院的会诊。妇儿科诊断有特殊情况，内科医生不能诊断儿科病例，给医院在人员调动方面带来了巨大的困难。现在我们通过协调，延长医生的坐诊时间，牺牲医生的休息时间，齐心协力渡过这个难关。”

看着挂号窗口、诊室走廊里人挤人，省政府检查组进行了一系列问询，柳疏影也一一做了回答。“你一天挂多少个号？”“一百二十个。”“你作为院长，工作情况还这么紧张吗？”“没什么两样，我还分管着儿童保健工作，每天要对孩子进行体检、智力训练等项目，工作量大，忙得一个上午都顾不上喝水，中午也没时间休息。”“对确实有困难的患者，是怎么保证就医的？”“今年，市政府为贫困户、低保户、五保户等购买了医疗救助补充保险，患者住院费用，报销比例未达到百分之九十的差额部分、自付费用超过五千元部分，均由保险公司赔付。‘新农合（医保）+大病保险+补充医疗保险+民政救助’四位一体的健康扶贫模式，不再让一个贫困户看不起病。”

这时，护士长急匆匆地跑过来，说：“有个宫外孕的妇女，来时已经在出血。”柳疏影急忙说：“有生命危险，必须立刻做手术。”护士长说：“二线医生都在忙，您——”柳疏影说：“准备手术。”对项于飞和省政府检查组说：“人命至重，有贵千金。对不起，我去抢救病人了。”说完，疾步而去。

项于飞看着柳疏影的身影点了点头，对省政府检查组赞许说：“我们的医生，都是像柳疏影这样，自觉地把人民的生命健康放在最重要的位置。”

到一户双（多）残低保家庭调查核实发放护理补贴、改善生活的状况，是否按月、按户发放；到街头查看小餐饮便民服务的情况，看是否从前厅到后厨、从制度到管理以及食品采购、加工、贮存、餐具消毒等方面都有严格规范后，项于飞又陪着省政府检查组到太母山现代制造业基地查看。

省政府调查组查看了太母山制造业基地，表示满意，提出了一些要求：虽然太母山制造业基础雄厚，但与国际甚至国内领先地区对比，还存在一定的差距。综合实力不足，只有提高综合实力，发挥自身研发与科技创新优势，才能在激烈的竞争中占有一席之地；品牌意识薄弱，缺乏创新，大部分企业不成规模。企业普遍缺乏创新，停留在生产加工制造阶段，甚至只是原料加工，形不成品牌。如果不走出一条创新之路，落后的企业势必会在快速发展中被淘汰；中高端人才缺乏，难以推动发展。没有了中高端人才，企业提升品牌影响力或研发创新产品，都寸步难行。

项于飞诚恳地接受了省政府检查组的意见，也提出了建议：“能否抓住机遇，提高自身竞争力，优化营商环境，引进各方面人才，是顾城未来发展的关键，也是太母山制造业基地这一战略决策的成败之举。恳请省委省政府采取若干政策措施，支持培育高端智能装备、新能源及节能环保、新材料、新一代信息技术、生物医药等新兴产业，做大规模、突出效益、进行关键核心技术攻关，对重点企业、新技术研发及产业化、扩产增效、产业链上下游配套协作等从政策和财政上给予补助。”

因次贷而起，美国爆发了金融危机，并迅速地波及许多国家。为应对这一危机，中国经济注入了四万亿。

四万亿就是机遇。冲着四万亿，各地都在全力冲刺，顾城岂能落后，迅即成立了“落实国家宏观调控领导小组”，暂时模糊部门职能，集中“人员、办公、经费、精力”攻坚。

项于飞带领一帮人进京，与国家发改委直接沟通。

齐怀志留守，率另一帮人夜以继日地赶制项目申报材料。

狄清歌也暂时回市委参与申报材料的撰写。

没日没夜地赶了几天材料，累得精疲力竭，狄清歌正在家呼呼地睡大觉，赵大同找来了，还有上下差不了几岁的狄秋实、狄英杰、翟厚生、隗明，要买房。

狄清歌记恨着姚窕，不会领着赵大同和狄秋实、狄玉英、翟厚生、隗明买姚窕的房；也一直记恨着张达发，让赵大同带着狄秋实、狄玉英、翟厚生、隗明去找翟常乐。

翟常乐和张达发、姚窕都有很大的业务往来。

翟常乐向赵大同了解过在工地限制现场搅拌的事后，投资建起了混凝土制造公司。

“张总，必和必拓的矿石一船一个价，钢材哪儿有不涨的。”“李总，张总要的钢筋我都供不上了，你缓一缓。”“停工缓不得？我给你挤一挤，不过价格有点高。唉！没办法，河里的沙子都打着滚儿地涨价。”翟常乐正和张达发、姚窕周旋。

美国的房子价格跌了，锦绣·幸福商住区的房也不好卖。张达发说：“每平方米便宜一百。一般人也就是便宜个二三十的。”

狄秋实、狄玉英、翟厚生、隗明倒是很爽快，说：“行啊，行啊，已经不少了。”“再少个二三十的，不就两三千块钱嘛。”“交了，交了。”几个人都一次性交了全款。

狄清歌听赵大同说了买房的情况，一下子惊呆了，喟然一声，说道：“我虽然穿戴得像模像样的，实际上是个穷鬼，省吃俭用地买套房还要靠贷款，你们三四十万元一次性全交了，还‘不就两三千嘛’。”

狄秋实、狄玉英、翟厚生、隗明买了房，赵大同没有买。狄清歌问：“你怎么不买房？都买房了，常乐都为孙子买房了。”

赵大同说：“我要盖楼，干主体。”

狄清歌瞪着忧伤的眼睛，诧异地问道：“你不买房，要盖楼？一平方米成本一千来块钱，一栋楼两万平方米，两千万啊！”

狄清歌算了算账，正惊愕，赵大同却淡淡地说道：“我干了这么多年建筑，砌砖、打灰、浇筑、绑钢筋、支大模板，样样门儿清。只要姚窕让我干，没问题。还有我家文景，上的建筑职业学院，找工作也是去工地，还不如跟我当个帮手，干工程。要不是你，还不走了邪路？唉，那时候，我真下不去手。”

文景刚出校门，涉世未深，也是百无聊赖，听一个同学说在化工厂上班，每个月能拿三千多的工资，而且他叔叔是厂里的人事科长，能帮着安排个工作，跟着去了聊城。结果，是被骗去搞传销。赵大同拉起狄清歌火急火燎地去了山东。到了聊城，又去东昌，再从东昌辗转到阳谷，才在一个废弃的厂房里找到了文景。任凭赵大同怎么苦口婆心地劝，文景就是不回来，说要“发奋工作，挣大钱，发大财”。狄清歌看了看地铺，指着地上的萝卜，问：“住破房，睡地铺，吃萝卜，就发财了？”文景说：“指导员说了，这是在‘苦心志，劳筋骨，饿体肤，空乏身’。”狄清歌冷笑道：“你们还有指导员？你还会‘行拂乱其所为’，还在希求‘天将降大任于斯人’。你是被骗了，还在立志成为骗子，为骗子骗钱。”文景说：“你不是教我们要树雄心，有大志吗？我也想成为一个有用的人，干一番事业。我挣了大钱，这个愿望就实现了。”狄清歌又冷冷地笑道：“我是教你学知识，长本领，成为国家的建设者。然而，你现在做的，是在骗人，危害社会，是国家和法律所不允许的。你有理想，有一颗干事业的心，但是，要走正道，不能再做这违法的勾当。‘人恒过，然后能改。’赶紧醒醒吧，跟你爹回去。”文景坚持说：“等我发了大财。”赵大同说：“你都身无分文了，发什么财。”拉起文景就走。然而，文景挣脱了赵大同的手，向后一步步地退去。

赵大同还在笑着劝文景，好话说尽，嘴里都冒起了白沫，但文景就是不走。赵大同无奈地看看狄清歌。

狄清歌问文景：“回不回去？”文景也不回答，躲到了墙旮旯里。狄清歌也是气急败坏，上去拽过文景，在文景的屁股上踹了两脚，问：“你读了那么多年的书，还上了大学。开启了你的智慧，你却利令智昏。想一想，你爹会让你有钱不挣，有财不发，把你推进火坑？电视上天天在报道传销是个陷阱，是骗人的，你偏偏不相信，还不知改悔？”文景看着变了嘴脸的狄清歌，不情愿地收拾起衣物。狄清歌说：“不要了。”一把揪起文景，仓皇地离开废弃的厂房。赵大同又怕被人追上来，也不敢停留，在一个摊子上买了几个‘武大郎炊饼’，一路啃着回来的。

狄清歌想了想，说：“现在想想，我对文景的教导，是那么无力。最终还是靠武力，强行让文景接受的。”赵大同说：“上过学读过书，谁没有理想没有抱负？”

狄清歌又想了想，说：“那天回来，文景问了我一个问题，说为什么人会骗人、人会害人。我回答文景说，这是人的价值观的问题。淳朴、善良、正直、诚信，就是建设美好的社会。”

颍峰盼着高耸，颍水盼着奔涌，柳树盼着婆娑，崔家胡同那院子里桃树盼着开花结果。

齐麟童和孙科长虽然退休了，还在为下一代操劳，希望每个青少年都茁壮成长。

项于飞夙兴夜寐，建设着顾城，是一种理想。

花千色为了振鹭，焉红为了兰儿，任劳任怨，悉心关怀，盼望着学业有成。

振鹭和兰儿勤奋读书，更是为着理想和抱负而努力。

少小时代，赵大同、翟常乐和隗志远都是有理想有抱负的。尽管翟常乐卖起了豆腐，赵大同干起了泥瓦工，但都是怀着对美好生活的向往，这何尝不是理想。

普普通通的人，一个劳动者的心里仍然怀着青少年时期的理想，哪怕苍老到眉毛白了，牙齿掉了，满脸皱纹了，仍然有着对美好的向往。隗天明的教导，狄长生的殷切期望，不都是理想吗？

每个人的初心里，都有一个理想。

狄清歌把文景的理想踹破了？不，那不是理想。文景需要的是脚踏实地，靠奋斗和汗水去赢得幸福的生活。

狄清歌决定帮赵大同一把。

七十　理想和抱负

狄清歌对着赵大同答道：“我们现在仍然怀着理想。你不买房，而要盖高楼，就是理想。文景不甘于平庸，要成就一番事业，也是理想。当年，常乐卖豆腐，也是一种理想。”

翟常乐听了，问：“我卖个豆腐，也成了理想？”

狄清歌说：“你虽然是承继父业，也是为了养家糊口，但是，你起早贪黑，走街串巷，心里想的不是家？不是在为家而担负起责任，为人生而奋斗？”

翟常乐听了，一下子掉出眼泪，说：“我当时就是想，读书不行，我总有行的地方。我是那么自卑，但又是那么不屈。我就是要活出个样来。清歌，就你理解我。”说完，竟然抽泣起来。

赵大同安慰了翟常乐几句，对狄清歌说：“你也说到我的心坎上了。那么，你去义村扶贫，不光是理想，还有抱负。”

狄清歌笑道：“你的儿子你心疼。如今，你要成就一番事业，把文景培养起来，成为顶梁柱！”赵大同说：“我不如常乐。孙子都十三四了，自己又生了个儿子。”翟常乐瞪了赵大同一眼，说：“滚！又要笑我。”狄清歌又笑道：“早生孩子早得福。大同，你有多少钱？”赵大同支支吾吾地不想说。翟常乐说：“还怕把家底抖搂出来？你穷，我们不笑话；你富，我们也不借。”赵大同哭丧着脸说：“我哪儿有钱。一个打工的，吃点喝点，俩儿子都上学，再加上种地浇水施肥打药除虫的，剩不下几个。”狄清歌追问道：“没钱能干主体？”赵大同说：“各有各的道，放心吧。”

狄清歌不管赵大同有什么道道儿，对翟常乐说：“大同的事，你去帮忙，找张达发或者是姚窕。”翟常乐说：“张达发一下子要开十栋楼，我去谈。”带着赵大同去了。

张达发答应了，对翟常乐说：“咳咳！想干的人多的是。行啊！也就是冲你。”

“几个老乡要和我同居一城了，都经过了多年打拼，殊途同归。尤其是赵大同，承包建大楼。”狄清歌一边感慨着，一边想起了自己买了房子还背着银行贷款。

正感怀间，法院发来一张传票。

焉立把焉红起诉了。

焉立诉的是房子共有纠纷，称是自己和焉红合伙买的。

为柳老师的事，市纪委找狄清歌谈话，过了一年，终于电话告知：无假公济私。

一年来，狄清歌时时刻刻心不安。柳老师的退休金无可非议地计发错了，一些人不检讨自己对错，反倒诬告他假公济私。虽然狄清歌自以为是出于公心，更没有徇私，但是，市纪委会怎么认定，会做出什么结论，他都不可知，心整整悬了一年。

狄清歌悬了一年的心，刚有点舒坦，焉红又成了被告，还是被焉立告上法庭的。他心又揪起来，忙把焉立的起诉状拿过去看了。看过，心里又升起一股火，骂道："恶人还告状，还讲不讲理了？世界上哪里来的这么多无赖？你哥被无赖耍了，他跟你耍无赖。亏了你还照顾他的两个孩子，世界上怎么有这种认钱不认人的东西！"焉红说："我哥是被人坑得脑子都残了。"

焉立从张达发那里要了绑钢筋的活，给了他一个五大三粗的哥们儿干，说好一平方米提一块钱。但焉立那个哥们儿干了活儿，工程款也要了，不给焉立提钱的事情了，又着膀子说："你说了句话，我就给你一块钱？"焉立瘦小干巴的，也不敢要了。又有人找到焉立，说包下防水工程，按一平方米两块钱提成。焉立把工程包下后给那人做了。结果，钱要了，那人跑了，落了个鸡飞蛋打。

狄清歌看过起诉状，气得七窍生烟，说："焉立被人坑了，反过来坑自己的妹妹。"焉红哭丧着脸说："怎么说，也有我侄子侄女。怪只怪我哥没良心。"狄清歌又冷笑道："还提什么良心。人心不古了！"焉红也不再言语，默默地坐到一旁掉起了泪。

狄清歌看焉红掉泪，心里一软，说："你也没想到你哥会做出这样的事。购房合同是你签的，房贷是你贷的，房产证上登记的是你的名字。不是你的，还能是焉立的？"

焉红不得不出庭应诉了。

这两天，焉红憋着不说话。法院审理将满六个月，应该是裁定出来了，而且应当是驳回焉立的诉讼请求。趁焉红不在家的时候，狄清歌把《民事裁定书》翻腾出来，看了看，裁定为共有，依据是焉立还过贷款，而且还要分割。

狄清歌问焉红："焉立怎么还贷款了？"焉红哭丧着脸说："都是因为你。"狄清歌闹不清，瞪着忧伤的眼睛问："怎么因为我？"焉红说："那回我去焉熙那里，正好到每月的还贷时间，就让我哥替我还了。"狄清歌想了想，说："是有那么一回。虽然是焉立掏的钱，却是替你还的。购房合同是你和我一起签的，银行贷款是你和我一起贷的，房屋所有权证书上写的是你的名字，连我的名字都没写，怎么和他共有了？”焉红说：“就是那么判的。”

“雪似梅花，梅花似雪，还与不还，这案判得都奇绝。”狄清歌自言自语一番，对焉红说：“应该驳回啊。”焉红说：“我哥上诉了。”狄清歌瞪大了忧伤的眼睛，问：“他还上诉了？”焉红道：“说分割不合理。”狄清歌想了想，说：“他上诉了。一审认定事实不清，二审会对事实再做出认定。对我们来说，未尝不是好事。”焉红说：“是不是请于飞出面说说话？”狄清歌说：“于飞去上海了。司法独立，领导干部也不能干预。”

初夏的上海干部培训学院内，青松苍劲，翠柏常青，繁花似锦，芳草如茵，林中小鸟每天清晨都会在枝头高歌，静谧夜晚的七星海上偶尔又会传来一片天鹅和野鸭的低鸣，一派人与自然和谐相处的优美画卷。

项于飞在上海参加的是一次非常重要的会议。会议破题城市化。经济发展是城市化的第一要务，城市化必须以具体项目为载体；坚决不搞劳民伤财的形象工程，坚决不做寅吃卯粮、给今后发展留下麻烦和难题的事；各地情况千差万别，必须因地制宜设计有特色的城市化路径；城市化不能孤立地抓，必须加强城乡统筹。

项于飞和与会人员一起到杭州进行了参观考察。杭州的西湖、龙井茶店，由平湖秋月、苏堤春晓、曲院风荷、柳浪闻莺谈到西施、白娘子、苏小小，是物文化，是人文化。

什么是城市化？会议进行了深入而热烈的讨论。

城市，不能没有花坛、喷泉、亭台碑楼等饰品，最不能缺的是雕塑，佛罗伦萨的大卫、兰州黄河边的“母亲”，给人的震撼力难以想象。

建筑，是文化，充满力量的罗马斗兽场、神圣的北京故宫、令人遐想的悉尼歌剧院、快乐的迪士尼乐园。

文化，又可以是规律的色彩，苏州的黑、白、灰，淡雅；北京的灰、红、黄，庄重；石家庄的黄、红，活力。

文化，又是人类特定的种群，在特定的时期、特定的环境反映出的特有的生存状态、生活习惯和发明创造。通过对文化遗产的保护，才能够清晰地了解过去，才能够立足今天、面对明天、走向未来。

项于飞从上海回来，对杭州和顾城做了一番思考。

城市，烟雨江南的最是温柔，尤其是杭州，温柔得似个小女人。西施、白娘子、苏小小以及含情脉脉的平湖秋月、妩媚动人的苏堤春晓、风姿绰约的曲院风荷、娇声嗲气的柳浪闻莺，从风物到人物，都呈现着阴柔之美。

“千峰右卷矗牙帐，崩崖凿断开土门。朅来城下作飞石，一炮惊落天骄魂。承平百年烽燧冷，此物僵卧枯榆根。画师争摹雪浪势，天工不见雷斧痕。离堆四面绕江水，坐无蜀士谁与论。老翁儿戏作飞雨，把酒坐看珠跳盆。此身自幼孰非梦，故园山水聊心存。”苏东坡的《雪浪石》诗是豪放的，因为顾城而豪放。

然而，顾城也是温婉的，苏东坡因此而写出了温婉的《蝶恋花》：“花褪残红青杏小。燕子飞时，绿水人家绕。枝上柳绵吹又少，天涯何处无芳草。墙里秋千墙外道。墙外行人，墙里佳人笑。笑渐不闻声渐悄，多情却被无情恼。”

城市化，必须以具体项目为载体，但绝不是完全推倒重来。

顾城市获得十亿元支持，用于土地开发。

项于飞大动手笔。

顾建东向项于飞简单汇报了近期的工作，提出解决“老大难”，利用民间资本改造宝塔边的臭坑。

昨天，姚窕打电话来，约顾建东去萍水逢。姚窕的话里带着一种很不高兴的语调。

“哦，还有一天，这一周就过去了。”顾建东想了想，又摇了摇头，要人，还要地。地，有，但土地出让金高得令人咂舌。

前时，针织厂和柠檬酸厂两个地块儿的楼盘已告售罄。获得了巨额收益，姚窕的欲念愈发膨胀，想再拿地开发。

顾建东坚决反对姚窕搞拆迁，然而，从哪里拿地呢？望着车窗外的栋栋楼房，五层、六层，顾建东心上一动。

七十一　梦幻成真

顾建东为姚窕想到了一个地方。

宝塔边上，那个二百余亩的深坑里，污水、垃圾，蚊蝇肆虐，周边居民甚是不满，人代会上有议案，政协会上也提案不断。但苦于财政资金不足，一直想解决而不能解决，成为城市脏乱差的“老大难”问题。

宝塔边上的深坑，虽然肮脏，但位于市中心区，绝好的位置就是一个优势。但怎样把位置优势发挥出来？上亿方的用土量，填埋不可能，只能有效利用。

项于飞问：“有民间资本？”

顾建东回答说：“我可以调动。”

方案征得了项于飞的同意后，顾建东前往萍水逢，一路上得意地哼着《信天游》：“对面山的（那个）圪梁梁上那是一个谁，那就是那要命的二（啦）妹妹……”

姚窕早已等在大厅门口。顾建东边笑边听姚窕唠叨，忽然发现姚窕眼角的皱纹没了，面容也水嫩了，鼓动的嘴巴也没了口角纹，纳了一下闷，说：“我不是忙嘛，好多事，脱不了身。”姚窕不依不饶地问：“哦，那么多，差我的？”顾建东赔着笑说：“你一个电话，我这不是来了。为你操着心呢。”他把利用废坑搞开发的想法讲了。

姚窕在顾建东的额头上点了一指头，笑道：“嘎嘎！这样的主意，只有你能想到。”

顾建东说：“不是我想到的，是借鉴。某市曾经也有一个废旧的坑塘，有个企业家以极低的价钱买了下来。在别人的讥笑声中，这个企业家默默地把废旧的坑塘建成了收费垃圾填埋场。而收取的垃圾填埋费，用于垃圾平整，结果整出了一块巨大的场地。在场地上，企业家建起商店、超市、汽车修理厂，从而获得了巨大的财富。”

姚窕又嘎嘎地笑了，说：“不必填埋也不必开挖。位置优势，地上盖高层，卖得火爆；繁华街段，车堵人挤，建地下停车场，既解决了老大难问题，又解决了城市拥堵，更能捡个天大的便宜。我好好犒劳犒劳你。”

夜宿过，顾建东一大早从萍水逢出来，走到中山大道上。

顾建东不知道姚窕打了玻尿酸，回味着一夜的疯狂，走过宝塔广场。

广场上，人们没有一如往日一般的晨练，三五成群地聚在一起说话。有人看见顾建东，说：“顾局长，昨晚——”顾建东心里发虚，忙说：“你们锻炼，我还有事。”疾步往前走去。

顾建东走过银杏树公园，一群人也在议论：“早上起床后，发现家中的自来水有股农药味。”“你家也是？刺鼻子，闻了恶心。”“我家也是，脸没敢洗，牙没敢刷。”“做饭更不敢了。”“莫非，水里有毒还是咋了？”……

听着人们的议论，顾建东的心放下了，胃里却翻滚起来。早起刷牙的时候，也感觉水的味道不对，但因为很淡，以为是水厂投放消毒液的缘故，又在仓促之间，没有在意。

顾建东又走到另一撮人身后听了听，也是在说水的问题，反映的内容大致相同。想必宝塔广场上的人们也是议论这个话题。顾建东心里有鬼，正疑心，突然手机响了，忙拿出来接了，只听到电话里说：“顾局长，项市长要求你立刻赶到市政府，有紧急情况。”连“再见”都没说就挂断了。

顾建东蹿起来跑到了市政府。

环保局、规划局、水利局、纪委、监察局……各部门的一把手都到了。

项于飞急促地说：“水厂发生污染，怀疑是从颍水取水所致。”

齐怀志也简短地要求道：“这是一件关系人民生命健康的大事，刻不容缓。全市各部门、各单位、各级组织都要立刻行动起来。”

在跑光伏发电项目手续的狄清歌也急忙去了。

市卫生监督所初步检测，自来水被酚类化合物污染，不适合饮用。

齐怀志主持召开了市委常委会紧急（扩大）会议，做出部署：鉴于水污染，全城停止供水；准备启用备用水源西溪取水口，限制部分工业用水和特种行业用水，启用深水井，保障市民基本生活用水；环保、卫生、防疫、水利、规划、建设、食品药品等各部门按职能尽责，全力以赴保用水、查污染、防疾病；市人民医院及各大医院进入战备状态，随时收治病人；公安机关，予以立案侦查；其他部门，全体动员，做好社会稳定工作；向省委省政府发特急报告，并请通知沿颍水的其他市县区采取措施，防止私自取颍水食用、灌溉。

突发事件应急预案启动了。

初升的太阳照见了苏东坡双槐。

天霸超市刚一开门，饮用水即遭到抢购，全市一片恐慌。

环保人员沿着颍水紧急巡查。取水口，水面上泛着雾气，空气中飘浮着浓烈的农药味。

颍水之上，是宏盛化工有限公司。环保人员对宏盛化工有限公司展开重点调查。

经查，宏盛化工有限公司生产经营工业氯化钾、结晶氯化铝及过氧化氢等工业原料。平时，宏盛化工公司把工厂产生的污水排在一条小沟里，这条小沟有个小水坝，停产当天，宏盛化工有限公司将水坝打开，恰逢昨天下大雨，污水流到了颍水里。

几年来，宏盛化工有限公司偷偷打开坝口，向颍水“泄洪排污”已不止一次，曾导致自来水出现异味。但因其在防控“非典”时贡献过一百箱过氧化氢成为“市十大明星企业”，尽管多次被举报，也只是被督促整改。

取水口的水中含挥发酚量达到每升0.2毫克，而正常含量为每升0.002毫克，超标一百倍；中午十二时，超标六十多倍；晚七时许，仍超标四十多倍。

市公安机关对宏盛化工有限公司涉嫌重大环境污染事故立案侦查，孙富鱼被依法刑事拘留。

颍水取水口被封闭了。

宏盛化工有限公司被责令关闭，孙富鱼及相关责任人被公安机关采取强制措施。

鉴于颍水下游还有四个县市的水厂供应二十万居民生活用水，省环保厅会同所涉市县在沿途多个地点设立检测点，密切关注水源水质的变化情况，避免受污染的原水进入水处理系统，确保饮用水的安全。

自来水公司全力排放管网余水，清空蓄水池。

受水污染影响，学校放假，饭店关门。有些人急中生智取用家中太阳能存水饮用，有些人投亲靠友去了，有些人用纯净水解渴、面包充饥。

市政府从外地紧急调运到大批桶装纯净水、瓶装矿泉水，工商、物价人员死盯天霸商场、大小超市，严防趁机涨价。

市场上，饮用水供应稳定。消防车辆也将水送进学校、医院、敬老院、居民区。

经过两天的紧急处理，主水管网的受污染自来水排清了。

“开闸！”项于飞一声令下。

西溪备用取水口打开了。

西溪的中层水流向了输水管网。

宏盛化工有限公司违法违规偷排污水所致，公司法人代表、生产经理被依法刑事拘留。司法机关也在抓紧办案，努力做到快侦快诉、快审快判，以平民愤。

又一个夜晚降临了。

卫生检疫部门出具检测报告，自来水达到国家规定的二类标准，可以饮用了。

经过了六十六个小时，顾城的人们有了生命之水。

粗放型的发展方式依然严重，带来高污染；受经济利益驱使，长期忽视环境治理；执法问责不严，处罚力度不够……优化产业结构，进行技术创新；实施重大生态建设和环境整治工程，有效遏制恶化趋势；严格执法，坚决取缔不符合环境要求的企业……市委市政府在紧急采取着对策。

“推进生态文明，建设美丽顾城”宣传活动仪式也高调举行，大力宣传环保法律法规，深入传播保护自然的科学理念，倡导树立绿色发展的先进典型，积极惩治破坏环境、浪费资源的违法行为，推动全市向资源节约型、环境友好型社会建设。

忙碌了一个星期，狄清歌才拖着疲惫的身体回到了家。

七十二　世道人心

狄清歌一进家，焉红正和绿翠儿说话，忙打个招呼，说：“绿翠儿，怎么舍得来市里了？咦，还哭了？”绿翠儿抹了把眼泪，背过脸去，抽泣着没说话。

焉红说：“和那小女人打了一架，委屈。”

翟常乐包养了一个小女人，并和小女人生下了小嘎，终于被绿翠儿知道了。

绿翠儿的脸上有好几道血印，显然是被那小女人抓的。

翟常乐和那个小女人原本就不是“名不正言不顺”的事，从法律上说，绿翠儿是受害者。可叹，绿翠儿这么一个贤惠的女人，一个婚姻受法律保护的人，却被翟常乐养的一个小女人抓得满脸是伤。狄清歌想了想，正不知道怎么劝说，绿翠儿哽哽咽咽地开了口：“我生了英豪生福妹，给他养儿又育女的，他却和那小女人鬼混。没良心的！从年轻就嫁给他，我吃了多少苦啊，家里、地里，老的、小的，哪个不是我照顾。良心让狗吃了！他倒好，每日里和些狗男女胡吃海喝瞎胡闹，不管英豪，也不管福妹，就疼那个小女人，疼那个小女人生的那个小玩意儿。挨千刀的！”

狄清歌尴尬地说：“我也跟常乐喝了。只是——”

绿翠儿冲清歌吼道：“你还跟他喝呢。他养个小女人，你不知道？你就看着？你怎么也跟这样的人喝？”

狄清歌被绿翠儿噎得不说话了，悻悻地坐到一边，拿起那本《古典诗词探幽》胡乱地翻起来。

绿翠儿发泄了一番，情绪有些平静，焉红又开导了一阵子，说：“我们出去走走。”

焉红陪着绿翠儿到西溪散心去了。

狄清歌在家休息了一个晚上，本想看看兰儿，然而兰儿没回家，只好跟焉红聊了几句。

狄清歌问：“绿翠儿呢？回中人城了？”焉红答了一句：“嗯，绿翠儿也没去找英豪和福妹，就回去了。”狄清歌又问道：“你让绿翠儿给爹捎了些吃的没有？不知道爹怎么样了。”焉红说：“不用你问。你回去看看爹，或把爹接来。”狄清歌“哦”了一声，当作知道了。

焉红说：“前两天，不有水了嘛，我去看了看疏影。”狄清歌瞪着眼问道：“有什么事？执行的事？”焉红说：“还没消息。”狄清歌舒了一口气，不再作声。

过了一会儿，焉红问道：“这个年代，怎么法律问题这么多？”狄清歌想了想，说：“法治社会，自然法律问题就多了。其实，这是社会文明进步的特征。”焉红说：“法治社会，法律问题多了？我们的案子——”狄清歌说：“法律会解决的。”焉红停了停，说：“疏影接生了一个孩子。”狄清歌笑了说：“那有什么奇怪的。”焉红说：“为肖子灵接生了一个儿子。”狄清歌愣了愣，说：“小禾生的？多大岁数了，还能生？噢！听说有试管婴儿了。疏影接的生？”焉红说：“是。不是试管婴儿，是一个二十来岁的大姑娘给肖子灵生的。”

四十多岁的高小禾不会生了。肖子灵有钱了，有钱了放肆起来，在外养了一个漂亮的姑娘，还生下了一个儿子。

狄清歌叹息道："我只是不明白，疏影怎么会给肖子灵的小女人接生。"

焉红说："接生后，肖子灵去看那小女人，疏影才知道。"

狄清歌说："这不是折磨人嘛。疏影该崩溃了。"

焉红又说道："小禾几近气绝，找到于飞和千色，诉说了肖子灵的行为。"狄清歌说："于飞和千色又能怎么样，也只能唏嘘。不然，还能让小禾告肖子灵重婚罪或者告那小女人破坏家庭？"

曾经令人羡慕、称道的伉俪。

"世道人心！"狄清歌恶狠狠地骂了一句。

焉红说："你要骂，就骂你们男人。"

狄清歌说："那些小女人也该骂。"

翟常乐打来电话，问去没去义村。狄清歌回过还没有，翟常乐说，大同有请，要商量一件事，要狄清歌也去。狄清歌说声"好"，去了老饕馆。

翟常乐开着一辆崭新的奥迪A8，把奥迪A6顶给了砂石供应客户。

赵大同是为了盖楼的事，用的钢筋、水泥，紧俏，用量大，钱款多，不赊不欠。翟常乐说："我们仨，还有隗志远，光着屁股一起玩出来的。就说从山丘上往水潭里跳，哪回不是叫着'一、二、三'一起跳。"狄清歌说："有了事要互相帮忙，可不能让隗志远看不起我们。"翟常乐痛快地说："把款打到我的账上，钢筋立刻拉走，不赊不欠。"狄清歌说："你这话白说。不赊不欠的，买谁的不是买，非买你的？"赵大同说："我跟你还会耍赖吗？不会坑你。"翟常乐说："我为好几笔钢筋款打官司，虽然法院判决了，但就是要不回来。执行难！法院建办公楼，建筑公司垫资，欠着我的钢筋款，办公楼盖好了，法院也办起公了，还没有钱给建筑公司。起诉法院？"

见翟常乐这样说，狄清歌只能为难地看看赵大同。

赵大同本来是要狄清歌说情的，一下子急了眼，说："好，好，我谁也不求，今后看见，就当是路人。"说完，扯身刚要走，却被狄清歌一把拉住了，说："听我说一句。"

狄清歌把赵大同摁在椅子上，说："你不是说'为人民服务，常乐卖豆腐'嘛。"又问翟常乐："你还记得吗？"

翟常乐听了，笑道："多少年了，你还记着。"狄清歌："我们从小到大的情义，不是钱能买到的。”翟常乐说：“是倒是，做生意也要有个规矩。”

赵大同感慨道：“我在外打工这么多年，被人骗得多了。常乐的担心不‘框外’，我也理解。”翟常乐也就坡下驴，说道：“你用，我供。以一个月为限，如果到时候付不了款，按月息三分算。主体封顶后，如果还不上款，月息可就是五分了。同意不？你有钢材用，我有钱赚，皆大欢喜。还有，你必须用英豪的混凝土，按市场价结算。”

见翟常乐还念着昔日的情面，狄清歌兴奋地说：“好，好。感情、规矩，都要有。”赵大同说：“我同意，按常乐说的办。”

狄清歌对翟常乐说：“就这么定了？”翟常乐说：“好！”狄清歌说：“我们还是好哥们儿，一起干一杯！”

干过杯，翟常乐问狄清歌：“绿翠儿去找焉红了？”

没等狄清歌说话，赵大同就数落起翟常乐：“你说你吧，有儿有女的，也四十多的人了，孙子都九岁了。要是和你一样早婚，过个五六年你都有孙媳妇了。有钱了，就灯红酒绿的，还和个小女人过起了日子，生下了小嘎。不仅如此，还给那小女人开了珠宝金店。投了多少资，花了多少钱？”赵大同也知道了。

翟常乐说：“你们都知道？”赵大同说：“要想人不知，除非己莫为。包在纸里的火总要燃烧起来。”翟常乐说：“两百万吧。”赵大同嚷道：“我借个钢筋，又不是不给你钱，都龇牙咧嘴的不乐意，还转这么个大弯，费这么大劲。”翟常乐笑了笑，说：“骑上马，下不来了。”赵大同说：“有钱就可以胡来了……”

狄清歌听不下去了，说：“你脸都不红……”愤愤地骂过，走了。

跑了发改委，还要跑能源局，还要跑国家电网公司，狄清歌在发改委、能源局、国家电网公司来回跑了多少趟，跑得腿疼心焦。

义村光伏发电终于获得发改委审批，立项了。

狄清歌正感到高兴，焉红说：“二审裁定了，维持原判决。我哥不服，又上诉了。明天还开庭。”狄清歌拿起判决书、裁定书一一看过，禁不住骂道：“我们的房子是依法确权登记的，产权登记很明确，既不存在合伙购买的事实，又无任何证据证明共有。根据《物权法》，房屋所有权只属于你。

房产证，是天大的证据！我去。”

狄清歌代理焉红出庭了。

颍水汤汤地流淌进市区，好似一条飘带，闪出滢滢的光芒。两岸的垂柳婆婆娑娑，像柔美的少女翩翩起舞。一栋栋小二层楼，静怡又温馨。

“法律必须正义，司法应当公正。这是依法治国，建设社会主义法治国家的根本要求。”柳疏影深深地记着狄清歌说的话，在耐心地等待着申诉的结果。然而，一纸“通知”，宣布幸福居要拆迁了。

“一带妆楼临水盖，家家分影照婵娟。”幸福居要拆迁了。

规划几年，幸福居作为锦绣·幸福商住区的核心区，终于落地了。张达发要现代化都市的大型商务、贸易、休闲、时尚街区。

掐指算来，一栋栋小二楼刚建了十年。

七十三　一颗圣洁的心

十年就要拆。

幸福居的人们原有的幸福感没有了。

顾建东主抓锦绣·幸福商住区项目建设。

市国土资源局副调研员、拆迁办主任苻岑蓟任锦绣·幸福商住区拆迁工作指挥部办公室主任，负责具体整合市、部门、区、街道有关资源，并按照“专人负责联系制、领办制、包干制、包保制”四项机制开展工作。

商住还有景观，幸福居还没预售，已经内部认购完了。

幸福居的住户们去了锦绣·幸福商住区拆迁工作指挥部。

“拆迁赔偿，不失为一种最佳选择。拆迁富，在旧房拆迁改造中，居民通过拆迁补偿不是一夜暴富了？拆迁富。”锦绣·幸福商住区拆迁工作指挥部办公室人员劝说来访者。

有几户拒不同意拆迁，说：“我们的房屋是合法取得的，受《物权法》保护。”

苻岑蓟召开了执法推进会，说：“能动推进城市建设，是科学执政、依法执政的客观要求。没有大破大立、大拆大建，不足以改变城市面貌。要掀起拆迁风暴，同意要拆，不同意也要拆。”

空旷的地面上的小二楼，突兀地矗立着，孤单又寂寞。

“要强力进行城市建设，对最后一户、最后一亩问题，强力解决，坚决拆！”顾建东对苻岑葑吩咐说。

四项机制下，苻岑葑负责联系、领办、包干、包保柳疏影家。

挖掘机嘶叫着在空旷的地面上开槽，九米的深坑一个个布置在柳疏影家的小二楼周围。路断了，通行权没了。水电也都停了……

柳疏影质问苻岑葑：“凭什么拆我的房子？”苻岑葑说：“盖更高的楼，改善你们的居住条件。”柳疏影问：“我的房子，我不想拆。”苻岑葑说：“不拆也得拆。”柳疏影说：“我有房屋所有权证。”苻岑葑说：“你要没有那个证，就不用三番五次地和你协商了。这小楼，几铲子就平了。我也是给你一个面子。”

柳疏影找狄清歌想办法。

柳疏影买房，没有让帮忙；房子要被拆，帮不上忙。狄清歌想了想，忧伤着眼睛说：“法律，只有靠法律了。”

拆迁，柳疏影很失望。然而，有个消息却让柳疏影异常兴奋。警察说，经过DNA比对，已经在太母山那边深沟里的一户人家找到了甜甜，而且正由爱心人士护送着到顾城来。

柳疏影激动得心都要蹦出来了，眼泪也哗哗地流淌不止。

自从甜甜丢失后，丢失这么多年的焦灼、思念、痛苦等情绪齐聚心头。

甜甜要回来了，怎么给甜甜一个交代？杨雪枫离去了，还有肖子灵那笔巨债。申诉还没结果，小二楼又将被拆迁。

柳疏影一阵激动，一会儿心里又绞痛，一辆SUV汽车凌厉地驶来，“咔”地停在了小二楼前。

张达发从车上跳下来，苻岑葑也带着拆迁办的四十几个人来执法。

张达发说：“多少个拆迁户都成了百万富翁、千万富豪，商品房、宝马和奥迪车，要什么有什么。咳咳！何苦呢？”柳疏影说：“救死扶伤，医生从来没有想到钱。我喜欢这儿依依的柳，静静的水，还有割舍不下的情感。”苻岑葑说：“重感情好，但是拆迁城市建设需要。”柳疏影脸色凄然，说：“你不要用钱衡量我。我要等我的女儿，为甜甜留住记忆里的家。”苻岑葑说：“不要为了你的家影响了城市建设，不能因为你等女儿不拆不建了。都拆了，就剩下你这个钉子户。”

“我是钉子户？”柳疏影全身颤抖着，问。

苻岑蓟声色俱厉地说：“没必要再和你费口舌。如若你拒不服从，只有对你进行劳动教养了。”

“教养我？”柳疏影身子剧烈抖动着，接了一个电话，匆匆而去。

张达发的电话也响了，咳嗽着接过电话，蹿上车，汽车一声凄叫，向着市人民医院呼啸而去。

詹尼斯臀位产。如果在待产过程中处置不当，就有可能发生脐带脱垂，胎儿宫内缺氧，分娩时有可能发生产伤、后出头困难、新生儿窒息等问题。

晚七点，柳疏影一边仔细地观察着产程的进展，不时地安慰和鼓励着詹尼斯，一边在脑海里分析臀位分娩可能发生问题的处理措施。

天快亮了，詹尼斯的宫口终于开全了，柳疏影迅速做好了接生准备。伴随着詹尼斯一阵阵宫缩痛，胎儿的臀部、小脚丫逐渐暴露出来，柳疏影熟练地按照臀位的分娩机转，娩出了胎儿的下肢、臀部、躯干和上肢，就剩下头了。

在最关键的时刻，柳疏影双手抓住胎儿臀部往下牵了牵，露出胎儿的颈部。这时，柳疏影发现脐带在胎儿的颈部绕了两周，而且很紧。

如果再往下拉，脐带将会越拉越紧，胎儿的缺氧就会越来越严重。眼看着胎儿的皮肤越来越青紫，柳疏影用两把止血钳子夹住脐带，然后从两钳中间剪断，迅速松解了脐带。

胎头顺利娩出了，但胎儿全身皮肤苍白，四肢软瘫，只有心跳，没有呼吸。柳疏影立即对刚出生的婴儿进行了口对口的人工呼吸，一下，两下……五下，婴儿的皮肤渐渐红了，小胳膊小腿动弹几下，“哇哇”地哭起来。

柳疏影瘫在了地上。

“子宫收缩不好，大出血。”助产医师喊道。

柳疏影挣扎着站起来，一边按摩詹尼斯的子宫，一边吩咐道：“用宫缩素。”

半个小时过去了，子宫收缩的症状并不见好转，血不停地在流。助产医师说：“血压迅速下降，一百二、一百一、一百、九十……”

詹尼斯口唇及肢端发紫，神志不清，双眼上翻，口吐白沫，叹息样呼吸，出现了一系列重度休克症状。严重的并发症出现了。

输入400毫升血液。

开腹。

柳疏影用柳叶刀划开了詹尼斯腹壁的皮肤，只见血管已经塌陷，流出的血失去了浓浓的鲜红色的光泽，只是浅浅的粉红色。

切开腹壁！

腹膜变成了蓝色，是腹腔内出血的典型表现。进入腹腔，鲜血一下子涌了出来，染湿了整个手术台，流到了柳疏影的脚上、流到地上……

柳疏影没有片刻犹豫，伸手把詹尼斯的子宫提出了腹腔。子宫从前壁“十字”形完全裂开，裂伤边缘还在出血，黑色的血凝块塞满了宫腔。子宫前壁已没有正常的肌层组织，腹腔内出血达到了三千余毫升。

柳疏影停止了手术，和几位医生进行了术中商讨。认为，詹尼斯的子宫已不可能修补，也不可能保留，只能切除。如果盲目修补，可能延误病人的救治，造成休克加重；若术后感染有再次开腹的可能。

“必须立即准备子宫切除手术！”柳疏影一遍又一遍地对张达发解说病情，权衡利弊，希望能尽快同意手术。

还没有来得及品尝孩子降生所带来的喜悦，张达发即陷入痛苦纠结之中，剧烈地咳嗽起来。

“时间就是生命！再拖延下去，就没有机会了。”在柳疏影一次次催促下，张达发才同意手术。

柳疏影又开始了紧张的手术。

“长弯钳、肠垫！”

“吸血！”

“膀胱拉钩！”

“钳夹、切断！”

“缝扎！”

“注意血压、心率！”

“马上输血！”

“断端双层缝扎！”

“注意尿色、尿量！”

终于，子宫完整地切除了，出血得到了彻底的控制，手术也没有出现器官损伤的并发症。

“嗡”的一声响，柳疏影的心脏好像被电强击了，倒在了地上。

七十四　优秀女儿

这晚，姚窕累得身疲力乏，正躺在床上呼呼地睡着，被“咚”的一声大响吓醒了。

“出什么事了？”姚窕猛地坐起来，忙打开床头灯。

房间里亮起来，姚窕定了神，转着耳朵听了听。夜晚的萍水逢，静寂无声。哦！原来是做了一个梦。

姚窕回想了一下，拿起手机打通了顾建东。

姚窕说：“我做了个梦。”顾建东说：“解梦，找周公。”姚窕说：“就找你，你帮我分析分析。常言说，梦是现实的折射，是不是要发生什么事？”顾建东严肃地说：“肯定要发生。”姚窕心头哆嗦了几下，忙问道：“会发生什么事？”顾建东说：“会放出一个屁来。”

第一个让顾建东说应了。姚窕心里想过，骂声“讨厌”，又说道：“我想去日本看富士山。”顾建东说：“你有钱，你去。”

姚窕不耐烦地问：“你到底去不去？张达发都去过英、法、德、瑞、荷、比、卢等欧洲七国了。你放假，去不去？”

顾建东说：“我一年里哪有假。不像你，时间都是自己的。”

姚窕见顾建东说不出个正经来，说声“我自己去”，把电话挂了。

五一七天假，狄清歌没休息，又赶到了义村。

“新农村电气化”工程正在紧张施工，供电公司的工人们假日都顾不上休息。小马一边照应着，一边在墙上刷写“新农村，新电力，新服务”标语。

狄清歌和周天佑、小马碰了碰情况。小马说：“乡亲们可高兴了，都说变化大。”周天佑感慨地说：“可不是大嘛。我上学那会儿，还用墨水瓶做的煤油灯照明。到了1986年，全县实现乡乡通电工程，村里才结束了无电的历史。尽管当时只给每户安装两个灯头，但让俺着实高兴了几个月。通电数年，村民用电只是点个电灯照个亮，村里买了一台黑白电视，全村人围着看。又过了十年，也就是1996年，实现了村村通电，低压线路也只是架设到村头，往村里的线路是农民自己买电线一户串一户连接的，乱得像蜘蛛网，一刮风下雨就停电，而且安全隐患不断。电价又高，最高涨到一度电一块五毛钱，一些村民把煤油灯点了起来。前几年，农网改造，由供电站实行抄表到户、收费到户、销售到户、服务到户‘四到户’管理，电价每度电下降到八毛四。现在，这么一改，降到五毛二一度电了。”

狄清歌向周天佑和小马通报了光伏发电项目立项的情况。周天佑高兴地说：“村两委开会研究了，觉得适宜，正向全村群众宣传。但是，大部分群众都担心，集资入股打了水漂。”狄清歌说：“还要耐心地向群众讲解。还有，资金缺口也是个问题，我跑了银行，但银行直接拒绝了，唯一的办法是争取政府支持。”周天佑说：“群众的工作我和小马做。”

狄清歌又赶着回了中人城。

上周，焉熙来电话说：“根据‘山流水’上的文字判断，小山丘很可能是一座古墓，但需要进行考古发掘后才能肯定。假期后，我和廖教授去中人城勘查。”

“山流水”终于有了眉目。

狄清歌激动地爬上小山丘，在荆丛和磊磊石块中踏看起来。

正此时，焉红打来了电话，张嘴就说道：“甜甜回来了！”

狄清歌听了，刚咧开嘴笑，焉红又哭道：“疏影没了。”

狄清歌张开的嘴没合上，踉踉跄跄地向小山丘下跑去。

殡仪馆里，甜甜一声声地叫着“妈妈”痛哭，柳老师、杨老师悲痛地流着泪水。

项于飞、狄清歌、花千色、焉红、高小禾、振鹭、兰儿肃立着。

十六位享受低保的特困职工用鲜花覆盖了柳疏影的遗体。

一个早产儿的妈妈哭喊着“柳医生”，两个曾经难产的母亲久久凝望着柳疏影，儿童福利院的四个孩子号啕大哭着……

市人民医院为柳疏影举行了遗体告别仪式，并致悼词：

柳疏影同志，在身心遭受强大刺激，于瞬间分泌大量儿茶酚胺的情况下，不顾自身安危，进行紧急救治高危产妇，保证了孩子和妈妈一个都没有少，而自己却牺牲在手术台上。

柳疏影同志，生于1966年9月16日，自1991年进入市人民医院即从事妇儿医疗工作。二十多年间精诚为医，接生和救治了数万个婴儿，为数万个家庭送去了幸福。

“健康所系，生命相托，维护职业的圣洁。”柳疏影同志的一生，是短暂的，但犹如一颗流星，划过天空，留下了一道璀璨的光芒。她热爱保障生育健康这一伟大的事业，并作为神圣使命，以无比强烈的责任感为之奉献。每一位孕妇，都挂在心坎上，给予亲切的问询、精心的诊断、科学的救治；每一名婴儿，都放在手心里，给予母亲般的疼爱、精心的呵护、细微的照顾。在孕妇生产最重要的时刻，夜以继日地站在手术台上；在婴儿出生咯咯地笑了，才满怀着喜悦释去身心的疲惫。工作，就是她的生命；孕妇，就是她的亲人；婴儿，就是她的骨肉。

“古槐疏影薄，仙桂动秋声。”柳疏影同志的情怀是高尚的，抗击“非典”，舍生忘死，第一个冲了上去；柳疏影同志的大爱是无私的，视孤儿为己出，为他们点起了一盏盏心灯；柳疏影同志的奉献是彻底的，把低保贫困群众当作亲人，给予深厚的关怀。

天地不仁，以万物如刍狗；人间正道，以圣洁为大美。

呜呼！长太息以掩涕兮。

柳疏影同志，你是党和人民的优秀女儿。

我们永远怀念你！

锦绣·幸福商住区矗立起酒店、高楼，霓虹灯炫耀着非凡光华；颍水泛着粼粼的波光，懒洋洋地流淌着。

茶西施开了间“新业态”会所，忙得屁颠屁颠的。

“新业态”会所的生意火爆，一来是有两种茶可选，地道的龙井茶，虽不是十八棵树上的，但绝对产自杭州核心区；颍峰茶，红山药的香甜味很是诱人。二来会所私密又惬意，环境幽雅。三来是与老饕馆的风格迥异，招牌菜是“西施乳”。最重要的是，名厨明灶，不使用“地沟油”。

茶西施盼望着有人来。然而，柳疏影不会来了，也没看见狄清歌。

苏东坡双槐的叶子瑟瑟悲秋，茶西施心中也正有些凄婉，只见两个人从雾里走过来，心上不禁一喜，赶忙迎上前去。

来者却是张达发和顾建东。

茶西施忙把顾建东和张达发迎进了“新业态”。

顾建东点过酒菜，不一会儿，茶西施就端来了，说：“菜，绝对是纯花生油炒的。请吃好喝好！”

顾建东说：“有肖子灵的消息吗？”

张达发说：“最可恨的就是肖子灵，丢下老婆、孩子，咳咳！小三、私生子，咳咳！卷着一个多亿人民币跑到国外去了……”

顾建东听着，夹起一块鱼肉放到嘴里咀嚼着，舌头全然没有感觉到微微的麻木，说：“我真想撕了他。”

张达发从包里拿出一个牛皮袋，咳嗽了两声，递给顾建东，说：“一点辛苦费。”

顾建东把牛皮袋拿过去，在手里掂了掂，放进皮包里。抬眼看到张达发的包里还有，伸手抓了两沓，说：“真小气。”

张达发的鼻子都被气歪了，边咳嗽边暗自发狠道：“抠唆，顾抠唆，咳咳！你会为抠唆倒霉的！”

七十五　好时代

姚窕的工地一片通明。赵大同挂靠市建筑工程公司，承包姚窕一栋两万平方米的楼之后，又分包给水电、钢筋、木工、浇筑、砌砖、抹灰几个工种，等姚窕按完成工作量付款了再分发。

工人工资一块，赵大同用的是“拖”和“欠”的老办法。

钉子、绑丝属于小东西，供应商垫付。铁扣、架管是租的。竹胶板供货商是江苏人，资金雄厚，全垫。支钢模的是四川人，看着矮小，但气力足，最重要的是，只需要每月给足生活费，完工后才结账。

售楼部前，人们已经熙熙攘攘。金融危机还没过去，楼市又升温了，姚窕要盖的楼刚开始挖坑，就有好多人排号。“一铺养三代。”半年前，商铺就已经被人们以内部认购的方式卖光了。

萍水逢里，灯光流溢，姚窕嘎嘎地笑着从英国旅游回来了。伦敦购物区、哈罗德百货、赛弗里奇百货、西域购物中心都去了；牛津街的巴宝莉、其乐鞋，比斯特购物村的化妆品、服装、手表、珠宝都抢购了。

兰儿考上了大学。

焉立的诉讼请求，被终审驳回了。

狄清歌拿到了“村级光伏电站”的营业执照，一期投资需八十万元。建成后，漫山的太阳能采光板每年将会产出三十多万元。省、市、县、乡的帮扶资金不日也将到位。

柳疏影的案子又开庭了。

狄清歌陪着柳老师、杨老师和甜甜去旁听。

十天前，在得知法院要重审的消息时，狄清歌的心已经放下了。

法庭对肖子灵告杨雪枫借款一案进行了重新审理。肖子灵缺席，委托代理律师出庭。在杨雪枫答辩后，经过质证，法官归纳了争议焦点。在肖子灵的委托代理律师和杨雪枫互辩后，法官当庭裁定：驳回肖子灵的诉讼请求。

狄清歌和焉红、兰儿去看望柳老师和杨老师。甜甜和柳老师、杨老师一起平静地生活。

柳疏影去世后，杨老师一病不起，躺在床上和狄清歌说过“你来了，坐”，就不再开口了。狄清歌问过甜甜的情况，兰儿拉着甜甜去说话了，焉红则坐在床前陪杨老师。

柳老师说：“法院判决，驳回了肖子灵的诉讼请求。疏影，在另一个世界里可以安心了。”

狄清歌说：“一个安心了。世界上的人都朝着那个地方走去，那个世界一定是个人人舒心的地方。”

柳老师神色黯然，喟然一声，说：“唉——人生不易。”

狄清歌眨眨忧伤的眼睛，回答道：“以人为本，可谓几千年的长谈了，能做到，真不容易。”

柳老师起身去给杨老师倒了一杯水，又折转过来，和狄清歌面对面坐下，垂泪道：“昨晚梦里，疏影来看我了。”狄清歌瞪着忧伤的眼睛说：“疏影是牵挂着柳老师和杨老师，还有甜甜。父女情深，难舍难离；母女同心，不忍弃离，何况疏影去时未见到甜甜，终究挂念不已。”柳老师又只顾着说道："疏影说，要去一个美丽的地方，那里芳草鲜美，鸡犬相闻，怡然自乐。"狄清歌问："您对疏影说什么了？"柳老师说："我说：'闺女啊，甜甜回来了，案子驳回了，你安心地去吧，幸福、快乐地去吧。'一束白光飞走了。"狄清歌说："疏影知道了，就可以安心地去了。"

狄清歌和柳老师攀谈了一会儿，便起身告辞。

苏东坡双槐嫩芽初绽、生机勃发。

市关工委与有关部门开展"共筑和谐"关爱帮扶活动，到了义村。

齐麟童看望了周文兰、周大胆等群众，宣布市关工委在义村建立科技扶贫基地。

果树专家、农技专家对青年农民进行了实用技术培训，传授农业知识；社会保障等部门推介了就业岗位；市科协的讲师还进行了"教你做微商""免费开网站"和"帮你规划致富路"等指导活动。

在帮扶贫困学生捐赠仪式上，齐麟童带头捐款一千元，市关工委和有关部门的人员、专家也捐赠了现金、学习用品和书籍。

市慈善会为义村列出预算五万元扶贫专项基金。

霍志超当即为周小花、周力为等三名中学生捐资助学两万元。

狄清歌也心潮激动，捐了五百元。

小马抱着沉甸甸的捐款箱，笑得合不拢嘴。

苏可乔则在一旁支起画架子，皴擦点染，绘下了一幅《扶贫图》，并挥毫题款："中华东风劲，众志今成城。光伏兴产业，解囊助乡亲。政通笑人颜，大美绣山川。"

齐麟童、孙科长、霍志超要走了，狄清歌也紧急赶往顾城。

项于飞调任省城了。

一列火车载着四百多个集装箱"呜——"地长鸣一声，从太母山制造业基地呼啸而去。那是中欧班列，经丝绸之路经济带，出阿拉山口，驶向德国汉堡。

项于飞走得很匆忙，狄清歌只接到了项于飞的电话，人也没见到。

焉熙打来了电话，要和廖教授要到中人城考古发掘。

狄清歌要赶着回中人城。

苏东坡双槐的叶子在秋风中摇落着。

翟常乐的车坐不上了。因重婚罪，翟常乐被判处了一年有期徒刑。

在宝塔前，狄清歌停了停脚步，仰望有时，忽然想明白了一个问题——中山武公在顾所建的中山国为什么仅仅存在九年即灭亡了。

《战国策·中山策补》中有一句话：“中山武公初立，意者其国益强，遂建国备诸侯之制，与中夏抗欤。”

“操吴戈兮披犀甲，车错毂兮短兵接。旌蔽日兮敌若云，矢交坠兮士争先。”

其国虽益强，但与中夏抗欤，仅区区千乘焉能不败。

天霸被拆除，“复原”了衙署。

城门作为千年历史的见证、城的象征依旧矗立着。

省委巡视顾城。

在询问了苻岑蓟之后，省纪委宣布对苻岑蓟予以审查，张达发因涉嫌强拆被公安机关采取了强制措施。

顾建东在省委巡视之后被省纪委审查。

顾建东从建设局到国土局，一生辗转腾挪，蹿蹦跳跃。在担任建设局局长时贪污3943万元，仅城市道路提质改造工程一项即收受1000万元；任职国土局局长期间，在土地竞拍、征地拆迁、办理国土证等方面为他人提供帮助，牟取利益，涉嫌犯罪总金额7000多万元；且长期与一名女性保持不正当男女关系……

高考女学生身亡事件与排水工程密切相关。在女学生掉入的排水井口内侧有一根管径110厘米的雨水管，接入后没有对下游排水沟进行治理。当天正是该管道水量超常导致井口被淹，女学生失足掉入而身亡，属重大安全生产责任事故。此排水口正是顾建东任市建设局局长时提质改造的，是为严重渎职。

七十六　揭开“山流水”的秘密

颍峰、颍水，山河浩荡；中人城，古树、古道、古巷、古墙、古井、古舍，一派古色。

到中人城游颍峰的、跃潭水的、踏访古迹的、捡拾“山流水”的、吃红山药的、享受恬静的、追寻淳朴的、和风猴亲近的，车来人往。

看着高耸的颍峰，汤汤东去的颍水，狄清歌想起了隗天明的谆谆教诲，触景生情，并于情景交融间脑洞大开，方才理解了狄长生嘱咐的那句“山高水长”，话语虽然浅白，却与苏可乔用笔墨写下的“厚德载物”一般苍劲：要以山为德，以水为性，做人要做像山那样厚德、像水那样善性。

狄清歌陪着廖教授和焉熙走进庙里，一边说着感悟。看过那只神鸟，焉熙做了阐释：“狄，来自远古。根据文献记载和殷墟出土的卜辞，在商王国的西北边疆地区，居住有土方、鬼方、羌方等民族。商朝末年，岐山的周民族季历在商王朝的支持下，‘伐西落鬼、戎，俘二十翟’。春秋战国时期，活动于西北地区的一部分翟族，《左传》《国语》都记载为隗姓。鬼、隗为一音之转，隗即鬼。在先秦文献及《史记》《汉书》里，翟，又往往写作狄。翟（狄）族隗姓。对于狄的本义，王国维先生在《鬼方昆夷猃狁考》中断定，是有‘远’与‘剔除’的含义，‘后乃引申之为驱除之于远方之义’。狄，还有强悍有力、行动疾快等含义。《尔雅·释兽》云‘麋、绝有力，狄’；邢昺《疏》说‘绝异壮大有力者，狄’。郑玄在《注》中也说，‘狄、涤，往来疾貌也’。神鸟，是狄族勇武的象征。庙里的鸟，是庙里的神；嘴部弯曲，有利爪，在香火缭绕中轻捷欲飞的，叫翟鸟。翟，晋郭璞注《山海经》注为‘似雉而大，长尾。雕属也’。翟鸟，是远古时期翟族的图腾。”

绿翠儿的“山珍超市”里如今只卖些日用品。封山育林，颍峰里山榛、蘑菇禁止采摘，“山珍超市”徒有虚名了。“八上八下”的楼房改成了旅馆，翟常乐的爹和娘忙着清扫院落，绿翠儿在忙活着做农家菜，为到中人城游玩的人们备下饭食。

“红山药”合作社在分红。今年又有人估产买红山药，而且因为无污染、甜度高、口感绵，买的人来了一拨又一拨。狄三儿选择了其中一个人，不仅价钱出得高，还下定金签了三年合同。狄三儿一手看着账本，一手拿着一沓一沓的钱正给赵玉田、狄槐生、赵邦彦、赵连升老两口等人分钱，大家都笑得合不拢嘴。

隗天明虽然更见衰老了，但身体好了很多，有了精气神，和狄长生在旁边乐呵呵地看着。

狄清歌对隗天明说：“伯！义村的光伏项目就要开工建设了。”隗天明高兴地说：“让义村的百姓脱贫，实现富裕，你做了一件有意义的事。”

狄清歌又对狄长生说："爹！那块'山流水'的秘密，即将揭开了。"狄长生听了，说："噢！你娘回来了，喝千日醉。"

红山药卖出了名声，狄三儿以"中人红"为名，注册了商标。

市场是多么无情，然而又是多么有意，抓住了结构调整的方向盘，就会车轮滚滚，财源滚滚。

狄长生不仅小脑萎缩，听力也下降了。

狄清歌和廖教授、焉熙迈步走到欢笑的人群面前。

狄三儿对狄清歌高兴地说："清歌！知道你爱吃红山药，我特意给你留了两袋子，回头给你送到顾城去。"再看看焉熙和廖教授，问："这两位是——买红山药的？"狄清歌摆了摆手，向狄三儿介绍说："这位是廖教授——"

"教授？""卖假药的就说是教授。""教授，一准儿又是个骗子。""清歌，你怎么还带来个骗子？"赵玉田、狄槐生、赵邦彦、赵连升老两口、翟常乐的爹和娘一边说着一拥而上，把廖教授围住了。

狄清歌疾走几步，挡在廖教授前面，向他们解释说："廖教授是我的教授。"

廖教授也急忙说道："我是拿粉笔的教授，教清歌学古诗文的。听：关关雎鸠，在河之洲。窈窕淑女，君子好逑……"

廖教授的话，赵玉田他们听不懂，仍然围着不散。

狄清歌又翻译成大白话，说："呱呱着一起叫的雎鸠，相伴在河中的小洲上。那美丽贤淑的女子，是君子的好配偶。"

赵玉田他们听懂了，一起笑了说："歌颂爱情的。""这位教授没穿白大褂儿。""一脸的书卷气儿，不像骗子。"

狄清歌又介绍道："廖教授是文化厅的领导，是来我们村挖掘文化的。"

赵玉田他们说："廖教授是来我们村挖掘文化的。""廖教授，使劲挖啊。""廖教授，中人城有什么文化啊？""您说说。"

廖教授笑道："我是走过'一路山水一路景'来到中人城的。这儿的清山、绿水、古风、古物，让人'看得见山、望得见水，记得往乡愁'，文化底蕴非常深厚；中人城，曾经是古中山国的国都，有着悠久、灿烂的古文化。"

焉熙举起"山流水"说："这块石头，来自古中山国。上面刻的，就是中人城的文化。寥寥几字，记载了古中山国一段感人至深的往事。"

廖教授说："两位义士，用这块'山流水'演绎了一段忠诚。"言罢，朗朗地背诵起《战国策·中山策》：

> 中山君飨都士大夫，司马子期在焉。羊羹不遍，司马子期怒而走于楚，说楚王伐中山，中山君亡。有二人挈戈而随其后者，中山君顾谓二人："子奚为者也？"二人对曰："臣有父，尝饿且死，君下壶飧饵之。臣父且死，曰：'中山有事，汝必死之。'故来死君也。"中山君喟然而仰叹曰："与不期众少，其于当厄；怨不期深浅，其于伤心。吾以一杯羊羹亡国，以一壶飧得士二人。

赵玉田、狄槐生、赵邦彦、赵连升老两口、翟常乐的爹和娘又围上来，七嘴八舌地说："中人城的文化深厚着呢。""廖教授一定要给我们挖出来。""我们中人城的文化有什么价值？"……

廖教授说："中人城，曾是古中山国的国都；古中山国文化，是中人城的软实力，要挖掘古中山国文化。美好社会，有物质文明，还要有精神文明，有文化；有文化，还要有价值观；有社会主义核心价值观，才会有灵魂。在新的历史条件下，古中山国文化的自身价值就在于让我们从悠久的历史、灿烂的文化中领悟到价值观。中人城有颜值、有个性、有乡愁，在社会主义核心价值观指导下，人人知人生、辨善恶、别曲直、识美丑，保护这一方天蓝、地绿、水清的生态环境，凝心聚力建设美丽乡村，为实现中华民族伟大复兴的中国梦而奋斗！"

焉熙、狄清歌、赵玉田、狄槐生、赵邦彦、狄三儿、赵连升老两口、翟常乐的爹和娘、绿翠儿都鼓起了掌。

狄清歌引领着廖教授和焉熙爬上小山丘。

颍水，三千里东流大海，汤汤不息；颍峰，五万仞岳上摩天，莽莽苍苍。

"蒹葭苍苍，白露为霜。"顶天立地的柳树，在萧瑟的寒风里颤抖着金黄的叶子。

狄清歌站在坟前，说："娘！您是珍惜粮食，是世界上的最美的人。"

苏可乔也应该来。

多年来，苏可乔为"山流水"操心不少，还帮着狄清歌找有关古中山国的资料。在揭开“山流水”秘密的时刻，苏可乔带着那幅大角度、震撼人心、曲折不尽、意境高远的《扶贫图》参加国家美展去了。

《扶贫图》，以立体构成、几何拼贴的手法呼应峰峦起伏的山势，再借鉴敦煌壁画描述故事的方式，将孔子、三个地质勘查队员、周文兰和齐麟童、孙科长、霍志超、狄清歌、小马、周天佑、周大胆、周满囤、周利民等人的不同故事情节安排在一幅画面中。远看，有颍峰的巍然气势；近观，一个个形象栩栩如生。

狄清歌去老饕馆的次数可谓不少，苏可乔大都在忙着采风、写生，虽经营老饕馆，却不以盈利为能事，深入思考和探索写意中国画的形式语言在创作中的应用，绘出了灵魂之作、大美之作。

焉熙踏勘过，指点着考古队员们铲去细密的杂草，搬开磊磊峰石，向下探去。